致云雀

竹枳/著

下册

江苏凤凰文艺出版社

大鱼

有爱的青春陪伴者

· 第十二章

哄他

聚会持续到九点多。周槿和李铁还没喝够，想拽着两人去吃烧烤，奈何冯艳莱一个电话打过来给搅散了。

祝云雀是真的很会撒谎，明明已经酒劲儿上头，可接起电话来，头脑还能保持清醒理智，甚至冯艳莱的每个问题，她都能思路清晰地对答如流。她说："带叶添在外面多玩了会儿，现在准备回去了。

"嗯，叶添他听我话了。

"就在城西这边的商业街，和他多逛了会儿。

"没有，没别人，你放心。"

祝云雀说这话时，抱着双膝蹲在马路沿，乖得像个无家可归的小朋友。

陆让尘拎着打包好的烤串，从药店出来，就看到这一幕。他插着兜，在她身边站定，勾着嘴角听她胡说八道。

祝云雀最先感知到的是他身上的气味，那气息像是刻进她 DNA 般，她总能第一时间辨认出来。

陆让尘垂着眼，抬腿碰了下她的鞋尖。祝云雀这才抬起头，霓虹光线落在她清澈的眼睛里，星光熠熠的。

陆让尘喉结滚了滚，忽然就不想让她和冯艳莱再说下去。

祝云雀也倦了，她牵住陆让尘递过来的手，慢吞吞地站起来，就这么被陆让尘扶住腰，靠在他怀里。

她腰很细，身子骨很软。陆让尘手掌轻轻一覆，就能把她揽得严严实实。下巴蹭了下她暖烘烘的发顶,陆让尘耐心地听她跟冯艳莱说话,听她说她马上就回去。

电话挂断,陆让尘意味深长地睨她:"乖宝宝要回家了?"

祝云雀靠在他怀里,不说话,好像这一晚上说的话,已经耗尽了她所有力气。

陆让尘知道她是真累了,唇畔勾起轻笑,就这么牵着她回到车里。

祝云雀吃了他买来的快速醒酒药,又睡了会儿,等车开到小区附近,才渐渐清醒过来。

车后座放着陆让尘特意给她买的烤串,还有那个根本没打开的奶油蛋糕,上面点缀着不便宜的青提,很好看。是陆让尘开车跑了两条街才买到的现货,就因为她一句话,可她从头到尾都没吃。

陆让尘也没强迫她吃,见她没胃口,就干脆给她一起带回去。等车开到楼下,陆让尘冲她偏偏头:"用不用送你上去?"

之所以这么问,是因为祝云雀说的那句——"她应该不太想我和你在一起。"

祝云雀当然知道他什么意思,没吭声,也没下车的意思。她眼神留恋地烙在他身上,比说话还直白。

四目相对几秒,陆让尘闷出一嗓子笑,真不知道该说她什么好。

"行吧。"他装作勉强的样子,捏了捏她的脸说,"大不了就当提前和岳母见面了。"

祝云雀闻言嘴角牵起一抹很淡的笑,那笑沉醉在晚风里,让她看起来更清纯漂亮。

什么岳母,八字都没一撇的事。可她就乐意听他这么说。

两人牵着手进了小区,上了楼。

楼层不算高,电梯没多久就到了。来到家门口,今天的约会才算彻底结束。

祝云雀本想老老实实地和他说再见,不想趁着声控灯熄灭的那一秒,陆让尘毫无预兆地直接把她扣压在墙上。

四周一片漆黑,气息暧昧得如同引人沉沦的酒精。

陆让尘声线故意压得很低,在她耳边缓缓道:"要是今天没碰到我,是不是现在还瞒着我你回来了?"

祝云雀就知道他要算账的，但没想到这会儿他还惦记着。相处久了，大概也能摸出这家伙的脾气，不哄肯定是不行的。

于是晦暗不清的光影下，祝云雀眼睛一眨不眨地看着他，说："没打算瞒着你，本来也是为了回来见你的。"

那语气清醒温顺，又不是喝了点酒恣意乖张的模样了。

陆让尘哼笑了声。什么好学生、乖宝宝，都是伪装，她真的很擅长骗人，但也会哄人，哄得人晕头转向，甘愿拜倒在她裙下。偏偏陆让尘无论何时都吃她这套。

喉咙泛起一丝痒意，他给台阶就下地"嗯"了声："那你证明一下。"

祝云雀抿了抿唇，从善如流地钩住他的脖子，踮脚在他喉结处轻轻咬了一口，却还是留下红印。

陆让尘被她弄得浑身燥热，搂着她的手臂更紧了些，浅吻着她脖颈处的皮肤。

祝云雀指尖蜷紧，肩膀也有些僵硬："陆让尘……这是家门口……"

他不再逗她，架在她肩膀上，兀自闷笑了声，接着直起身来，声控灯也亮了。他抬抬下巴："进去吧。"

祝云雀压下不正常的心跳，转身拿钥匙开门。等再回头的时候，陆让尘已经上了电梯。他插兜站在电梯里，高高瘦瘦。两人对视了最后一眼，陆让尘扯着嘴角，神色懒懒地冲她笑，模样好看得要命。

她洗完澡出来，已经将近十点。这个时间，冯艳莱不在家。

祝云雀没想到冯艳莱催她回家，可她回了家，冯艳莱这个当妈的却不知道哪儿去了。祝云雀也没想问，冯艳莱的事情轮不到她管。

就在她收拾东西准备回卧室的时候，在沙发上看到了一条领带。暗色花纹的，看起来就很贵。也不知道什么时候摆在沙发上的，更不知道是谁的。

祝云雀脚步鬼使神差地站定，看了两秒，就是这会儿，门口响起开门声。

"咔嗒"一下，冯艳莱回来了。她看着刚洗完澡的祝云雀，先是愣了愣，紧跟着就瞥见落在沙发上的那条领带。气氛微妙地尴尬了瞬间，冯艳莱说："你什么时候回来的？"

祝云雀说，半个小时前。

冯艳莱面不改色地进门换鞋，又瞥到客厅桌上放着的蛋糕和烤串，嘱咐了句："大晚上的就别吃这些垃圾食品了，不健康还会长胖。"

祝云雀没说什么，去楼上的洗手间吹头发准备睡觉。

这一晚比想象中要平静，冯艳莱什么都没问她。

两人像是各自怀揣着秘密，一整晚都没再沟通过。

第二天，祝云雀几乎一整天都和冯艳莱待在一块儿。上午去了趟服装店，选了好些过冬的衣服，冯艳莱给她打包寄到学校，下午又陪她逛街吃饭买东西。

冯艳莱似乎遇到什么事，有些心不在焉的，但花钱很痛快，甚至提出给祝云雀换新手机，祝云雀拒绝了。

陆让尘自然也一样，他回来，程丽茹心情才能好些，当然也免不了和陆鼎忠见一面。

陆鼎忠一身学术做派，对待陆让尘相当严肃，再加上陆芝桃去世后，他就变得更不爱沟通，平时总在学校那边待着，都是程丽茹过去找他。所以外界才说，陆教授的老婆一把岁数了还追着老公跑。

在外人看来，陆鼎忠和程丽茹很幸福，很恩爱。陆鼎忠虽然上了年纪，但仍旧不掩他英俊的样貌和儒雅的气质，再加上搞学术的身份和地位，就连学校的学生都经常夸陆教授帅。程丽茹漂亮又温柔，家世还好。陆让尘的长相更是继承了两人的优点。不论是谁，提起这一家，都是艳羡不已。

可家家有本难念的经。谁又能知道，私下里陆鼎忠和程丽茹早就出了问题，这么多年，也只是在尽力维护。

和去世的陆芝桃比起来，陆让尘和陆鼎忠的相处很公式化，也很淡。基本上每次都是陆鼎忠问什么，陆让尘就回答，这次回来吃团圆饭，也是因为陆让尘在。

程丽茹这人挺会维持体面的。想着既然儿子在，就不要把场面闹得太僵，于是该和陆鼎忠说的话，倒也没少。

反倒是陆让尘疏淡得过分，饭桌上，陆鼎忠好几次主动问他学校的事，他才懒懒散散地回答一次。

陆鼎忠脾气算不得好，但想到程丽茹的状况，也只能默默忍着。

程丽茹见不得父子俩僵着，就出声调和："你也别瞎担心了，阿让在京大念书蛮好的，亲戚都在那边，长辈们都挂念着他，也不用担心他惹事。"

陆鼎忠一听就蹙了下眉。沉默了两秒,他来了句:"你还说,也不怕他过去被惯坏。"

程家老爷子确实宠着陆让尘,那边的车、房子,没有一样不是他给添置的。用旁人的话来说,完全就是当二世祖养着的。

就这么多年里,程家老爷子还一直给陆让尘存钱,生怕陆鼎忠亏待了他,更离谱的是前些年还提出让陆让尘改姓程,当然最后被否决了。陆鼎忠每次一想起来就不痛快。

偏偏这会儿陆让尘靠坐在椅子里,一副无视人的样子,眼皮都不抬一下。

陆鼎忠是真容忍不了,盯着陆让尘脖子那处的红印来了句:"你那脖子怎么回事?"

其实陆鼎忠盯着那处已经好一阵了,只是当下才问出口。

陆让尘这才有了反应,他目光从手机挪到陆鼎忠脸上,不闪不避的:"您觉得呢?"

这话呛得陆鼎忠一愣。

程丽茹赶忙化解尴尬:"你这么大岁数的人了老乱问什么啊,阿让都这么大的人了,谈个对象不是很正常?"

"小情侣嘛,亲密一点是正常的,又没做出格的事,他昨晚很早就回来了。"说完就给陆让尘夹菜,又说,"那姑娘我见过几次,特别好的一个孩子。她妈妈你也认识,就是租我们家房子的那位,冯艳莱。"

三个字像是触碰到什么开关,陆鼎忠神色一下就变了。似乎被什么东西噎住,他不可置信地问陆让尘:"真的?"

陆让尘眸色淡淡地拨弄着碗里的排骨,被他这么一问,筷子一顿。想着早晚都要公开的,陆让尘也没想藏,掀了掀眼皮,看向陆鼎忠,"嗯"了声:"她叫祝云雀。"

陆让尘没觉得这事儿能在陆鼎忠那儿过不去,毕竟祝云雀那么好的一姑娘,谁见了都会喜欢。就算不喜欢也没关系,他喜欢就行。

谁知话刚说完,气氛就肉眼可见地凝滞。陆鼎忠难以捉摸地看着陆让尘,欲言又止了几秒,忽然道:"我不同意。"

陆鼎忠那态度来得挺突然的,不只是陆让尘,程丽茹也怔住了。

父子俩平时相处就剑拔弩张,这会儿彼此目光里的情绪都是谁也不服谁。

程丽茹被两人弄得不知所措,还是陆让尘先笑了声,那语调散漫又讥讽:"我都多大了,谈个对象也要您同意,我是没断奶吗?"

似乎也觉得自己刚刚的话不对味,陆鼎忠冷静些许,面容清肃:"我就问你,你跟她在一起,林稚怎么办?你们俩的婚约不作数?"

要是在别人面前这么说,他搞不好会被笑一句封建余孽,可在程丽茹面前,这话就还是有分量。

程丽茹也忘了这茬,被他一提起来,才想到林稚的事。

林稚和陆让尘的婚事是他们小时候就定下的,程家和林家关系好,这些年也往来密切,利益上的、情感上的,都是第一位,所以双方家长也乐意这两个孩子在一块儿。

奈何这俩孩子,从小到大都把彼此当姐弟,根本没朝那方面想。

他们不想,不代表程丽茹没这心思,她多少还是惦念着未来让陆让尘回程家接手家业。但要是跟林稚的事搁浅,未来在程家的这条路,也确实不太能走得顺畅。

当妈的总爱给自己儿子谋划,哪怕陆让尘根本就不需要,她也还是会操心。所以陆鼎忠这么一说,程丽茹瞬间便动摇了。

陆鼎忠又说:"你跟人家姑娘在一起,玩够了、开心了,扔到一边,回头跟林稚在一起,你有考虑过那是你母亲朋友的孩子吗?"

程丽茹一听这话就难受,不管是林稚还是祝云雀,两个姑娘她见不得任何一个受委屈。

她正要说话,陆让尘却轻哂一声:"您倒是会偷换概念。"他明显不服,"我们俩的事,我自己都没说什么,您怎么就算准了我跟她是玩玩?"

陆鼎忠还是八风不动,条理清晰,淡定地说:"我不是算准了,我这是过来人的经验。

"什么'有情饮水饱'?但凡豪奢的生活没了,你就会知道爱情这种东西什么都不是,连个明确的保质期都没有。"

话音掷地有声,颇有几分他讲课时的威慑力,明里暗里地威胁陆让尘。

偏偏陆让尘不吃这套,他从小到大最讨厌的就是陆鼎忠藐视一切的自以为是。当初陆芝桃得抑郁症的时候,他一副什么都懂的样子,非要把陆芝桃送去医院,以为就这么强迫她吃药、打针,便能好。

结果呢，陆芝桃再也回不来了。

他凭什么？凭什么这么自信？凭什么随随便便就想拿捏别人的人生？

淤积在心口从未消除的芥蒂再一次作祟，陆让尘突然就觉得挺没劲。筷子朝桌上一撂，他忽然起身。椅子腿摩擦地面"嘎吱"一声，两人略显讶然的目光像拴他身上似的，随着他一道抬起。

陆让尘看着陆鼎忠，反唇相讥："作为过来人，我是没您有经验，毕竟您在感情这方面摸得比我透。"

话里话外的阴阳怪气，像把刀直往人心里捅，完全不留情面。说到这份儿上，陆鼎忠表情才算真撑不住，额头堆出几道隐忍怒火的青筋。

在外面那样光鲜的一个成功男人，又怎么能接受自己的儿子用这种态度讽刺自己，他第一反应就是程丽茹在私下又和陆让尘抱怨了什么。

他冷冷地看向程丽茹。

程丽茹也不愿再瞒下去，这刻所有的彷徨无措都收敛了，她反倒放下什么担子，垂眸看着碗里晶莹剔透的白米。

不管陆鼎忠外头那传闻是真是假，两人感情确实不复从前，她没什么好遮掩的。

陆让尘没什么好说的，更没什么好管的。都这么大岁数的人了，应该为自己的行为负责，谁也扫不了谁的门前雪。

于是临走之前，陆让尘也只冷冷扔下一句："随你们怎么想，反正我不会和林稚结婚。"

这顿饭最终还是闹得不欢而散。

陆让尘从家里出来时，天已经黑得彻底。这个时间，也不知道祝云雀在干什么，陆让尘忽然很想她，很想见她。

这种想念有种说不出来的不一样。陆让尘觉得烦，烦得只想看到她一个人。

哪怕只跟她说说话，抱一抱。好像只要那样，这个夜晚才显得不那么难挨。

这么想，他也就这么做了，车钥匙一插，第一个目的地就是她家楼下。

南城秋天的冷，有股清洌的凉意，落叶凋零了一地。

陆让尘就这么倚着车身发了会儿呆，之后才给她打电话。

也不知道她那边怎么一回事,好半天才接,就算接起来,说话声也不大。

陆让尘从她的口吻中听出几分隐约的为难,那背景音里似乎还有说笑的声音,热热闹闹的,好不温馨,反倒衬得他像那个贸然打扰的人。

祝云雀还没准备说出下句,陆让尘就垂眸,若有似无地笑了下,声音挺淡:"阿姨在旁边呢?"

不知道为什么,祝云雀觉得陆让尘这会儿不怎么开心。

祝云雀捏着手机,心口忽然轻轻揪起来:"家里来客人了。"

陆让尘"嗯"了声,风轻云淡的:"那你忙吧。"

说完就要挂电话,祝云雀急忙叫住他:"你干吗呢?"

这天祝云雀忙,联系陆让尘不多,没前阵子黏人,也是这会儿,她才有时间关心陆让尘。

陆让尘那语气听不出什么情绪,祝云雀只觉得他今晚和平时不一样,他说:"没干吗,在家呢。"

祝云雀沉默了两秒,还是忍不住问:"你到底怎么了?"

陆让尘却只是笑:"真没怎么。"顿了下,他又逗着她玩似的说,"等会儿出来吗?"

祝云雀心里的小鼓捶了下,但看看和人热络聊天的冯艳莱,她又做不到,只能说:"今晚不行,我妈要我在家收拾东西,明天就回学校了。"

那边停顿两秒,说:"票买好了?"

祝云雀"嗯"了声:"明天上午的。"

陆让尘懒懒地说了声:"行。"

祝云雀语调软软的:"你也早点回学校啊。"

陆让尘笑:"这么迫不及待地想见我啊。"

祝云雀轻轻抿唇,碍于家里有人,没敢说过火的话。

陆让尘知道她那性子,也不逼她:"行了,挂吧,我还有事儿呢。"

"什么事?"

"找李铁待会儿。"怕她不放心,陆让尘痞里痞气地笑,"放心,你男朋友挺老实的。"

祝云雀不禁弯了下唇,心跳也快活起来。

陆让尘好像无论何时都乐意哄着她,又补了句:"乖,一直想着你呢。"

有了这话,祝云雀那点儿担心总算消除。

两人就这么挂断电话，她从卧室出来，看到赵奇嘉和他妈妈已经站到了家门口要走，冯艳莱也穿上了衣服，明显要送他们下去。

见祝云雀打完电话出来，冯艳莱冲她招手："你也穿上衣服一起吧，送送老同学。"

闻言，赵奇嘉目光落在她身上。两人视线短暂地触碰一秒，又错开。

赵奇嘉妈妈笑说："哎呀，不用了，大晚上的，送什么送。"

冯艳莱寒暄："来都来了也不差这几步路，顺便我再带她去趟超市买点东西上来，她明天就走了。"

门被推开，冷风灌进来。祝云雀不是爱驳人面子的性格，想想也就取下外套穿上。

四人下了楼。路上冯艳莱跟赵奇嘉妈妈有说不完的话。祝云雀大概听出冯艳莱想让赵奇嘉在校园里帮她联系什么生意，所以态度特别热切。

默默无声了好一阵，赵奇嘉主动开口，用只有他们两人能听到的音量说："刚刚给你打电话的是陆让尘吧？"

祝云雀眉梢蹙了下，抬眸看他。

赵奇嘉说："你放心，我不会跟阿姨说，我就是觉得，如果你们两个已经在一起了，我应该和你拉开距离。"

明天回北城的机票是冯艳莱买的，她特意给两人买的挨着坐，再加上今晚这顿饭，撮合两人的意思已经很明显了。

赵奇嘉本不想过来，但想想，还是问她，他还有没有希望。他想着，万一呢，万一祝云雀真的像冯艳莱说的那样，没谈恋爱……不过现在看来，希望真的不大。

他知道自己和陆让尘的差距，陆让尘那样的男生，但凡是个女孩都不会拒绝。陆让尘太耀眼，太吸引人了。还有祝云雀接到电话时那隐隐雀跃又期待的样子，根本骗不了人。

当然，祝云雀也没想骗他，静默须臾后，轻"嗯"了声，说："在一起了。"

吊着的心没什么悬念地往下沉了沉，赵奇嘉苦笑，又如释重负地道："行，我知道了。"

祝云雀看着他，挺真诚的："你会遇到比我好的。"

赵奇嘉笑笑，想说什么，奈何四人已经走到小区门口。门口车位上停着他妈妈的车，冯艳莱正送她上去。

她笑道："放心吧，明天我让奇嘉早点开车过来接雀雀，这样也省得你送了。"

话音落下，赵奇嘉动了动唇，想说什么，却被冯艳莱打断："好啊，俩孩子结伴走我还放心，也省得我送雀雀。"

冯艳莱这人有个优点，嗓门透亮又有穿透性，越是空旷的地方，声音辨识度越高。

以至于站在附近的陆让尘刚想上车，就听到这边的说话声。

周遭路灯昏暗，陆让尘视力不算一等一的好，可他还是一抬眼就看到站在冯艳莱身边的祝云雀……以及祝云雀身边的赵奇嘉。

两人穿衣打扮都是好学生的类型，乍一看，还挺配。陆让尘动作一滞，眼眸倏地眯起，眼神变得深邃危险。

就是这个瞬间，祝云雀不经意地朝他的方向抬眼，看到那道熟悉的、无论到哪儿都能一眼辨认出的颀长身影。

陆让尘就站在那儿，站在光影的明暗交界处，身形清俊又桀骜不驯，站在那儿直勾勾地盯着她。

祝云雀被那目光看得心头一凛，惊讶、无措、心虚、悸动，各种情绪轮番上阵涌上心头。

她眉头轻轻蹙起，一时间连呼吸都快忘记。

然而那对视却坚持不到一秒，就见陆让尘冲她微嘲地扯了下嘴角，没等另外几个人发现，他便冷着脸迈开长腿，转身利落上车，"啪"的一声关上车门。

余音在四周荡开，另外三人也朝他的方向望去，却连个正脸都没看到。就只有祝云雀，紧紧攥着拳头，喉咙紧得像被哽住。她眼睁睁看着陆让尘的那辆车冲着黑夜满是火气地绝尘而去，没有一点挽留的余地。

这还是她第一次，如此直观地感受到陆让尘愤懑的情绪。

陆让尘开着车一声不响地扬长而去，也不知道去哪儿。他以前总说祝云雀犟，祝云雀不好哄，可他真来了脾气也一样。那股冷着脸拒人千里之外的气场，任谁上前都要掂量掂量。

要说唯一特别的，大概就是这破烂脾气从未在祝云雀面前表露过，以至于祝云雀都快忘了，陆让尘有多不好惹。

祝云雀打了几次电话，陆让尘始终不接，最终只能打给李铁。

李铁接到电话的时候还挺纳闷儿，听祝云雀一说，更蒙了，他说陆让尘没说要过来找他啊。

祝云雀听后沉默几秒，说："好的，我知道了，谢谢。"

正要挂电话，李铁忽然道："等会儿，你俩吵架了？"

祝云雀说没吵，是陆让尘单方面生气了。

应该是生气的吧，他关车门都好大声。

李铁一听都乐了，说："你干了什么能把他气成这样啊？他这人怎么说呢，属于不动声色那类，很少把情绪直接表达出来的。"

被他这么一说，祝云雀更没话了。

李铁也不是非戳人脊梁骨的性格，想想就说："我帮你问问吧，看他到底怎么回事。"

祝云雀说"好"。

李铁又嘱咐她两句："你也别瞎想了，这家伙可能是和家里吵架，心情不怎么好。他以前也这样，心情不好的时候就一个人闷着，谁也找不到，等过了这劲儿就好了。"

祝云雀一下就想起之前那通电话，陆让尘的确情绪不大好的样子。可就算那样，他也一直在哄着她，迁就她。

祝云雀忽然就很不是滋味，原来她这么不了解陆让尘。

她问李铁："陆让尘和家里关系不好吗？"

"确切来说是和他爸关系不好。"李铁对于别人的家事点到为止，后面也没再多说什么。

挂断电话，祝云雀心事重重。她想起以前的事，想起她那次生病陆让尘来看她。看到她脖子上那条男款围巾时，他特意把那条围巾取下来，扔到一边，给她换上自己的，仿佛在较着什么劲似的。

后来还是许琳达告诉她，陆让尘知道那条围巾是赵奇嘉的，他好像对赵奇嘉这个人特别敏感。

越是这么想，祝云雀越是难熬。没多久李铁的电话就打了过来，李铁应该是问了一圈相熟的人，说都不知道陆让尘在哪儿，也都联系不上他。

祝云雀这会儿真的慌了，心里空落落的又害怕。最后，她只能联系邓哲，让邓哲帮忙想想办法。

邓哲算是给她指了条明路："陆让尘会不会坐飞机回北城了啊？"

一句话当即点醒了祝云雀。

邓哲大概听明白来龙去脉，挺无奈的："陆让尘这人占有欲很强，自尊心也强，他看不上赵奇嘉是其一，另一方面估计也真醋得够呛。他爱和自己较劲，我建议你好好哄哄。当然，我一个外人，也只有建议的份儿。我知道你不是能低下头的性格，就算你不找他，等他气消了自己好了，也能过来找你的。"

"你放心，陆让尘很喜欢你，他才舍不得你呢。"

两句话安慰得祝云雀失笑："我会好好哄他的。"

跟他沟通完，祝云雀心情才平缓些，只是仍有些不放心。她点开和陆让尘的聊天界面，突然想和他说点儿什么。

想说她和赵奇嘉真的什么都没有，不管冯艳莱怎么想，她都不喜欢赵奇嘉。

想说她很关心他，如果知道他和家里闹了不愉快，一定会过去陪他。

想说她其实很不喜欢和他吵架、冷战，她会很没安全感，她也会怕。

脑中就这么乱七八糟地想，打出的字却删删减减。她始终犹豫，犹豫这种矫情的"小作文"该不该发。

中途冯艳莱跟她搭了几句话，她都没心思回答，后来干脆把自己关到卧室不出去了。

门外的冯艳莱还在絮叨，说赵奇嘉多好多好，多适合当对象。祝云雀说不上为什么，忽然就很憋闷，眼眶氤氲着水汽，也不管有没有理，脾气上头，干脆都给陆让尘发过去。

祝云雀：陆让尘，我讨厌你这样，讨厌你动不动就消失，不理人。

祝云雀：有矛盾两个人可以和平解决，你这样冷战算什么？

到第三条的时候，祝云雀已经有些乱了分寸，她不知道自己为什么这么失控。她没谈过恋爱，第一次谈就是很喜欢很喜欢的人。她手足无措，好像根本没办法不去在意，没办法云淡风轻。

说着说着，就开始放狠话。

祝云雀：陆让尘，你不想要我了就直说，犯不着用这种办法。

打字没有面对面来得情感直观，在祝云雀心里，这话是撒娇的，可发出去，杀伤力就成倍增加。

陆让尘也真的很无奈，他刚到机场，把手机免打扰模式关闭，就看到祝云雀"闹分手"的消息。

不大的手机界面上，各种人的消息、电话问他怎么回事，人在哪儿，他的眼睛却只能看到她那三条。跟针似的，扎在心口，让他又疼又痒，甚至还有一丝想笑。

大概人跟人之间就是一物降一物，这种话，但凡换个人，他都会视若无睹扔到一边，可换作祝云雀，就是致命的。她有时候一句话、一个眼神，就能把他身心禁锢得不能自已。

陆让尘盯着手机，蓦地长出了口气，轻笑着把电话拨了回去。

祝云雀这边正抱着双腿坐在床上发呆，看到来电显示的那一瞬，心都提到嗓子眼儿。

电话接通的瞬间，她听到陆让尘低哑的嗓音，无奈中透着纵容，认输一般的语气："祝云雀，你到底讲不讲理，咱俩到底谁不要谁？"

听到他的声音，祝云雀凉了的心瞬间回了温，那点儿泪意也散了。她语调难得服软，说："你还知道理我。"

陆让尘听出那语气里的不对劲，微微蹙眉，也顾不得值机这件事，他找了个僻静的地方，给她解释。

"没不理你。"陆让尘语气放缓，"手机一路上都开着免打扰，谁的电话我都听不到。"

"为什么开免打扰？"

"我妈一直在给我打电话，怪烦的。"

祝云雀揪着被子没吭声，几秒后才说："陆让尘，对不起，我不该瞒你的。"

陆让尘听笑了："瞒着我什么？和那个姓赵的约会？"

"不是约会，是他妈妈带他来我家吃饭。"

陆让尘语气挺在意的："然后呢，阿姨撮合你俩了？"

祝云雀低垂着眼眸，倔强地说："撮合也没用，我已经是你女朋友了。"

陆让尘忽然就觉得她怪会哄人的。

他忍不住低笑了声，语调轻柔："知道就行，下次别乱说那种话。"

他轻吸一口气,"怪吓人的。"

祝云雀嘴角抖了下:"所以,不生气了吗?"

陆让尘哼笑:"都气过了。"

路上那会儿,他仔细想了想,这事儿其实不怪祝云雀。她要是真跟那个姓赵的有什么,现在当她男朋友的也不可能是他。

只是陆让尘想得开,祝云雀却想不开:"我还以为你要气很久。"

陆让尘乐了:"你是真不希望我好。"

"……不是你不接电话的吗?"祝云雀煞有介事地指责他,"还一个人买机票回北城。"

大概也知道理亏,陆让尘轻笑着说:"本来也打算回去的,这边又待不下去。"

"和家里吵架了?"

"嗯。"

祝云雀又内疚起来,她抿唇说:"陆让尘,我有好多好多话想跟你说。"说自己有多喜欢他,说有多怕见不到他。

好像心头忽然空虚了一处,只有陆让尘才能填补,更想哄哄他,让他别不开心了。

话音落下,电话那头没来由地沉默了一瞬。再开腔时,陆让尘语调有几分动情,喑哑着低笑:"你现在也可以跟我说。"

祝云雀攥紧指尖:"电话里吗?"

陆让尘嘴角会心一勾,抬头看了眼航班,说:"我在机场,没多久就要起飞了,你今晚能走吗?"

祝云雀承认自己心动了,她问:"最早能买到几点?"

"不清楚。"陆让尘语气随意,情绪却暗潮涌动着,"但应该能买到凌晨往后的。"

祝云雀鼓起勇气道:"那你帮我看着买吧,我要准备一下,回头再把钱给你。"

这话说得像小学生交学费一样,陆让尘闷出一嗓子笑,说:"你够了啊。"

祝云雀唇角抿出一点甜笑。

陆让尘语调明显沉柔许多,他说:"我现在就给你买,再给你约车,等下了飞机，等你一起回去。"

陆让尘说到做到，电话刚挂断，就给祝云雀安排妥当。

拖到近十二点，冯艳莱终于洗洗睡了。

祝云雀东西不算多，走的时候也没弄出多大声响。后来这一路都挺顺利的，约的司机就在楼下等着她，她到了机场，顺利值机。上飞机之前，陆让尘那边已经到了北城。

陆让尘本想等她，是祝云雀没让。她知道这一天陆让尘并不好受，所以坚持让他早点回家等她。

陆让尘拖腔拿调的："没想到我女朋友还挺贴心。"

祝云雀说他："你别贫，早点回去睡觉。"

这会儿倒跟小管家婆一样了。

陆让尘嘴角噙起挺愉悦的弧度，调皮地应了声："行，我先睡几个小时，睡醒了才有力气亲你。"

他声音不小，这会儿祝云雀旁边已经坐了别的乘客，听到这话还看了她一眼，闹得祝云雀双颊泛起红潮，丢了句"马上起飞了"，便掐断电话。

后来这一路她也没怎么睡着，像是有什么隐隐吊着她的神经，不受控制地雀跃着。

她会忍不住想，到了陆让尘那儿，两人会说什么？还有冯艳莱，大早上醒来发现她不在，会不会发疯？

可就算她发疯，祝云雀也不在意了。她已经学"坏"了，跟着陆让尘一起学"坏"。

陆让尘那边倒是踏踏实实地睡了几个小时，尽管也没多久。他定了闹钟，为的就是祝云雀下飞机后，他能第一时间联系上。

祝云雀刚下飞机没多久，就接到了陆让尘的电话。

陆让尘刚睡醒没一会儿，嗓音还透着慵懒哑意，问她到哪儿了，说给她找了车接她。

机场很大，好在那车停的位置够明显，司机也靠谱，陆让尘指挥了一阵，祝云雀就顺利坐上车了。碍于外人在，祝云雀没怎么和他腻歪。之后才知道，这司机居然是程家的，是陆让尘专门派来接她。

那人也挺有意思，开口闭口"祝小姐"的，搞得祝云雀很尴尬。还好这一路不算长，没多久，祝云雀就被送到陆让尘的公寓楼下。

清晨五点，天色灰蒙蒙亮着，马路上车不算多，四周也算安静。

祝云雀朝车窗外一瞥，就看到陆让尘穿着长款外套，站在楼下的马路旁，站在秋天的清晨里等她。

陆让尘眯着眼睛看到了她，蓦地勾唇一笑，清隽桀骜的面庞顿时鲜活起来，祝云雀的心跳也跟着漏了半拍。

车缓缓在他面前停下，降下车窗，司机冲陆让尘恭敬地来了句："陆少爷好。"

陆让尘朝那司机点头笑了下，把祝云雀接下来，随后又礼貌地道："麻烦您了。"

简单寒暄两句，那辆车开走，世界终于只属于他们两个。

祝云雀有点儿抹不开面地看了陆让尘一眼，当下她没化妆，眼睛稍稍有点儿肿，却依旧白净好看。

陆让尘故意低头看她两眼，笑："哭了？"

祝云雀绷着脸嘴硬："没有。"

说完就拖着行李箱朝前走，却被陆让尘扯过来，一只手拖着行李箱，另一只手牵住她的手。

这个季节，清早说话都透着凉气，可他的手却是温热的，温热得很扎实。

祝云雀心里那块缺憾的地方，忽然就被这样填满了。跟着就恍惚起来，昨晚两人真的吵架了吗？她忽然心跳好快。

陆让尘没怎么说话，她也没说，就这么一直紧紧牵着手，直到陆让尘牵着她上了楼。

到了门口，陆让尘看她："录个指纹吧。"

祝云雀稍稍一怔，又点头，把手伸过去。陆让尘顺势牵住她的手，帮她一点点录入。两人贴得很近，他的鼻息在她脖颈处若有似无地撩，像在背后拥抱。

终于录入完毕，再一按，门"咔嗒"一声开了。

还是那只胖猫，"喵喵"叫着出来迎接。

祝云雀紧绷的神经忽然就松懈了，好像到了陆让尘的地盘，就到了安全领地。

只是这种踏实感还没持续两秒，祝云雀就腰间一紧，一股力道从背后把她牢牢抱住，心脏瞬间提到嗓子眼。

298

陆让尘的下巴抵在她的颈窝处。像是终于可以撕开所有平静的伪装，呼吸烫得像是滚过热沙般，他在她耳畔低声道："祝云雀，想我了吗？"

想，怎么可能不想呢？想得在飞机上一闭眼就能描摹出他的模样，想他还在生气没，想他有没有睡好，想和他说很多话。说什么都行，只要和他说话。

但当人真站在她面前，抱着她，感觉却又不一样了，好像忽然间什么都表达不出来。那些情绪、那些悸动，藏在她的眼睛里，哽在她的喉咙里，在对视的瞬间才能点燃。

也说不清那一吻是怎么开始的。祝云雀只知道是自己先凑过去，主动试探着，寻找他的唇。再然后，那蜻蜓点水般的触碰就变成燎原火种。

陆让尘扣住她，把她抱到沙发上。沙发很软，她被他压着钳制着，仿佛马上就要陷落。

没有反抗之力的感觉很缥缈，她只能搂住陆让尘的脖子，像是抓住深海里的唯一暗礁。

快要失控的时候，陆让尘把她抱起来，抱坐在自己怀里，扯过旁边的小毯子，盖在她身上，又低头在她额头上虔诚地吻了吻。

祝云雀把头埋进他的胸膛，细弱地呼吸着，问："现在算是哄好了吗？"

陆让尘真没想到她开口说的第一句话是这个，默了两秒，"扑哧"一声。

祝云雀抬眼看他，眼尾泛粉。

陆让尘喉结轻滚，扯着唇角道："你不是早就把我哄好了？"

"什么时候？"

陆让尘指腹擦了擦她眼尾的泪渍："你决定过来找我的时候。"

祝云雀有点无奈："你真好哄。"

陆让尘看着她笑："要是难哄，女朋友气跑了怎么办？"

就这么四目相对着，祝云雀突然搂着他的脖子又凑上去亲了亲。

陆让尘总是顺着她，甚至被她亲的时候，还不忘扶着她的腰，帮她把毯子围好。

祝云雀洗完澡后，先是在他的床上躺了会儿。

过了很久，陆让尘洗完出来。见祝云雀躺在他的被子里，眨巴着眼睛没睡，他勾了勾嘴角，和衣抱着她一起躺着，聊着彼此的事。

祝云雀躺在陆让尘的臂弯里，陆让尘握着她的腕骨，轻轻摩挲着，说起关于陆芝桃的事。

陆芝桃是全家的宝贝，小的时候，陆芝桃得到的偏爱比陆让尘多。陆让尘年纪小，并不懂，只觉得程丽茹和陆鼎忠不爱他，所以性子一直比较叛逆。可陆芝桃是真心疼爱这个弟弟，总是想方设法让他开心。很多时候，程丽茹不给他买的东西，陆芝桃都会给他买，哪怕她自己的零用钱也不够花。

但陆让尘是个嘴硬的人，他倔起来，从来不会服软，即便那会儿已经十三岁了，也还是不愿意拉下脸和陆芝桃亲近。

那时候陆鼎忠就说他难管，长大了没出息，他便把所有耐心都放在陆芝桃身上。

可没想到，陆芝桃在十八岁那年出事了。她内心极度敏感，因日记被班上的同学看到且传出闲话，她备受打击，得了抑郁症。

陆让尘那时候还小，也不清楚具体发生了什么，只知道那阵子，陆芝桃总是哭，林稚经常往家里跑。

而压垮她的最后一根稻草，是陆鼎忠。

陆鼎忠始终觉得陆芝桃只是青春期的情绪在作祟，一开始并不把这件事当回事，觉得没有给她转学的必要。

直到陆芝桃的症状变得越来越严重，他和程丽茹商量后，也只是将她送去医院住院吃药。

其实不是没有更好的办法，但陆鼎忠自大自傲惯了，根本听不进别人的话，就这么把陆芝桃强行弄去了医院。

但她的症状不仅没有变好，还出现了更严重的行为。

那阵子程丽茹整日以泪洗面，还和陆鼎忠没日没夜地大吵。陆鼎忠有课题要研究，干脆扔下家里的事不管，一个人去了学校住。

那段时间，陆让尘虽然对陆芝桃的关注越来越多，但他总归还有自己的社交。

那天是阴天，程丽茹有事要办，嘱咐陆让尘放学早点回家陪着陆芝桃。

陆让尘的朋友叫他一起去玩，到家时，家里已经变天了。

陆芝桃连日来精神恍惚，将药品的剂量看错了，吃了好多，送到医院去洗胃，也没救回来。

当晚,程丽茹哭晕了过去,陆鼎忠也如遭雷击般,一瞬间像是老了十岁。

程家老爷子、老太太,还有程丽茹的兄弟姊妹,各种亲戚都赶了过来,无一例外都朝陆鼎忠撒气发火。

陆鼎忠一声没吭,就站在那儿默默忍受。

十三岁的陆让尘,就站在医院的角落,惊恐而麻木地看着眼前发生的一切。他的姐姐,他血浓于水,唯一的亲姐姐,没了。

说到这里的时候,陆让尘声息轻浅地停顿了下,沉默了。

祝云雀却早已红了眼眶,她抬眼看他:"陆让尘,你是内疚吗?"

陆让尘稍稍侧过头,也低眸看她,轻滚喉结,"嗯"了声。

那是祝云雀从没见过的陆让尘。他其实是一个内心非常细腻的人,他也不是无坚不摧的。

祝云雀的心柔软起来,她在他的臂弯处蹭了蹭,温温暖暖地回抱着他,她说:"这事跟你没关系的,真的,哪怕你那天回去了,也改变不了什么。"

陆让尘听出她在为自己伤感,垂眸笑了笑。轻轻吸气,陆让尘稍稍侧头,在祝云雀的额头上亲了亲:"我知道,也没多想,你不要替我担心,我现在很好。"

祝云雀闻言认认真真地看他:"那为什么昨天你心情那么不好?"

陆让尘嗓音含混不清地笑:"这话题还是别聊了吧。"

祝云雀不依不饶地在他怀里扑腾。

陆让尘被她弄得无可奈何,笑够了,煞有介事地看她:"我说了,你陪我一起难受,你还听吗?"

还是第一次,两人这么专心致志地对视。

祝云雀这会儿才发现,陆让尘睫毛好长,眸子又黑又深邃,直勾勾地看着你的时候,很轻易就让你心乱。

因此,她好不容易才集中思绪,说:"是你爸妈知道了咱俩的事,不希望我和你在一起吗?"

陆让尘真的很佩服祝云雀,她很聪明。那种看透一切的聪明,有时候还挺让他担心的。

陆让尘禁不住笑了:"我妈还好,是我爸,这次也是跟他怄气。"

就像程家老太太说的,陆让尘和陆鼎忠上辈子可能是仇人,彼此看对方都不顺眼。芝麻大点儿的事,放两人中间也能引火烧山。

但还是那句话，父亲毕竟是父亲，陆让尘心底也渴望得到他认同，无论是学业、理想抱负，还是自己喜欢的人。

　　陆让尘从没这么喜欢过一个女生。所以，他怎么都不会放弃。

　　陆让尘抬手轻捏了下祝云雀的鼻尖："你怕吗？"

　　祝云雀平静地看他："为什么要怕？"

　　陆让尘哼笑了声。

　　这就是她，看起来柔柔弱弱风一吹就倒，内心却比任何人都强大。

　　陆让尘颇为赞同地点头："也是。"

　　过了会儿，陆让尘捏着她的下巴，逗小猫似的，说："阿姨是不是也不怎么喜欢我？"

　　祝云雀可不给他留面子，直接说是。

　　陆让尘问她为什么。祝云雀老实巴交地摇头，说不知道。

　　这母女俩挺相似的。在外人眼里，祝云雀很难被看透。可在祝云雀眼里，冯艳莱心里想什么，她也一点儿都不清楚，想不通。

　　陆让尘又问她："那她要是反对我跟你在一起，你怕吗？"

　　祝云雀稍顿了两秒，摇头："不。"

　　陆让尘勾唇轻笑，不禁发问："我怀疑这世上就没什么你会怕的。"

　　这话听着也不算赞扬，祝云雀淡淡瞥他一眼，没吭声。

　　怎么会不怕呢，她对很多事情都怕：怕期末成绩考不好，怕拿不到奖学金，怕不能尽快自立，怕不能和喜欢的人在一起。

　　至于冯艳莱怎么想，她根本就不在意。她在意的是，自己有没有闯出一片天、自由掌控自己人生的底气。

　　渐渐有些困了，祝云雀闭上眼睛，隐约听到陆让尘说："这么快就睡觉，我还没来得及问你呢。"

　　祝云雀拱了拱身子，被他搂得更紧些，轻声呢喃："你说。"

　　陆让尘掀开她的领子看了看，发现她还是没戴那块玉佛，就问她为什么不戴。

　　祝云雀闭着眼睛说："等你给我戴呢。"

　　陆让尘就笑，蓦地又说了句："我后来问了，那个不能随便戴，有禁忌的。"

　　祝云雀睫毛颤了颤，困得意识朦朦胧胧的，但还是问他："有什么禁

302

忌啊？"

陆让尘嘴角勾着一抹坏，凑到她耳边低语，说了句什么。祝云雀当时听清了，可即便听清了，也睡了过去。

还是当天下午睡醒后，她睁着眼睛看着天花板，才想起来陆让尘说的是什么。他说的是——亲密的时候不能戴。

祝云雀发了两秒呆，突然红了耳垂。

她拿起手机，看到好多冯艳莱的未接电话。冯艳莱似乎很生气，还在微信上骂了她。

后来才知道，陆让尘替她接了冯艳莱的电话。

祝云雀当时睡得正香，手机却一直"嗡嗡"响个不停。陆让尘护短，不许人打扰他女朋友。况且他也确实想跟冯艳莱沟通。

可能是占有欲在作祟，他每次一想起那个赵奇嘉，就发自内心地不爽。于是陆让尘就把电话接了。

冯艳莱挺意外的，但碍于程丽茹的关系，对陆让尘还是客客气气的。

陆让尘也实话实说，说祝云雀就在他这儿，正补觉呢，说两人在一起有一阵子了，彼此特别喜欢，分不开。

冯艳莱也不傻，电话接起来的一瞬间，她就知道祝云雀跟陆让尘确实是在一起了。她就是不踏实，不放心。

陆让尘也没搞清冯艳莱为什么会这样，明明他对祝云雀那么上心。好在她后来并没说什么，再加上山高皇帝远，也只能放任自流。

于是二人就开始了甜蜜的恋爱生活。

陆让尘乖乖陪祝云雀上课下课，自己训练还没结束，就给她打电话订外卖，问她按时吃饭了没。

就这样，没多久大家都知道了，国贸3班那位非常有钱、非常帅的公子哥，被英语系的祝云雀拴得死死的。

陆让尘听到这说法是真气笑了，但也没办法，他自己有时候都觉得挺享受。

享受和祝云雀在一起听课，她右手记着笔记，左手被他牵着。

享受和祝云雀一起吃饭，她食量小，却总想什么都尝尝，陆让尘就纵着她，她吃不下，他就帮忙吃掉了。

也享受和她一起晚上兜风，在车里紧紧牵着手。

享受每个周末，祝云雀会去他那里待两天，两个人会先看一场电影，然后在不知不觉间，拥抱接吻。

过了一段时间，他每天都要训练，她就会下课后过来，乖乖坐在场地里的长椅上，耳朵里塞着耳机，听着听力，偶尔抬头看一眼他。

因为她太漂亮，总会被别的队员看上两眼，接着那些队员就会收获到陆让尘一记无情眼刀。再后来，他们见到祝云雀都喊嫂子，连正眼都不敢看。

祝云雀也不扭捏，他们叫她嫂子，她也不害羞不拒绝，就这么大大方方地一笑。

总而言之，那两个月，无论对陆让尘，还是对祝云雀来说，都是非常美好的一段时光。

第十三章
命运的捉弄

日子过得很快，转眼就到了祝云雀的生日。

十二月三十日，北城下了很大的雪。那种冷，又和南城的不同。

祝云雀记得很清楚，她清早醒来，收到很多人的祝福消息，都祝她生日快乐。许琳达还给她买了礼物，今天就能到。

她简单回复了大家后，却怎么都等不到陆让尘的消息。

不止陆让尘，还有冯艳莱的。虽然这两个月，冯艳莱没怎么管她，但生日这么重要的日子，冯艳莱还是会准时给她发红包的。

不知道为什么，两个她生命中最重要的人，都失约了。

一直到上课的时间，她都没有收到他们的消息。

明明应该是挺高兴的一天，天气却特别阴沉，祝云雀去上课的时候，还把手机屏幕打碎了。碎得很彻底，根本触不了屏，接不了电话。

没办法，她只能借梁甜的备用手机，下课回到宿舍联系陆让尘。结果打过去好半天，都没人接。

陆让尘昨晚还跟她说，今天中午带她去选蛋糕，晚上给她开生日派对。

结果祝云雀联系不上他。陆让尘不是会失约的人。

祝云雀说不上为什么，心口惴惴不安。

偏偏就在这会儿，一个陌生号码打了过来。祝云雀眉头一蹙，下意识就接通了，刚要开口，就听到一个年轻女人的声音。

女声很急切："是祝云雀吗？我是你妈妈服装店的店员小陈。你现在能回来一趟吗？你妈被打了，现在在医院挂水呢。"

小陈本来支支吾吾的，不想说太多，是祝云雀一直逼问，她才迫不得已开了口。

她说市中心那家主打高端线的服装店被砸了。

当时，程丽茹带着几个关系不错的朋友来买衣服，程丽茹见冯艳莱没在店里，就问小陈冯艳莱在哪儿，说给她带了下午茶。

小陈并不太清楚两人的关系，听语气，觉得这两人应该是朋友。又偏巧程丽茹带来的几个贵妇，都对她家的衣服很感兴趣，于是为了营业额，小陈也就没多想，跟程丽茹指了指，说老板在楼上的休息间呢。

程丽茹笑笑说上去看她。

结果这一看就出事了，等小陈回过神的时候，楼上已经吵了起来。

程丽茹愤怒得直抽气，近乎失控地喊了好几句——"你们怎么可以这么对我！"楼下的几个姐妹听到，当即变了脸色，上去看怎么回事。

却不想一上楼，就撞见站在两个女人间西装革履的陆鼎忠。

看到这一幕，再联想到程丽茹刚刚喊的那些，那些女人就算再迟钝也不至于反应不过来。

于是一群人就这么把事情闹大了。她们可没程丽茹那么斯文，二话不说就上去打冯艳莱。

冯艳莱本就理亏，根本没有说话的份儿，这么一闹，更是吓得六神无主。陆鼎忠出于对面子的维护，护了一下冯艳莱，也想拉着程丽茹缓和事态，想等着回家再说。

可他越是这样，越激怒程丽茹和那群朋友。程丽茹气得不再维持什么优雅温柔的人设，毕竟人生已经过成这个样子，优雅也没意义，于是这场三人之间的纠缠，就变成难看的打群架。

一群女人围着冯艳莱和陆鼎忠不撒手，小陈想上去帮忙，结果一下就被推开。

不算大的二楼乱成一团，冯艳莱又被推搡，又被抓头发，最后被拖到一楼。

陆鼎忠终于慌了神，怕她们弄出人命。他出手试图护了几次，结果惹得那些女人连他也不惯着了。有一个长得特壮的女人，还揪着他的领带，给了他一巴掌，骂他："你这个不要脸的倒插门，还有脸护着小三！"

306

陆鼎忠再冷静斯文，也还是有情绪的临界点。这些年来，他最忌讳的就是"倒插门"三个字。一听这话，他干脆也不装了，直接挣脱几个女人，拽着程丽茹让她回家。

场面就这样变得越来越野蛮，程丽茹被陆鼎忠气得心脏病发作，晕了过去。

小陈缩在角落吓得不行，只能报警。那几个女人见程丽茹晕过去立马停手，就这么抬着程丽茹上车去了医院。陆鼎忠那会儿也冷静下来，终于知道护着自己的妻子了。

他们直接开车去了附近那家私立医院，留下被弄得乱七八糟的店面，和靠着楼梯扶手坐着捂脸哭的冯艳莱。

冯艳莱的衬衫被抓破，嘴角青紫，额头在流血，头发也乱了。她哭得声嘶力竭，好像把活了这么久的尊严都哭完了。

祝云雀抵达南城的时候，已经是下午四点。

冯艳莱处理完伤口就回了家，是小陈送的她。祝云雀和小陈一直有联系，知道后便直接打车回家。

回来得匆忙，她就带了一个包回来，手机也是用的梁甜的备用机。

冯艳莱的手机也摔坏了，她打算出去买新的，结果刚准备出去，就看到站在门口的祝云雀。

南城的十二月有股湿冷的潮。她穿着薄款呢绒大衣，披着长发站在门口，清丽又素淡的一张脸，有种穿越风雪的破碎冷感。

不得不说，她们母女身上那种气质，有时候真的很像。冷静起来，仿佛血液都是冰凉的，就好像这世上，没什么事能真正击溃她。

冯艳莱也还是那么淡定，甚至看到祝云雀回来的瞬间，她还很自然地把另外一只胳膊塞到了外套袖子里。

冯艳莱说："小陈说你手机也坏了，正好，带你一起出去买台新的。"

说着，她拿起桌上的钥匙，祝云雀却关上防盗门进来了。

她没有要出去的意思，甚至堵在门口。两人对视两秒，祝云雀面无表情地问："为什么？"

她声音很轻，却像单薄锋利的刀片，随便一划，就把冯艳莱想要努力维持的什么轻而易举地划破。

307

冯艳莱轻咽了口气，扯了下发疼的嘴角，那笑很苦涩。她说："我还以为你回来是为了我，关心我呢。"

祝云雀拳头无声攥紧，指甲陷进肉里，有几分闷钝的痛。她还是固执地问冯艳莱，为什么？

为什么程阿姨对你那么好，你却要做这种事情伤害她？

为什么那么多人可以选，你却非要破坏别人的家庭？

你就那么虚荣吗？

你就这么爱抢别人的东西吗？

这些话，放在任何人的嘴里，都不会显得那么尖锐，可从祝云雀嘴里说出来，却能让冯艳莱整个人蜕一层皮。

努力维护的自尊，自欺欺人的粉饰，都变得脆弱又不堪一击。

冯艳莱终于绷不住了，刚擦干没多久的眼泪一下就流了出来，可情绪又是愤怒的、失控的。

她说："你觉得能为什么？还能为了什么，为了爱情吗？放屁，我是为了你和我的更好的生活！我就是虚荣，怎么了？不应该吗？你问问这世界上哪个女人不虚荣！

"你以为我养你那些钱很好赚吗？

"我难道是无坚不摧的吗？我不需要一个依靠吗？

"你又有什么资格指责我，你最没有资格指责我！"冯艳莱又哭得声嘶力竭，"你身上穿的每一件衣服，花的每一分钱，都是你这个不要脸的妈，在男人的帮助下赚来的！你又有什么资格指责我！

"挨打的人是我，被那么多人当众羞辱的也是我！

"清清白白站在这里的人却是你！

"他们都那样对我了,你为什么也要……你为什么也要这样羞辱我！"

冯艳莱精神崩溃地蹲靠着桌腿，捂着脸哭泣，像个无助的小孩。她哭得泪流满面，说："我错了，我错了还不行吗？我就不该回来，我不该。"

一边说，她一边狠狠抽着自己已经受伤的脸颊，连着四五下，抽得脸颊火辣辣的。

祝云雀唇瓣咬得快流血，终于进来阻止她。她红着眼眶，把冯艳莱使劲儿从地上拽起来。冯艳莱就抱着她哭，哭得上气不接下气，哭得鼻涕眼泪全蹭到她的外套上，脆弱得仿佛全世界都崩塌了。

那哭声让人气闷心碎，又无可奈何。她磕磕绊绊地哭，悲泣地呜咽着，一遍遍地说"我错了，真的，我真的知道错了"。

祝云雀怕冯艳莱想不开，特意给冯艳莱喂了镇定片。等冯艳莱睡着后，她才出门。

天已经黑透，也下了雪。不过南城的雪和北城不同，雪花不大，绵软得一碰到地面就融化。

祝云雀麻木地出门，又麻木地坐上地铁，去了最近的一家商场买手机。

刚巧有个牌子在做活动，她随手买了两部。等重新插上电话卡，又接到小陈的电话。

时间已经过了下班点。小陈这一天吓得不轻，但又不好找冯艳莱说什么，只能给祝云雀打电话说自己不想干了。

营业员在哪儿都是干，真没必要找个这么心堵的，得罪普通人还好，得罪一群有钱有势的，纯属找不自在。

这道理不用说祝云雀也明白，所以她没迟疑就同意了。

小陈松了口气，说她今晚把店里该收拾的都收拾了，但是店里的一些装修，还有玻璃柜、装饰品什么的被砸碎了一些，还是需要处理的，让祝云雀有空过来看看。

祝云雀应了，挂电话前，挺平静地跟小陈说，工资会按时打到她账户上。

小陈实在忍不住，问冯艳莱的状况。

祝云雀站在路边打车，口吻淡淡的："还行，睡着了。"

小陈问："真不打算报警吗，冯姐被打得挺惨的。"

捏着手机的手微微收紧，祝云雀抿唇道："不报了，麻烦。"

她语气无力，因为知道报了警也没什么用，丢人的还是冯艳莱。更何况，这事儿冯艳莱本来就活该。

她来到店里，看到里头一片狼藉，确实是砸得不轻。好在橱窗的玻璃没什么事，不然大晚上的连个屋子都关不严。

小陈确实贴心，里面该扫的垃圾，该清理的东西都弄好了，祝云雀只需要看看哪些地方要重新弄。

可当她看完监控后，又觉得，就这样吧。没什么弄的必要了，真没必要。

要说唯一舍不得的，就是冯艳莱摆在收银台上，那张母女俩的合照。那是祝云雀高中毕业后，冯艳莱送她去京大念书，两人在大学门口拍的合照。冯艳莱很骄傲，搂着她笑得很开心。后来这张照片还特意洗出来，放在她生意最好的店里。她说只要看到祝云雀，不管再累，都会有赚钱的动力。

只是可惜，那张照片不知道被谁踩碎，两人的身影已经被玻璃和硬物划伤，模糊不清。

祝云雀低眸看着那张照片发着呆，有种后知后觉的分崩离析感。她不明白，怎么突然就这样了，明明昨晚还好好的。

昨晚她跟冯艳莱通了电话，冯艳莱说明天给她发红包，让她好好出去过生日。

还有陆让尘，他说他把三环外的那套别墅收拾出来了，等生日当晚就可以开派对。

就连梁甜都说羡慕她，说她好幸福啊。

可一觉醒来，什么都变了，什么都没意义了。

是魔咒吗？好像每一次她生日，她想和陆让尘一起，都不会圆满。

祝云雀甚至不知道陆让尘在干什么，也不知道陆让尘在哪儿，她好像连主动找他的勇气都没了。

她忍不住想，他会恨她吗？

他是不是在恨她，所以到现在都没联系她？

是不是，以后他都不会再找她？

无数个问题在脑中闪过，她不受控制地胡思乱想着，就连手指被相框的玻璃碎片不小心划伤都不知道。

那口子不算大，却往外冒着殷红的血。也正是这痛感，把祝云雀扯回神。

茶几上放着的新手机在响，也不知道是谁找她。祝云雀忽然很疲惫，头也疼得厉害，她一点都不想接，干脆拉开茶几的抽屉，打算找个创可贴。

不想这时，店门被推开了。挺轻的一声，像是怕打扰到谁，连脚步也是收敛的。

祝云雀闻声下意识地说了句"抱歉，今天不营业"，结果话音刚落，她就看到陆让尘站在面前。

和她比起来，陆让尘显然更疲惫些。可即便如此，他还是低眸，耐心而平和地看着她，眼神和从前一样纵容，丝毫未变。

蓦地，他哼笑了声，好像什么都没发生过一样，说："傻看什么呢？男朋友不认识了？"

话说完，空气静默两秒。祝云雀按着发疼的伤口，倏地红了眼眶。

陆让尘是从医院过来的。

程丽茹这事闹得不小，即便病情已经缓和，情绪也没有好转。

陆鼎忠被打得不轻，知道程丽茹没事后，他都没再去医院看她，嫌丢人。

陪着程丽茹的就只有陆让尘，以及从北城赶回来的林稚。两人一直等程丽茹睡着，才去外面说话。

当时有一个帮忙打人的，是林稚的一个远房亲戚。那人把来龙去脉都说了，林稚听得气红了眼，说什么都要出去再闹一趟。

是陆让尘把她拦下来，皱着眉说了句："你能不能别跟着闹！"

林稚不吭声，想想又憋气："你别告诉我，你打算为那个祝云雀饶了她妈！"

林稚这人有仇必报，经过这事儿，她没法接受祝云雀了。

可陆让尘一开始就打算维护祝云雀。

两人站在住院楼下，陆让尘说："你能别给我添乱吗？这事儿跟她有什么关系？"

"当然有了！"林稚提高音量，眼睛都红了，"你觉得我干妈会接受你俩在一起吗！我要是你，现在就跟她分手，免得以后气得我干妈上不来气！多晦气！"

她这人吵架牙尖嘴利的，特厉害，基本上每次陆让尘都懒得和她对峙。可这回陆让尘却笑，笑得格外讽刺："两个人犯的错误，你非归到一人身上，陆鼎忠要没那歪心思，冯艳莱还能把他怎么着是吗？"

后面这句语调挺高，惹得路过的小护士都没忍住看了两人一眼。

林稚被噎了下，突然就没话了。毕竟出轨确实是一个巴掌拍不响的事，更何况还是连坐，把矛盾指向无关的祝云雀，似乎也觉得没理，林稚被他一骂反倒冷静下来。

等她再开口时，陆让尘朝外走了。

林稚跺脚："哎，你干吗去，不陪干妈了？"

陆让尘没搭理她，开车走了。

那个时间，南城已经开始下雪。明明挺浪漫的夜色，却因为路况有些堵，变得让人心烦。

陆让尘脑子里都是祝云雀。其实上午他就给祝云雀打过电话，但没打通。后来上了飞机，回去后又去找程丽茹，忙活那么久，也没什么心思打电话。等再想起来的时候，已经是这个时间了，祝云雀却从始至终都没找过他。

就好像她知道他在忙什么，她也知道找他不合适。

那种滋味，挺不好受的。陆让尘形容不出来，若非要形容，就是苦涩，就是怕。但要问他怕什么，他也说不清楚。

他并不完全了解祝云雀。他不知道她会怎么想，在知道冯艳莱被打得那么严重后，会不会恨他，或者有什么别的情绪。

可回头一想，又觉得好笑。这些破烂事跟他们有什么关系，他们又没做错什么。

这么想着，陆让尘又特别想见她。

明明昨晚还好好的，两人一起吃完晚饭，他送她回宿舍，在宿舍楼下拥抱接吻，甚至他给她准备的生日礼物，现在还带在身上。可现在两人就是莫名其妙地失联了。

想到这儿，陆让尘又给祝云雀打电话。不出意外，还是无法接通。

陆让尘干脆把手机丢到一边，就这么鬼使神差地开到事发地。

那个服装店，他很早以前就听程丽茹说过。程丽茹经常夸，说冯艳莱长得漂亮，会做生意，衣品也好，她选的男女装都好看，还打算有机会带陆让尘去她那儿转转。

结果被她形容得这么好的一个女人，反倒伤她最深。

陆让尘越想越觉得讽刺，干脆把车停在那家店外，想看看冯艳莱这人到底有什么魔力。

不想他刚下车，就透过玻璃橱窗，看到里面的祝云雀。清瘦的一小团身影，侧脸轮廓清秀好看，就这么呆呆地坐在沙发上，不知道在想什么。

光线不是很足，衬得那一幕有几分萧条。

陆让尘站在橱窗外看着她，喉结轻滚，心口忽然窒闷地疼了一下。

这一刻的光景，太记忆犹新，以至于很多年以后，陆让尘仍会在午夜梦回时记起这时的祝云雀。

祝云雀睫毛低垂，眼泪无声地往下落，一颗、两颗，落在地上，砸在他心里。

祝云雀不知道陆让尘什么时候过来的，陆让尘也没说，他牵起她手后的第一件事，就是带她出去买创可贴。

　　斜对面就有一家药店，两人十指相扣走过去，多余的话一句没说。

　　药店的人看了眼，说没事，是个小伤口，但也要消毒，于是买完药和创可贴，陆让尘就带她回到车上。

　　那车不是他的，是程丽茹的，就连车里的香薰都是女款。

　　陆让尘垂着浓长的睫毛，牵过她的手，默不作声地给她涂药，再贴创可贴。

　　祝云雀隐忍半晌，终于按捺不住说："阿姨怎么样了？"

　　陆让尘眼皮都不抬一下，平静道："没什么事，问题不大。"

　　祝云雀忽然就不知道该怎么继续聊下去。

　　还是陆让尘再次开口，他问她："阿姨还好吗？"

　　祝云雀稍稍错愕地看了眼他。

　　陆让尘笑："怎么了？"

　　祝云雀喉咙紧涩得厉害："你为什么还关心她，你不该恨她吗？"

　　就连祝云雀知道发生什么后，都有一刹那的恨。

　　陆让尘却说："恨有用吗？"他认真看着她的眼睛，"恨她就能让我我妈好起来吗？"

　　祝云雀被他摄人心魄的目光晃得心尖一颤。

　　陆让尘又垂眸说："就算没有你妈，也会有别人、张艳莱、王艳莱、李艳莱，他们俩的婚姻早晚都会走到这步。"顿了两秒，他扯唇冷笑，"男人的劣根性罢了。"

　　祝云雀被这话刺痛了下，很轻地蹙了下眉。

　　她想说，你也会这样吗？

　　可话到嘴边，又没有问出的勇气。她又有什么资格呢？

　　就这么清理好伤口，陆让尘又带她下车。

　　他问她："晚上吃饭了吗？"

　　祝云雀说没有，她不饿。好像忽然间，就没了从前的底气，她又变成高中时那个内敛沉默又自卑的祝云雀。

　　陆让尘低眸看了她两眼，那眼神说不清什么情绪更重。他喉结滚了滚，就这么突如其来地吻了下来。像安抚般，抬起她的下巴，在她唇上温柔地碾磨。

那一吻结束后，陆让尘眸光深邃地看着她，笑了笑："去买蛋糕吧，说好的，再给你过生日一定要买个好吃的。"

被他这么一说，祝云雀便想起高中他陪她过生日的那次，他嫌弃那临时买的蛋糕难吃，说下次要买个好的。

那时候祝云雀以为有下次，哪知道这个下次，竟隔了两年。庆幸的是，原来他一直都记得。即便过了这么久，也还记得。

眼眶忽然又热起来，祝云雀努力吸着鼻子，生怕泪落下来，点头。

陆让尘勾起唇角，牵着她去了临街的那家蛋糕店。那家店和冯艳莱的服装店没隔太远。这一条街都寸土寸金的，蛋糕肯定不会差。

陆让尘特意多加了两百块，让老板往前提单。等两人拎着蛋糕从店里出来时，雪还在浅浅地下。

夜色朦胧，仿佛笼了层纯洁的白纱，像电视剧里的氛围，稍一扭头看到陆让尘那张好看的脸，更能入戏了。

祝云雀勾勾他的手指，试探着说："去店里吃吧，里面还有些东西，我还没收拾完。"

她说的是冯艳莱的服装店。挺敏感的地方，但她就是想回那儿，像是潜意识里想摸清陆让尘的态度。

然而陆让尘似乎根本没当一回事，他还是那副惯着她的口吻："行，我帮你一起收拾。"

说话间，修长骨感的手把她攥紧了些，又塞进口袋里，温热又踏实。

祝云雀鼻腔蓦地涌上几分酸意，可惜还没来得及说话，陆让尘兜里的手机就响了。

陆让尘顿了下，拿出来接。祝云雀抽出手，瞥了眼，隐约看到林稚两个字。

不用求证，电话一接通，就听到那姑娘标志性的嗓音。泼辣的性子，喜欢你的时候，能跟你直爽地说体己话，讨厌你的时候，字里行间都是厌恶。

祝云雀就在林稚口中听出了她对自己的厌恶。

林稚问陆让尘是不是和她混在一起，让他快点回去，说程丽茹醒了，想见他，让他别惹干妈伤心。

314

陆让尘闻言神色明显僵了下。他很少有这样不自然的表情，甚至都没敢看祝云雀一眼，就这么别过头去接这通电话。

祝云雀说不上心里什么滋味，只是扯着嘴角，挺无力地笑了。又默默看了眼陆让尘，她抿了抿唇，没吭声，就这么拎着蛋糕转身走了。

没什么关系的，反正蛋糕已经在她手里，她一个人吃说不定更开心。

这么想着，脚下忽然一滑，祝云雀一个闪身差点跌倒。就在这瞬间，身后一股力猛地拽住她，再把她扶正。

是追过来的陆让尘。他揽住祝云雀的腰，把她禁锢在怀里，高眉深目有种刚才没有的凛，来势汹汹般。

陆让尘喉结滚动，盯着她的眼睛，嗓音低哑："干什么去？"

那眼神，仿佛他稍一放松，祝云雀就会消失在这苍茫白雪里。

也不知是冷的，还是什么别的情绪在作祟。祝云雀颤着睫毛，说不出话，几秒后才哽着嗓子说要回去。她挣脱开陆让尘，说："你走吧。"

陆让尘情绪看起来不温不火的："那你怎么办？"

祝云雀吸吸鼻子，说："我去收拾东西啊。"

陆让尘不作声，只看着她，眼神里的犟劲顽固不化。僵滞几秒，他攥紧她的手腕说："你跟我一起去。"

说着就要拽她走，祝云雀往回抽手，她眼眶红着，心口泛酸。她压抑着什么，说："陆让尘你疯了吗？"

陆让尘停下脚步，垂眸看她，眸色淡得没有情绪。

几片雪花落在他的睫毛上、鼻尖上，很快又融化。那张每个角度都被老天镌刻的完美的脸，在冬日里显得更为矜傲和不真实。

仿佛有什么阻止不了，在彼此之间慢慢失控。

陆让尘眼尾渐渐泛红，忽地扯唇笑了下，说："那么着急走干什么，我还有礼物没送你呢。"

心跳隐隐漏掉一拍，祝云雀的声音模模糊糊的："什么？"

陆让尘从外套的另一只口袋里，拿出一个黑色扎着蝴蝶结丝带的首饰盒，打开，里面安安静静地放着两枚戒指。18K金，很简洁的款式，指环上分别刻着两个英文单词。

陆让尘拿出其中一枚，轻轻地说："手给我。"

好像那一秒，连陆让尘的目光都变得沉甸甸的。

心情微妙地紧绷起来，她没说话，只神色麻木地把手伸过去。

细瘦白皙的一只手，牵起来特别软，特别舒服。两人在一起的时候，陆让尘总爱玩她的手，再后来，熟悉得连她指围多少，他差不多都清楚了，于是就诞生了给她买戒指的想法。

是很早之前定制的，上面刻了英文字母，陆让尘想着送给她当作生日礼物。

陆让尘握起祝云雀的手，把那枚尺寸小的戒指，套到她的中指上。

如他所料，正正好好，玫瑰金的颜色让她的手看起来更为修长好看。

祝云雀这才看清上面的英文单词——"wind（风）"。

她又朝另一枚看去，陆让尘就转动戒指，让她看得更清楚些，是"kite"，风筝。

寓意很简单，她做她的风，他做她的风筝。

暗潮涌动的心绪，就在这瞬间被制伏。祝云雀眸光闪烁着，顿时什么话都说不出来了。

所有的恐惧、担忧、不自信，在这刻仿佛被冰封住，心里满满当当的只有悸动。

陆让尘当着她的面，把那枚戒指也摘下来，就这么套在中指上，完美契合。

"这礼物还喜欢吗？"

分明是桀骜不驯的性子，对待她时却总是这样体贴温柔，就连对她说话，也总是认真的态度，分毫不怠慢她的爱意。

以至于祝云雀忽然就觉得自己何德何能，配得上他这样珍贵的喜欢。

明明她也没那么好。

明明她的母亲那样恶劣，不堪。

想着，眼泪就落下来，从她那双晶莹剔透的眼睛簌簌往下落，砸在雪里，烙下深浅不一的痕迹。

陆让尘总是哄着她的，他帮她擦着眼泪，笑道："哭什么，我又不是不在了。"

祝云雀摇头，眼眶红得厉害。陆让尘干脆把她扯过来，紧紧搂在怀里，深深舒出一口气。

他早就想这么做了，就好像只有抱紧她，他才觉得踏实，才觉得安心。

喉咙里滚出的字眼沉哑滚烫，陆让尘说："你抱我一下，抱我一下，我再离开。"

他语气里有种少见的低落，像是站在高处的天之骄子，拆碎一身傲骨，为她折腰。

泪水落在他的外套上，洇湿一片。祝云雀的心口窒闷得厉害，好像只能双臂环抱住他才能消解。

于是她也把他抱得很紧，紧得仿佛要长在他身上。

陆让尘瘦削的下巴抵在她单薄的肩膀上。他浓睫低垂，大手扣着祝云雀的后脑勺，恋恋不舍地轻声说："雀雀，生日快乐。"

祝云雀咬住唇，气息破碎。

陆让尘揉了揉她的后脑勺，低声道："明年生日我还陪你一起过，好吗？"

后来再想起这一晚，祝云雀总觉得南城的雪，似乎比天气预报报的还要更久些。

雪落地就化，影响了交通和气温，却不影响那晚的浪漫。毫无悬念，这场雪上了同城热搜，社交软件上都是年轻人拍的雪景照片。

只是可惜，那些浪漫并不属于她和陆让尘。

林稚尤为较真，三番五次打来电话催他，生怕他不回去。其实他们根本没有心情欣赏那场雪，陆让尘把她送回店里后便开车离开。

于是这晚的最后，深植在祝云雀脑中，关于十九岁生日最深刻的画面，就只有陆让尘离开前，上车的那一幕。

像是把小朋友送回家后，不知道去哪儿又会消失多久的家长，陆让尘坐在车里，眸光沉沉地望着她，眼神像扯不断的风筝线。

祝云雀僵持着那一瞬的怅然，终于挤出一丝粉饰太平的笑，冲他挥了挥手。

她始终记得，陆让尘临走前，冲她淡弯着嘴角，以示安慰的笑，以及戴着那枚和她一对的戒指的手。

只是她不知道，那枚戒指陆让尘会戴多久，他回到程丽茹面前时，会不会亲手摘掉。

接下来的几天，日子意外平静，好像那些破烂糟心的事完全没有发生过。

317

祝云雀老老实实地待在家里，陪冯艳莱过元旦。白天两人收拾店面，去医院复查，还找了新的住处。

　　程丽茹的房子冯艳莱不想再住下去，也没脸再住。她们很快就找了搬家公司，只花了一天时间就搬完。

　　等到晚上，祝云雀也终于有时间要来梁甜的笔记，为即将到来的考试做准备。

　　那几天，生活仿佛一下回到高中。她常常一个人独处，坐在卧室的书桌前，与题海为伴。

　　其间陆让尘找过她几次，都是打的电话，他打，祝云雀就接，时间不长，有时候是陆让尘主动挂断，有时候是祝云雀要挂断。

　　她知道他在避讳着什么，她配合他的避讳。

　　她没什么好埋怨的，也不忍心他两难。

　　后来回到学校，她也渐渐习惯了这样的交流频率。只是身边人感到意外，怎么陆让尘那阵子都没在祝云雀身边，好奇他们俩感情是不是出了问题。

　　祝云雀对这些事向来看得开，回答也无所谓，她说："他最近家里出了点事，没回来。"

　　加上临近期末考试，大家都忙着复习，渐渐地也就没人在意这对耀眼的情侣，包括祝云雀自己，连着几天都泡在图书馆不出来，除了学习，好像什么都不在意。

　　等再见面，还是考完第一门后。

　　那会儿祝云雀和梁甜手挽着手从教学楼里出来，还没走多远，就看到等在树下的陆让尘。

　　一月份的北城，刚下了场雪。空气清新干净，夕阳余晖隐隐透过厚重的云层，天凝地闭间，是大片的霜白色。

　　陆让尘就站在被雪包裹的树下，隔着涌动的人流盯着她看，忽然勾了下唇。

　　晚上陆让尘带着祝云雀和队里的人吃了顿烤肉。

　　陆让尘好像根本不饿，烤好了就夹给祝云雀。祝云雀默然无声地吃着，看到他中指上的那枚戒指依然在。

　　吃完后，一伙人又闹着去唱歌。

　　陆让尘就问祝云雀想不想去，祝云雀不爱扫人兴，就说去。

开始挺高兴的，大家唱歌、喝酒、玩游戏。

那些男生都带了女朋友来，如果这些女生输了的话，酒就给男朋友喝。祝云雀手气一般，所以玩来玩去，陆让尘替她喝了很多。

后来祝云雀不打算玩了，借口上厕所，出去接了个电话，是冯艳莱打来的。

这阵子冯艳莱特别黏她，基本上一天一个电话。祝云雀也难得耐心，即便有时候接不到，过后也会打回去。

陆让尘见她去厕所那么久还没回来，直接出去找她。结果发现她穿着单薄的毛衣，站在KTV的门口，低眸耐着性子打电话。光听她语气，也知道是在跟谁说话。

陆让尘缓缓走过去，没催她，只是把外套脱下来给她搭着，又搂过她的腰，把人箍到怀里，下半张脸埋在她温暖的颈窝，深深吸了口气。

祝云雀感知到他的疲惫，牵住他覆在她腰间的手，两人的对戒碰到一块儿轻轻摩擦。

终于，冯艳莱将该说的都说完了，在挂电话之前，她突然问了一句："都考试了，陆让尘回去了吗？"

空气有一瞬间的凝滞，祝云雀静默须臾，说他回来了。

这下换冯艳莱沉默，像是想问什么，但又不敢问，最终只能若无其事地挂断电话。

陆让尘直起身，捞过她的胳膊，正面环抱着她。他身上散发着淡淡酒气，清冽的、蛊人的，还有独属于他的乌木沉香。

好像这一刻，两人才真正全然地面对彼此。

陆让尘摸着她的耳垂，深眸锁着她："不想唱歌了，回家吗？"

他说的家，就是学校附近的公寓。算一算，祝云雀已经很久没去。

揪着陆让尘卫衣帽子的抽绳，她低眸，清丽的一张脸始终淡淡的，也不知道在想什么。

陆让尘没告诉她，他早就想她想疯了。他哑着嗓子低语："不想我吗？"

祝云雀嘴角很轻地牵了牵："想。"

但又不敢过分去想，怕什么都得不到，最后失望。可是，真正爱一个人，又怎么会忍得住。

祝云雀跟陆让尘提前回了家。

十来天没回,却是一尘不染,甚至猫碗里还添了新的水和猫粮。

祝云雀脱下外套后,瞥了眼,还没说话,就被陆让尘推到墙上。他的吻还是那样急和凶,扣着她的下巴尖,质问她,最近和她走得很近的那个男生是谁。

原来他都知道,只是从来不说。

祝云雀后背抵着墙面,攀缠在他身上,执拗地故意气他,说:"备胎,怎么了?"

但其实不是的,没有备胎,什么都没有,她只喜欢他一个。他所问的那个男生,也早被她拒绝了,两人走得近是因为课题和班级活动。

可祝云雀不解释,陆让尘哪里又清楚。他只知道自己快失控了,这么多天来,他见不到祝云雀,甚至在家里,连手机都不能多看几眼,生怕刺激到程丽茹。

离婚,请律师,打官司,财产纠纷。还有程家施加的各种,一切的一切,必须要他参与。所有的压力好似都转移到他一个人身上,以至于这段时间的陆让尘,时常觉得自己像一座岌岌可危的城,说不定哪一秒,就遽然崩塌。

也只有见到祝云雀,陆让尘才觉得自己紧绷的神经能松懈。

窗外簌簌落着薄雪。

陆让尘像是把所有精力都用在她身上,说出的话也带着狠劲儿,一遍遍地问她:"就不知道找我吗?嗯?我不找你,你是不是就一直可以不找我?"

越质问,越是发狠,报复似的。

祝云雀累了,双手胡乱地将被单抓乱。

索性陆让尘想怎样,她都随他,哪怕疼到红了眼,掉了泪,能够在这个雪夜彼此拥有,也算浪漫。

一切结束后,陆让尘抱着她,额间沁着薄薄的汗,两人的气味混合到一块儿。他把她搂得很紧,恨不能融到一起,不愿松开一点。

祝云雀眨着眼,望着漆黑的吊顶,忽然意识到,陆让尘好像真的很爱她。

但她不敢期盼他们的未来是长长久久的,甚至有种预感,或许这一切很快就会结束。

到那时，也不知道谁会抽身得更快，放下得更利落些。

祝云雀回想起这段时光，总觉得一个比喻挺恰当的，叫"黎明前的黑暗"。

黎明是对程丽茹和程家而言，黑暗才是她和陆让尘的。

考试结束后，陆让尘就要马不停蹄地回去陪着程丽茹。不在南城，也不在北城，而是去了新西兰。那边适合程丽茹疗养，程家早早便安排好，让陆让尘陪着待上一个寒假。

祝云雀则按部就班地回南城过寒假。

这段时间，陆让尘联系她依旧频繁，微信、视频、打电话，一样不少，但时间也都不长，像是仍在避讳着什么。他却又不肯放松，生怕她多想。

祝云雀回家后，见了许琳达。

许琳达并不知道两个家庭发生的那些不堪。

她只是觉得陆让尘怎么谈起恋爱这么黏人，这么没有安全感。

她忽然想到什么，神色正经地看着祝云雀："对了亲爱的，有件事我忘了跟你说。"

两人正坐在猫咖里撸猫，祝云雀怀里抱着一只起司美短，闻言抬了抬眉，问："什么？"

许琳达咬唇，斟酌道："我跟你说了，你可别怪我啊，我真不是故意的，其实说不说都不影响你俩谈恋爱，但我觉得吧……我不应该瞒着你，毕竟是我不对……"

祝云雀忍不住笑了下，说："你给我痛快点。"

许琳达撇撇嘴，只好老实招了。

就是前阵子，她和邓哲破冰了，邓哲跟她说了一件事。

"之前有一次我跟邓哲吵架了，一直哭，后来邓哲把我送回家了，然后我好像迷迷糊糊地把你一直在意陆让尘的事告诉他了，他就告诉陆让尘了。"

许琳达愧疚地看着祝云雀："我也不是故意把你的秘密说出来的……你也别怪邓哲。要不是他告诉陆让尘，陆让尘估计也不会选京大，你俩说不定还没在一起呢……"

一口气说完，许琳达如释重负，却不想一抬眸，见祝云雀神色有些放空,不知道在想什么。许琳达心里"咯噔"一下:"哎,你真生气了啊,我发誓,邓哲除了让哥没告诉过别人!"

祝云雀回过神,摇头说:"不是,没生气。"

"那你刚刚在想什么?"

"什么都没想。"祝云雀望向玻璃窗外繁华的街道。她只是忽然觉得,自己好像远没她想象中那么独特和不可或缺。

之后,她又参加了两场同学会。反正在家也是闲着,不如多出去散散心。

她虽然在班上存在感不强,但人缘一直不错,再加上她和陆让尘谈了恋爱,导致聚会的时候好多人都围着她问陆让尘怎么没来。

祝云雀就说他在新西兰陪母亲。

后面她去厕所回来,听到两个男生在背后议论她:"陆让尘哪是去新西兰啊!他明明在国内,前两天我还在南城第一医院碰到他了。"

话刚说完,就见祝云雀进来,落了座。她还是那副清冷淡漠的模样,清秀漂亮的一张脸,永远没什么情绪,身上那股气质,有种不好亲近的高傲感,却又让人移不开眼。

两人闭了嘴,后来也没敢再跟祝云雀搭话。

聚餐结束,祝云雀选择走路回家。风雪很大,她回家就得了重感冒。

临近年关,冯艳莱去广州进货,没人管她。

祝云雀只能给陆让尘打电话,可是陆让尘没接。

这一晚她特别执拗,明明每天陆让尘会在固定时间找她,可她就是想打。他不接,她就一遍遍打,像在求证什么。

可最后的最后,陆让尘都没接。

祝云雀没再打,自己套上羽绒服下楼,找了间诊所,去打吊针。

打到第二瓶的时候,对面床上来了一对情侣,男生陪着女生挂水。怕女朋友无聊,他还给她买了很多零食,准备了平板电脑放电视剧,就是为了哄她开心。

女孩子笑起来真的很明媚,明媚到祝云雀也不由自主地牵了下嘴角。

只是再低眸的时候,鼻腔忍不住泛酸。

一整晚,陆让尘都没打电话过来。

祝云雀永远记得,他们断联了三天。

这三天里,她没等来陆让尘,却等来一波接一波的噩耗。

就在冯艳莱刚从广州回来的那天，网络上爆出某高校教授陆鼎忠婚外情的重磅消息，而他的出轨对象，就是该校附近的一家网红服装店的店主冯艳莱。

那天冯艳莱被打的视频，也被不知名的路人传到网络上，一时间，舆论四起，霸占了当天热搜的半壁江山。

祝云雀还是从京大校友群里知道的这件事。

不知道是谁扒出她母亲就是冯艳莱，陆让尘的父亲就是陆鼎忠，消息一爆出来，群里都在讨论他们的事。

消息一条比一条刷得快，似乎只有热烈讨论，才能满足他们窥探别人生活的好奇心。

祝云雀心口紧绷着，退出界面。

没多久，电话一个接一个打来，都是一些关系不错的人，有许琳达、梁甜等朋友，祝云雀一个都没接，除了叶添。

叶添跟她说，冯艳莱的店又出事了，现在好多人都过去围观和闹事。他也是临时路过，看到的。

听到这个消息，祝云雀如遭雷击，好像忽然间就被抽走全身力气。

她连忙打车去冯艳莱的店里。只是过去的时候，已经晚了，叶添为了维护冯艳莱，和一个路人打起来，那个路人被打伤了头，流了好多血。

有人报了警，警车没多久就过来了，叶添和冯艳莱就这么被带去警局。

最后，这场纠纷闹了整整一天。被打的人好不容易才答应收钱和解，叶添也终于没有犯事的危险。

邓佳丽吓得一直哭，在警局外一下下打着叶添，骂他不争气，不让他打架为什么还打。叶添也不吭声，就这么一脸倔强，根本不觉得自己做错。

没多久，祝平安也来了。好歹做过夫妻，又共同养育了一个女儿，祝平安过来后安慰了冯艳莱。

不想他一来，冯艳莱更崩溃了，坐在椅子上捂着脸哭得好大声。

就只有祝云雀，全程冷静得像个局外人。她没什么话想说，也没什么情绪好释放。她只是好累，只想睡一觉，再也不醒来。

值得庆幸的是，那场闹剧，仅持续一天便结束了。不知道是谁花钱压的热搜，关于冯艳莱被打的视频都删没了，唯一剩下的就只有陆鼎忠被停职处分的消息。

全网关注的重点，很快就被新的热点所代替，每个人都忙着迎接新的一年。

转眼，到了春节。节日带来的喜气，似乎真的可以将一切喧嚣冲淡。

冯艳莱看起来挺正常的，除夕当晚，她还带着祝云雀，回烟柳巷过年。

有些别扭的一家人，气氛却融洽。吃过饭，祝云雀和叶添坐在沙发上看春晚，之后便收到了梁甜的消息。

梁甜先是问她和陆让尘联系上了没，之后又跟她说，之前在群里议论祝云雀的那几个人被辅导员找去谈话了。还有学校论坛上，针对两人的事开的讨论帖，也无一例外被删除禁言。

梁甜让祝云雀放心，说那些破烂事都过去了，不会再伤害到她。

祝云雀其实已经好多天没联系那些人，她手机一直处于关机的状态，是冯艳莱他们一直嚷嚷着让她去群里抢红包，她才打开。

结果一开机，就有好多未接来电和消息涌出来。其中最多的，是来自陆让尘。

在她关机的这几天，陆让尘终于出现了，他给她打了好多电话，也发了好多消息。他说他想见她，说要和她好好谈谈，他说有很多事要跟她解释。

最近的一条消息，还是半个小时前发的。

祝云雀说不上那瞬是什么滋味，只是觉得，嘴里的糖明明是甜的，她却觉得苦，电视里的人说说笑笑很开心，她却感知不到。明明很想哭，可大家又都在笑。

梁甜说的那些，祝云雀早就已经不在乎。在某些方面，她算是一个钝感力很强的人，可同样，对于某些人某些事，她只要一想到，就难过得要命，难过得无以复加。

最终，祝云雀只回了梁甜一句话：谢谢你甜甜，我很好，也没事。

发完后，她又点开和陆让尘的聊天界面。

界面里，满满当当的都是他发来的消息。祝云雀从没见过陆让尘用近乎卑微的语气和她说话，他一遍一遍央求她，让她出现，让她接电话，让她答应见一面。

祝云雀忽然笑了，眼泪像断线的珍珠，噼里啪啦地往下落，一滴一滴，砸在屏幕上洇开，上面的字也跟着模糊。

祝云雀近乎窒息般，指尖发麻地敲了一行字：陆让尘，我们分手吧。

发完那条消息，祝云雀就关了机。

· 第十四章

情非得已

漫长的除夕夜还未过去。三环外本该僻静的别墅区，被喧闹的烟花炮竹声淹没。室外火光通明，喧嚣四起。程家却冷清得近乎死寂。

陆让尘浓眸翻涌着戾气，拎着外套从楼上下来，缠着纱布的右手紧紧攥着车钥匙，钥匙上还挂着和祝云雀同款的那只小熊。

程丽茹就坐在客厅沙发上，面无表情地看着电视，见他要走，才稍稍偏开目光看他。

这几天来，该吵的吵，该闹的闹，似乎所有人都已经疲倦，只等这糟糕的一年过去。

程丽茹在这刻也没力气再说什么。她只是声音很淡，淡得没有任何情绪："回来的时候，记得把门锁好，上楼的时候轻一点，我睡眠不好。"

说完，程丽茹关掉电视起身。

陆让尘却没动，神色寂灭地看着她，声息凛冽："我不会再回来了。"

程丽茹脚步顿住，终于正眼看他。

陆让尘眸底蒙了层薄霜，眼神里的冰冷讽刺得像一把刀，直扎她心口，他皮笑肉不笑地道："你可以活得很好，以前是我低估了你。"

嗓音沙哑，倦怠得没了朝气。

程丽茹目光闪烁着，眼里的水汽像是快要抑制不住。

她后知后觉地，忽然心疼得厉害。

她忍不住轻颤着叫了声："阿让。"

陆让尘却没回头，毫不留情地推门离去。

这一年南城的天气尤为捉摸不透，明明前一刻还烟火满天，没多久又开始下起雨夹雪。

陆让尘出来便戴上棒球帽，开车去了祝云雀所在的小区，就是程丽茹租给冯艳莱市中心的那套，结果却扑了个空。

之后呢，之后又去哪里？她又会去哪里过年？

心脏仿佛被什么吊着，陆让尘头痛欲裂，生平第一次为一件事这样焦头烂额。

把车停在小区外，他打电话给两人共同认识的人。然而所有人的答案都一样——不清楚，不知道，不了解，甚至许琳达也联系不上祝云雀。

许琳达看了前两天的新闻，有些云里雾里的，但又觉得太敏感，不好说什么，想想就只能给建议："不然你先等两天，等过完年再去她妈妈的店里找她呢？"

陆让尘嗓音有几分嘶哑，他叹气失笑："你觉得她会等在那儿让我找吗？"

许琳达犯难，默了几秒又说："难不成她回了烟柳巷？她往常是在那边过年的，但今年嘛……不清楚。"

陆让尘心头一凛。他怎么就没想过烟柳巷，明明那才是和她渊源更深的地方。

抱着最后一丝希冀，陆让尘用最短的时间去了烟柳巷，可即便如此，他也依然没有办法找到她。

烟柳巷说大不大说小不小，那么多户人家，他找她就像大海捞针。到最后，也只能把车停在胡同口，不知该往哪儿去，也不知该退去哪儿。

等到后来，他想离开，却在无意间看到下楼倒垃圾的叶添。

还没怎么长开的少年，脸上被揍的伤还没消退，被车灯晃得眯了眯眼。

陆让尘下车叫住他，叶添看到陆让尘的瞬间，明显愣了下，对方浑身上下透着颓废的气息。

陆让尘缠着纱布的那只手不管不顾地按住他的肩膀，问他："祝云雀呢，祝云雀在哪儿？"

眼神里的紧迫不像是骗人的，以至于叶添短暂地疑惑了一下，才说："你不是和我姐分手了吗，还来找她做什么？"

叶添带着几分厌恶地看着他。

陆让尘却全然不在意，哽着嗓子说："没分，我不同意。"

叶添甩开他的手："管你同不同意。"

说完要往外走，不想陆让尘不依不饶地再度拽住他，攥得死死的，像是拽住最后一根救命稻草。

叶添被他拽疼了，转身想挥拳揍他，却忽然看到他绑着纱布的那只手开始渗血。

两人之间还有三千块钱的交情，叶添突然哽住，心软了一瞬，绷着唇角问："你手怎么了？"

陆让尘这才意识到疼，眉头稍蹙，他收回手："不重要，你只要告诉我她在哪儿。"

叶添："可她就是不想见你呢？"

陆让尘喉结滚了滚："那我也要见她。"

叶添是真拿他没办法，思索片刻，也只能皱着眉道："她回家了，新家在哪儿我也不清楚，但我知道她明后天就要回北城。"

陆让尘空洞的眼倏然亮起，随即面露机警："她回北城做什么？"

叶添耸肩："那谁知道，她要干什么谁也不清楚，反正我是觉得，大过年的，你要是真为她好就别去烦她。我之前还看到她跑去厕所哭了，哭得可伤心了。"

喉咙像是卡了根刺，连呼吸吞咽也觉得痛苦，陆让尘长睫低垂，说："好，我不去打扰她。"

叶添不打算理他，转身要走。

陆让尘却再度叫住他："能帮我传一句话吗？"

叶添迟疑两秒问："传什么？"

眉宇间积压着无法言说的晦涩，陆让尘哽了一瞬，说："告诉她，我对她从来没变过。"

那场雨夹雪，最终下到后半夜才停。陆让尘的车也在空荡的市区一直游荡着，就这么抱着渺茫的希望，漫无目的，也无处可归。

最后绕来绕去，他回了那套小一居室。

很久没回去，没有一点生活气息。

李铁估计是从程丽茹那边知道陆让尘情况很差，过来陪他。当晚两人喝了很多酒，空瓶子躺了一地。

陆让尘这阵子身体不好，没喝多少便醉了，第二天发了高烧。

之前那几天他被困在家里，和几个程家派过来的安保人员动了手，伤口挺深，一直没好利索。大晚上的又是吹风淋雨，不发烧才怪。

李铁很急，当即叫来周槿一起把陆让尘送到医院。

周槿知道来龙去脉，是真心疼得不行。她和李铁一直把陆让尘当弟弟看，谁能看着自己弟弟这么难受啊！

周槿也是胆大，趁着陆让尘休息的时候，从他手机里找到祝云雀的电话号码。

也是巧了，周槿一打，祝云雀就接了。

周槿其实挺生气的，她觉得分手就分手，逃避什么，拖着人很开心吗，她可不管那么多，怎么想的就怎么骂。当然骂完也后悔，因为祝云雀不吭声了，像鹌鹑一样。

李铁立马把手机抢过来。

周槿一下就急了，刚要骂他，不想下一秒，祝云雀嗓音轻柔地开口了，鼻音特别重："陆让尘现在怎么样了，他还好吗？"

李铁态度软下来："他现在不怎么好，在病房里挂水休息呢。"顿了顿，又补充说，"他手受伤了。"

怕祝云雀挂电话，周槿也跟着语速很快地补充，说陆让尘那几天不找她，不是因为要冷落她，也不是要逼她分手，是因为他妈妈。

前阵子程丽茹闹得要死要活，非要让陆让尘跟祝云雀分手。陆让尘始终不同意，程家就干脆用了硬办法，直接把他关家里了。

李铁知道的内情多，也跟她解释："他确实是没去新西兰，他不是想骗你，是怕刺激到他妈妈，他妈妈前段时间状态很差。

"但是他妈妈也确实过头，明明是夫妻俩的事，总逼着陆让尘。陆让尘也快被逼疯了，昨晚是大年三十，连家都不回了。

"要我说，妹妹，你别怕，其实真没什么的，我估计阿姨看到他这样心也软了，没多久也就不管你俩了。咱好说好商量，别跟他闹脾气了行吗？他没你都快要死了。

"真的，我没骗你。"李铁犯愁地说，"陆让尘昨晚喝多了也一直在叫你的名字，一直在叫。我以前没觉得他喜欢你到这个程度，真的。"

那边李铁说着，这边刚下飞机没多久的祝云雀拖着行李箱，边往外走，边掉眼泪。后来上了回市区的大巴，祝云雀也都一直没说话。

李铁和周槿还在轮番劝说，最后祝云雀说："抱歉，我没法回去照顾他，这几天就麻烦你们了。"

李铁察觉到什么，语调稍扬："那你这是原谅他了？"

祝云雀没正面回答，只是说："我回学校了，如果他想找我谈，可以来这边找我。"

李铁和周槿当即高兴起来。

但其实，两人已经结束了，只是陆让尘并不懂。

祝云雀当天回宿舍安顿好没多久，就接到他的消息：晚上学校见。

祝云雀看着那条消息，心口钝痛。她想着陆让尘这会儿应该是怎样的，是不是会很高兴，是不是连吊针都不想打，就已经开始买机票准备回来哄她。

他总是那样，任性、难驯，一旦做了什么决定，谁也无法撼动。

可他们之间，没结果的。

晚上，两人约在校外的一家咖啡厅见面，祝云雀甚至化了个淡妆。

大年初一的晚上，咖啡厅里没什么人。

祝云雀看着陆让尘，他戴了顶棒球帽，帽檐底下露出那双狭长漂亮的眼，那片阴影显得那双眼睛更加深邃迷人。

但也很危险，一不小心就会陷入其中，无法自拔。

想着，祝云雀又移开眼，去看他包着纱布的手。

陆让尘喉结滚动，只顾看着她的脸，怕一眼没盯牢，她又消失不见。

祝云雀问："还疼吗？"

陆让尘摇头，嗓音低哑："早不疼了。"

说话间，他用那只手，在桌下牵住祝云雀的手。祝云雀一哽，想躲，但陆让尘握得更紧，也不管那伤口疼不疼，就这么死死握着。

就是这一瞬间，两个人眼眶都红了。

陆让尘挤出笑："别闹了好吗，跟我回家，雀雀，我知道错了。"

听到这话，祝云雀也发涩地笑。

陆让尘又做错了什么，他什么都没做错。

她垂着泛红的眼皮，努力让眼泪不掉下来："对不起啊陆让尘，错的不是你，是我。"

陆让尘不说话。

祝云雀抬头看他："真的，错的是我，还有我妈，其实该说对不起的人，一直是我们。"

陆让尘还是不说话，眸光晦涩地看着她，只是牵着她的手更紧了。

直到祝云雀说出那句："陆让尘，我要出国了。"

沉默仿佛在彼此间画出一道泾渭分明的线。

服务生就在这时给两人送上热饮。

陆让尘像是被人按着头，溺在水里，呼吸不过来。也不知僵持了多久，他哑着嗓子开口，像是气笑又心凉到极致："什么时候决定的事，我怎么不知道？"

祝云雀说："这两天决定的。"她低眸看着面前的咖啡，"我妈也觉得澳大利亚不错，她能负担得起，到那边我们可以开始新生活。"

说到这里，陆让尘下颌线紧绷着，明明情绪已经起伏成波涛，却还是强忍着，直勾勾地看着祝云雀："是为了躲我吗？"

祝云雀迎着他冷漠的目光，说："我们不是已经分手了？"

这话像轻轻落下的刀，毫不留情地给两人的关系判了死刑。

陆让尘突然就笑了，笑得让人心里泛疼，不得不攥紧指尖，咬紧牙关。

陆让尘问她："为什么？"

后来祝云雀想起她那天的表现，其实挺拙劣的，但伤人的话是事实，她也不知道脑子里在想什么，只知道把狠劲发挥到极致。

她说："陆让尘，你给不了我想要的，你也会毁了我。

"你家权势那么大，动动手指就可以把我和我妈置于死地，我惹不起的。

"谈个恋爱而已，我不想伤筋动骨，也不想把自己逼到绝路。

"还是你真觉得，你能为了我放弃你妈，还有你优渥的生活？你又真的拥有什么，能给我什么呢？

"陆让尘，爱情没那么伟大，你也没那么伟大。

"我不求什么，但我也不想，也不要做最后被抛弃的那个。"

最后这句，是她的真心话。祝云雀的眼泪终于掉下来，她却笑着说：

"你知道，我这个人很现实的。"

曾经她以为，陆让尘是因为喜欢她，而来京大念书、追她，可后来，她才明白，那一切是因为陆让尘得到了一个明确信号——他知道了她一直是在意他的。

但如果，没有那个信号，可能他们根本不会有今天。

祝云雀承认陆让尘是喜欢自己的，但可能，那份喜欢远没有她想象中那么独一无二，非她不可。

或许她只是他人生风景里一个还算起眼的过客，他在年少轻狂的青春里，也乐意花时间为她下车。

只是，祝云雀没勇气抵抗未来了，在听到许琳达那些话的瞬间，就已经没有了。

说完这些，祝云雀把那枚陆让尘送给她的对戒摘下来，放到桌上。

戒指在咖啡厅的光线下，显得尤为闪亮。陆让尘薄唇泛白地盯着那枚戒指。

祝云雀起身离开。

外面不知何时下起雪来，雪势远比南城要大。出去的时候，路面的白雪覆盖得已经有些厚度。

新换上的靴子有些打滑，视线也被水汽氤氲得模糊，祝云雀不知道自己是怎么走回学校的，只知道眼泪就这么落了一路。

直到身后再次响起脚步声。陆让尘冲上来拦住她，死死地攥住她的手腕。

这晚雪大，风也大，凛冽地吹在脸上。

祝云雀额前发丝被吹得凌乱，就这么看着陆让尘。

她不知道他究竟是怎样说服自己的，明明她那些话已经那样伤他自尊，他却还是追过来，折断所有傲骨。

他哽着嗓子，眼眶泛红："不分手，行不行？求你。"

祝云雀紧紧咬着唇，从始至终不回应一句，不看他一眼。

像是被她的反应刺痛，陆让尘没有坚持太久，到底扯唇很难过地笑了。那笑里满满的自嘲，攥紧的手也随之松开。

死寂般的沉默在两人中间划开泾渭分明的裂痕，谁也没有先行移开脚步，却还是无法阻止命运在那一刻到来。

331

"最后一次，祝云雀，"陆让尘声音发颤，"我最后问你一次，和好，我们就永远在一起；不和好，你走了就别回来，你还要分手吗？"

这话算狠，也算决绝，甚至祝云雀在那一秒已经近乎窒息。可不知道为什么，明明是威胁，说出来却像在摇尾乞怜。

祝云雀看着他，已经分不清那一刻是痛感更多，还是麻木更多。她恨不得这是一场梦，一场执着的少女心事催生出来的触不可及的梦。

梦里，月光独独洒落在她身上。她却眉眼清亮又决绝，拒绝了她的月光。

眼泪掉下来，落在雪里，凝结成冰，她挤出一丝难看的笑，说："要。"

后来每当祝云雀回忆起来，总会觉得那个冬天分外难熬，难熬到仿佛永远都跨越不过去。

她和陆让尘分手的消息，很快便人尽皆知。

已经开学了，祝云雀也开始办理出国留学的手续。学校她不常去，所以几乎碰不到陆让尘。只是偶尔在朋友嘴里，听说过关于他的一些消息。

他们说他那段时间玩得特别野，课也不怎么上，还学了赛车，好多女生追他，和他朋友一起参加各种派对，只要合眼缘的女生，他都乐意带着。女生的类型也不重样，可没一个是乖巧清纯的。

过了一段时间，她又听说陆让尘去参加比赛。他练得挺狠的，没日没夜地在队里训练，成绩也很好。

祝云雀每次听到他的名字，心都会不由自主地微微抽痛。可对她来说，过去就是过去了，没必要留恋。只是难免在深夜时，会觉得遗憾，遗憾怎么就不能和他爱得长一些。

没多久，出国手续办下来，出国前几天，祝云雀回了趟学校。就是那次，她碰见了陆让尘，是在学校超市。

他应该是刚训练完，还穿着队里的训练服。

祝云雀买了瓶水，刚准备结账，他就不知何时站在她身边，朝收银台扔了包口香糖，说："一包绿箭。"

祝云雀不受控制地僵住身形，呼吸也不由自主地屏住。

她以为，陆让尘会和她说句话，起码看她一眼。

但没有，什么都没有。

陆让尘买完东西，像是根本没注意到有她这个人，就那么转身离开了。

他走后，祝云雀才渐渐反应过来，他似乎已经不再用乌木沉香了。

等她出去时，看到的也是两个人的身影。

陆让尘身边跟了一个身材很好的姑娘，很明艳很漂亮，和她完全不同的类型。那女生全程仰头看着他说话，眼里全是生动鲜活的喜欢，热情又积极。

陆让尘却始终淡淡地喝着水，即便只是懒懒地"嗯"了两声应付，也足够撩人。

祝云雀看着两人沐浴在阳光下的身影，不知怎么，失神了好半天。

也就是那一次，她忽然意识到，这个世界就是这么残忍。没有什么是一成不变的，谁都不是不可替代，谁离了谁，也都能活。

可那时候，祝云雀又哪里想过，陆让尘会在几个月后，去了一趟澳大利亚，只为找她复合。

更不会想到，时隔多年后，在南城，两人会在警局外，以那样唐突的方式再见面。

这么多年的时光，似乎将两人变得陌生了许多，可就算再粉饰，对视那一秒如同心脏被狙击的感觉，也还是不会骗人。

最终那晚久久不能入睡的，不止祝云雀一人，还有陆让尘。

和邓哲喝完酒后，他回到家里洗了个热水澡，站在莲蓬头下，闭眼睁眼间，都是那个女人的脸。

这些年，他都用"那个女人"形容祝云雀。也只有今天，他才真正感受到她名字的实感。

不得不说，她长开了，也更漂亮了。

陆让尘形容不出她身上的那种感觉，但也不得不认命，好像只有她身上那股劲儿，才能真的撩到他心里。他越想越觉得烦躁，临近天亮才睡着。

好在第二天俱乐部那边没什么紧急的事，陆让尘起得比平时晚了会儿。正穿衣服呢，就接到邓哲的电话。

邓哲那边似乎在忙着，开口就跟他说："你今天没事儿的话替我去趟学校呗。"

这些年，他们过得跟亲人一样，彼此有什么事都互相照应着。所以邓哲开口的时候，陆让尘有那么一瞬间，差点儿脱口答应。结果下一秒，就想到昨晚见到的那张脸。

见他不说话,邓哲又问:"人呢?怎么不吭声?"

陆让尘被他扯回神,蹙了下眉说:"在呢。"

邓哲:"去不去啊,给个准话,你不去我再找别人。"

陆让尘语气有点儿不耐烦:"怎么又要开家长会,上个月不是开过了?"

邓哲说:"不是家长会,是他们班主任单找的。我想着邓娇那孩子更怕你,还不如让你去呢。"

闻言,陆让尘沉默下来。

邓哲乐:"哎,你不会是因为那谁不敢去吧?你真不用担心,我问邓娇了,她就是个普通老师,平时课多着呢,你去了都不一定能碰见。"

一句话就打着七寸似的,陆让尘直接让他滚,说:"你是不是没事找事!"

这么多年过去,他这人还是一样,桀骜不驯的,但总体来说,性子也算随和了许多,没从前那么凶。

邓哲也不知道昨晚这两人是怎么友好交流的,只当陆让尘真不想去,于是说:"好吧,你不去我就让邓娇跟他们班主任说一声,我晚点再去。"

陆让尘把衣服丢进洗衣机里,按下启动键,懒散地开腔:"几点?"

"我就知道你最靠谱。"邓哲当即舒了口气,"她班主任说了,能早点就尽量早点,早读更好了,不占用时间。"

陆让尘觉得自己上辈子就是欠了这俩兄妹的,挂断电话前,他哼笑了声:"你还挺理所当然。"

育华私立中学的早读有三十分钟,早读结束后,还有二十分钟的休息时间。陆让尘估摸着时间,收拾好便开车去了学校。

早读还没结束。他把车停在校外,驾轻就熟地去了高二办公室。事实上,邓娇从高一开始的家长会,就是他给开的,毕竟邓哲要看着小超市,不太能走得开。再者,邓娇也确实更听陆让尘的。

于是,渐渐地,学校的老师都默认陆让尘是邓娇的哥哥,陆让尘也懒得解释,每回人家叫他邓哲,他都能装模作样地应着。

这次也一样,邓娇那班主任老柳一见到他就笑:"哎呀,邓娇的哥哥,怎么好久不见又帅了呢。"

老柳是个上了岁数的中年女教师，陆让尘潜意识里多少透着些尊敬，见到她便直起身，扯了扯嘴角，说："您可别挤对我了。"

老柳笑着推开办公室的门，带他进去，倒是不着急说邓娇，而是先问他："这么久了，还单着呢？"

陆让尘靠坐在椅子里，长腿交叠着，笑着说："没时间啊。"

"没时间可不是什么好借口，"老柳嗔怪道，"你看你也三十岁了，不应该再拖下去，给邓娇找个好嫂子也能照顾照顾她。"

说话间，她小声："哎，我上次给你介绍的那个女孩儿，你俩聊得怎么样了？"

她上次介绍的是个女老师，不过是教初中的，是老柳的外甥女。

微信号被推到邓哲那儿，邓哲闹着玩似的，跟那姑娘聊了几句。两人发现彼此之间是真没什么话题，这事儿也就算了。

陆让尘不大自然地摸摸脖子，还没接话，老柳就又凑过来："没事，那个没看上，我再给你介绍一个。这回这个可漂亮了，保你满意，对邓娇也肯定行。"

陆让尘知道反抗没什么意义，等下次再来学校，她还是会给他介绍，想想就只能点头，说："行，回头您推给我，我加她试试。"

敷衍的套话，他回回都这么说，反正推的也是邓哲的微信号。

不承想老柳这回不按套路出牌："加什么微信，这回让你见真人。"

老柳高高兴兴地点开微信，也不知道给谁发语音："哎，快到了是吧，快点过来吧，我等着吃你带的早餐呢。"

发完语音，她笑着跟陆让尘说："不瞒你啊，这姑娘我以前想介绍给我儿子的，但她条件太好了，看不上我儿子。我看你俩条件、样貌什么的都挺配，就干脆趁着这个机会介绍你俩认识一下。"

也是巧，刚说完人就进来了。老柳眼神一亮，冲门外招了招手："哎，小祝，这儿呢，家长在这儿。"

陆让尘本来挺放松的，直到他听到那个"祝"字，神经忽然一绷。再抬眸时，那道身影已然映入眼帘。

来人一身月白色的套装裙，瘦高窈窕的身形，薄薄的齐刘海，黑色的长直发柔柔披散着，就只是看着，都能感受到她身上淡淡的香气。

搭在脖子上的手就这么停住，陆让尘抬眼，眼神意味不明地落在她身上。

祝云雀也同样看着他，像是早就猜到来的人会是他，她并不怎么惊讶。不过她一向是这样，连分手都是那么平静的。

思及此，陆让尘几不可察地轻嗤了声，也想不通，两人怎么又见面了。越是这么想，他望着她的目光越是有种过分的冷静，还透着一丝讽刺与无情。

祝云雀却好像根本不会被那目光刺到，她从始至终都不动声色。就这么和他对视两秒，她先发制人，把从食堂买来的早餐，放到老柳的桌上，再度看向他，不卑不亢地伸出白皙修长的手，说道："你好，我是邓娇的英语老师，祝云雀。"

很多时候，缘分就是这么爱捉弄人。祝云雀回南城这么长时间，明明能去的地方都去了个遍，却一次都没碰见过陆让尘。可一旦见了面，就像触发了什么开关一样，连着见好几面。

昨晚她也没睡好，发了低烧，想着今天请一上午假，可老柳一大早就给她打电话催她过来，说邓娇的家长今早要过来一趟。

邓娇偷偷去打工的事，是昨晚在警局时祝云雀告诉她的。老柳挺挂心的，当晚就联系上邓哲，让他第二天过来。

现在老师和家长联系都是用微信，邓哲从头到尾都没用语音回过她，老柳自然不知道来的这位是陆让尘。

老柳不知道，祝云雀就更不知道，只想着邓娇这事怎么跟她家长说。祝云雀本着当老师的责任心，左思右想后还是来了，还习惯性地给老柳带了早餐。

结果刚进来，就瞥到那抹熟悉的身影，就连那副眉眼也和昨晚记忆中一样。

这种感觉挺奇妙的，就好像一个本该存在于记忆里的人，突然撕开梦境，在你的世界里重生。

祝云雀也说不清自己在想些什么，只知道自己鬼使神差地走了过去，朝他伸出手。

她想，总要开口的，总要说些什么，就算冠冕堂皇一点也没关系，起码她和他沟通了。

事实证明，这个举动也确实有些用处。或许是因为老柳在，陆让尘没把场面弄得和昨晚一样僵，他顿了几秒，伸出了手。

他的手还是一如既往的干净好看，握住的时候，暖暖的、干燥的，但只是很轻地握了一下，就结束。

陆让尘轻挑着眉，意味深长地看她，讥讽在眼底暗涌。他抬了抬下巴，道："邓娇家长。"

还是那样低沉熟稔的声音，祝云雀心跳都快了。

老柳的声音把她拉回来，补充道："邓娇的哥哥，邓哲。"

听到这个名字，祝云雀明显一怔，看陆让尘的目光多了几分无语和不解。

陆让尘倒是跷着长腿，没半点心虚，任她随便看。

老柳热心肠地给他介绍："这位就是昨晚陪邓娇去警局的老师，怎么样，是不是心肠又好人又漂亮？"

陆让尘顺势朝祝云雀身上明目张胆地打量，那眼神由下至上，带着玩味，透着几分戏弄，像故意让她难堪一样，说："确实挺不一样。"

老柳在一旁笑得开怀。

陆让尘冲祝云雀挑眉道："那就谢谢祝老师了。"

祝云雀没吭声，也明白过来又是老柳的私心。

老柳是她刚来这所学校就带她的老前辈，对她很照顾，人也热情，最热衷的事就是给学校的单身老师介绍对象。她对祝云雀好，祝云雀怎么都不会驳她面子，想想也只是说："不用谢，我该做的。"

祝云雀语气淡淡的，可又有点忍不住想撑他。于是她认真看着陆让尘，说："不过说到底，还是家长要多负责，孩子还小，还有一年就要高考，不管您多忙，我都希望您抽出时间多监督管教。像是去打工这种事，我想还是不要再发生的好。"

一口一个"您"字，要多生分有多生分，说辞也很有教育的味道。

陆让尘一下就笑了，他是真想不到，有天两人还能以这种身份对话，知道的是老师跟家长，不知道的还以为是祖宗训孙子呢。

可转念一想，又没什么好奇怪的，她就是那种人，永远不动声色，却总能另辟蹊径，让你不得不注意她。

就像这会儿，不等陆让尘有所反应，祝云雀面无表情着一张脸，一闪身走了。

她捋着长裙优雅地坐到电脑前，窗外的阳光也似乎偏爱她，将她天生丽质的轮廓勾勒得更为动人。细长白皙的手从笔筒里抽出一支圆珠笔，一定要习惯性地按两下，才开始低眸书写。空气中浅浅浮动着她身上遗留下来的栀子香。

恍惚间，好像什么都没有改变，她还是那个他曾经深爱过的姑娘，还是那个让他放下自尊，只身前往异国他乡求复合的白月光。

可又什么都变了，阔别经年久别重逢，人还是如从前那样让人抓心挠肝，却又不再让他心存希望。

看着看着，陆让尘自嘲般轻扯了下嘴角。

到后来他有些敷衍地听着老柳说邓娇的各科成绩，在学校的表现。

不多时，老柳被突然出现在门口的教导主任叫去开个小会。

老柳该说的都说了，积极地应了声，扭头便跟陆让尘说："不好意思啊，本想跟你多聊聊这孩子的，没想到临时有事了。"

说话间，两人起身，老柳又说："不过你要是不急的话，可以跟祝老师聊聊，小祝对那孩子还是挺上心的。"

听到这话，一直安静地坐在那儿的祝云雀终于抬起头。

感知到她的目光，陆让尘也朝她瞥了眼，目光不咸不淡。

祝云雀还没从中品出什么，陆让尘就收回视线，干脆道："别了，我还有点儿事要忙。"他甚至还笑，"不打扰您，我先撤了。"

老柳赶忙说"好"，带着陆让尘一起出了办公室。

清早的办公室，没什么人，他们一走，就只剩下祝云雀，气氛也跟着清寂下来。祝云雀捏着圆珠笔，失了几秒的神，心口说不上来的窒闷。

没多久，她朝窗外看去。五楼的视角，几乎俯瞰整个校园。学生们都在早读，校园里冷冷清清的，以至于她很轻松便捕捉到陆让尘的身影。

顾长瘦高的身影，步伐生风地朝外走着，还是那么桀骜不驯。校门外停着一辆黑色的大越野车，没一会儿，陆让尘就甩上车门开车走了。

望着那道消失在拐角的车影，祝云雀忽然就想起从前。

她跟陆让尘说，喜欢黑色的车，最好是那种大的，感觉特别拉风。

当时陆让尘就笑，抬手捏了捏她的鼻子，说她人不大，要求倒不少。他想想又说，那以后听她的，换辆黑色的大越野车。

那时的记忆像扎在肉里的烙印,难以磨灭。那时的祝云雀也觉得,两人大抵是要走一辈子。

可命运就是那么爱捉弄人。她又哪里想过,未来陆让尘的人生,再也不会有她的一席之地。

陆让尘走后没多久,天气便由晴转阴,下午还下起不小的雨。

于是当天的课间操就这么停了。祝云雀也因此偶遇邓娇。

小姑娘元气就是足,昨晚哭得天崩地裂呢,第二天还能挎着好朋友的胳膊乐乐呵呵地聊天。只是那笑容没有持续几秒,在看见祝云雀的一瞬间,脸就垮了。

祝云雀刚从别的班回来,手里捧着几本书,直接撂下一句:"你跟我来办公室一趟。"

大抵学生最怕的都是这句话。邓娇跟她来到办公室时,心跳得那叫一个快。

办公室里没什么人。邓娇可怜巴巴地攥着手,站到祝云雀身边,正想着自己哪里又犯了错呢,结果祝云雀略一抬眼,开口的第一句就是:"你哥明明是邓哲,为什么让陆让尘来帮你谈话?"

邓娇肩膀一抖,瞬间就傻眼了,她颤声说:"老师……你见到我哥,啊不,见到让尘哥了?"眨眨眼,她有些反应不过来,"不对啊,你怎么知道他叫什么名字?"

祝云雀低眸整理着收上来的试卷,声音清清冷冷的:"我们以前是同学。"

云淡风轻的口吻,像说着一件十分普通的事。

邓娇看着她清纯的脸,联想到曾经听李铁他们说的,忽然福至心灵,讶异道:"原来你就是让尘哥的初恋!"

祝云雀眼神闪躲了下,没有解释,随手拿起桌上的保温杯。盖子很松,她无意识地拧紧几分,说:"聊正事。"

再度看向邓娇,祝云雀语气恢复了老师的严肃:"你就打算让陆让尘一直帮你蒙混过关,是吗?"

邓娇反应几秒,表情又生动起来,无辜地道:"没有啊老师,我没蒙混过关,是我哥让他来的。"

祝云雀看起来并不相信她。

邓娇解释，邓哲因为小超市生意走不开，她这一年多的家长会什么的，都是陆让尘过来的。

"让尘哥住的地方离这儿近，就咱们学校后面没多远的那个楼盘，他开车不到五分钟就过来了，我哥不找他还能找谁？

"而且他比我哥靠谱多了，我哥那人，现在满脑子就只有钱。

"当然你放心，我去打工这事儿他知道了，昨晚还给我一顿训，"说到这儿，邓娇心虚地瞧着祝云雀，说，"我以后再也不会去了。"

小姑娘声音紧巴巴的，看起来倒是比昨晚听话。

奈何她话里的信息量太大，祝云雀消化好一会儿，才意识到陆让尘就住在育华中学后面的楼盘……原来两个人竟离得那么近。

短暂的失神过后，祝云雀又问："你哥，现在在开超市？"

邓娇点头说："自从家里破产后，他就在让尘哥的俱乐部里开超市了，平时挺忙的，根本出不来。"

祝云雀闻言沉默下来，忽然就很感慨。有时候不得不承认，命运这只大手，就是能轻易翻云覆雨。明明才几年而已，好好的公子哥，就掉入这烟火市井中，不得不为生计奔波。

和邓哲过去的同学情分还在，祝云雀看邓娇的眼神不经意多了几分纵容。到后来祝云雀也没忍心再说什么严厉的话，只让她好好学习，别让邓哲为她操心了。

邓娇也是懂事的，老实巴交地说从今以后要好好学习了。

祝云雀冲她宽慰地笑笑，又从抽屉里拿出一条进口巧克力，递给她，说："别上课偷吃啊。"

那瞬间，邓娇眼眶一下就热了。她忽然就明白，为什么班上那么多学生都喜欢祝云雀，也明白陆让尘为什么会对祝云雀念念不忘。明明看着那么冷的一个人，骨子里却是温热的，那种反差对比下，很难不让人喜欢吧。

邓娇把巧克力揣起来，吸吸鼻子说："谢谢老师。"

本该要走的，可转身的工夫，她又停下来。她眨着眼睛，真诚地问："那你会和他复合吗？"

像是怕被别人听到，邓娇把声音压得很低，有种心照不宣之感充盈在彼此间。

340

祝云雀捏着圆珠笔的手一顿，她听到自己发涩的嗓音，有些压抑地道："看缘分吧。"

雨就这么淅淅沥沥地下着，一直下到晚上八九点。这个时间，南城的夜生活才刚开始。

陆让尘忙完俱乐部那边的事，没一会儿就被一个电话叫到周槿身边。

是李铁给他打的电话。李铁在加班，没时间陪周槿选婚纱，就拜托陆让尘过去陪着。陆让尘审美好，又单身，这个时间在家也一个人待着。

陆让尘无语，笑骂了他一句"还挺会使唤人"，结果回头还是陪周槿去了。

也就是在周槿翻来覆去试婚纱那会儿，陆让尘收到邓娇的微信。

邓娇只有在晚上放学后才能拿到手机。她是真憋得够呛，又心直口快，连个铺垫都没有，就把白天祝云雀找她谈话的事情告诉了陆让尘，也不管陆让尘乐不乐意看。

她打字很快，接连发了几条消息，陆让尘的手机亮了好半天。

那会儿周槿正在陆让尘面前转圈呢，问他这身好不好看。

陆让尘敷衍地瞥了眼，说还成，顺便拍了张照，正准备给李铁发过去，就看到邓娇成堆的消息。

陆让尘一般都不理，可说不上为什么，那天他忽然就有耐心地瞥了眼，然后，就看到最关键的那几行消息——

邓娇：我问她会和你复合吗，她说看缘分！

邓娇：你说她这是什么意思！

邓娇：她是不是还想着你！

三句话，感叹号刺眼得跟刀子似的，刺得陆让尘喉头一滚，浓眉也不由自主地蹙起来。

忽然就很烦，那股烦劲儿从早上一直缠着他缠到现在，扯不清理还乱的，这会儿似乎更汹涌不堪。

陆让尘干脆把手机屏熄灭，将其扔到一边。对面的周槿看到他板着脸，愣了下，说："怎么了？"

陆让尘没吭声，从桌上拿了块糖，撕开包装送到嘴里，说了句没事，又起身，出去透口气。

周槿没敢惹他,随他去,后来也没试到合适的,没多久就换好衣服出去找他。

李铁那会儿已经下班了,提议一起出去吃顿饭。

没想到陆让尘直接拒绝,看着也挺没心情的,说想回俱乐部看看。

李铁瞧着他那样子,感觉又和头几年的某些时候有些类似,就笑着来了句:"你怎么了?怎么搞得跟前女友回来找你似的。"

玩笑的一句话,陆让尘一声不吭,不止不开腔,神色更沉郁几分。

那会儿是李铁在开车,坐副驾上的周槿和他对视一眼,使了个眼神。李铁清清嗓子,试探道:"到底怎么了?"

陆让尘却只是坐在那儿,看着车窗外浓稠的夜色,不知所想,神色冷淡。沉默了好半天,他忽然开腔:"这两天帮我照看一下猫,我回北城陪我妈待两天。"

陆让尘那性子,从来都是随性洒脱、雷厉风行的,说走他当晚就真走,连行李都没收拾,就这么孤身一人去了机场。

凌晨刚过他就到了北城,也没吭声,就这么进屋洗澡睡觉。

第二天程丽茹看见他,还挺高兴,嘘寒问暖的,问他怎么忽然回来。

陆让尘突然很疲倦。他坐在沙发上,扯了下唇,说没事儿,就是想回来看看。

看看自己的过去,看看自己的心,也看看有些人有些事到底还值不值得自己回头看。

总之,那几天陆让尘过得挺潇洒恣意,也挺充实的。

程丽茹和陆鼎忠离婚后没几年,遇到了一个合适的富商,两人情投意合,重新恋爱了。虽然没结婚领证,但两人住在一起,过得比夫妻还和睦。

那富商对陆让尘也不错,知道他回来,三个人在家吃了好几顿饭。

眼见程丽茹过得好,过得开心,陆让尘也就放心了。

后来他又陪程丽茹去了趟寺庙,是程丽茹坚持要给他求姻缘。

她说:"你都多大了,不能总单着,家里人都为你操心着急。我倒是不逼你相亲,但你也别拦着我想办法。"

陆让尘无奈,想想也只能笑着点头。

程丽茹带着他拜了几个菩萨,见了月老,往功德箱里投了好多钱,才甘心。

陆让尘脑中只蹦出那张脸。

阳光洒落在她身上,清晨的风撩动她的发丝,皮肤白得像牛奶一样,睫毛又翘又长,精致得每个角度都那么好看。

时间过了那么久,可她那副清纯的样子,却和从前一模一样,从未改变。

他甚至忍不住想,是不是会有很多男人,和他一样,一次次被她抛弃,被她伤透了心,却又甘愿花很多时间被她禁锢,被她伤害。

陆让尘低了低眸,嘴角无力地一勾,忽然觉得挺没意思。

就是躲到天涯海角又怎样,她占领的地方,从来都是他的心。

第十五章·
擦肩而过

  夏至过后，雨水洗礼，随之而来的几天，南城天气好得过分。
  好不容易熬到周末，祝云雀约许琳达出来陪她一起找房子。在这之前许琳达就劝过祝云雀，说学校宿舍住着不舒服，让她不如搬过来和自己住。
  这么多年，许琳达家境一如既往的殷实。父母宠她，见她大学毕业后，懒得当朝九晚五的职员，就干脆在市中心给她买了套大平层，让她潇洒地在那儿当她的美妆博主。
  许琳达也争气，虽然书念得一般，但在做自媒体方面她天赋异禀，没做多久，就攒了快八万的粉丝。每个月的带货流水，还有商家合作的佣金，足够满足她的日常开销了。
  当然，一个人住久了也会觉得孤单，所以她才一个劲儿地怂恿祝云雀过去。
  祝云雀态度始终不清不楚的，总是说等等看。许琳达问她等什么，她又不说，后来许琳达都懒得问她了。结果她也不知道怎么想的，突然就说要租房子，目的也挺明确的，就育华私立中学后面的那个新悦祥府。
  新建没两年的楼盘，地段好，就一室一厅，租金都要两千块。那价格对一个老师来说，还真不算小数目。要说离学校近，上班方便，也有不少选择，可她认死理似的，偏要选那儿。
  一上午中介见了好几个，该看的都看了，要么就是采光不好，要么就是家具不好，要么就是太贵。

344

但其实，这些都不是祝云雀迟疑的地方。这些年她存款不少，那些租金也不在话下，她就是单纯想碰一碰运气，试一试，有没有那个缘分。

　　可深想，又觉得挺不切实际的。那么大的楼盘，几千个住户，怎么可能那么巧就碰上。

　　奈何有时候人就是这么犟，即便心里知道希望不大，祝云雀还是抱着渺茫的期待，硬拉着许琳达陪她从早上看到下午四点多。几乎所有能租的房子全看了，许琳达都烦了，也没定下来要哪个。

　　那感觉都不像在看房子，反倒像在等什么。

　　为了安抚许琳达，祝云雀提出请她吃大餐。许琳达饿得都前胸贴后背了，哪儿顾得上再开车找什么好吃的地方，随手一指旁边那家装潢不错的快餐店，就拽着她进去了。

　　等餐上齐，祝云雀才说："我前几天又碰见陆让尘了。"

　　许琳达正吃着馄饨，听到这话惊讶得差点儿噎到："什么时候的事？"

　　"就那晚偶遇的第二天早上，"祝云雀低眸挑着香菜，说，"老柳找邓娇家长，他来了。"

　　许琳达说："邓娇不是说他不是她家长吗？"

　　祝云雀抬眸看她："邓娇她哥是邓哲。"

　　那名字对许琳达来说就像鱼刺，一下就卡得她说不出话。晃了两秒神，她才开口："你确定？"

　　说完就想起来，早年邓哲确实跟她说过，说他妈心血来潮给他生了个小妹妹，平时特别皮，特不听话。

　　祝云雀点头："确定。"她又说，"听说他家破产了，他在陆让尘的俱乐部那儿开了间超市。"语气难免透着一点惋惜。

　　她没想到，许琳达居然比她想象中淡定。

　　年少时爱而不得的人，多年后泯然众人矣，她没有幸灾乐祸，只是挺感慨的。她叹了口气说："那会儿邓哲总说，家里钱多花不完，花到哪儿都不嫌浪费，结果呢，现在没得花了吧。"

　　邓哲从前给许琳达花过不少钱，是真把她当好朋友，好妹妹。等后来许琳达终于意识到这点，就再没跟他联系过了。

　　喜欢一个人，是永远都做不成朋友的。不管怎样，年少时的情分还在。

　　许琳达问她，邓哲现在很惨吗，需不需要资助什么的，她背后可以出点力。

祝云雀摇头,说不大清楚,有机会可以帮她问问。

许琳达挺豁达的,点头说行,又想起正事儿还没问,好奇地看她:"那你和陆让尘呢,怎么样,说话了没?"

只要听到那个名字,心绪就会不由自主地起伏。祝云雀喉咙紧了紧,说:"说话也都冠冕堂皇的,没什么意义。"

许琳达问关键的:"那他现在有对象吗?"

祝云雀摇头说:"应该没有。"

如果有,邓娇的性子那么直,肯定会说的。

许琳达拍拍胸脯说:"哎,没有就行。不过话说回来,你当初为什么那么坚定地和他分手啊,就因为你妈妈吗?你觉得对不起他?"

其实这个问题,许琳达以前也问过,但祝云雀从没认真回答过她。可当下,心境完全不同,她也不再是从前那个脆弱的祝云雀。

思忖了会儿,祝云雀认真地说:"对不起是一方面,另一方面,是觉得跟他没未来了吧。不只是他家施加的那些压力,还有我们俩自身的。"

祝云雀没法看着陆让尘为她,让母亲那样难过,更怕自己毁了他。

"有情饮水饱,但无情呢?"祝云雀眼眸垂了垂,笑,"感情这东西,谁也说不好的。"

归根结底,还是她太自私,她太怕了,她怕做那个被抛弃的。怕自己恨陆让尘,怕陆让尘恨她。怕所有感情都消磨后,两人狼狈散场,再回忆起来,一点美好都没留下。

听到这儿,许琳达又忍不住问了:"那你既然当初都想清楚了,为什么现在还回来啊,你这不是自我矛盾吗?"

确实挺矛盾的,但这种矛盾后的选择,也的确让祝云雀感觉到,自己好像重新活了过来。

她从碗里挑出最后一根香菜,说:"可能是因为,去年年底,我生了场重病——"

后头的话还没来得及说完,斜前方就传来一道声音。

"之前打电话点的两碗玉米鲜肉馄饨,打包。"

不是对着她们俩的方向,而是左手边的收银台。那嗓音低沉而清朗,平淡地落在空气里,砸在她心上却力道万钧。

应该是熟客，老板娘笑呵呵地应声，把两袋打包好的馄饨递到他手中，又给他捎了罐果汁。

陆让尘轻抬下巴，说声谢了，随后阔步绕过收银台，从厨房旁通向小区后门的路走了，一眼都没朝祝云雀的方向看。

心在这瞬提到嗓子眼，祝云雀眼神不由自主地追着他的方向，没几秒那道颀长的身影就消失在视线范围内。

对面背对收银台的许琳达却全然不知发生了什么，见祝云雀不说话，她抬眼看过来："什么重病，怎么以前没听你说过？"

祝云雀眉心轻蹙，忽然一点心情都没有了。撂下筷子，她拎起包，匆匆说了句："我出去办点事，你先吃。"

许琳达茫然无措，"啊"了一声说："什么事啊？"

祝云雀没应，也没心思应，起身就走了。毕竟陆让尘身高腿长，一步顶她两步，消失得很快，快得她仿佛稍一不留神，就会消失不见。

好在她从后门出去时，还是看见了陆让尘的身影，看见他拐进斜前方的那栋楼。等再回过神时，祝云雀已经不知不觉跟进了那栋单元楼。

进门的时候，她无意识地瞥了眼，12栋1单元。再然后，进了电梯间。紧挨着的两个电梯，一个上行，一个下行。

下行的到了二楼就停了，上行的还在一楼一楼往上升，也不知道到几楼才停。

看着看着，祝云雀忽然就觉得自己疯了，明明曾经的她更鲜活，却没这样的勇气，可到了二十八岁，不知道为什么忽然开窍，敢于横冲直撞。

可同样，陆让尘也不再是当初愿意停下来等她的那个人。

怔然须臾，祝云雀怅然地回过神，步子也往后退了半步，像是放弃挣扎，如梦初醒，准备离开。

就在她转身的瞬间，那道蛰伏已久的身影不知何时竟出现在她身边。

还是那样高大，气场极强，像是堵了半面墙。

祝云雀心下一沉，看到他正脸的刹那，呼吸都乱了分寸。

陆让尘却是岿然不动。他眼神染着淡漠，冲她轻抬了下眼梢，没什么好态度地笑了下："祝老师，挺巧啊。"

他早就看到她一路跟着过来，看她望着电梯上的数字神色迷茫。

就只是想想那个画面，祝云雀都觉得难堪，更别说这一秒陆让尘直勾勾地盯着她，仿佛随时随地都能把她拆穿。

祝云雀耳根倏地红了。可即使这样，她也还是平静地看着他，平静地转过头，再面向电梯撒谎："是挺巧的，在这儿也能碰到你。"

她语气掺杂着点儿反将一军的阴阳怪气，好像她也不大乐意见到他一样。

陆让尘看不透她，也分不清她爱他时到底是真是假。

那股没劲的感觉又冒上来，再加上刚从北城回来，浑身上下都透着疲惫，陆让尘懒得再跟她说什么，就只是扯了下嘴角，谑笑声淡得几不可察。

可祝云雀还是微妙地头皮发麻了，好在下一秒，电梯到了。

陆让尘长腿迈上去，刚按了楼层键，就见祝云雀正儿八经地跟上来。后头跟着两个陌生人，祝云雀不得不挨着陆让尘站。

陆让尘也没躲，就这么居高临下地站着，看都不看她一眼。

他越这样，祝云雀越不动声色。那一瞬间的感觉很奇妙，既僵持，又拉扯不清。好像回到几年前，两人站在一起连身高差都没变过。

唯一的差别就只是陆让尘以前一定会主动牵住她的手，可现在两人最近的距离，也不过是外套摩擦着。思及此，祝云雀轻抿唇，攥紧背包链条。

就在电梯门关上的瞬间，身后的两个人纷纷按下自己的楼层号。

祝云雀也因此注意到陆让尘所在的楼层，十六楼。正微微出神着，陆让尘忽然偏头说："怎么不按楼层号？"

祝云雀顺势抬头看他，眼神不躲不闪的，说："按了，二十五楼。"

不过不是她按的，是后面两个陌生人。她倒是想按，奈何没有电梯卡，就只能这么撒谎。

陆让尘也算是看清了，她这嘴硬的功夫，就算是八十岁也炉火纯青。像是终于忍不住，他哼笑了声："祝老师这么忙，来这里做什么？"

他又不看她了，眉眼中也没有一丝多余的情绪，像对待陌生人。

眼看电梯要到十六楼，祝云雀干脆慢吞吞地胡扯："周末，来给学生做个家访。"

话刚说完，十六楼就到了。陆让尘闻言睨了祝云雀一眼，那眼神意味深长，可最终他也没拆穿她，就这么出去了。

他一走，祝云雀呼吸都变得通畅起来，心却不住地发凉、发颤。

从二十五楼下来，祝云雀回了那家快餐店。

刚坐下，许琳达就睁大眼睛问她："你刚干什么去了，怎么这么快就回来了？"

祝云雀不遮掩也不藏："追陆让尘去了。"

许琳达差点儿呛住："陆让尘？"她左右扭头看了眼，"陆让尘刚来这儿了？"

祝云雀拧开桌上的矿泉水，轻抿了口，淡粉色的唇瓣晶莹剔透，她说："嗯，就从咱俩身边路过的。"

到这会儿，许琳达才终于慢半拍地反应过来，她一拍桌子："祝云雀啊祝云雀，原来你憋了一天就是为这啊。"

哪里是看不上那些房子，根本就是等着看能不能和陆让尘偶遇，最好还能知道他住哪栋楼。

许琳达看她那眼神又气又笑的。

如果是当年的祝云雀，肯定会装作若无其事地否认，再转移话题。

可现在的祝云雀不会，她只是淡定地用头绳把长发绾起来，像是忽然就知道饿了般，拿起勺子，舀起一只凉掉的馄饨："吃饭。"

陆让尘已经四五天没回来了。这阵子，家里的猫都是李铁和周槿帮忙照看的。

这两人够意思，把家里都给收拾得一尘不染。

这胖猫呢，也算是吃百家饭长大的，所以对陆让尘回来反应那叫一个冷淡。

陆让尘也没心思搭理它。他连饭都懒得吃，就这么随手将打包回来的馄饨搁到中岛台上，靠坐在沙发上。一抬眸，就瞥见茶几上那块用黑色编织绳串起来的墨玉无事牌。

编织绳做工并不好，是当年某人给他重新编的，编好后，陆让尘再也没换。就算上面的金线都起毛了，他都没想过要换，不知不觉就戴了这么多年。

眼前的东西让他想到了祝云雀，永远那么无辜淡定，眼睛纯得像玻璃珠一样，撒起谎来信手拈来，还什么"家访"，陆让尘磨着后槽牙，气得低低一笑，她倒是好意思说。

可在心里骂完，他又忍不住想，想起在馄饨店里，她说的那句话。

她说，去年年底，她生了场重病。

所以，什么病？

陆让尘目光空泛地看着那块无事牌，忽然就有点后悔。

当天吃完饭回去，祝云雀便联系上之前的一家中介。

听说她只要12栋1单元的房子，中介很快便答应了。只是这种事还需要慢慢碰，并不是说今天要明天就能有，所以她只能等。

祝云雀说："谢谢，麻烦您了。"

她打电话的时候，许琳达就在旁边边开车边听着。

刚挂断电话，她就揶揄祝云雀："你这人，但凡想要什么，就没你得不到的。"

祝云雀正低头给中介加着备注，漫不经心道："也没那么神的。"

许琳达笑着转移话题道："对了，你还没跟我说呢，去年生的是什么病啊，我怎么什么都不知道。"

"急性心肌炎。"祝云雀平静地望向前方，"病毒感染引起的，当时在医院住了快十天。"她云淡风轻地说，"发病那天我还以为我要死了。"

心悸，休克，在讲台上直接摔倒，吓得全班同学都蒙了。多亏班长急忙叫了教导主任，才用最短时间把她送上救护车。送去得及时，治疗得也及时，就没留下任何负面影响和后遗症。

许琳达瞪大眼睛，惊讶地看她："这么严重啊！然后呢，你就想通了？"

祝云雀扯了下嘴角："嗯，突然就想通了。"

像是憋在心里那么多年的一处黑暗，突然开了一扇窗，天光落了进来。她清醒后的第一件事，就是想见他，像戒断失败后那种成百上千倍的想。

祝云雀单手撑头，看着车窗外飞驰而过的街景，像是忽然陷入回忆，眸光也浅淡。沉默了须臾，她说："就是忽然觉得，如果我那会儿死了，还挺遗憾的。"

祝云雀不想这样，所以就来了。哪怕陆让尘根本不会回头看，她也只是不想让自己这辈子抱有缺憾。

相比这些，许琳达还是更好奇她以后的打算，撇过头，挺认真地问："那你打算怎么办？以后一直和他创造偶遇，搞个'追夫火葬场'呗？"

350

祝云雀的回答却全然不在许琳达预判范围之内，她说："不追。"

傍晚微风拂动着发丝，祝云雀口吻随意，似乎还有几分傲娇意味，她说："我不喜欢追人。"

接下来的几天，祝云雀依旧住在学校宿舍，过着两点一线的平静生活。

日子也并没有因为和陆让尘的偶遇变得不一样，两人仍像两条平行轨道，没有任何交点。

直到周四那天，中介给她打来电话，说实在找不到合适的房子，问她13栋行不行。

祝云雀当时就在办公室批改试卷。

办公室里还有一个叫肖倾宇的男老师，那老师一直对祝云雀有点意思，祝云雀电话刚挂断，他就过来问："你要租房子？"

祝云雀抬头看他，迟疑地说："是啊，怎么了？"

肖倾宇推推眼镜："你想租哪里的啊，怎么这么久还没租到合适的？"

"新悦祥府。"祝云雀随口说，"想租特定的楼号，没遇到合适的。"

肖倾宇意外地抬眉："新悦祥府啊，我就住那儿，你怎么不早说，我家还有两套房子都是那儿的，一套在14栋，一套在12栋。你要不嫌弃，我可以租你一套。"

听到12栋，祝云雀书写的动作停下，稍显诧异地看他。还没等肖倾宇再往下说，祝云雀就开口："几楼？"

肖倾宇说："楼层有点儿高，十七楼呢。"

祝云雀心口倏地"咯噔"一下，按捺着起伏的心绪，说："12栋的那套，能租给我吗？"

肖倾宇："当然可以，但12栋那套是两室的，14栋那套是一室的，你不是自己住吗？"

祝云雀点了下头，又说："可我想要两室的。"

肖倾宇面色有点为难，好心道："可两室的有点儿贵啊，你一个人住多不合算。"

"没关系。"祝云雀很笃定地看着他，"麻烦你租给我，年付也行。"

她态度太坚决，肖倾宇想想也只能点头，又说："那今晚下班你跟我过去看看吧。"

其实没什么好看的，那些楼栋的格局都大差不差，要说差别，就只有家具。

可祝云雀还是跟着肖倾宇去了，抱着一丝不切实际的，还能碰到陆让尘的希望。

房子确实挺不错的，朝向好，该有的家具也都有，祝云雀只需要把自己的行李搬过去就行。

肖倾宇对她挺实在，笑说这房子是家里给他买来当婚房装的，设施都不错，让她放心住，租金也可以给她来个熟人价。

祝云雀为了谢他，在楼下找了个小饭馆，请他吃饭。

这顿饭吃得时间不短。肖倾宇也能聊，聊得天上地下的，恨不得连家里的狗是什么时候买的都告诉她。

祝云雀却只是淡淡应着，一颗心根本就不在那儿。后来结了账，她也没看到那个身影，就这么怅然若失着，被肖倾宇开车送回了学校。

肖倾宇还说，等她要搬的时候，叫他过去，他帮着一起。

平心而论，祝云雀和他不算太熟，不好意思麻烦他。可偏偏搬家的那天下了场雨，祝云雀买的几样快递也都是大件，快递员又不肯送上楼，实在没办法，她只能接受肖倾宇的好意。

于是周六，两人就这么忙上忙下好一会儿。

没多久祝云雀的快递都到了，肖倾宇就陪她一起下楼去取。都是一些日用品、台灯、穿衣镜、收纳箱之类的。好在12栋的对面就是快递驿站，两人走了没几步就到了。

驿站有专门的取货窗口，窗口后的空间摆着好多货架，堆着满满的快递箱，还有几个来往取快递的人。

祝云雀进去后，没多想，也没多看，直接拿出手机，对着窗口喊了声取快递，再报取货码。

轻轻软软的声线，还是和以前一样柔和乖顺，熟悉到倚在窗口另一边矮墙上等快递的陆让尘指尖猝不及防地一顿。

微信那头的邓哲还在给他发消息，说邓娇的班主任老柳晚上过生日，叫他一起去家里吃个饭。老柳似乎挺喜欢陆让尘，特意说了，不用他干什么，过去就行，就当热闹热闹。

邓哲没辙又犯难，他又不傻，他当然知道老柳想见的是陆让尘，于是

352

只能跟陆让尘说，让陆让尘晚上替他过去。

陆让尘扫了眼消息，也懒得打字，干脆用语音回复："邓哲，我是你家长吗？你未来的孩子用不用我帮你喂？"

祝云雀心口突了一下，稍一别过头，就撞进陆让尘那双鹰隼般的长眸。

陆让尘就这么好整以暇地看着她，淡定的样子像是早就守株待兔了好一阵。

眸光也是深邃的，敛着锋芒，直直迎着她的视线，不躲也不闪。

祝云雀的心跳在那瞬仿佛漏电般停跳一拍。记不清距离两人上次见面隔了多少天，祝云雀只觉得他的样子，在记忆中又鲜活了一点，即便还是那样倨傲冷漠，慵懒散漫。

就这么对视着，窗口工作人员忽然叫了陆让尘一声，把快递给他。陆让尘这才收回目光，慢条斯理地接过来，低眸看了眼。

工作人员跟他核对信息，他就懒懒地应："姓陆，12栋1606。"

祝云雀这边的工作人员也把她的那些快递找出来，跟她核对信息。

祝云雀收回视线，淡声道："陈先生，12栋，1707。"

信息核对无误，工作人员把快递一样一样地放在机器上验证。

就这么过了会儿，身后倏地掠过一阵淡淡的木质香。衣料很轻地摩擦，很短的一秒。

祝云雀微微哽住，偏头就见陆让尘已经擦过她，长腿阔步出去了。那背影远比她梦中要真实太多。

与此同时，肖倾宇过来了。就在与陆让尘错身的瞬间，肖倾宇问祝云雀："快递取完了吗？沉吗？"

祝云雀死死盯着那道身影，然而那身影却走得太快，一拐弯就消失不见。从她的角度，根本窥探不到任何，她只能轻吸一口气，提高音量说："还没取完，快了。"

那句话说完的刹那，走到拐角的陆让尘脚步终于顿了顿，心思不知飘到哪里，只听到驿站里两人隐隐的说话声。

她说东西好沉，怕他拿那么多扛不动。他说没事，大不了多来几次，反正不能让她挨累。

也不知道具体听了几秒，陆让尘蓦地自嘲般嗤笑一声。像是忽然清醒般，他抬腿离开，只觉湿冷的风狠狠灌进衣摆。

353

陆让尘没回家,去了地下车库。

本来他是临时回来取俱乐部仓库的备用钥匙的,奈何当下,他的心思被搅和得一团乱,连楼都懒得上,不想再看到那双眼睛,也不想看到她身后跟着的那个人。只能干脆坐在车里,手肘搭在车上,闭目养神。

想着想着,他忽然就觉得自己挺贱。明明人家已经有了新生活,有了"陈先生",可他呢,潜意识里却还揪着那点儿过去不放,认为人家还对他有什么想法。当初能那么狠心说分手的人,再见面时又怎么可能还有惦念。

陆让尘越想越觉得可笑,笑自己自作多情。他扯唇轻嗤了声,就觉得挺没劲,还不如回俱乐部。

就是这会儿,邓哲电话打了过来。

手机连着车载蓝牙,陆让尘随手一碰就接了。

邓哲的嗓音在车里回荡,没意外,还是刚刚在微信里求他的那点儿事:"你还是去一趟吧,真的,我要不去,老柳都要给我打视频电话了,你说我咋办。你就行行好,再替我去一趟,有机会我找她解释解释。

"而且老柳还要带邓娇一年,我还指望邓娇能被她重点关注好好管教呢,你说这多好的机会。

"我听老柳的意思,她没叫别的家长,就叫你了,其他的都是他们班的科任老师。你想啊,这得多好的待遇啊,多少家长想跟那些老师搞好关系都没门儿呢。"

陆让尘气得嗤笑一声:"你觉得好你怎么不亲自去?"

邓哲无语:"我倒是想亲自去啊,但这老柳摆明要给你介绍对象才叫你去的,你说我去了,让人家姑娘伤心,多不好,人家归根结底想见的是你陆让尘。

"不过话说回来,她想给你介绍的是谁啊?那话里话外的,我怎么感觉她还挺胸有成竹的。"

介绍对象,还是那些老师的其中一个。陆让尘绷着嘴角,脑中突然蹦出祝云雀那张无论何时都恬淡素净的脸。

邓哲还在电话里好言好语地劝:"不然就这样,你今天最后替我去一次,那姑娘你要看上就跟人家谈,看不上就算了。回头你跟老柳好好解释,说你不是邓哲,你是陆让尘,这样总行了吧。"

陆让尘还是不说话。

邓哲长叹一口气，是真没辙了，干脆破罐子破摔道："算了，我还是亲自去吧，不过丑话说前头，那姑娘要是真看上我，我不手软，反正我单身这么多年了——"

话还没说完，就听陆让尘轻讽一笑，这回倒是肯出声了，只是语气凉凉的："你想多了，人家就是瞎了也看不上你。"

如果是祝云雀，谁都没戏，就她那人，连他都看不上的。

可邓哲又哪知道其中缘由，一下就被陆让尘那恶劣的口吻给气笑了："陆让尘，你缺不缺德，有你这么打击人的！"

陆让尘没应声，像是倏忽间理智回笼，也觉得有些事确实该做个了断。

他目视前方，说："地址发我，最后帮你去一次。"

话说完，他把电话挂断。

另一边，小区内。祝云雀在肖倾宇的帮助下，把所有快递拿上楼。

快递实在有点多，外人在，祝云雀没急着弄，就这么堆放在门口，回头又给肖倾宇拿了罐冰镇可乐。

肖倾宇随便找个地儿坐下来，接过来就问："哎，你快递上为什么写陈先生啊？陈先生是谁，你前男友吗？"

祝云雀正在厨房洗着玻璃杯，听到这话，指尖一顿。

已经记不清这是第几次，脑中再度回想起刚刚和陆让尘驿站见到的那一面。

他情绪难辨地瞥一眼她，明明是她惦念了很久的人，明明他就在眼前，明明只要一抬手，就能抓到，可她却无论如何都迈不出那一步。就好像两人之间隔着万丈深渊，她稍一动，就会粉身碎骨。可真等人走了，再见不到了，她心里又开始懊悔，难受。

祝云雀好像根本不知道自己想做什么，就这么表情麻木地发着呆，任冰凉的自来水冲刷着指尖。

直到肖倾宇来到厨房，又问了她一声，她才回过神说："怎么？"

"没怎么。"肖倾宇说，"就是刚问你，快递那签收人是谁，这不你没吭声——"

听到他的问题，祝云雀思绪彻底归位，她摇头说："陈先生就是我。"

肖倾宇："你？"

祝云雀点头，低眸拿起另外一个玻璃杯，说："以前在北城的时候独居，一个人有点怕，就干脆把收件人改成男士。"

肖倾宇若有所悟，又问："那为什么是陈先生，不应该是祝先生吗？"他笑，"难不成你前男友姓陈？"

挺试探的一句话，翻来覆去都想知道她以前感情上的事。

祝云雀不是听不出来，但还是喃喃："他不姓陈。"

"陈"只是取自他名字里最后一个字的谐音，后面这句，被她咽在肚子里，从始至终都没对任何人提起过。

大概也知道从她嘴里问不出什么，她现在的样子也不像有发展对象，肖倾宇后来也没绕着这个话题问，还很热心地帮她拆快递，收拾家务。只是没一会儿就被祝云雀谢绝了。

她晚上还有个饭局，是老柳的家庭生日宴。

老柳将近五十的年纪，很早就丧偶，孩子毕业后一直留在广州工作，她跟祝云雀一样，平时也是独居。这次生日儿子没时间回来，她就叫上几个关系好的同事朋友一起过。局组得低调，肖倾宇并不知道，祝云雀也没说。

肖倾宇听闻后马上恍然说"好"，走之前还挺热心的，说他就住在7栋，有需要给他打电话就行。

祝云雀冲他笑笑。等他走后，又把新买来的男款拖鞋和休闲鞋混着她自己的鞋子，摆放在门口。

稍稍收拾了会儿，她才带着礼物前往老柳那儿。

这会儿人几乎都到齐了。

有办公室里几个年轻老师，其中一对是夫妻，还有一个女老师，教语文的，叫张乐瑶，比祝云雀微微大点儿，也是单身。两人教的几个班级稍稍有交叉，算能说得上话。

剩下的就是老柳的朋友，都四十岁左右，不是干教培的，就是当老师的。

这里年纪最小的就只有祝云雀，所以在老柳把她介绍给大家后，她第一时间就去厨房帮忙了。

老柳却把她扯到一边，说："等会儿邓娇她哥要来，这次正式给你们俩介绍一下。你到时候也别挂脸，该加微信加微信啊。"

祝云雀脑子里的弦一下就绷紧了："邓娇的哥哥？"

"对啊，你见过的，就早读那会儿。"她言笑晏晏道，"这活儿也不用你干,你快去补妆,等会儿等着见人。哎哟,大帅哥一个,人也好。"说完就把祝云雀朝洗手间那边推。

祝云雀还蒙着呢,老柳就给她关上门了。

洗手间里,白炽灯明亮。祝云雀看着镜子里的自己,双颊微妙地发烫。那种紧张感,竟有几分回到年少时,可心境又完全不同。

祝云雀好像没办法不忐忑。她是真的不知道,陆让尘见到她,会如何反应。是会惊讶,还是厌恶?

到后来,祝云雀也只是补好润唇膏出来。她长相本就秀气,这样淡雅也相得益彰。

一桌人都已经坐下,老柳看她文文气气的漂亮样儿就喜欢,刚要开口夸她,门铃就响了。

祝云雀的心脏在那瞬倏地提了下。

靠近门口的女老师张乐瑶去开了门,一刹那冷风灌进来,空气也仿佛裹挟着淡淡的木质冷香。

下一秒,陆让尘便掀起眼帘,视线看似随意地朝屋里看,却和祝云雀对上眼。

祝云雀很快便别过头去,心跳得厉害。她只能拿起桌上的水杯,浅浅喝一点,试图平静下来。

老柳就在这时站起来,开心地招呼陆让尘进来。她叫的是邓哲的小名:"哎哟,小哲你可真客气,来就行了,还带什么蛋糕、鲜花的,我都说了不需要,你人来了就行。"

陆让尘这会儿连多余的话都不想应,就只是勾了下嘴角,跟着老柳进来,再坐到她身边。

好巧不巧的,那位置,正和祝云雀相对。只要一抬眼,祝云雀就能清清楚楚地看到陆让尘。

可陆让尘并没有看她,像是完全不认识般,表情始终淡淡的,要么垂眸,要么听老柳说话,偶尔再疏淡一笑。

买来的蛋糕也被张乐瑶拆开放到桌上,非常精致的款式,一看牌子就知道很贵。

知道陆让尘是邓娇的家长,另外两个老师也参与进话题。张乐瑶更是活跃,先是自报家门说自己叫什么,之后又说她是邓娇高一的语文老师。

平时真没见她这么健谈，这会儿倒是一个劲儿地跟陆让尘搭话。

和她相比，祝云雀安静得过分。明明没什么胃口，可那刻，就是低眸盯着面前的小菜，小口小口地吃着。

她在那儿安安静静地吃，陆让尘就耷拉着眼尾，蕴含着什么情绪似的，不动声色地看。

看她吃了一点丝瓜、一点鱼肉、一点菠菜丸子，又喝了一口水，那"小鸟胃"都能塞满了，可就是不抬眼。

陆让尘几不可察地扯了下嘴角，是真服了她这一身犟劲儿。明明人就在她眼前，她就是能做到一眼都不看。

大概是张乐瑶的表现太热切，老柳也反应过来，把话题扯到祝云雀身上。她说小祝才是邓娇现在最重要的老师，怎么能把小祝给忘了。

说着，她就推搡了下陆让尘，却发现陆让尘早就盯着祝云雀意味不明地看。

祝云雀听老柳提到自己，这才缓缓抬眼。

两人视线再次碰撞，眼中似乎只有彼此，不清也不白。

老柳却丝毫没有眼力见儿，趁着这个机会给两人介绍。

她说祝云雀是育华新来的英语老师，能力很强，是从北城过来的，最近带的班级成绩都特别好，学校里有很多男老师想追。

刚说完，陆让尘就挑眉说："原来是北城过来的。"

祝云雀抿唇没吭声。

老柳跟夸自家闺女似的："北城有什么意思，人家老家是南城的，南城又不差，在这边还能和爹妈在一起。"

说完又介绍陆让尘："这位是邓娇的哥哥，邓哲，你们上次见过的，在咱们这儿特出名的一个俱乐部开超市，自己一个人带妹妹，很能干的一小伙子。"

老柳的朋友就笑："老柳啊，你怎么介绍得跟开相亲会似的。"

老柳说："这不正好吗，这俩孩子各方面都特合适，这么好的机会当然要好好介绍一下。"

不想话音刚落，陆让尘就不咸不淡地道："合适吗？我怎么不觉得。"

此话一出，热闹的饭桌登时安静下来。

有人笑容僵在嘴边，有人面面相觑。

陆让尘直勾勾地盯着祝云雀，轻讽般扯了下嘴角："没记错的话，祝老师身边应该有个合适的人选。"

祝云雀攥住桌下的指尖，刚想开口，老柳就诧异地问："小祝有情况了？我怎么没听说过。"

一时间，所有人的注意力都落到祝云雀身上。

祝云雀却迎着陆让尘紧紧相逼的视线，说："那人不是。"

她清澈的声线中透着隐约颤意，像是被人欺负，软软弱弱地不敢还口，听得陆让尘说不上哪儿来的火气，两腮绷紧，相当佩服般低笑一声。

老柳也跟着蒙了，说："你们之间，是不是有什么误会？"

没人吭声，老柳有点急："如果有就聊开呗，都是成年人了，有什么不能说的。而且正式认识一下不也挺好的，小祝还是邓娇的老师，我说小哲，这多好的——"

"机会"还没说出来。

陆让尘就漠然嗤笑，毫不犹豫地打断："别了。"他眸光冷冽，近乎审视地看着祝云雀，一字一句道，"我对吃回头草没兴趣。"

老柳看看陆让尘，又看看祝云雀，眼神里的不可思议几乎要溢出来。

还没等她说什么呢，陆让尘起身了。

气氛变成这样，也没了再装下去的必要，他一身傲骨，不愿意被别人当成茶余饭后的谈资。

对老柳，过意不去是有的。可就是再给他一次机会，他也还会这么干。有些话，有些情绪，就堵在那儿，压抑在他心里那么多年，有时候的确需要一个瞬间发泄出来。

所以他挺干脆的，干脆里透着倦怠和疲惫，他对老柳说："抱歉，我还有事，这次就不陪您吃饭了。"

说着，他拿出那张早就准备好的俱乐部会员年卡，放到她面前，说："一点心意。"

扔下这话，也没管其他人是个什么反应，他连筷子都没动一下，就这么提前离开。

他一走，桌上气氛不自觉地沉闷微妙起来。所有人的注意力都落在祝云雀身上，特别是对陆让尘明显感兴趣的张乐瑶，她试探着问祝云雀："祝老师，你和邓哲到底什么关系啊？"

旁边的女老师闻言在桌下轻轻捅了她一下,示意她闭嘴。

祝云雀指尖都攥得泛白,面色也像浮了层薄霜,还是回答她:"他不是邓哲,他是陆让尘。"

张乐瑶眼睛一下就睁大了:"啊?他不是邓哲?"

还没等其他人搞清楚状况,祝云雀就拿着手机起身。送完陆让尘出去的老柳回来,见到她也要走,有些疑惑:"你要干吗去?"

祝云雀从来都是做了决定就不会动摇的人。她语气淡得听不出情绪:"我出去找他说几句就回来。"

祝云雀丢下这句便头也不回地出了门。

夜晚刚下过小雨,风里蕴含着泥土草木潮湿的凉意,祝云雀却心口发着烫。她知道错过这次机会以后再见他可能会更难,更知道他发起脾气来有多决绝,所以她走得很快,生怕稍微慢一点,陆让尘就消失不见。

所幸陆让尘的车还没开走,显眼的黑色大车停在小区大门口,亮起的车灯将浓稠的夜色照亮不止一点。

陆让尘就这么坐在车里,眼睁睁地看着祝云雀轻轻喘息着朝他走来。

她额前刘海微微凌乱,目不转睛地看着陆让尘,身形单薄却一腔孤勇地站在他面前,还是跟八年前一样倔强。

犟到今晚只要他不开口,她就敢堵着他车身不离开。

陆让尘太了解她了。正是因为了解,他看她的眼神才更为冰冷。

就这么侧眸死盯着祝云雀,陆让尘紧攥着方向盘,牙关挤出一丝讽刺的笑:"祝老师又想干什么?"

那眼神跟针刺一样,刺得祝云雀喉咙生疼。她哽着声音说:"和你解释。"

陆让尘这回是真笑了,那笑里尽是嘲讽:"咱俩之间有那个必要吗?"

祝云雀没吭声,眼看着车要往前,她就直接攥住他的车窗。

陆让尘踩着油门的那只脚,到底没用力,下一秒就听祝云雀说:"我不知道你今晚会来。"

和雨一样湿漉漉的口吻,那双莹润的黑眸也似染上雾气。

陆让尘喉结滚了滚,凝视着她那双细软白皙的手。

祝云雀声音不知不觉地颤着:"我也不知道老柳还想把我介绍给你。"

陆让尘冷声:"所以呢?"

祝云雀轻轻吸气，说："我不是故意让你难堪，白天遇到的那个人，也不是——"

陆让尘懒得听下去，直接打断她，说："祝云雀，你是不是觉得我还对你有什么？"

祝云雀心头一凛。陆让尘目光笔直地炙烤着她："还是说，你玩我一次没玩够，回来还想继续玩？"他笑了下，"等你什么时候玩腻了，再一脚把我踢开，是吗？"

他说出的话尤为残忍。

可那残忍不只是针对祝云雀，也针对他自己。他不是没有期待的，期待在那瞬间，能从她眼里读出什么，哪怕是零星一点，都足以让他动摇。

可没有，回馈给他的，就只有愧疚和闪避，和八年前抛弃他时一样。

陆让尘突然觉得没意思地低哂一声。

像是感知到他的情绪，祝云雀眸光如烛火般轻轻摇曳。或许她从北城回来，本就是自私的头脑发热，她根本没想好该做什么，也没想好怎么对未来的陆让尘负责。

所以，当下这刻，她几乎毫无勇气，被陆让尘的眼神逼退。

陆让尘就这么看着她把放在车窗上的手指，一根根收回去，眼里最后一丝温度也没了。

他颓然地勾了下嘴角，低眸，声音很轻："祝云雀，八年前是你求我放过你的。"

八年前，他赚了人生中最丰厚的一桶金，买了前往澳大利亚的机票，就只是为了找她复合。

可来见他的，就只有那时祝云雀新交往的男友。

是个在国外长大的华侨，家境优渥，浑身上下一股美式精英味儿，直白地跟他说，祝云雀不会来的，也不会见他。

他还说，祝云雀求你，放过她，也放过你自己。

陆让尘已经不太记得当时自己是怀揣着怎样的心情离开，或许和崩塌、绝望类似，总之从那以后，他就把关于祝云雀的一切，该藏的藏，该删的删。也不再怀揣任何报复的心理，不再故意和任何女生逢场作戏。

因为他知道，祝云雀根本不会在意，她已经有了新生活。他甚至乐意祝福她的。

可谁又能想到，八年后会是这样，在他觉得自己已经痊愈的时候，她又蛮横霸道地撕开回忆，任性地出现在他的生活里，试图霸占他的所有目光。

"没这个道理的，祝云雀。"陆让尘兀自扯了下唇，抬眼看她最后一眼，眸色凛冽，"结束了就是结束了。"

话说完，陆让尘两腮绷紧，收回目光，面无表情地脚踩油门。

不过须臾间，那辆黑色的大车便消失在漆黑的夜色中。

祝云雀还是回去吃完了那顿饭，毕竟是个挺开心的局，不该被她一而再再而三地毁掉。当然老柳也不放心，私下里问了她怎么回事。

祝云雀粉饰太平惯了，最后也只是三言两语地应付。

老柳挺无奈的，说邓娇的哥哥也真是的，这么长时间真把人当傻子糊弄。

祝云雀没搭话，全程都心不在焉的，也是他们中最早一个回家的。回家后连房子都懒得收拾，就只是洗了个澡，吃药，上床睡觉。好像睡觉就能洗刷掉这一晚陆让尘看她的每个眼神，和他说的每句话。

等到了周一，日子又好像游戏开了新的一局。万事万物周而复始，一切好像还是和从前一样，备课，上课，批改试卷，写工作总结。

要说唯一的不同，就是肖倾宇对她的态度。自打她住了他家的房子，肖倾宇对她的关心就越发频繁，中午还特意叫她一起去食堂吃饭。

肖倾宇叫祝云雀的时候，坐在办公室最里边的张乐瑶，就煞有介事地朝两人看。

后来饭也是大家一起吃的，就在学校二楼的食堂，几个人坐在一起，拼了几样菜。

祝云雀从始至终都没怎么吃，更没心思听几人没营养的聊天。

好在没多久就吃完了。祝云雀肚子没填饱，就提出要去超市。

肖倾宇挺殷勤的，说："我陪你一起去啊。"

祝云雀刚要拒绝，张乐瑶就笑着插话："让肖倾宇替你买得了，我看他乐意得很。"

肖倾宇尬了下，转念又笑，干脆也不装了："不然我替你去？"

祝云雀就是那会儿瞥了眼张乐瑶，说："不用了，我想一个人。"

362

张乐瑶被那冷不防的一眼看得一噎，没意思地撇了撇嘴。

祝云雀撂下那话转身就走了。

超市离教学楼挺近的，没走多远就到了，祝云雀进去挑了酸奶和面包，刚准备出来，就听到熟悉的声音从门口那边传来。

嗓音清亮又有朝气，是邓娇。她语气埋怨："还不是因为我那两个不靠谱的哥，周六晚上非在小院儿里弄烧烤吃，闹得我在楼上根本没法儿安心学习。"

和她一起那姑娘祝云雀也知道，是班上成绩特好的女生。

女生笑着挤对她："你就找理由吧你，没有周六不还有周日吗，怎么周日你就不能背课文了？"

一说这个，邓娇更懊恼了："你可别说了，周日我更惨，我要照顾两个病号！"

祝云雀心口没来由地一跳。

邓娇嫌弃得不行："就我那两个哥，平时看着又高又帅又拉风的，结果呢，两人喝到后半夜，又吹夜风，第二天一个肠炎犯了，另一个急性胃炎和重感冒进医院了。我就一个人，要照顾他们俩！"

女生闻言夸张地"啊"了声："这么严重啊，他们为什么喝这么多？"

邓娇叹了口气："还能为什么，当然是为了爱情。"

明明是连爱情是什么都没弄懂的小姑娘，说起八卦来却煞有介事的。

邓娇拿着两包虾条转身，被站在零食货架入口处的祝云雀吓得差点魂飞魄散："祝老师你怎么在这儿！"

祝云雀蹙了下眉，问："陆让尘怎么了？"

邓娇心虚地看着祝云雀："老师，你走路怎么没声儿啊？"

祝云雀没搭理她，只重复道："陆让尘到底怎么了？"

邓娇没见过这样的祝云雀。往常她总是没有过多情绪，好像教书育人只是她眼中最为寻常的工作。这还是头一次，她从祝云雀脸上见到紧张的情绪。

邓娇是个小人精，一下就看出端倪，故意支吾道："也没怎么，就是喝多了生了场病，去医院打了吊针。"

祝云雀轻轻咽了下嗓，眼神透着紧张："那他现在怎么样？"

邓娇说："还行，回家了。"她眼珠子转了转，又说，"是个漂亮姐姐接他回家的呢。"

祝云雀似乎不为所动，但也说了句："没事就行。"说完便转身去收银台结账。

邓娇跟过去说："你就不去关心一下他吗？他可是因为你——"

话说到一半，祝云雀扭头平静地看她。那话就跟烫舌头一样，邓娇立马闭嘴了。

对视两秒，祝云雀收回目光，腔调淡淡的："他应该不想见到我。"

在超市和邓娇短暂碰了一面后，祝云雀忙了整整一下午，直到下班，才有心思想起陆让尘。

理智告诉她，两人也就这样了，别挣扎。可情感上，又忍不住去想，想他怎么样，想他身体有没有恢复。

就这么不知不觉回到小区，祝云雀在刷卡进去的前一秒，停下脚步，去了旁边的超市。

她买了水果、牛奶，以及一些常备药和应急药。水果是那种盒装的时令水果，都是陆让尘爱吃的，分毫不差。

她回到小区门口，将这些一起递给保安大叔。

保安大叔热心肠地问她，需不需要留下名字，省得对方问起来，不知道是谁。

祝云雀摇头说不用，就这么走了。

她走后没多久，保安大叔就把那一大袋子东西提上楼，敲开1606的门。

那会儿林稚刚从外面购物回来。往日里没活气的家里，被林稚这个购物狂塞得满满的，别说水果了，就连自热米饭她都买了一整箱，还专门花钱雇人给她搬上来。

陆让尘倒是潇洒，知道她要上来，也懒得接，就这么懒懒散散地躺在沙发里，拿着平板看俱乐部的训练视频。

林稚见他那样，气得不行，说要不是看他生病，真忍不住拿起抱枕砸他身上。

陆让尘就只是扫她一眼，眼神淡淡的："放那儿就行，回头我自己折腾。"

林稚直瞪他："你收拾个啥，就你这不会照顾自己的性子，等我买的那堆东西过期了,你都不知道放冰箱里。"

陆让尘哼笑。

林稚也不知道怎么想的,脑子一热嘴巴就没把门儿:"连自己都不知道照顾,当初照顾那姓祝的倒是挺起劲。"

这话丝毫不夸张,当初陆让尘跟祝云雀在一块儿,祝云雀没少生病。她一生病,折磨的却是陆让尘。明明没多大点事儿,他却非要弄得很严重一样,又是去医院,又是各种买药买营养品,回家后,还会亲自给祝云雀做饭。

说实话,陆让尘厨艺并不好,可愣是为了祝云雀,学了好几样难做的菜式。他还专门给程丽茹打过视频,问她排骨怎么炖,鱼又怎么清蒸才好吃。

两人视频那次,林稚就在程丽茹身边,听到后难免揶揄他,说:"陆让尘,你可真行,给亲妈都不见得做上一次。"

她说这话的时候,祝云雀就在陆让尘身边,小口小口地喝着泡面汤,眼巴巴地看着陆让尘,可怜又可爱的。

陆让尘被挤对了也不生气,勾着嘴角看祝云雀,又揉了揉她的头顶,用口型说了两个字:"别理。"

陆让尘还是学会了炖排骨和清蒸鱼。那天晚上,祝云雀第一次吃到那么好吃的清蒸鱼。

吃饱喝足后,感冒还真神奇地好了大半。

再后来,只要祝云雀一有小毛病,陆让尘就给她做清蒸鱼和红烧排骨。

可两人分手后,陆让尘再没进过厨房。生活上也要多敷衍有多敷衍,冰箱一打开,里面不是饮料就是啤酒,感觉像是完全变了个人,也不在意什么生活质量。

林稚是真心疼他,也是真气。气到这么口不择言,说话跟刀子似的朝人心口扎。当然说完也怕了。她明显察觉到陆让尘听到那话后,神色不经意黯淡几分,看着平板的眼神也明显心不在焉的。

林稚顿时有些不是滋味,又后悔又无语。后悔自己嘴欠,哪壶不开提哪壶,又无语那祝云雀,好好的国外不待,非得回南城来磨人。

明知道陆让尘放不下她,可她偏要出现。现在好了吧,陆让尘因为她喝酒喝出胃炎,搞得自己提心吊胆,还不敢告诉程丽茹。

林稚真是越想越生气,连带着收拾冰箱都像在发脾气,正想说陆让尘两句，门铃就在这时响了起来。

陆让尘撩起眼皮，看林稚一眼，说："又买？"

林稚忍不住翻白眼说："我早买完了好吧。"

陆让尘也懒得和她较劲，起身过去开门。结果一打开，就看到保安大叔站在门口，手里还拎着两大袋东西，笑容可掬的。

陆让尘眉梢轻挑，问他："怎么回事？"

保安大叔就说："你一个朋友，刚刚托我把这些东西给你送上来。"

陆让尘低眸盯着那两袋子东西，没说话，还是林稚凑过来，问是谁送的。

保安大叔说："一个挺漂亮的姑娘，说话温温柔柔的。"

林稚闻言皱眉，扭头看陆让尘："你这是又在哪儿招惹的桃花债？"

陆让尘插着兜，没应声，轻抬下巴，跟保安大叔说了声谢谢。

门关上，林稚蹲在地上，开始研究这两袋东西里都有什么。

陆让尘却只是抱着双臂，神色寡淡地倚在门口，看着她盘点。有各种新鲜水果，看包装就知道很贵，还有进口的无乳糖牛奶，以及各种药。有治感冒发烧的、解酒的、治胃炎的，还有缓解视觉疲劳的眼药水，看得出来，非常了解他。

就这么盯了几秒，陆让尘像是了然般，嘴角忽然极淡地扯了下。

他轻轻磨着后槽牙，积蓄着什么情绪的心口，在这瞬间也像被扎漏的皮球般，一点点泄掉戾气。

这不冷不热的笑弄得林稚一脸蒙，她扭头看陆让尘："怎么，想起是哪个美女了？"

陆让尘没搭腔，就这么阴郁着一张俊脸，拎起地上那两袋东西，直接丢到中岛台。

察觉到他又有了脾气，林稚拍着裙子起身，不解地小声骂他。

晚上，陆让尘又一次梦到祝云雀，已经记不清是这个月的第几次。

梦里她还是那副样子，清冷温婉，长发墨色般铺陈开，纤瘦的肩膀脆弱得似乎一下就能被他捏碎。

也不知道这场梦持续了多久，只知道感冒的汗就这么发出来，病也好了大半，像吃了特效药。

第十六章
旧梦

雨季的南城天气总是不好，即便是清早，天空也是灰灰的。

又恰逢台风入境，出行特别困难，祝云雀有天下班还淋了一场暴雨。

她这人抵抗力天生就弱，再加上办公室有位老师得了流感，她没意外地跟着得了场重感冒。

教导主任实在看不下去，就给两人都放了假。

回去的时候，肖倾宇想送她，但被祝云雀拒绝了。她对待异性，从来不是拖泥带水的性格，对肖倾宇也很直接，她说自己心里有人了，最近也不想谈恋爱。

肖倾宇其实挺尴尬的，但碍于面子，还是笑着说没事。都拒绝到这个份儿上，他也不好再主动，于是祝云雀一个人冒雨回家了。

小区楼下有诊所，祝云雀到家以后发觉嗓子疼得厉害，浑身也无力，就想去那边打吊针。

但那天感冒的人太多，本来诊所就小，一屋子人，各种气味，弄得祝云雀几乎想吐。

思虑再三，她还是决定回家去打。可没想到，诊所的大夫太忙了，屋里的人忙不完，外头还有几个上门输液的等着她。大夫想想就只能跟看起来好说话的祝云雀商量，让她在诊所里先扎针再帮她举着吊瓶回楼上。

祝云雀当时难受得厉害，顺势就答应了，却不想那大夫并没有帮她拎着药瓶送她上楼，甚至有点儿收完钱翻脸不认人的意思，扎上针就马上收拾好药箱出门了。屋里剩下几个忙碌的护士,也都拒绝了她。

祝云雀是真的连生气的力气都没有了,干脆咬牙,自己一手打着吊针,一手拎着药瓶上楼。

有个阿姨看到她这模样怪可怜的,问她需不需要帮忙。

祝云雀鼻腔酸了一下,点点头说需要。

那样子看起来很可怜,再加上就在单元楼的大厅里,她还自己拿着吊瓶,很显眼,导致刚从外面进门的林稚一下就注意到了祝云雀。

林稚脚下一顿,但祝云雀还没看到她就在那位阿姨的帮助下进了电梯。林稚一脸震惊地看着祝云雀的身影。

电梯门一关上,林稚就迫不及待地给陆让尘打电话。

这会儿陆让尘正陪着来俱乐部选拔人才的市里的领导,看到是林稚找他,他就没急着接。

林稚便发微信给他。

林稚:我的天,那姓祝的是不是疯了,她居然好意思搬到和你一个小区住!

林稚:不对啊,陆让尘你跟我说实话,你是不是早就知道她住这儿?还有昨天那送上门的东西……你也知道对不对!

林稚:她到底想干什么啊?不想让你好是吗?

林稚:还有你,你咋想的啊?

林稚:真是无语了,要不是看她一个人打吊针那可怜样,我真想上去骂她两句!

消息振得陆让尘手机直响,被烦得不行,他只能拿出来看了眼。结果下一秒,就看到最后面的那句话,眉心也跟着皱了一下。

几乎没有迟疑,陆让尘跟旁边人打了声招呼,让对方照顾好领导,跟着便拿着手机去了大门外的僻静处给林稚打电话。

林稚太了解他,也知道他为什么这么快给自己回电话,气得更凶地骂他:"陆让尘,你就是欠虐,人家对你都那样了,结果给你送点儿东西你就又心软了!"

然而陆让尘心思根本就不在这儿,他蹙着眉,低声问:"你到底看到祝云雀怎么了?"

林稚气笑了:"陆让尘,你再这样自寻'死路',我真不想管你了。"

本以为这话能跟巴掌似的把陆让尘拍醒，结果话音落下，对面就只是安静几秒。陆让尘突然认真道："那你说，我该怎么办？"他无力地笑了下，"还是你觉得，只要我不想她，我就能快乐，就能好？林稚，我试了，我真做不到。"

大概人一生起病来，心情就容易跟着低落，祝云雀下午的情绪跟那场雨一样糟。

回来的路上，衣服和头发都淋湿了些，就算有那位热心阿姨帮忙，一些事也无法解决，家里能吃的东西，除了酸奶就是泡面，水也要现烧。偏偏她手上挂着吊针，一个人根本没法弄，进门后就只能老老实实地待在沙发上。

外头的雨下个不停，茶几上的手机在闪了几条推送通知后，电量就这么降到百分之二十。

许琳达和叶添都住得远，祝云雀也不想麻烦他们，干脆认命般盖着毛毯缩在沙发上躺着。

但没过多久问题也随之而来——换药怎么办？

祝云雀仰头看着还剩下五分之一药水的吊瓶，忽然就想起自己从前那些生病的日子。虽然也有孤零零的时候，但不至于换药都没人帮忙。

也不知怎么就混成现在这般田地。

本就脆弱的情绪被一种莫名的滋味隐隐蚕食，祝云雀思前想后，最终决定自己换药。

可还没来得及行动，门铃就响了。

像是生怕她听不见，门外的女人直接喊道："祝小姐在家吗？我是楼下诊所的，我担心你一个人换不了药，上来看看你什么情况。"

那女人嗓门挺大的，祝云雀本就生疼的脑仁瞬间刺痛了下。等反应过来的时候，她已经拎着吊瓶起身给门外的女人开了门。

确实是诊所的护士阿姨。

半小时前，这人还挺冷淡地拒绝送她上楼，可这会儿又显得十分热心，说："幸亏我来得及时，要不然你可怎么换药啊！"简直判若两人。

或许有点烧糊涂了，祝云雀怔了怔，就这么把人领进门了，看她把药给自己换上后，才鼻音浓重地问："阿姨，您怎么知道我家门牌号的？"

不止门牌号,还知道她姓祝,印象中,她并没有跟护士阿姨说过这些信息。

那阿姨不太擅长撒谎,被她直勾勾的眼神看得恍神,缓了两秒才说:"你之前打电话跟我们小护士说的。"

这倒是没胡扯,祝云雀从学校回来之前,特意给这家诊所打过电话,问可不可以上门输液。

那会儿不太忙,小护士就问了她的门牌号。祝云雀如实说了,还说自己姓祝,结果打完电话回到家,等了好半天,都没人上楼。等她再下去的时候,诊所已经忙得不像话了。

被这么一提醒,祝云雀才想起这些。恍然间,似乎也意识到自己又在不由自主地幻想不着边际的事和人,她眼神微妙地闪了下。

阿姨却没立马走掉的意思,朝四周看了眼,说:"姑娘,需不需要我帮你买点儿什么?我看你这儿连杯水都没有。"

祝云雀因生病思绪很迟钝,竟也没防备地看了眼阿姨,问:"不麻烦吗?"

阿姨笑:"没事,你都病成这样了,还一个人。"她又停顿了下,像是特意问的,"你是一个人住吧?"

祝云雀点头说:"是一个人。"

阿姨眼神八卦:"你一个人住,那门口的那些男鞋是怎么回事啊?还有那阳台上,我怎么好像还看到男士内裤了。"

祝云雀耳尖热了热,抿唇道:"那是男士短裤。"又说,"我不想让别人知道我一个人住,特意弄的。"

阿姨恍然大悟,跟着又附和两声,说她做得对。

祝云雀咳嗽两声,喉咙干渴得厉害,说:"阿姨,可以帮我买些矿泉水和牛奶回来吗?"

阿姨应下了,又贴心地问她还想吃别的什么。

祝云雀摇头说不用了。

见她没别的要求,阿姨这才出去。

防盗门被关上,阿姨把兜里的手机拿出来。手机一直在通话中,从祝云雀给她开门开始就没挂断过,所以两人说了什么,电话那头都听得一清二楚。

370

阿姨边等电梯边对电话里说："帅哥啊，不是我这人偷懒，她要的那几样东西都挺沉的，我这带着药箱，还要去隔壁楼打针呢，不然你给她买了，回头我再送上去。"

陆让尘这会儿就在楼下的车里，听到这话，他沉沉地说了声"行"，又低声："反正你也不知道她爱吃什么。"

语调和口吻藏着一股说不上来的温柔劲儿，一听两人的关系就非同一般。

阿姨也是八卦，忍不住说："小伙子，你怎么不自己给她送上去啊？那姑娘看着真挺可怜的。"

陆让尘握着方向盘的手紧了下，眉头蹙了蹙："等会儿就麻烦您了，我去给她多买点东西。"

他开车去了商圈里的大超市，买了很多东西。

每一样都是祝云雀八年前爱吃又吃不腻的。

等祝云雀看到那些东西时，她心尖不受控制地轻轻一颤，看向阿姨。

阿姨是真有点编不下去了，干脆硬着头皮闭口不言，直接给她换上第三瓶药。

其实也不用说的，祝云雀不至于傻到那种地步。毕竟这法子她之前用过，没规定别人不能用。只是这个人，她希望是陆让尘。

……会是他吗？

祝云雀心口惴惴，偏又不敢往深了想，怕想多了难挨，到头来再自作多情，难免伤心。

等阿姨收拾好东西准备走，祝云雀才出声："阿姨，多少钱？我转给你。"

阿姨愣了愣，似乎有些不知所措，只能说："不着急，你先好好休息，回头多少钱我在微信上跟你要吧。"

祝云雀点头说"好"，和阿姨加了微信好友。

刚加完，陆让尘的短信就发到阿姨的手机上：问她明天还输液吗？

阿姨抬头就问祝云雀："姑娘，明天你还输液吗？"

祝云雀点头。

阿姨又问她打算明天什么时候输液。

祝云雀想想说:"下午吧,我想睡个懒觉。"

阿姨好心提醒:"下午一般是人最多的时候,到时候保不准我又没时间管你,不然你明天就在诊所打好了。"

祝云雀神色淡淡的,没应声,也不知道在想什么。

阿姨这下拎着药箱真准备走了,不想手机突然又收到一条短信:问她买的那些东西行不行,还有没有特别想吃的。

阿姨登时嫌弃地蹙眉,心说怎么还没完没了了,这年轻人也是真拐弯抹角,有什么话当面跟这姑娘说得了呗。

阿姨不满归不满,看在那五百块钱的份儿上,还是忍下来,扭头问祝云雀:"姑娘,还没问你呢,给你买的那些东西,你看行不行啊?要是真不喜欢也别将就,想吃什么,阿姨再给你带。"

几句话说得没之前那么热心,又有点不耐烦。

实话实说,演技挺拙劣的。陆让尘找的这个人,不会演戏就罢了,还一脸算计和市侩,这样的阿姨又怎么可能热心到一次又一次地关怀陌生人?

可偏偏三个人都乐意入戏,为了各自的目的,就这么揣着明白装糊涂地演。

祝云雀也说不上那一刻自己到底有几分把握,她蜷缩在沙发里,看着桌上的那堆东西,鬼使神差地道:"我其实想吃清蒸鱼。"

阿姨没太听清:"什么?"

祝云雀没再重复,又轻轻摇头:"没什么,今天谢谢您了。"

阿姨走后没多久,祝云雀最后一瓶药也打完了,她自己拔了针,之后又吃了点东西,洗了个澡,才上床睡觉。

这一晚的睡眠格外好,像卸掉一身疲惫,陷在绵软的被子里,一夜无梦。一直睡到第二天临近中午才起,感觉整个人都舒爽许多。

但为了巩固药效,她还需要再输液一天。

只是这次,她没急。

诊所就在斜对面楼的一楼门市房,从客厅的角度,她刚好可以看到那诊所的客流量。

正是南城雨水充沛的时节,即便是夏天,气温也不太高,又下了几场雨,生病的人多了许多。那阿姨没骗她,下午确实是人最多的时候。等祝云雀再到诊所时,诊所里的人看起来比昨天还要多。

372

那阿姨刚给人打完针，一抬眼就看到她："姑娘，我让你早点来，你怎么还这么晚来啊？你看人这么多，我还有两个要抽血化验，怎么顾得上你啊！"

她这会儿是真忙，即便昨天都打点好了，她也还是很难分身。

但祝云雀明显不在意："没关系，我自己可以拿上楼。"

听到这话，阿姨明显愣了一下，心说这姑娘是真犟。她叹了口气："行吧，那你先坐会儿，我让小刘给你扎。"

说完扭头抄起手机进了里面的办公室。

祝云雀朝她离开的方向看了几秒，接着收回目光，平静地等待小刘护士。

扎上针之后，她又平静地举起自己的吊瓶。

小刘看着有点于心不忍："你等我一会儿，我送你上楼吧。"

这话要是昨天说，祝云雀肯定会答应，但这次她脚步一顿，拒绝了，冲小刘摇头说："没事，我一个人能行。"

祝云雀举着吊瓶一个人走了。等她走到12栋楼下的时候，一双笔直的长腿突如其来地拦住她的去路。

心跳仿佛漏掉一拍，祝云雀抬起头，目不转睛地看着那张俊脸。

陆让尘微垂着眼，意味深长地看她，眸里蛰伏的情绪深得让人捉摸不透，又像忍着脾气般，蓦地轻嗤一声："祝云雀，好玩吗？"

祝云雀没吭声，也没走。纤细的胳膊就这么拎着吊瓶，仿佛脆弱得不堪一击。

不到三秒，陆让尘不耐烦地吸气皱眉，像是放弃挣扎般，懒得计较。他没再较劲，而是抬手接过她左手里勉强举高的吊瓶。

还是那样干燥温热的掌心，带着一点薄茧，从她手背擦过。

二十多厘米的身高差让滴液的速度肉眼可见地变快许多。

像是终于找到可以理直气壮看他的理由，祝云雀将视线挪到他脸上。

被她这样直白地盯着，陆让尘喉头轻滚，无可奈何。

她这张让人刻骨铭心的脸常常出现在他梦中，即便二十八岁，也和记忆中一样清纯恬淡，引人心颤。

可谁又能想到，就是这样一副单纯无辜的外表下，包藏着这么会拿捏人的心肝。

他蹙眉，目光紧锁着她，嗓音慵懒中透着一点哑意："这下满意了？"

祝云雀知道他的脾气，如果不回答，会一直僵持着的，所以没挣扎，只轻飘飘来了句："陆让尘，我头疼。"

她感冒还没好，当下还是不舒服。陆让尘见她不像装的，于是侧身把门打开。

进电梯后，陆让尘没再跟祝云雀说话。祝云雀知道他在跟自己怄什么气。她只是在赌，赌自己在陆让尘心中还有没有一丝一毫的重量。她似乎赌赢了。

到了家门口时，祝云雀知道陆让尘在看鞋架上放的那三双男鞋，但她没吭声，直接用没打针的那只手开了门。

淡淡的馨香迎面飘来，是陆让尘熟悉的气味，和她身上类似。他回过神，迟疑了一瞬。

祝云雀扭头看他，说："门口的拖鞋是新的，大小跟你的尺码一样。"

陆让尘几不可察地扯了下嘴角，犹豫了一下，最后轻抬下巴，说："先送你进去。"

进门后，他把吊瓶挂在窗帘上，再把祝云雀安顿在沙发躺下。就在转身要走的瞬间，祝云雀突然抓住他的手。心口像被针刺了下，陆让尘顿住脚步，低头看她。

此刻祝云雀就躺在他眼下，皮肤苍白，鹿眼莹润。她问："你要走了吗？"

陆让尘就这么看了她几秒，又移开视线。

心头微弱的火苗马上就要熄灭，祝云雀微哽着，险些松开手。

可这时，陆让尘不紧不慢地说："不是要吃清蒸鱼？"

祝云雀的心脏再次鲜活地跳动起来。

陆让尘见她不说话，又道："难不成你家里有？"

家里自然是没有，她不会做鱼，也没人给她做。就连昨天说那句话，也只是脑子一热的随口试探，祝云雀从没想过会变成真的。

陆让尘居然真的听见了，还要给她做。虽然很不真实，但的的确确，是他选择了再次为她低头。

这一刻的滋味更让她难受，祝云雀终于松开了手。

陆让尘走到门口，推开门的瞬间，回头问她："门锁密码多少？"

祝云雀抬眼看他，好几秒都没说话。

陆让尘一下就气笑了，气自己就这么被一个女人三番五次地随意拿捏，又毫无办法。

"祝云雀，你哑巴了？"

祝云雀摇头，又把目光收回去，像个无助的小朋友一般，转过脸去，将后脑勺对着陆让尘，用细软的嗓音轻声说："1006。"

陆让尘像是忽然明白了什么，眉心一跳。

1006，十月六日，是他们当初在一起的日子。

细数起来，他们正式交往也才不过四个多月，对一些人来说，四个多月，都算不上一场深入的交往，可对陆让尘来说，那段时间却深刻到足以改变他后来的人生。

陆让尘突然就觉得挺讽刺的，既可笑，又无力。

可笑于他这样一个人，会仅仅为一个初恋对象，把自己弄到这地步；又无力于但凡她给的一点糖，哪怕是混着玻璃碴，他都能照单全收。

他当然也明白了，为什么祝云雀刚刚支吾着不愿意出声。

明明是当初分手时那么决绝的人，多年后却把两人在一起的日子作为门锁密码。

他不禁猜测她是不是用惯了，忘记改？又或许是故意的，故意"套路"他？

她能有几分真心呢？陆让尘不知道，也不知道她想干什么。

他懒得去想，只自嘲般"哧"地一笑，丢了句"祝云雀，你挺牛的"，跟着就把门关得"啪"的一声。

静默了好半天，祝云雀才扭头朝门口看去。空气里隐约浮动着陆让尘身上好闻的气息，是不知何时已经换回来的乌木沉香。她吸了吸鼻子，眼眶蓦地红了。

陆让尘没食言。

周围卖海鱼的地方很少，他只能开车去大超市买新鲜的食材和作料，再抓紧时间回来给祝云雀拔针。

大概是得益于之前的交流，他回来后，两人间的气氛似乎也好转许多。虽然安静，却远没有之前那样尴尬和压抑。当然两人之间也没说什么有营养的话，无非是陆让尘问她东西在哪儿，她告诉他。

不得不承认，陆让尘这人能力挺强的，明明从小到大是个众星捧月的天之骄子，可在生活方面却丝毫不差，什么都能做得很好，哪怕是大发善心照顾一下前女友。

往日都不开火的厨房忽然有了活气，无论是做饭炒菜的声音，还有独属于陆让尘的脚步声，都让祝云雀觉得踏实得过分，不知不觉就睡了过去。

等再醒来，陆让尘已经准备给她拔针了。

他本来正低眸给她撕手背上的胶布，是在察觉到她迷迷糊糊地睁开眼后，轻飘飘地看她一眼，哼笑了声，说："祝云雀，你心还挺大的，也不怕我丢下你不管。"

祝云雀不喜欢听他总这么叫自己全名，可她又没法说什么，只能蹙着眉坐起身。

陆让尘以为她怕疼，下意识地绷紧下颌线，动作放缓也放稳。等祝云雀稍稍反应过来的时候，他那利落的动作已经把细细的针从她手背上拔了下去。

速度快到没有一点痛感，陆让尘熟练地给她按住针孔，突如其来的痛感让祝云雀轻轻"咝"了声，又咬住唇。

陆让尘看她一眼，又放轻力道，说："自己按着。"说话间便松开她的手。

祝云雀老老实实地按住，僵化的身子都跟着放松不少，她说："你还挺熟练。"

陆让尘"嗯"了声，起身一边帮她摘掉吊瓶，一边随意道："我妈病重那阵，打吊针都是我看着。"

很无心的一句话，可落在祝云雀心里，却像一把刀。

陆让尘也在这瞬后知后觉地反应过来，心口微突了下，第一时间看向祝云雀。

像是有着微妙的默契般，两人毫无预兆地对上视线。

祝云雀面色白得有股脆弱感，却硬朝他努力挤出一个笑，说："阿姨这些年还好吗？"

听到这话，陆让尘喉结微滚，终于别过视线。

他将输液管卷起来，语气淡然："她挺好的，这些年过得很开心，也有了新的爱人,你不用——"

后面的话没说完,祝云雀就打断他:"那你呢?"

动作停住,陆让尘目光笔直地看她,眼神像雨夜里的烛火般轻闪。

祝云雀迎着他的目光,嗓音微哑发涩:"这些年,你过得好吗?开心吗?"

很官方的寒暄,如果是久别重逢的老友,还有问上一句的意义。

可他们不是,他们是曾经深爱过,分开时扯着骨头连着筋,疼得如同刀割般的初恋。

无论从谁的角度来看,被伤害的都是陆让尘。祝云雀才是那个行凶者,却在行凶后,过来道貌岸然地问他一句疼不疼。

是真挺讽刺也挺可笑的,可那一刻,她就是想问,发疯一般地想问。

陆让尘也的确没料到她会这么问。

其实好不好的,在外人眼里挺明显的,她或许当年就听说过,他为了她,颓废过很长一段时间,网球也没再打,和程家的关系也渐渐疏远。

他执意自立门户,创业之初非常艰难,好在他都咬牙挺了过来。

但这些事,他不想在她面前表述。

回神后,陆让尘就只是轻笑了下,像是释然又不在意:"当然挺好的。"

浓长的睫毛覆下来,将不辨浓淡的情绪遮掩,陆让尘把空了的吊瓶随手扔进垃圾桶里。

祝云雀指尖微蜷,垂下眼帘,没再吭声。

的确,他能有什么不好的。他是天之骄子,众星捧月,想要什么样的人生都轻而易举,想要什么样的女人也都能得到。她又算得了什么,又有什么不可逾越的。

陆让尘抬眸,意味深长地审视着她,再把问题丢回给她:"那你呢,过得还好吗?"

这话问出来他就后悔了,他知道她会怎么回答,她是那么擅长粉饰的一个人,就算过得不好,她也不会说实话。

祝云雀连陆让尘的眼睛都没看,就这么低眸按着手背上的针孔,说:"挺好的。"

那声音轻飘飘的,落在心上却像淋过一场雨。

沉默如同水滴在两人间弥漫开,就是在这会儿,陆让尘瞥见祝云雀踩在地板上的脚是光着的。

陆让尘移开视线,瞥到一旁的奶白色拖鞋,顿了瞬,俯身拿过来,挪到她脚前。

祝云雀静默着抬眼看他。

陆让尘却避开她的眼睛,扔下一句:"吃饭吧,菜好了。"

简单的两道菜。

一道清蒸鱼、一道素炒西生菜,配了一碗白米饭、一双长筷,就这么摆在干干净净的白色桌面上,有种难以言喻的冷淡感。

祝云雀坐在饭桌前,仰头看陆让尘:"你的呢?"

陆让尘睨她一眼,似乎是有所挣扎,又无可奈何,他还是去厨房多拿了一副碗筷,坐到她面前。

见祝云雀尝了一小块鱼肉,他问她:"还行吗?"

"味道没变。"

陆让尘闻言,松动眉梢,这才拿起筷子尝了一口。

他吃相还是那么好看。

祝云雀有种被过去冲击的恍惚感。也的确是没想过,两人还会有今天。

她吸了吸鼻子,眼眶发热,低眸说:"我吃不完,你多吃一点。"

陆让尘本想说没胃口,可抬眸便看到祝云雀泛粉的鼻尖和眼尾,他在那一瞬突然没辙了,松了松肩膀,轻抬下巴,说:"你看现在几点了?"

祝云雀这才缓缓看向墙上挂着的钟表,下午三点。

这个时间,陆让尘肯定吃过饭了。可就算这样,他还是乐意坐下来,陪她吃一会儿。

一想到这儿,祝云雀那颗心脏忍不住跃动起来,又像忽然被点醒什么,她说:"你今天不用上班吗?"

陆让尘给一块很好的鱼肉挑刺,挑好后,随手扔到她碗里,淡声说:"我是老板。"

祝云雀看着那块鱼肉,短暂地失了神。

陆让尘盯着她:"你这两天请假?"

祝云雀收回目光,点点头:"学校给假了,怕病得太厉害。"

一提到"病"字,陆让尘就忍不住蹙眉。她身体一直不算好,从前就动不动着凉,能病到这个地步,确实挺严重,又想到那天在馄饨店,他听到许琳达和她的谈话，她跟许琳达说曾经生了一场重病。

不知道是什么病。

他好像也没有开口问的立场。

陆让尘看了看她，状似不经意地说："你病得这么重，上次那男的怎么不来照顾你？"话说完，他目光也没移开，就这么直勾勾地锁着她，像在等什么答案。

祝云雀被他看得心尖一颤，说："我跟他不是那种关系。"

陆让尘闻言，不动声色地往后靠了靠，谈不上信不信。

祝云雀抿抿唇，又说："他是这房子的房东，也是学校里的同事。"

陆让尘神色微微松懈，又漫不经心地开腔："他也是邓娇的老师？"

"不是。"祝云雀说，"别的班教数学的。"停顿了下，她问，"你是怎么知道我生病的？"

祝云雀目光笔直地看着陆让尘，像是一定要在他那里讨到答案。

陆让尘却淡定得毫不避讳，说："楼上楼下的，知道点儿什么不是挺正常？你不是也从邓娇那儿知道我生病了？"

话到这里，似乎没什么再遮掩的必要。不需要把所有都摊开到台面上，两个人就都明白，那些暗流涌动的情绪、若有似无的眼神，根本藏不住。他们彼此心里都有数。

只是目前来看，两人似乎只能止步于此。

祝云雀不清楚他是真的舍不得自己，还是出于对那点关怀的回馈。两人就像隔着一层透明的屏障，看着敞亮，却谁也没法靠近。

陆让尘来了通电话，顺手接起来，跟着就被人骂了。

还是和多年前一样嚣张跋扈的语调，愤懑暴躁，祝云雀一听就知道是林稚。

距离近，林稚说了什么，祝云雀听得很清楚。

她问陆让尘现在在哪儿，是不是找那女人去了，还逼问他是不是忘了他妈妈的那些过去。她骂陆让尘没良心，不知好歹。

林稚骂得有多难听，陆让尘的眉心拧得就有多紧。到后来，他听不下去，直接凶了回去："林稚，你有完没完？我说了我马上回去！"

这一嗓子，直接把林稚吼没声儿了。

电话被挂断，陆让尘眸色深深地看向祝云雀。

她还是文文静静的,低眸拨弄着碗里的鱼肉和白米饭,羸弱的样子,仿佛一捏就碎。

陆让尘沉默了两秒,说:"我回去了。"

祝云雀点头说好。

陆让尘喉头滚了滚,起身,视线落在她身上,却不挪开。

可最终,祝云雀也没再看他一眼,就只是默默地用筷子夹着两片菜叶,送到淡到没什么血色的嘴里,就着苦涩,一起咽了下去。

林稚本该当天就回北城的,但因为祝云雀,她突然决定不走了。

陆让尘回家那会儿,她就坐在沙发上,跷着长腿、抱着双臂看着电视。见他回来,她冷冷瞥上一眼,讽刺道:"还知道回来啊,我还以为你俩今天就旧情复燃了。"

陆让尘从冰箱里拿了瓶水,拧开面无表情地喝了一口。把瓶子朝桌上一搁,他眼风跟刀子似的,冷声道:"我又不跟你结婚,你急什么?"

这话难听是真难听,可也确实是事实。

这几年程家还是想跟林家联姻,可谁承想陆让尘竟真凭借自己的实力,早早脱离程家的掌控。

对比起来,林稚却没办法,如果她想保证未来高质量的生活,就只能听从家里的。本想着和陆让尘结婚也挺好的,最起码知根知底。没想到是现在这样的局面,林、程两家要是联姻,她就只能跟陆让尘那个没出息的表哥在一起。

林稚很不乐意,但也是真没辙。对于陆让尘,她一方面是希望他好,希望程丽茹好;另一方面,也确实觉得他是个不错的选择。所以在知道他和祝云雀又勾搭上后,她一时没绷住,气得有点过火。

这会儿被陆让尘这么一说,被淋个透心凉,倒也清醒了几分。林稚瞪着陆让尘:"你能不能别往人伤口上撒盐,我好歹也是你姐。"

陆让尘呵笑:"你没撒?"

"那能一样吗?我这不是为你好吗!"林稚音量都拔高了,"再说了,你想复合,人家想吗?你忘了当初她多绝?还有就算你俩在一起能怎样,你能让我干妈同意吗?到时候我干妈不同意,你俩不还是要灰溜溜地分手。"

句句话像针，针针生疼。

陆让尘是真被她气笑了。两人就这么针尖对麦芒地对视几秒，陆让尘眼神冰凉，喉咙里滚出一句话："我当年就没指望我妈同意。"

话音落下，林稚霎时怔住，这还是这么多年她第一次从他嘴里听到这话。

她以为当年两人只是经历了一场幼稚、短暂的恋爱，经历了一场解决不了的磋磨，就轻易散架，可现在看来，事情好像根本不像那些人口中说的那样。

两人霎时浸在沉默的氛围中，林稚忽然就领悟到什么——那些世俗的枷锁，陆让尘从没在意过，是他想牵住的那个人退却了。

林稚喉咙哽了哽，说："所以你现在是什么意思，真要不计后果跟她复合？"

她其实挺不理解的，要是陆让尘真有那心思，也不至于她一吼就回来，可陆让尘就是这么痛痛快快地回来了。

陆让尘没第一时间搭腔，而是在沙发上坐下。那胖猫就是这时候过来的，一下跳他腿上，眨眼就开始呼噜踩奶。

陆让尘低眸看着，摸着它的头，忽然就觉得，祝云雀其实特像猫。你一靠近，她就躲开；等你真不搭理她的时候，她又主动黏上来，永远让你抓心挠肝。

眼神放空两秒，陆让尘轻哂着摇头，说："哪儿那么容易？那么些年，根本不是一句两句就能过去的。"

"我陆让尘也没那么随便，人家一勾手，我就凑上去，再伤得鲜血淋漓。"说着，他扯了扯嘴角，神色透出几分自嘲，"但我也实话告诉你，我放不下。"

因为放不下，所以总忍不住靠近她，也允许她靠近。

但祝云雀那人会恃宠而骄，会无法无天，会胡作非为，到时候，他又会被她拿捏住。那不是陆让尘想要的。

林稚从没想过陆让尘能跟她说这么多心里话，一时心情翻江倒海，反倒不知道该劝什么，想想就只能说："原来你心里有数啊。"

陆让尘睨她一眼。

林稚撇撇嘴说："反正你自己想好了，别到时候受伤了又给自己喝进医院。"

陆让尘不温不火地说:"想好了,今天找她那会儿就想好了。"

林稚挑高眉梢:"怎么想的?"

陆让尘低眸摸着猫下巴,沉默了几秒,说:"要么就不和好,这辈子一眼都不再见,就当没这人;要么,就这辈子跟她锁死。"

陆让尘语气挺淡也挺犟的:"上一个户口本,死了也得埋在一起。"

陆让尘走后,祝云雀一个人吃完了那顿饭。

也不知道是药效的作用,还是这顿饭的作用,祝云雀后来状态好了许多,决定明天就去上班。反正她一个人待在家里也没意思,还会胡思乱想。

就好比当晚,她明明吃了药,可躺在床上,还是会翻来覆去地想起很多很多从前的事和人。

她想到和程丽茹的初见;想到特意来学校找她,撮合她和陆让尘的林稚;想到当年被打得号啕大哭的母亲;想到那时为了保护她,和人打起来的叶添。

其实回头想想,当年最难挨的那段时间,并不是联系不到陆让尘,而是在他消失的那段时间,所遭逢的一切。

冯艳莱被网暴,从网络蔓延到生活,各种各样来看热闹、借机发泄的人,学校里的流言蜚语,还有需要花钱捞出来的叶添。

年少的祝云雀无助、彷徨、不知所措,像被世界丢到绝望的角落。

她也从没告诉过任何人,就是那天,她见到了程家人,程氏集团的掌权人,程丽茹的父亲、陆让尘的外公——程富森。

年过古稀的老人,坐在黑色豪车里,一身暗纹中山装,精神矍铄,看似温和,周身气场却藏着冰山般的冷冽和压迫,那眉宇间的英气,让她看到了陆让尘的影子。

那车就这么突如其来地拦住祝云雀的去路,车窗被降下,他笑说:"云雀小姑娘,我是让尘的爷爷。有时间的话,可以和我这个老头聊聊吗?"

两人选了个咖啡厅,就这么看似和谐面对面坐下来。

几个西装革履的男人等在咖啡厅外。咖啡厅内,老人言笑晏晏地和祝云雀聊天。大多数时候都是他问,她回答,从她的学业、家庭,到当下母亲的状况。

那时网络上冯艳莱被打的视频传播得正盛,铺天盖地都是对她的谩骂。现实中,叶添和冯艳莱刚被带去警局不久,冯艳莱配合调查,叶添则因打架斗殴要面临拘留。

祝云雀从未那样无助过。她清楚程富森来找她意味着什么。

事实上,程富森远比她想象中要温和。那样一个身居高位的老人,还真不至于欺负一个年轻人,他只是把其中的利害关系跟她讲清楚。

他并不想为自己女儿讨回什么公道,事情闹到这个地步,他就只有一个要求,那就是让祝云雀跟陆让尘分手。

门不当户不对是其一,另外一层,程丽茹和程家也绝不可能接纳她,她是破坏别人家庭的女人的女儿。

这样的评价,就连说出来都是耻辱,是抹除不掉的烙痕,程家又怎么可能原谅。

所以,在看到陆让尘始终不分手的情况下,程家出手了。

程家就只是轻轻地动动手指,冯艳莱就已经喘不过气。祝云雀又怎么能够奢求,她和陆让尘还有在一起的希望。

没有的,祝云雀很清楚,那是一场死局。

最终,那场谈话结束得很顺利,老人家很讲信用,当天便把网络上的事情解决了。之前在警局坚决不同意和解的路人,也突然想通,答应和解。

如同一场来得快去得也快的暴风雨,所有人都卸下重担,情愿或不情愿地喘了口气,准备迎接新的一年,除了祝云雀。就只有她,被永远困在沼泽里,暗不见天日。

再后来,她就在程家的安排下,迅速办好出国手续。她和程富森没有再见过面,后面的联系,都是他的秘书代理。

男秘书岁数不小,看似斯文却有着不近人情的冷漠。每一次联系,他都会申明,如果祝云雀不遵守承诺,未来会面临怎样的风险。

对祝云雀来说,那不是威胁,是充满压迫感的告知。

祝云雀也不大记得,她和这位秘书具体保持了多久的联系,大约是一两年的时间。那时她和冯艳莱适应了澳大利亚的生活,在国内的陆让尘似乎也已经放弃她这个人。

在程富森眼里,两人不会再有可能了。终究是一段不到半年的初恋而已,谁又会那么深情,执着那么长时间。他对陆让尘似乎有着十足的把握,之后便没再让人主动联系过祝云雀。

后来她毕业，一个人回到北城，工作生活，循规蹈矩。她也的确没想过，能再和陆让尘有什么。他在她的世界里，好像又变成青春时期不可触及却永不坠落的月亮。

她会经常想起他，梦见他，偶尔也会在过去的同学圈子里，听闻他的一些消息。她知道他不再打网球，知道他被安排进程氏集团的公司，被当作继承人培养。再后来，就听说他回南城开了个玩票性质的俱乐部。

祝云雀知道这件事时，陆让尘已经回南城待了两年。那时候，祝平安一次次怂恿她回南城，说她一个人在北城太孤单。

不怪祝平安担心，祝云雀在北城那几年确实不大太平。工作中被人恶意排挤，再之后，就生了那场重病。

那场重病就像是命中注定的诱因，一下便让埋藏在心中多年的种子发了芽。

祝云雀从没这么冲动过，冲动地回来，想见他。冲动得连未来都没想好，就这么自私任性地闯入他的生活，甚至都忘了，两人当初是怎么分开的。

直到，听到林稚打来的那通电话，祝云雀忽然意识到，即便这么多年过去，那些横亘在他们中间无法逾越的事，根本没有任何改变。

兜兜转转那么久，仍旧无解。

雨季过后，南城七月的阳光尤为充沛。

天气一好转，育华中学的课间操和体育课又恢复了。

不止学生，就连祝云雀这样体质弱的科任老师，都被教导主任勒令出去晒太阳。

祝云雀倒不反感，只是没想到语文组的张乐瑶，会趁机和她聊天。两人并不算熟，除了在一个大办公室，上次在老柳那儿吃过一次饭，平时几乎没交集。

祝云雀更没想到她会主动提起陆让尘。

之前陆让尘给老柳当生日礼物的那张俱乐部年卡，不知怎么落到张乐瑶兜里，她一时兴起，组织办公室里的同事周末一起过去玩，打算叫上祝云雀。

张乐瑶挽着祝云雀的胳膊说:"陆让尘说了,这张是金卡,什么场地都能玩,还有室内卡丁车呢。我组织了几个老师,你去不去?"

祝云雀身姿秀致地站在操场旁,面无表情地看着学生做操,在听到这话后,才稍稍有了反应。她扭头看向张乐瑶,眼里透着微妙的不可思议:"你什么时候跟他有的联系?"

"就上次啊,"张乐瑶不遮不掩的,"老柳把金卡便宜卖我,我就顺着金卡上面的号码,打到他们俱乐部,说我是育华的老师,前台就给我转接了。"

张乐瑶眼梢一抬,像是忽然想起什么:"哦对了,我忘了,你俩是……"

旁边明明没有人,可她还是夸张地捂住嘴,就好像"前任"这两个字说出来会触犯天条似的。

祝云雀默默收回目光,没说话。

她和陆让尘已经好些天没见过面,无论是上班,还是下班,两人都没有重合的时间,不主动联系的话,根本不会遇见。

就连许琳达都吐槽她,说她这人,做事太没毅力。多好的机会啊,她明明可以煮个夜宵,下个楼敲门,感谢人家一下,两人就能再续前缘。可她呢,愣是这么多天都没动静,一点儿都不努力,也不怕陆让尘被别人看上,简直犟骨头一个。

课间操结束后,学生集体回教学楼,夹在人流中的张乐瑶不死心地又开口,问祝云雀跟陆让尘现在是什么关系。

祝云雀没想到,她连这种问题都敢问,于是停下脚步,安安静静地审视张乐瑶。

其实她的条件不错,娃娃脸,身材丰腴,人活泼有趣,在男女关系方面,属于主动进攻的类型。或许陆让尘现在会喜欢这种类型。

张乐瑶见她不说话,索性开门见山:"你误会啊,我没有横刀夺爱的意思,我就是想搞清楚你俩还有没有戏。万一你俩藕断丝连,我横插一脚,对谁都不好,你说咱俩抬头不见低头见的,到时候多尴尬。"

这话算是坐实了她想追陆让尘,祝云雀心口微妙地"咯噔"一下。

张乐瑶真的很会撒娇,她摇着祝云雀的胳膊说:"哎,有什么话我们说开嘛。你俩要是有戏,我绝不插足;要是没戏,你说这么个大帅哥,我怎么舍得——"

话没说完，祝云雀就打断她："你不是他喜欢的类型。"

张乐瑶噎住。

祝云雀轻轻地把手臂从她胳膊底下抽出来，就这么一个人上了台阶。

因为这事，当天下午两人都没说过话，即便两人有节课要换。

祝云雀这人，说敏感敏感，但该钝感的时候，也真的钝。即便张乐瑶看她那眼神都无语得不行了，她也能完全不受影响。

她越这样，张乐瑶越生气。还没下班呢，张乐瑶就拉着大家一起讨论周末去俱乐部玩的事，话里话外都是陆让尘。

她说陆让尘给她留了好位置，到时候会亲自教她射箭。那感觉，就好像陆让尘跟她熟得不行。

祝云雀从始至终都没吭声，当没听到，就这么到了放学时间，却在校门口碰到了陆让尘。

几天没见的男人，慵慵懒懒地靠在车旁，像是在等人。那耀眼招摇的身姿，就算是余光，也一眼能注意。

祝云雀脚步顿住，下一秒就看到不知从哪儿冒出来的邓娇欢欢喜喜地跑过去，跟陆让尘说了什么。

陆让尘吊儿郎当地扯了下嘴角，眼皮一撩，就看到站在前方不远处的祝云雀。

几天没见，这姑娘终于有气色了些，只是看起来还是那么清冷，没什么多余情绪，淡得让人心口窒闷，猜不透。

想到这么长时间她连个主动冒头的态度都没，还要借着来接邓娇才能碰见，陆让尘就无端烦躁。他眯起长眸，冷而固执地看她。

祝云雀也没躲，就这么绷着嘴角无声地回望。

然后邓娇就发现了她。邓娇机灵得很，脑袋从车窗里钻出来，就冲她摆手，大声喊着："祝老师，祝老师，你也回家吗？一起走啊！"

周遭路过的学生因而朝她看来。

祝云雀轻轻蹙眉，到底在陆让尘灼热的视线下，走到他面前。

陆让尘觑着她的眼神煞有介事的："回家？"

祝云雀攥紧指尖，"嗯"了声。

陆让尘抬抬下巴："上车吧。"

祝云雀唇瓣动了动，想说"不用"，奈何邓娇一直叫她。

她也说不上自己在怄什么，站在那儿没动。

陆让尘干脆低眸看她，忽地一乐，浑痞道："怎么，还要我抱你上去？"他说着，目光明目张胆地落在她的细腰上。

不知道对峙了几秒，祝云雀耸着的肩膀终于败下阵来，红着脸，绷着唇角，绕开陆让尘，想上车后座。

结果还没上去，陆让尘就攥住她的胳膊。

祝云雀瞬间顿住，看向陆让尘。

陆让尘却朝坐在副驾驶上、龇着牙看热闹的邓娇抬抬下巴，语气随意却毋庸置疑："你，下去。"

邓娇满脸不解。

陆让尘扭头看祝云雀，凌厉的眼神落在她身上却不经意放柔："你，去副驾驶。"

邓娇当即便麻溜地下车，坐到车后座，还不忘凑上前去，巴巴地跟祝云雀解释："祝老师，你别误会啊，这座儿我不常坐的哈，当然平时也没什么女的能坐，我干哥这人很守'男德'的——"

话没说完，头顶就结结实实挨了一栗暴，邓娇捂着头惨叫一声。

陆让尘没什么好气儿地睨着她："就你长嘴了是吧！"

低沉的嗓音在耳畔荡开，连车内都是乌木沉香的气味，那感觉就像闯入他的领地。坐在副驾的祝云雀无声心悸，低眸系上安全带。

邓娇哼唧一声，老实闭嘴充当"吉祥物"。

陆让尘上了车，目视前方发动引擎，声音挺淡的："下班还挺早。"

车上了主路，视野开阔起来。祝云雀闻言朝他看了眼。

说实话，陆让尘侧颜很不错。凌厉又料峭的鼻峰将骨相绝伦的脸利落地一分为二，下颌线也是紧致流畅的。没什么表情的时候，你会觉得他冷峻得像冰山，可那双眼睛深沉地望着你的时候，又会让你觉得，他根本就是太阳。炽热、耀眼，将你轻而易举地融化。

这样的男人，根本没女人能抗拒得了。

祝云雀稍提上一口气，收回目光道："嗯，高二暂时还没开晚自习。"

一说这个，邓娇可激动了，她像个牛皮糖趴到祝云雀的车椅靠背上："那祝老师，高二还有可能开晚自习吗？"

陆让尘也顺势朝祝云雀看。她还是那样平静如水的一张脸，素净恬淡得像朵白山茶。

祝云雀说:"不清楚,要等上边通知。"

邓娇拉长音"啊"了声:"要是真上晚自习,我可怎么办啊?俱乐部离学校好远的,我哥根本没时间接我。"

她的担心不多余,就算高二不开设晚自习,高三也会开,育华中学一向如此,对学业抓得很严格。

祝云雀也想到:"你让尘哥不是能接你吗?"

说者无心,听者却有意。陆让尘闻言挑了下眼梢,目光就这么自然而然地落到她脸上。

他眼神饶有兴味,又有几分揶揄,还没等邓娇开口,就意味深长地笑:"祝老师还挺会安排的。"

祝云雀一抬眼就撞进他漆黑深邃的双眸,又怎么会不懂他话语里的戏弄。

她正要开口解释什么,邓娇却哼哼唧唧地横插一句:"他才懒得理我呢。"

那感觉就像有祝云雀撑腰,她才敢吐槽:"他哪次来学校不是我哥打电话三番五次求他的?哦,也就这次接我痛快点,我哥一开口他就来了,简直是破天荒。"

小姑娘说话直,从不藏着掖着,也更引人遐想。祝云雀指尖不受控制地蜷了下,抬眼就见陆让尘睫毛扫下来,目光透着威慑般瞥了眼邓娇。

他声音挺冷的:"你再说?"

邓娇委屈巴巴地噘嘴,一个劲儿地朝祝云雀这边靠。

祝云雀尴尬了一瞬,想想就说:"不然就打车吧,看看班上有没有同学乐意和你拼车。"

邓娇说:"也行。"跟着又问,"那你看晚自习的时候多吗?"

祝云雀摇头说:"还不清楚,但一周怎么也要轮个两次。"

邓娇点点头,又叹了口气,一想到高三只有一天休息,还上晚自习,就很惆怅。

陆让尘瘦直修长的指尖轻点着方向盘,语气慵懒随意:"我可以跟你哥换班接你。"

恰逢红灯,车停在车流中。

邓娇不可思议地睁大眼睛,说:"让尘哥,你在大发慈悲吗?"

祝云雀也朝陆让尘看,却发现陆让尘也看着自己。

短暂地觑她一眼,他收回目光,往后慵懒一靠,轻轻笑了下:"嗯,就当我大发慈悲吧。"

祝云雀扭过头看向车水马龙的街景,忽然就觉得,这车堵得还挺是时候的。

学校和新悦祥府距离实在短,过了这个红灯,再一拐,就到了小区门口。

祝云雀也是在下车之前,才知道邓娇不是要去陆让尘家,而是他们那群人当天有场饭局。

邓娇怂恿祝云雀:"老师,你回家也是一个人,跟我们一块儿呗。"

得承认,祝云雀确实在那瞬间心动过。

只是陆让尘似乎没那方面的意思,听到这话,他眉心不耐烦地轻蹙,瞥了眼邓娇说:"差不多得了。"

已经记不清这一路上被呵斥了几次,邓娇是真无语了,直接朝他翻了个大白眼,咕哝了句"大木头"。

陆让尘却不为所动,看了眼祝云雀,像是想说什么,又没说。

祝云雀平静地收回目光,丢下一句"谢谢你送我",便推开车门下车。

等她真下了车,车上人的视线又变得纯粹而浓烈,像是盯着觊觎已久的所有物。陆让尘视线追着祝云雀的身影,直到她闪身进了小区,才重新发动引擎。

邓娇看在眼里:"让你装,这下后悔了吧,你说刚刚多好的机会啊。"

机会是挺好的,但见的人不对。想到李铁跟周槿,陆让尘无奈地拧了下眉,说:"你懂什么?"

碰到这两人,祝云雀过去就只有挨骂的份儿。他是疯了,才舍得把她往火坑里推。

回去的时间还早,祝云雀和许琳达见了一面。

两人约在附近的小吃街吃饭。祝云雀便顺势跟她提起这阵子自己和陆让尘来往的事。

许琳达听说她生病,"啊"了声:"你生病这么大的事怎么不告诉我啊?还一个人挺着,多傻啊!"

祝云雀就笑:"当时觉得自己一个人能挺过去。"

许琳达白她一眼,说:"算了吧,我看你就是想找机会试探陆让尘,不过也算因祸得福了哈。"

祝云雀笑笑没接话。

其实那天她真不是故意的,她没想到陆让尘会知道自己生病,也没想到那天他还能给自己做饭,更没想到,这天两人还能碰上一面。

许琳达说:"我看他也是故意的,故意来接那个邓娇,顺道再见你一面。

"不过我也是不理解,明明今天那么好的机会,他为什么不带你一起啊?不过是邓哲的生日而已。"

这事儿还是许琳达从微博上看到的。

说起来,许琳达和邓哲这两人还挺有意思的,虽然这么多年都没联系,但两人微博还互相关注着。

许琳达也是在听说邓娇就是邓哲的妹妹后,才重新登上那个号,然后就刷到今晚邓哲刚发的一条,一群人给他过生日的微博。

他发的照片挺多,其中一张有只手明显是陆让尘的。

她还给祝云雀看呢。可祝云雀拿过手机看了几眼后,却只注意到陆让尘旁边那个戴着戒指的女人的手。

咀嚼肉串的动作顿了顿,祝云雀眼神放空几秒,说:"可能不方便吧。"

两人关系还没到那个地步,也可能当晚的饭局,有别的异性,他不想徒增麻烦……

祝云雀已经很久没为这种细枝末节的小事内耗过。可当天和许琳达分手回家后,她就是忍不住想了好多,想张乐瑶白天跟她说的,又在办公室里跟其他人说的那些;想张乐瑶跟陆让尘是不是加了微信;想他们私下是不是聊了很多;甚至在想,今晚那个局,是不是张乐瑶也参加了,那个坐在陆让尘身边的异性,是不是张乐瑶。

好像忽然间,祝云雀又变成曾经那个会为陆让尘穷思竭虑的祝云雀。

这种感觉挺可笑的,但又没法挣脱。

强行让思绪放空一阵,祝云雀决定去洗澡,试图让自己清醒一下。只是没想到,当晚能那么倒霉,她刚洗没多久,整个小区就忽然停电了。

与此同时，一伙人刚从火锅店转战到酒吧。

局是陆让尘组的，待遇好，是楼上的VIP卡座，各种酒和零食、水果点了一桌，往下一看就是现场演出的舞台，视角绝佳。

邓哲新鲜够了，乐呵呵地回来，一眼就瞥到陆让尘在那儿神色怏怏地回着消息，估计又是哪个烦人的合作商。

不过他这一晚上都这样，有心事，喝酒都跟"养鱼"似的。

邓哲听邓娇说了，说陆让尘接她的时候见到了祝云雀。其实他挺想问两人怎么回事的，但周槿和李铁在，他就没说。本想这会儿问问的，但看着陆让尘的冷脸，他也就不敢说了。

于是他坐下来，干脆拿出手机刷了刷微博，突然"哎"一声。

陆让尘懒懒抬眼，嫌弃地看他："你能不能别一惊一乍的？"

邓哲说："你前女友给你微博点赞你不一惊一乍？"

陆让尘脑海里一下就蹦出祝云雀那张脸。

挺难共情的，因为他根本就没看过祝云雀的微博。

又听邓哲费解道："你说这许琳达，是手滑给我点赞，还是她故意的？"

听到许琳达，陆让尘眼皮跳了下。

邓哲紧跟着又说："这不祝云雀吗？"

祝云雀这三个字，就像烙在心上的一处伤口，只要一提，陆让尘眉心就紧蹙。

邓哲比邓娇还上道，他直接把手机递给陆让尘，说："你看，是不是她？还跟许琳达互动呢。"

陆让尘的喉结滚了滚，拧眉接过，然后就看到那个叫Skylark（云雀）的账号，最新发布的那条。

Skylark：……又碰到一次洗澡停电，这是什么魔咒吗？

点开评论，下面是账号@linda许的回复：啊，你行不行啊，不行我去接你吧。

也不知道她看没看到许琳达的回复，对话就在这儿戛然而止。

恰巧就是这一瞬，微信弹出一声提示音。

陆让尘下意识地瞥了眼,发现是小区群的集体通知,群主是那栋楼的管家,@所有业主,说小区电路临时出了故障,电力局那边正派人过来检修,让大家做好心理准备。

陆让尘浓眉一凛,忽然就确定了什么。

几乎没犹豫地,他把手机扔回给邓哲,又把眼前剩下的那半杯鸡尾酒仰头喝光,撂下玻璃杯起身。

那架势看得邓哲一愣,他问:"你干吗去?"

"回家。"

扔下这句,陆让尘拎着车钥匙,就这么头也不回地走了。

· 第十七章

爱如潮水

停电让所有人都措手不及，新悦祥府漆黑一片。

南方的夏天离了空调就没活路，祝云雀洗完澡连头发都来不及擦干，就感受到夏季夜晚的闷热难挨。

家里没什么能照明的，她只能把手机的手电筒打开。没一会儿许琳达的电话就打了过来，问她现在什么情况，要不要去接她回家里住一晚。

她住的是市区一环，到这边就算开车也要一个小时。

祝云雀不好意思麻烦她，只是说："还是别了，我去住酒店也一样。"

许琳达再三跟她确认："真的没关系吗？你不是澡都没洗完？"

"随便擦擦就好了，没那么娇气，明天还要上班。"

明天第一节课是祝云雀的英语，要从许琳达那边过来，挺远的。

许琳达觉得要上班的人可太不容易了，也就随她去，又嘱咐她随时保持联系。

结果祝云雀刚挂断电话，手机电量就掉到百分之二十。

她忽然就记起大学那会儿洗澡停电，电量也是直接降到百分之十，只不过那时她有充电宝。更不同的是，那时的她，有资格也有胆量找陆让尘。

年少的喜欢那样炽烈，只要她一个电话，那人就算跋山涉水也会来到她身边。可现在，她连他在哪儿，身边是谁，都没权利过问。

心头浮起微妙的涩感，祝云雀压下纷杂的情绪，强迫自己快点收拾好，再下楼去找酒店。

奈何视力受限，她曾做过手术，不近视了，却还有夜盲的毛病。

别说找充电线了，就连身份证都要翻找好半天，内衣和明天穿的衣服更难收拾，她一个心急脚踝就撞上床脚，狠狠的一下，"咚"的一声。

那痛感来得仿佛钻心。

也因而显得那瞬间门外的敲门声有种虚幻的不切实际。

没想到这个时间会有人来找她，又是当下这种情况，祝云雀短暂怔了瞬，等再回过神时，门外的男声已然多了几分焦灼。

陆让尘这人挺没耐性的，特别是在联系不到祝云雀的情况下。有那么一瞬，他甚至想过找邓娇问一下祝云雀的电话号码，可这念头还没落实到行动，门锁"咔嗒"一声开了。

没开空调的房间，闷热泛潮。

微弱的光亮下，祝云雀就这么怔怔地站在他面前，湿漉漉的长发垂在单薄的肩膀上，清瘦的锁骨在光影下轮廓分明。

属于她身上的淡香涌进鼻腔，陆让尘喉头轻咽，看着她的目光也沉了几分。

祝云雀眼神僵了瞬，后知后觉般低语："……陆让尘？"

她念他名字时，语调有种不经意的柔软，那柔软沁到心里，不知不觉就能抚平戾气。

陆让尘突然就没脾气了。他目光扫过她那被头发打湿的领口，又稍稍错开，他说："小区停电了。"

祝云雀只觉心中无端悸动着，她没想过陆让尘会出现。

也没法确定，他是特意为了自己回来的，还是只是因为忽然停电，过来问上一句。

祝云雀想想就只能说："你是才回来吗？"

陆让尘"嗯"了声，身上散发的淡淡酒气是最好的证明。他朝里头看了眼，说："你现在打算怎么办？"

"下楼找个酒店。"祝云雀看他，"你呢？"

挺平静的口吻，挺平和的眼神，却像羽毛，撩得他心头轻轻一颤。

陆让尘两腮绷紧，看着她的眼神没动。也不知道是喝了酒还是怎么，他眸光透着一丝侵略性，确定她没害怕，才淡淡开腔："我回俱乐部住。"

祝云雀心头的火候忽间就凉了一截，她抿了下唇："那挺好的。"

"是挺好的。"陆让尘视线灼灼地锁着她,也没什么耐心再和她闲扯,"跟我一起吗?"

陆让尘的俱乐部开在三环外。他需要的场地大,只有那边租金最合适。

祝云雀曾经在网上搜索过一次,他那俱乐部即便是团购的套餐也挺贵,但下面的评论清一色是场地好、设施好、老板巨帅。

那时候祝云雀就想,说不定她哪天喝多了一赌气,就过去看看他们老板到底有多帅。可这梦想还没付诸行动,俱乐部的老板就提前让她"梦想成真"了。

就在半小时后,祝云雀跟着陆让尘回了俱乐部。

打车来的路上,两人没说几句话,应该是喝了不少,陆让尘眉宇间蕴含着倦色,祝云雀没打扰他,安安静静的。

等到了地方,陆让尘拎着她那一个拎包的东西,直接带她去了俱乐部的宿舍。

门卫大爷应该是头次见陆让尘带个姑娘回来,还是这么漂亮的,给他俩开门的时候,看了祝云雀好几眼,还笑着问:"小陆啊,今天怎么回宿舍住?"

陆让尘懒声说:"家里停电。"

那大爷眼神直直地往祝云雀身上看,问:"那这姑娘是……"

陆让尘顺势看了祝云雀一眼,不咸不淡的。祝云雀刚想说话,就听陆让尘道:"楼上邻居。"

他语气轻飘飘的,说完就一抬下巴,跟大爷打完招呼进去了。

俱乐部里住的都是些网球运动员,全是男的,平日里不拘小节。

祝云雀一抬眼,就看到一个光着上半身的男生咋咋呼呼地下来,差点撞陆让尘上。陆让尘一皱眉,他就跟耗子见到猫似的,马上站直身子,说:"老板好啊,今晚你不是跟哲哥喝酒去了吗,怎么突然回来了?"

说完就像发现新大陆似的,眼睛粘在陆让尘身后的祝云雀身上。

她虽然头发还没干,但仍然实打实的好看。

那种好看跟精心打扮过的脂粉气不一样,她身上就是有那种自带白月光特质的恬淡和清纯,更别说她身上只穿了一条吊带裙,纤瘦又有料的身材展露无遗。

之前一路上只有他们俩的时候,陆让尘没怎么在意。到这会儿,他才意识到有点儿危险。

似乎也察觉到自己老板脸色不太好看,男生马上收回眼,"嘿嘿"笑了声,说:"老板,三楼活动室煮火锅呢,等会儿去啊。"

陆让尘"嗯"了声,低磁的嗓音听不出什么情绪。等男生准备下楼时,他才忽然扬声,冷酷又无情:"衣服给我穿好了。"

男生立刻立正敬礼,嗓音洪亮地说了声"好嘞"。

祝云雀没忍住抖了下嘴角,再抬眸时,刚好撞进陆让尘漆黑如墨的眼睛。

陆让尘直勾勾地看她,像是想从她脸上烫出一个洞,语气也轻讽着,说:"有那么好看?"

祝云雀无语地看着陆让尘,说:"是,年轻就是好看。"

说完,她一扭身上楼,没几秒就听后头陆让尘不爽地嗤笑了声,跟上来的脚步也漫不经心的。

到了四楼,陆让尘把她领到自己的独立宿舍门口,不大的一室一厅一卫,带着淋浴。

陆让尘把她东西放下,嘱咐一下热水器怎么用,接着就架着长腿,吊儿郎当地坐沙发上回消息。

祝云雀门关了一半,才想起问他,说:"我今晚住这儿,你怎么办?"

陆让尘是真忍不住坏,特别是想到刚刚那会儿,她夸别的男人好看就来劲。他撩起眼皮觑她,故意道:"能怎么办,睡一张床上呗。"

见她那张巴掌大的鹅蛋脸,当真地抿唇望着自己不吭声,陆让尘轻笑起来:"想得倒挺美。"

祝云雀把门关得"啪"的一声。

陆让尘闷出一嗓子笑,笑得肩膀都颤了下,跟着起身插兜来到浴室门口,修长的指节敲了敲门。

下一秒就听那姑娘没什么好气地道:"又怎么?"摆明因为刚才那句话恼着。

陆让尘几不可察地勾了下嘴角,拖腔拿调的:"洗完了别关电源,我还没洗呢。"

大夏天的,但凡一晚上不洗澡都觉得难受。其实挺正常的,但因为两人的关系，祝云雀有些不自在，但怎么都是别人的地盘，她也只能抿唇答应。

门外的人这下终于走了，也不知道干吗去，祝云雀懒得去想，只想尽快把澡洗好。

等再出来，是穿着睡衣，祝云雀在客厅扫视一圈，都没找见自己的东西，只能推门进了卧室。结果发现，她的东西果然都被陆让尘安置好了。

床上用品也换了新的，浅米色的，空气中飘着淡淡的晒干后的洗衣液的味道。

可明明刚进门那会儿，床单被套还是深蓝色的。所以，是陆让尘换的？

望着眼前的一切，祝云雀失了几秒的神。

再回神，还是被陆让尘叫了声。

这男人不知何时靠在卧室门口，语调轻扬："你是不是把什么东西落浴室了？"

话音落下，祝云雀扭头，带着几分无措地看向陆让尘："我落什么了？"

陆让尘眉眼轻挑，是真不知道她是不是故意的。他哼笑："你说呢？"

祝云雀终于反应过来，耳尖泛红，第一时间就折返回浴室，拿起自己遗落的内衣，结果一扭身就撞到了陆让尘。

男人身姿颀长高大，肩宽腿长，挡住她的去路，荷尔蒙气息像休眠的火山，看似平静却暗流涌动。

祝云雀被堵得严严实实，抬眸就见陆让尘插着兜，垂着眼皮不温不火地觑她："都拿完了？"

祝云雀绷着嘴角没吭声，就这么推开陆让尘走了。纤瘦的小身板愣是把陆让尘撞得肩膀一晃。

陆让尘无声地挑着唇，目光就这么追着她出去，直到她"啪"的一声关上卧室的门。

脾气倒是不小了。

后来再叫她，是在洗完澡后，三楼那边火锅吃得热火朝天，眼看陆让尘不带人过来，一个劲儿地催。陆让尘这才敲开卧室的门，懒声叫了句："祝云雀，出来。"

祝云雀开门前特意套了件衣服，素净的一张脸没什么好气。倒是陆让尘，换了身白T恤、长裤，看起来心情不错。

他倚在门口，冲她偏头："去三楼吃火锅？"

祝云雀还憋着之前那点儿别扭，想说不去，可话还没说出来，肚子就不争气地"咕噜"一声。

陆让尘微眯起眼："没吃饭？"

祝云雀抿唇说："吃了，去夜市吃的。"

陆让尘问得挺自然的："和谁？"

"和许琳达。"

清清白白的对话，没什么特别的，可出现在他们俩中间，又有些不对劲。

陆让尘"嗯"了声，也没给她犹豫的机会，扔下一句"换件衣服快点来"，可还没等转身离开，就又停下，面无表情地瞥了她一眼，说："外头男人多，别穿刚才那件。"

丢下这话，他转身出了门。

祝云雀怔在原地，竟从他语气中听出一丝不爽的痕迹。

但他霸道归霸道，说得又没错。于是祝云雀最终换上明天上班要穿的那套衣服，出门就看见陆让尘等在走廊的身影。

还是跟从前一样，慵懒随性又桀骜不驯，没了少年气，浑身上下都散发着张力十足的成熟男人味。

见祝云雀出来，他眼皮微抬，没说什么，就这么转身朝楼梯走去，步伐始终不紧不慢的，像在迁就着她。

等下了楼，还没到活动室，祝云雀就闻到香浓的火锅味。活动室里热热闹闹的，一群男生围着火锅坐在一起。

没想到老板真能带女人下来，那伙人看到祝云雀眼神都直了，不知谁来了句："老板领着老板娘过来了。"

此话一出，小伙子们顿时哄笑起来。

祝云雀从小到大都属于脸皮薄的类型，可不知道为什么，被他们这样起哄，她却没有多不自在，甚至还看了陆让尘一眼。

陆让尘是真被他们气笑了，他沉着嗓音低斥了声："没完了是吧？不想吃就给我回去。"

被他这么一说，大家也都笑嘻嘻地收了声。有机灵的男孩立马给两人让出座儿。

祝云雀刚在陆让尘身边坐下，调料和碗筷就递到她面前。桌面看着凌乱，食材却挺齐全。

陆让尘随手帮她擦了擦碗筷，说："简单吃点儿，总比饿着强。"

他觉得简单，可祝云雀没觉得。

食材丰富得很，那群小男生煮好了一个劲儿地捞出来搁到祝云雀跟前。怕她嫌弃，有人还专门去取了新漏勺。

每朝她面前放一碗，陆让尘就目光顺势一瞥，那眼神冷得跟监督训练似的。

就这么上了第三碗，陆让尘"啧"了声："差不多得了，有完没完？"

被他这么一说，那几个人这才"嘿嘿"笑着收了手。

祝云雀这会儿刚吃完第一碗，闻言抬眸看了陆让尘一眼。陆让尘也瞥她："那么实在干什么，不想吃就不吃，又没人说你。"

那些东西，其中有好几样祝云雀都不爱吃，可因为是那些人给的，她还是会吃进肚子里。

抽出纸巾擦擦嘴，祝云雀说："总不能拂人面子。"

陆让尘轻哂："做事还挺仗义。"说话间，他把其中一碗带虾滑的，挪到自己跟前，把里面的虾滑都挑出来放到自己碗里，跟着又给她捞出一份刚煮好的圆白菜和粉丝，专门放到她面前。

祝云雀不喜欢吃虾滑，喜欢吃圆白菜。挺不起眼的习惯，可陆让尘就是能清楚地记到现在。

盯着那两碗东西，祝云雀攥紧筷子，忽然就说不出话来。

陆让尘也没指望她说。

就是在这会儿，手机响了。陆让尘低眸瞥了眼，似乎是挺重要的人，他蹙了蹙眉，起身出去接。

祝云雀吃了几口菜，抬眸望他一眼。

陆让尘拿着手机正认真听对方说什么，可就这样，目光还是能精准捕捉到祝云雀投来的视线。

两人悄然无声地对视着，直到陆让尘拉开活动室的门，那道深邃的目光，才和她牵牵连连地断开。

回过神，祝云雀心跳微妙地加速起来。

大约是老板走了，可以畅所欲言，那些男生的话题很快就落到祝云雀这儿。其中一个和陆让尘关系最熟的，叫姜随，斗着胆子问祝云雀："美女,我能多嘴问一句吗,你和我们老板什么关系啊?"

挺唐突的一句话,一直也没人敢问,可不问,又实在憋得慌。谁让那是陆让尘呢,这么多年身边都没出现过女人,无论是别人给介绍的,还是倒贴的,他一个看上眼的都没有。

结果,祝云雀一下就出现了。

最主要的是,姜随的表姐之前看上陆让尘了,想倒追。要是祝云雀真和陆让尘有什么,姜随就想劝表姐放弃算了。

事实证明,他这一问还真有必要。祝云雀也不知道自己那会儿怎么想的,斟酌都没斟酌,开口就回答:"前任。"

话落的瞬间,喧闹嘈杂的活动室,瞬间如熄火般寂静。一群小男生你看看我,我看看你,呆傻得一个比一个彻底。

祝云雀看他们就跟看叶添似的,心里觉得有意思,可表面上却又不动声色。

还是姜随率先回过神来,说:"原来甩了我们老大的那个前女友就是你啊。"

他语气没什么指责的意味,倒是挺佩服的。

可能是邓娇曾经说过类似的话,祝云雀免疫了,所以挺淡定地点了下头。

另一个人也插话:"为什么啊?你为什么跟我们老大分手,他对你不好吗?"

问完了又觉得不合理,毕竟刚刚陆让尘对她那样细心,根本就不像会对她不好的样子。

祝云雀摇头否认:"他很好,对我也很好,是我太不好了。"

她说这话时,声音不大,可刚打完电话回到门口的陆让尘还是听到了。

脚步一顿,陆让尘没再往里进。

里头的说话声清晰入耳,是姜随问她:"那到底怎么回事,你们当初为什么分手啊?现在这情况是准备复合呗?"

祝云雀没吭声。

另一个男生接茬:"你这是什么问题,当战地记者呢,什么都敢问,你信不信让老大听见给你踹出去。"

这话逗得大家哈哈大笑,也缓解了无形的尴尬。姜随挠挠头,挺不好意思的，冲祝云雀笑笑说："抱歉啊姐，是我唐突了。"

祝云雀无所谓地勾了下唇角。

跟着就又有一个"头铁"的开口，说："姐，我能问问吗，你跟我们老大当初是谁追的谁啊，他追的你吗？"

这种问题还挺无伤大雅的，祝云雀也没藏着掖着，说："也不算他追我吧。"

含糊其词的话听得陆让尘眼皮子一垂，"哧"的一声乐了，心说可真够没良心的，殊不知祝云雀的下一句就是："我其实很早就喜欢他了。"

说这句话时，她语气完全不同，不似之前的平淡，反倒多了几分坦然笃定的意味。

没想到她会这么说，站在门口的陆让尘眼神忽地一黯。

相比之下，那些男生却不怎么吃惊。毕竟陆让尘那样的人物，放哪儿都是最耀眼的存在，被人暗恋这种事发生在他身上简直再正常不过，根本不新鲜。

祝云雀也没想过，能让她开口说这些话的，会是这么一群人。也说不清为什么，在那一刻，当着那么多人的面，她就是想任性一次，袒露心扉。

她说："高中那会儿，我很早就在意他了。那时候在公交站，我不小心睡过去，是他叫了我，我才赶上车的。

"后来无意中有一次，他来班上找我帮忙，我就找他借了一百块。

"可那一百块钱，我根本就没花，因为是他给的，我只想藏起来。"祝云雀眸光微闪，"他根本都不知道，还钱那天，我其实是故意去凉亭打电话的。

"我很早就知道他和他那些朋友经常去凉亭那边。只要一有机会，我就会过去，装作背课文，装作背单词，每次去，都会摘掉眼镜，尽可能漂亮一点。

"可从头到尾，我只碰到过他一次。就那一次，"祝云雀笑笑说，"我主动加他微信，说要还钱。"

话到这里，戛然而止。祝云雀没再开口，而是抬头，平平静静地望向站在门口的陆让尘。

男人单手插兜，另一只手拎着从一楼超市拿上来的她最喜欢的桃子味饮料，目光直白而浓烈地盯着她看。

四目交融着。祝云雀声息轻颤着开口,说:"那场暗恋,从那年开始,一刻都没停过。

"我也一次没跟他说过,我有多爱他。"

谁也没想到,祝云雀看起来那样文静内敛的人,会当着那么多人的面,说那样的话,直白又赤诚,像是无所顾忌。

偏偏这两人还是前任。

一群年轻小伙子,什么情场上的世面都没经历,也没看到身后刚进来的人,全部一脸赞叹。

大家还没来得及说什么,陆让尘就突如其来地把饮料朝桌上一搁,拉开椅子坐下了。

淡淡的乌木沉香笼罩在身侧,是馥郁深沉的性感。感知到他的存在,祝云雀轻轻咽嗓,稍一扭头,就和陆让尘对上视线。

其他人全部噤声,就只有陆让尘不紧不慢地开口。他微耷拉着眼皮,情绪不明地睨着祝云雀,问:"吃饱了?"

祝云雀看了眼面前的东西,确实是已经饱了,但她就是想唱反调,于是绷着嘴角说:"没饱。"

陆让尘闻言挑了下眉,顺势看向她那窄细的腰。分明已经撑得肚子鼓鼓,却偏要说谎。她有几斤几两,陆让尘最清楚了,他当即哼笑了声,说:"行,你吃,我等着。"

那架势,活脱脱等着算账。

说完又扫了眼其他人,厉声道:"看什么?吃你们的。"

被他这么一说,其他人马上该吃吃该喝喝。

就只有陆让尘,在嘈杂和喧闹中,偏头注视着祝云雀。

被他这么一看,祝云雀仅剩的一点胃口也都没了。她把筷子搁下,迎上他的视线。

还是那样文文静静、清清冷冷的模样,他清楚地知道那是她的伪装,她是道貌岸然的,她坏得很,但他又欲罢不能。

就这么对视几秒,陆让尘又问了她一遍:"这回吃饱了吗?"

那目光黏稠炙热,烫得人心尖都颤动。祝云雀心口微悬,不由自主地轻声说:"饱了。"

话说完,目光忍不住避开,生怕再和他对视一会儿,便沉溺在其中出不来。

陆让尘扯了下嘴角，起身，拿起她的手机，抬抬下巴，跟那一桌男生说："先走了，你们吃。"

等说完看向祝云雀的时候，发现她已经把那瓶桃子味的饮料打开，浅浅喝了两口，柔软的唇瓣莹润粉嫩。

是气泡水，喝到嘴里口感沙沙的，没什么甜味，但口腔里留下的味道清新好闻。以前祝云雀总会在吃完重口味的食物后习惯性地喝上一瓶水，才会让陆让尘亲。

就这点，陆让尘过了八年也不会忘。

祝云雀抬眸时，陆让尘正低眸觑她，眸色晦暗不明，倒也没说什么，就这么转身走了。

祝云雀没法儿不跟着他，不只是手机在他身上，他这个人，身上也带着"钩子"。

只是祝云雀没想到，两人一前一后刚上四楼，陆让尘就直接扯过她的手腕，一把将她抵在冰冷的墙面上。

她的心脏倏地提到嗓子眼，倒不是因为陆让尘突然的举动，而是她预料的成真了。

陆让尘真的在压火，压着想狠狠报复她的火。他钳制住她的下巴，就这么蛮横发狠地吻下去。

祝云雀仰着头，不得不把双臂挂在他的脖颈间。

这是时隔八年，两人间的第一个吻。桃子味的吻。谁也没想到，他们之间还有这样的一次，冲动，偏执，放肆，热烈。

陆让尘吻得发狠，像是生怕她又跑掉，扣着她的后脑勺和腰，缠得她呼吸都困难，腿和脚都发软，像踩在云端。

再后来，那吻从唇瓣蔓延到耳尖，再到脖子，一路点着火似的，陆让尘摆明了不放过她，在她脖子上种下专门属于他的印记，比从前哪一次的力度都要重。

祝云雀紧咬贝齿，把他衣服揪出暧昧的褶皱。她在他耳边无助呢喃，叫了声"陆让尘"。

那一声的勾缠，像他每次午夜梦回时听到的那般。

陆让尘哑声低语，愤恨又失控地在她耳边震颤："不是求我放过你吗，嗯？现在又是什么意思？

"觉得自己聪明是不是，觉得自己说几句漂亮话就能让我回心转意是不是？

"祝云雀，没你这么自私的。不想要我的时候，怕受伤的时候，一脚把我踢开。现在呢，想要我了，又回来，明着暗着弄些把戏。"

陆让尘胸膛起伏着，眼尾发红地冷笑："凭什么祝云雀，你把我当什么，又把你自己当什么？"

发狠的话说完，整个走廊荡起簌簌的回音，声控灯应声而亮。

陆让尘捏着祝云雀单薄的肩膀，她眼底潮雾四起，看着他的眸子泛着水光，却不发一语。

有什么好说的呢，该说的在刚才都已经说了。是她说得太晚，陆让尘已经不会再信。

所以，祝云雀也没什么好挣扎的，只轻轻松开拽着陆让尘衣摆的手，鼻尖微微泛红。

喉咙哽着，她垂下眼，那滴滚烫的泪，就这么落在陆让尘劲瘦有力的手臂上。

"啪嗒"一声。

捏着她肩膀的力度收紧，陆让尘如同突然被刀捅了一下，怔在原地。下一秒就听祝云雀嗓音潮湿，说："对不起，我以后不会再打扰你了。"

话说完，她轻轻拨开陆让尘的手，转身走了。

祝云雀准备出去找酒店住，可回到房间没多久，那个叫姜随的男生就过来对她嘘寒问暖。

先是带了零食饮料，跟着又拿来各种日用品，还主动告诉她陆让尘的投影仪怎么用，给她放了一部她最喜欢的电影，最离谱的是他居然从男生宿舍里倒腾来一个香薰机。

可无论他怎么折腾，祝云雀始终没什么回应，就这么默默收拾着她的东西。

最后姜随都无奈了，说："姐姐，你今晚有什么要求我都能满足你，你别走成吗？"

祝云雀手上动作停下，终于看了他一眼。

404

姜随表情为难，又说："你看这都快十点了，你一女孩儿，去外面多危险啊。这要是出事儿，我老大——"说漏嘴，他拍了自己一嘴巴子，"反正你就别折腾了，将就住一晚上行吗？"

祝云雀再傻也不至于看不出来。

姜随就趁着这个工夫，抢过她手上的托特包，直接挂身上。那画面还挺好笑的，弄得祝云雀一愣。

姜随说："姐，你今晚在这儿安心住，这东西我不会乱动的，我帮你保存起来，明早给你送来！"

话撂下，姜随就跟她一摆手，转身一溜烟儿走了。

不算小的一室一厅，转眼就只剩祝云雀自己。身份证在包里被一起拿走了，她根本没法出去住。

姜随这么一闹，她也明白了，是陆让尘不想让她走。但或许，只是出于他的绅士风度，出于他对前任的一点关怀和照顾。

不管怎样，祝云雀都不再想了。她好累，累得只想睡觉。

三楼，俱乐部办公室。姜随跟邀功似的，直接把祝云雀那包东西放到沙发前的茶几上。

陆让尘见状愣了瞬，抬眸无语地瞥他。

姜随摊手说："没办法啊，那姐姐性子太倔了，不抢走她东西，她根本不搭理我。"说着又凑到陆让尘身边，"不是我说老大，我也是不懂你了，你说今晚多好的气氛，你怎么把人气成那样的。"

就两人在楼上接吻那会儿，楼下看似平静，其实都藏在楼梯拐角那儿偷听呢。本以为这两人今晚肯定要复合的，谁知道他们老大几句话就把这小火苗给浇灭了。

陆让尘本来就够烦，听他这么一说，破烂脾气登时冒上来，瞪他一眼："有完没完？"

姜随面无表情地说："没完，我觉得你得跟姐姐道歉。"

陆让尘被气笑了："你有没有良心，到底是谁养你？"

姜随这才闭上嘴，但也还是不服气，走之前干巴巴地说："反正你今晚这样不对。"

对不对的，陆让尘心里比谁都清楚。不然也不会一个人在办公室里冷静这么久，还专门让姜随过去拦着祝云雀。

只是有些话，说了就如同泼出去的水，后悔也没用。就祝云雀那犟脾气，也不是几句话就能哄回来的。

总体来说，这晚其实最不好过的是陆让尘。他本就睡眠不好，就算是吃了药也难以入睡，后来好不容易睡着，还梦见了祝云雀。

醒来后，是凌晨三点，窗外寂灭一片。

翌日清早，姜随主动把祝云雀的行李归还，不到八点的时间，祝云雀就打车走了。

陆让尘知道这事儿的时候已经九点，这个时间，新悦祥府已经通知来电了，两人却还没破冰。陆让尘忽然想到，老柳应该有祝云雀的联系方式。

上午盯着那群队员训练完后，陆让尘真就给老柳打了个电话。

老柳知道是他，挺惊讶。

陆让尘搔了下眉心，说："也没什么事儿，就是想跟您要一下祝云雀的电话号码。"

老柳语气有些复杂："可你俩上次不是闹掰了吗？"

陆让尘舔唇笑，语气挺无奈的："是闹了啊，所以现在得哄着。"

老柳一听就明白怎么回事，当即就将号码发给他。

陆让尘将号码存到手机上，本来打了"祝云雀"三个字，觉得太生分，就删掉，改成"雀雀"。

可看了两眼，又觉得不合适，便改成了"磨人玩意儿"。

这回总归是满意了，陆让尘懒懒地勾着嘴角，给她打电话。

也不知道她在干什么，电话响了好半天才接通。就算接通了，祝云雀那语气也还是生分的，她说了句"您好"。

陆让尘却懒得跟她兜圈子，懒懒地"嗯"了声，不咸不淡地道："昨儿晚上，被我亲坏的嘴角好了吗？"

陆让尘始终记得他吻她时，恨不得把她占有的劲儿，也记得她那泛红的眼，和被他吮得破了皮的嘴角。

祝云雀没想到给她打电话的人会是陆让尘，更想不到的是，这人开口说的第一句话会这么浑球。她猝不及防地怔住，一下就红了耳根。

正是午休时间，办公室里的几个年轻老师正趴在桌上午睡。

祝云雀没敢大声，停顿了会儿，反问道："你怎么有我号码的？"

文文气气的语调和声音，也听不出是个什么情绪。

陆让尘垂了垂眼，说："老柳给的。"

他语气还是一如既往的淡定，就好像昨晚那难堪的收场根本不存在，跟着又说："问你呢，别转移话题。"

挺强势的语气，听得人有几分无语，又忍不住心悸。

祝云雀摸了下嘴角，发现那块还是有点儿疼的。

早上还有同事问她嘴巴怎么了，祝云雀脸不红心不跳的，只说上火了。这会儿被陆让尘一问，羞耻心才后知后觉地提上来。

她脑海中蹦出两人昨晚在走廊吻得难舍难分的画面，说："你都说坏了，能那么快好吗？"

听出她话里的埋怨，陆让尘哼笑着低语："那怎么办，我赔？"

祝云雀发现这人真是跟从前一样，一点儿没变，脾气又烂又爱使坏。

她是真不懂陆让尘，明明昨晚主动亲上来的人是他，说不要复合的也是他，现在打电话来问的，还是他。

她甚至已经做好了两人彻底结束的准备，可然后呢，陆让尘却突然给她一种两人之间的裂纹似乎还能愈合的错觉。

也的确是憋着昨晚的一口气，祝云雀故意没吭声，也没挂电话。

两人就这么较劲似的，彼此静默着，须臾后，到底是陆让尘开口了。

他拆开薄荷糖送进嘴里，糖块和牙齿碰撞着，低沉的声线有点撩人："今晚有事吗？"

祝云雀心跳漏掉一拍。就算反应再慢，她也不至于听不出话里的弦外之音。

有那么一刹那，祝云雀差点儿就说没事，可话到嘴边，又滚回来，她说："今晚有饭局。"

陆让尘"嗯"了声，平常地问："什么饭局，相亲？"

祝云雀真恨不得透过手机剜他一眼，她解释："高中班主任的孩子的订婚宴。"

陆让尘微晃了下神："郑国雄？"

"不是。"祝云雀说，"A班的，牛海峰。"

她这么一说，陆让尘才恍然，祝云雀整个高三都在A班。

虽然她在 A 班的时间只有一年，但牛海峰对她挺不错的，而且她人也在南城，所以在接到班长的通知后，祝云雀很痛快地就答应参加了。最主要的是人多热闹，她不用下班后一个人在家，睁眼闭眼都想到陆让尘。

当然这个理由，祝云雀是不会说的，她只说了前面那个。陆让尘听了也没什么特别的反应，只说了句"行"。

祝云雀抿唇，突然有点怄气。转念又想到，他似乎也没什么好说的，毕竟张乐瑶他们晚上还要去俱乐部找他学网球。

就在早上，张乐瑶还大张旗鼓地跟大家说网球装备的事，耀武扬威的，也根本没再邀请祝云雀。

她明显记恨祝云雀说的那句话。两人关系也降到冰点。

祝云雀懒得跟她计较，但不代表心中没这个事。她这个人，其实很多时候都很记仇，只是不会表达出来，不会发泄。

就算当事人都来到她眼前，她也只是忍着情绪，平平静静地说："还有事吗？没事我挂了，午休要结束了。"

语气再粉饰也还是有冷淡的痕迹，陆让尘知道她在生气。

其实生气挺好的，生气起码能证明她还在乎，就跟昨晚的他一样。明明心里因为她那些话都地动山摇了，可还是忍不住愤怒，发脾气，想指责她当初为什么随意将自己抛弃。

说白了，他就是想让她在意。想着，陆让尘轻笑起来，这会儿倒风轻云淡的，他说："行，那就不打扰你了。"

说完，他停顿一下，想说"你帮我留意一下邓娇有没有好好听课"，结果话还没出口，祝云雀就毫不犹豫地挂断了电话。

冰冷的忙音像个脆生生的耳光。

陆让尘捏着手机，顿了两秒，"哧"的一声气笑。

这天下午，一直到学生放学，老师开完会下班，祝云雀都没再和陆让尘联系过。

因为是周五，大家格外放松，最兴奋的就数张乐瑶。这人嘴巴从开完会后就没停过，张罗着要去俱乐部的人等会儿一起打车。

祝云雀充耳不闻，一个人进了办公室，收拾东西下班。

牛海峰家办的订婚宴在市一环的酒店，祝云雀离得不近，打车到的时候已经临近六点。

餐厅里一张张圆桌坐满了人,祝云雀也是过去后,才和班长李婵联系上,李婵直接带她坐到了靠大厅的那桌。

说起来,这次来参加订婚宴的南城三中校友还真不少,都是牛海峰曾经教过的学生,一张圆桌坐了快十五人,有一半以上祝云雀都眼熟。

当然那些人也眼熟祝云雀。有个女生直接叫出她的名字:"哎,这不当年从B班考上来的祝云雀吗?真没想到啊,你也留在南城了。"女生笑得有点儿假,"我以为你这样的高才生,会留在北城发大财呢。"

听她这么一说,一整桌的人目光都朝祝云雀看来。

祝云雀看向女生,这才隐约想起她是谁。如果没记错的话,这女生就是当初和林知念关系很好的赵晓丘,当初在A班一直吊车尾。

祝云雀和赵奇嘉考进去后,她就从A班出来了,再没考回去。

祝云雀没搭理她,扭头问李婵,老师在哪边。

被祝云雀忽视,赵晓丘先是愣了下,跟着就拉下脸,气闷地翻了个白眼。

祝云雀权当没看见。

李婵挺尴尬的,但也没说什么,只是给祝云雀指了个方向:"牛老师在那边呢,等会儿咱俩再过去跟他说话吧。"

祝云雀点头说行,其实南城这地方不太流行随份子,但她还是准备了挺厚的红包。

李婵也一样,当初牛海峰最上心的就是这俩姑娘。

两人好久没见,也挺投缘,就这么顺着以前的事聊了起来。聊着聊着,桌上的其他人也跟着加入话题。

和她们俩不太一样,那些人不是A班的,牛海峰只是他们的科任老师。他们跟她们俩不熟,但跟赵晓丘走得很近。

那几个男生也早就知道祝云雀的名号,这会儿见祝云雀出落得更大方漂亮,几人的殷勤劲儿藏都藏不住。

赵晓丘本来挺无所谓这些男生拍谁马屁的,可谁叫刚刚祝云雀故意损她面子。

也不管祝云雀搭不搭理她,她直接来了句:"我听说你跟陆让尘曾经谈过,是真的吗?"

尖锐的语气,似笑非笑的,一下就把整桌的好气氛给浇灭。众人怔怔地看赵晓丘,又看祝云雀。

这回不是祝云雀搭不搭话的问题,而是另一个跟赵晓丘同班的男生开了口,他很惊奇地道:"陆让尘?就曾经校网球队特有名的那个?天,我偶像啊。"

一听这名字,当年那三届的学生简直如雷贯耳,偏偏这桌上有一半都是和祝云雀一届的。

有男生笑着说:"牛啊美女,能和他谈上。我听说他高二就转校了,家里巨有钱。"

另一个男生接话:"何止有钱啊,脑子也好啊,以前牛老师就总夸他,说他学习厉害,什么知识到他脑子里过一遍就会。"

"不是吧,真的假的?"

"真的啊,他当时在三中可出名了,天天有女生去A班看他。"

"据说现在混得不赖,自己开俱乐部当老板,俱乐部还总承办联赛,年收入好几百万。"

一个半生不熟的女生也搭话:"可我怎么听说当年是美术班班花跟他走得比较近啊。"

听到这话,赵晓丘可来劲了,她阴阳怪气地道:"我们知念哪有那个本事啊。她多傻啊,有什么想法都摆明面上,哪像那些特别会的女生,明里暗里的。"她故意"啊"了声,"祝云雀,我不是说你啊,你别误会。毕竟你俩当初也没谈多久,我听人说好像才四个月就分手了,这都不算正经恋爱。"

说完,她又看似诚心地问:"不过你俩为什么分手啊?谁提的呀,是他吗?"

她眨巴着眼睛,做作的样子假得很,偏偏一桌人还都朝她好奇地看。

说实话,祝云雀从小到大从没被外人这样针对过,所以那瞬间,是有一秒挂脸的。

只是这一次,还未等她开口,身边空着的那张椅子,就突然被扯开。

与此同时,一串拴着小熊玩偶的车钥匙,"啪"的一声被扔到圆桌上。空气里浮动着沉冷的乌木沉香,祝云雀心头一凛。

众目睽睽下,陆让尘就这么姿态随意地在赵晓丘和祝云雀中间坐下。

下一秒,他扭头看向目光震惊的赵晓丘,嘴角讽刺一扯:"她甩的我,怎么了？"

不轻不重的嗓音，像一把尖锐的刀，刺在喧嚣的饭桌上。刹那间，所有人都怔怔地看向他。

赵晓丘更是慢半拍才反应过来，眼前这个样貌出众、气质贵气的男人，就是当年几乎全校女生都关注过的天之骄子，她刚刚用来挤对祝云雀的陆让尘。

赵晓丘本想利用陆让尘让祝云雀难堪，结果回旋镖太快，当事人就这么出现了，还狠狠打了她的脸。

赵晓丘下意识就磕巴起来，惊讶地说："陆让尘，你怎么在这儿？"

虽然和林知念认识，但并不代表陆让尘也记得赵晓丘。他这人也没随时随地大发慈悲的习惯，戏弄地挑了下眉问："你哪位？"

赵晓丘双颊顿时烧得像火烧云，不吭声了。

陆让尘却不依不饶，往后慵懒一靠，扯了下嘴角："刚才不是挺知情的，怎么不往下说了？"

气氛肉眼可见地渐渐凝滞起来。赵晓丘脸一阵青一阵白的，想开口把话圆回来。

哪知这会儿桌下有只软糯的手，轻轻碰了下陆让尘的裤腿，像小猫似的，在他心尖上一挠。

陆让尘眼皮了撩，一个眼风就扫到祝云雀脸上。

她今天妆容很淡，扭头淡瞥他一眼的神态，有种清丽的温柔，就是嘴角有一块破了，泛着粉。

她没说话，但那表情明摆着几个大字——"差不多得了。"

陆让尘眉梢耸动，有那么一瞬间，还真挺想笑的。他嘴角几不可察地勾着，故意当着一桌人的面看她，说："拽我干什么？"

那语气，明摆着两人熟得不行，根本不像老死不相往来的样子。

祝云雀是真无语了。陆让尘却更加过分，眼神恣意地落在她脸上，扬眉道："怎么不说话？"

说话间，桌下的腿还故意和她撞了下，暧昧涌动得无声。

祝云雀心里的小鼓一捶，有时候是真想使劲儿揍他一下。

他真是个奇奇怪怪的男人，昨晚还使劲儿咬她，发泄似的凶她，可第二天又来这样一套。

她都不知道陆让尘怎么知道她在这儿的,也不知道他想干什么。

祝云雀有些僵硬,想想就只能说:"挺好的饭局,别弄得不开心。"说着,她看向陆让尘,眼里蕴含着秋后算账的意味,又抿了下唇说,"上次在老柳那儿还不够吗?"

后面那句,她压低声音,只有两人能听到。

旁人不傻,看两人之间的眼神交流和状态,就知道他俩关系根本不像赵晓丘说的那么回事。

赵晓丘这回算是踢到铁板了,她干脆垮着表情摆弄起手机,装作自己有事要忙的样子,才不至于太难堪。

陆让尘也根本懒得注意桌上那几人。他从进来开始,眼里就只有祝云雀。这会儿被她一说,陆让尘闷出一嗓子笑,明目张胆地睨她:"你有良心吗?"

他声音不大,像是故意压着嗓音,只和她一个人窃窃私语。

祝云雀心跳微妙地加快,也不看他,拿起水杯喝了口水,喝完才轻声道了句:"没。"

她就是这样的,即便心里有十分,表面上也仅展现三分。倔得让人没辙,又心痒得厉害。

陆让尘太清楚她这性子了,也知道她这拧巴的脾气,一时半会儿是肯定不会消气的,就只能无奈地哼笑了声。

刚巧对面的人跃跃欲试地来跟陆让尘搭话,两人也就没再继续说话。

那人就是之前聊天的时候,特崇拜陆让尘的人,当下好不容易抓到合适的时机,赶忙自我介绍。

陆让尘虽然含着金汤匙出生,但从不孤高自傲,交友这事儿也挺随性的,人家主动跟他搭话,他就聊,反正这一桌人都这样,半生不熟的。

他们聊着,祝云雀就在旁边默不作声地听,从陆让尘俱乐部是怎么起步的,再到现在网球队的商业价值,还有俱乐部主要经营的项目。

聊着聊着,加入话题的人变多起来。

祝云雀却从头到尾都没说话,只是偶尔看陆让尘一眼。

她看陆让尘的时候,陆让尘就看她,两人目光牵牵连连的,好像一直没断过。

祝云雀说不清心里这会儿什么滋味更多。或许是昨夜未完全消化的情绪，或许是心中的疑惑，疑惑他怎么出现在这儿，还替她解围。

还没来得及问出口，这桌就开始上菜。

牛海峰挺够意思的，选的酒店不错，点的菜也都不便宜。见这桌人坐齐，他立马过来找大家，结果他一打眼看到的是陆让尘。

牛海峰都愣住了，怎么都没想到他能过来。毕竟他高二结束就走了，就是想通知，也没法通知到他。

对此陆让尘解释得随意，他抬了抬眼梢，说："听祝云雀说的，正好没事就过来了，也想着见您一面。"

话落，他瞥了眼祝云雀。

牛海峰看着这两人。

老师都是阅人无数的，当即察觉到这两人氛围不对，后知后觉地来了句："哦，你俩认识？"

祝云雀下意识地点头，说认识。

不想陆让尘同一时间开了口，意味深长地道："何止认识。"

被他看着，祝云雀心尖一颤。

牛海峰就听出了点儿恩怨情仇的滋味，笑着调侃："怎么，你俩还有恩怨啊？"

十几道目光炙烤着两人。

就在祝云雀以为陆让尘又要使坏的时候，他扯着嘴角，大发慈悲道："没，她是我妹妹的老师。"说话间，他煞有介事地看着祝云雀，语气玩味又促狭，"这不得跟老师搞好关系吗？"

因为这话，祝云雀整个饭局没再搭理他。倒是陆让尘，看着云淡风轻的，私底下没少给她夹菜。明明自己不爱吃螃蟹，却还是剥出几份蟹黄，丢到她餐盘里，反正有借口——"要跟妹妹的老师搞好关系"。

祝云雀再怄气也不至于跟食物过不去，到最后也还是乖乖吃掉。

后来吃完饭，她和李婵去找牛海峰，私下给他送红包。

牛海峰几番推辞，最终收了李婵的。

李婵笑说："红包不多，意思意思，您就收着，别介意。"

牛海峰笑得挺开怀，毕竟是自己带大的学生，现在在南城上市公司上班，想想就骄傲。

当然更让他骄傲的，还是陆让尘和祝云雀。

李婵走后，他单独和祝云雀说话。

祝云雀扯了下嘴角："没什么好骄傲的，学校是私立的，带的也不是什么好班。"

牛海峰并不认同，说："这跟私立与否没关系，重要的是你有没有实现自己的价值。我听人说起过你，说你带的几个班级，英语成绩都提升了不少，问题学生也都跟着老实多了。就连你们校长都对你赞不绝口，这难道不该夸赞吗？"

祝云雀不太习惯被人夸，这会儿也只是抿唇笑笑，没说话。

牛海峰又问她："但我挺好奇的，你在北城国际学校教得好好的，怎么突然就回来了？"

虽然育华待遇不错，但跟那所学校还是没法比的。牛海峰其实挺不理解她为什么甘心放弃自己的大好前程。

祝云雀没被任何人这么正儿八经地问过。

恩师的分量就是更重些，祝云雀抿抿唇，还是说了实话："因为南城有放不下的人。"

那个放不下的人是谁已经不言而喻。

到这会儿，牛海峰也看清两人的关系，他笑着点头说："嗯，要是他的话，放不下也很正常。毕竟我教过的女生里不少都对他念念不忘，还是终身大事比较重要。"

祝云雀眉心一跳，突然就很尴尬。

不想牛海峰就在这时拒绝了她的红包："既然这样，你的红包我就不收了，反正陆让尘刚才把你的一起给了。"

祝云雀微微怔住："陆让尘替我给？"

牛海峰就说："是啊，没少给呢，说是你俩的。"

牛海峰还有很多亲朋好友要招呼，没工夫一直跟祝云雀聊天，总之那天，祝云雀准备的红包到底没送出去。

祝云雀心情复杂，又有几分无所适从。

她从酒店大厅出来，一扭头就看到陆让尘。他身姿颀长慵懒，斜靠着墙面，半眯着眸。

祝云雀屏息凝神地站在原地。

陆让尘像是已经等了好半天，在看到她后，不紧不慢地插兜上前。他先是朝门外的方向抬了抬下巴,而后眸色深浓地望着祝云雀,很轻地扯了下嘴角:"一起回去?"

说是一起回去,但其实那天陆让尘开车带祝云雀去的第一个地方就是药店。就在酒店附近没多远。

陆让尘把车停在路边,祝云雀问他干什么去,他就理所当然地盯着她嘴角那块,说:"都破了,还不涂点药,真等着自己消下去?"

祝云雀这才意识到他想干什么。

他这人总是这样,说得少,做得多,但凡祝云雀需要点儿什么,他都能提前喂到嘴边。

这样的男人,就是打着灯笼也难找的。可她呢,却在多年前,毫不犹豫地放弃了。

陆让尘下车买药的工夫,祝云雀就一个人坐在副驾驶发呆。她想到两人今晚一起吃的那顿饭,想牛海峰说的那些话,想陆让尘看她时的每一个眼神。

深邃,不动声色,又充满占有欲,每一眼都让人悸动不已。

牛海峰还跟她说,陆让尘在给红包的时候,就承认了两人的关系。

陆让尘那会儿语气淡得看不出情绪,言简意赅地说:"谈过,分了。"

牛海峰听完挺惊讶的,直问两人现在是个什么情况。

"能有什么情况,"陆让尘懒懒地勾着嘴角笑,"还不是看她。"

玩笑似的回答,却让祝云雀听到转述后,心跳都仿佛停了一瞬。

牛海峰不爱掺和别人私事,到后来也只是跟祝云雀说:"让尘这孩子,真没得说,品行好又能干,多少姑娘追都追不到,你也别总犹豫。"

或许当老师的,看人就是比较准。

祝云雀在那刹那,像被什么东西蜇了下心脏,麻酥酥的,完全不知该作何回答,又情不自禁地想,牛海峰怎么就能那么笃定,笃定过了这么久,陆让尘还会非她不可。

他是那么好,也那么骄傲的一个人,那么多人爱慕他,他可以毫不费力就选出一个比她值得、比她坚定的,可他还是愿意和自己耗着。

思绪莫名其妙地飘远,又微微窒闷着。祝云雀在副驾驶上枯坐了好一会儿,陆让尘才买完药回来。

开门,上车,他把一塑料袋的药扔在她身上。

祝云雀怔了下，回过神打开，发现有好几样软膏，还有创可贴。

她略微懵懂地看向陆让尘，没太懂创可贴是什么意思。

陆让尘说："脖子上那块儿，不是还得遮？难不成就这么大摇大摆的？"

祝云雀下意识地摸脖子，才发现自己白天贴的那块创可贴不知何时掉了。想到刚刚饭桌上，她脖子上挂着那么明显的一个草莓印，祝云雀面色就泛窘。

陆让尘替她拆开创可贴的盒子，冲她道："过来，给你贴。"

极其自然的语气，在本就逼仄的空间里，显得好像两人已经是某种不可言说的关系。

也的确是不可言说的，毕竟昨晚两人都亲成了那样。

可昨夜是昨夜，当下是当下。当暗潮涌动的情意褪去，剩下的就只有理智。她还是她，陆让尘还是陆让尘。

祝云雀蜷了下指尖，堵着的那口气又涌了上来，她说："不用，我自己可以贴。"

说完就从陆让尘手中拿过创可贴，两人的指尖就这么微妙地擦了下。

陆让尘斜睨着她，没说话。

祝云雀从包里拿出气垫粉底，对着镜子给自己贴了上去，一扭头就看到陆让尘盯着她看，目光很深，明目张胆的，像盯着猎物。

心尖颤了颤，祝云雀避开目光，低声说："看我做什么？"

陆让尘眼神依旧直白，语气淡淡："看你那小脑袋里到底在想什么。"

那语调，分明蕴含着宠溺。气氛也随之变了味道，就好像彼此心知肚明，昨晚那个放肆的吻，已经让他们的关系变了质。

祝云雀沉默了几秒，鼓足勇气看他。黑白分明的眼眸，莹润清澈，她说："你今晚不是要陪张乐瑶他们，怎么又来这儿了？"

这句话压在心里好久了，一直都没找到机会问出来，只是祝云雀没想到，陆让尘会回答得那么随便。他蹙了下眉，说："张乐瑶是谁？"

那一瞬的无语直冲脑门，祝云雀不可思议地看着他，说："你没开玩笑？"

陆让尘哼笑："我开什么玩笑，我又不认识她。"

他态度清白得很。

祝云雀蒙了瞬，补充道："就那天去老柳家，给你开门的那个，长得还蛮好看的。"

被她这么一提，陆让尘后知后觉想起什么："你说她？都没接触过。"

祝云雀终于后知后觉地意识到，其实一开始，张乐瑶可能就在撒谎，在吹牛，在故意气她。偏偏她真信了。

陆让尘恍然，他半眯起眼，似笑非笑道："怎么，她和你说了什么？"

祝云雀抿紧唇，有一秒尴尬，稍稍别开目光，她说："没有。"

陆让尘扯了下嘴角，自然是不信的，不止不信，还眼神探究地看了她一眼，说："所以就为这种莫须有的事儿吃醋是吧？"

祝云雀动动唇，想否认说没有，可眼角眉梢流露出的情绪又骗不了人。

她确实是吃醋了，醋意还不小。再加上昨晚陆让尘说的那些狠话，她几乎觉得，自己要和陆让尘完了，可又哪里想到，这家伙居然就这么出现。

心里的阴霾不知不觉被驱散，她问："你是怎么知道吃饭地点的？"

"找个过去的同学问一问不就知道了？"他那语气就跟做数学题一样简单，又挑眉看她，说，"老师收你红包了？"

祝云雀摇头："没有。"她看着陆让尘，眼神挺无奈的，"……谁让你一起给的？"

陆让尘哼笑了声，语气挺气人："那你还我呗。"

说完还真拿出手机，把微信二维码亮了出来，递到她眼前。

祝云雀噎了下，但很快，就从陆让尘直勾勾的视线中，反应过来他最真实的目的。

她忽然就想到，当年两人第一次加微信，她也是用这种拙劣的手段。

现在，主动的人却是陆让尘。

陆让尘坦然得很，眼神不躲也不闪，说："快点儿。"

祝云雀还是听话地用手机扫了他的二维码。

第十八章·

破冰

电话号码有了，微信也互相加了，好像有什么忽然就破了冰。

通过后，祝云雀还在执着地问："所以红包多少钱？"

陆让尘握住方向盘，准备发动引擎。他闻言煞有介事地瞥她一眼，闷出一嗓子笑："祝云雀，你对浪漫过敏吗？"

祝云雀突然不想跟他说话了。那股倔劲儿还是跟以前一样，只是以前她这样的时候，陆让尘都是直接亲她，用实际行动把她的嘴撬开，让她跟自己说话。

想到从前那些，陆让尘思绪不经意浮远。后来还是祝云雀的手机铃声响了，才把他扯回神。

他瞥了她一眼，发现祝云雀眉梢拧了起来，对面说话的也不知道是谁，语速挺快也挺急。

祝云雀脸色随之凝重起来，说："好，我马上过去。"

电话挂断，陆让尘问她："怎么了？"

祝云雀老实回答："我弟出事了，现在在医院，我爸不在，我得去看看。"

陆让尘蹙了下眉，问叶添怎么了。

祝云雀摇头说："不是叶添，是另一个，和我有血缘关系的弟弟，我后妈和我爸的孩子。"

对于这个弟弟，祝云雀从前说得不多，陆让尘也没怎么听过他的事，只知道他叫祝宇轩。

思索间,陆让尘已经准备掉头了,他问:"去哪个医院?"

祝云雀怔然一瞬:"你要送我?"

陆让尘对于她那生劲儿有时候是真挺无奈的,他被气笑,说:"不送你,我难道把你丢大马路上吗?"

祝云雀闭上嘴,好几秒后才轻轻出声,道了那家医院的名称。

事情紧急,邓佳丽在电话里也没说太多,只说祝宇轩突发呼吸困难,心律失常,被送到医院了。

家里的老太太吓得够呛,就让邓佳丽赶忙给祝云雀和叶添打电话。

祝云雀和陆让尘过去的时候,叶添也已经到了。看到陆让尘,他结结实实地愣住。

陆让尘倒是比他淡定,冲他抬抬下巴,算是打招呼说:"好久不见。"

叶添点点头,也说好久不见,跟着又看祝云雀一眼,那眼神好像在说怎么回事。

祝云雀没心思和他解释那么多,只问祝宇轩的情况。

叶添这才说:"现在已经没事了,只是要等着做各项检查,我妈陪着呢。"

三人进了医院,去住院区找邓佳丽。

叶添跟祝云雀说明情况,说是祝宇轩这阵子在学校,和一个小朋友闹得不太开心,两个人在学校还打了一架,闹到老师那儿去了。这孩子天生胆子小,一听老师给邓佳丽打电话,就吓到了。当晚就呼吸急促出事了。

眼看马上到病房外,祝云雀停下脚步说:"那医生怎么说?"

叶添有点愁:"可能是先天性心脏病,最好趁早做手术。"

祝云雀心里跟着颤了下,没想到会是这个情况,她又问:"学校那边是怎么回事?"

叶添说:"对方是个大老板家的孩子,平时就在学校里横行霸道的,没少欺负祝宇轩。这不觉得咱家孩子把他儿子打坏了,过来找麻烦了。"

祝云雀真心无语。

一直在旁边听着的陆让尘却插着兜,淡淡开腔:"哪个老板,这么牛?"

祝云雀觉得挺神奇的,好像只要陆让尘一开口,任何事情都没那么严重了。

她依赖而不自知地看他一眼。陆让尘也看着她,深邃的长眸里蕴含着无声的安抚。

叶添给陆让尘报了对方家长的名字,还有所谓的公司。不巧,那公司的大老板,刚好跟陆让尘有点渊源。

陆让尘挑了下眉,说:"我出去打个电话。"

祝云雀睫毛颤了颤,下意识拽住他的衣袖:"你干什么去?"

陆让尘扭头瞥她,乐了:"怎么,离了我没安全感是吗?"

祝云雀耳尖一热,松开手。不想陆让尘抬手碰了下她的嘴角,低眸柔声说:"我去去就回,你先把药膏擦了。"

留下那句话,陆让尘就出去打电话了。

他身材本就高大,走起路更是飒然生风。明明和过去那股让人心动的桀骜劲儿没差别,可又比年少时多了几分清楚的坚实与沉稳。

恍惚间,过去的他和现在的他就重叠到了一起。

祝云雀的目光不由自主地追着陆让尘,直到他的身影消失在走廊尽头,才终于意识到,现在的他,已经和从前的那个少年截然不同了。

他不会在她最需要他的时候消失不见。他有了跨越万重山的资本,也能为她遮风挡雨。

祝云雀掌心不自觉地发烫。

憋了好半天的叶添就在这时开口说:"姐,你俩现在什么情况?"

毕竟陆让尘刚刚那举动还挺自然的,完全不像个分了手老死不相见的旧情人。

但其实,祝云雀也挺迷茫的。她也不知道她和陆让尘到底算什么。她只知道他在,她会快乐,会心安,像是一具没活气的躯壳,终于有了灵魂。

可面对叶添,她没法说得那样直白,就只是摇了摇头:"暂时还是前任。"

叶添有些意外。

祝云雀却没再补充什么,转身进了临时病房。

邓佳丽正陪着睡着的祝宇轩,情绪本来挺平静,却在见到祝云雀后一下激动起来。

怕把小孩弄醒,她拉着祝云雀去外面说话。

在这个手足无措的女人眼里,这个家除了祝平安,能让她感觉到有依靠的就只有祝云雀,她毫不犹豫就把当下面临的困境跟祝云雀说了。

无非就是两件事,一个是和对方家长的矛盾,一个是祝宇轩先天性心脏病的事,这病要尽快做手术。

可问题是,祝宇轩挂不上专家号不说,即便排上队,也要承担很昂贵的手术费。

邓佳丽之前跟祝平安打过电话了,祝平安也没什么法子,只能说那就排着吧。邓佳丽最烦他这无能为力的样儿,转眼就把主意打到祝云雀身上。

她也不是第一次了,哭丧着一张脸求祝云雀:"你不是有这家医院的人脉吗,就不能通融一下?"

她口中的人脉,就是祝云雀在国外认识的那个男性朋友,海归富二代,谢函。之前祝云雀回南城的时候,和他见过一次面。

谢函还请祝云雀一家吃过饭。

当时他跟邓佳丽随口提过,说他家的医药公司和这家医院是老合作方,他家里也有亲戚在医院上班,以后有需要的话,可以给他打电话。

说者无心,听者有意。祝云雀没想到邓佳丽真就记到现在。

这样的事,也不是第一次了,仗着当年叶添为冯艳莱冲锋陷阵打架进局子,邓佳丽没少拿捏祝云雀。

祝云雀不是很喜欢邓佳丽这样,但现实就是她没办法,祝宇轩是她弟弟。那孩子挺乖的,跟她关系也不错,她没法眼睁睁地看着什么都不做。

但要她开口去找谢函,她又很难做到。谢函对她的心思,从国外那会儿就一直没掐灭过,祝云雀拒绝过他挺多次,可他还是愿意帮她骗一骗陆让尘。

这么多年过去,两人也断断续续地有过联系。那顿饭吃完后,谢函又跟她表白了一次,但祝云雀还是拒绝了。

谢函那人,不像陆让尘,对感情有种西方人的开放心态,同意就在一块儿,不同意也没事,大家还是好朋友。

自那之后没多久,谢函又有了新的女朋友。祝云雀在他朋友圈见过,是个混血模特,两人去国外度假了,也不知道回没回南城。

眼看她不说话,邓佳丽挺急的,捏着她的胳膊,好声好气地求着:"雀雀,不是阿姨为难你,你看这家里谁能靠得住啊,阿姨不靠你还能靠谁?

轩轩这病真不能硬挺了，真等不下去的。"

邓佳丽说着就抽泣起来。祝云雀条件反射地蹙起眉，还没来得及说话，身后就响起陆让尘的声音："怎么了？"

祝云雀一哽，回过头。

邓佳丽循声也看到了陆让尘。他手里拎着零食、水果和牛奶，看着就是给孩子买的。

陆让尘先是看了眼祝云雀，跟着目光落到邓佳丽身上。

邓佳丽其实没跟陆让尘见过面，只听过他名字，但莫名地，就是觉得这男人和祝云雀关系不一般。

她看向祝云雀，压低声音道："这位是——"

祝云雀刚要开口，陆让尘就自报家门："我是陆让尘，祝云雀的朋友。"

邓佳丽脑袋当即蒙了下，张口就问祝云雀："你跟他复合了？"

祝云雀脸色尴尬了瞬，马上否认。

陆让尘顺势瞥她一眼，那眼神煞有介事的，让人不敢直视。

祝云雀僵持着不去看他，往回送邓佳丽："你先回去吧，你说的我再考虑考虑。"

一说这个，邓佳丽可就来劲了，说："你别考虑了啊，祝宇轩是你弟弟，你得帮我解决。"

那架势纠缠不休的，陆让尘蹙了下眉。

这还是第一次，他从祝云雀脸上看到那种神情，不再淡然平静，像是被什么东西无形绑架着，束手束脚，又无所适从。

他突然就对那女人挺不耐烦的了，可到底还是克制着，没擅自掺和两人之间的事。

祝云雀安抚好邓佳丽后一出来，就看到斜斜靠站在墙边的陆让尘。

见她出来，他抬了抬眼，说："又遇到麻烦了？"

祝云雀不太喜欢陆让尘这么看她，可能是源于骨子里的骄傲自尊，也可能是因为当年两人、两个家庭间的裂痕。

祝云雀低眸说："没有，我能解决。"

陆让尘那样子显然不信，但也不想拆穿她，只把零食和牛奶递给她，说："拿着。"

祝云雀顿了下，接过来。

陆让尘垂眼看她："还跟我回去吗？"

这话是真挺有诱惑力的，有那么一瞬间，祝云雀真想抛下身后的一切，任性地跟他走。

可她这人，太会给自己套枷锁，就只是无奈地摇头，说："不了，你先回去，我再陪他们待一会儿。"

陆让尘就知道会这样，他也没什么好说的，毕竟祝云雀现在又不是他女朋友，他没那个立场把她拽走。

莫名其妙的占有欲像堵在心头的一把火，他最终点了下头，说："行。"

陆让尘走后没多久，邓佳丽果然又缠着祝云雀问东问西。她好奇地问两人是怎么回事，不是都分手那么多年了，怎么又到一块儿了。

可祝云雀这性子，不想说话的时候，别说邓佳丽了，就连陆让尘都问不出什么。她根本就没搭理邓佳丽，只是握了握祝宇轩的手。之后才想起来，陆让尘刚刚出去打了个电话……也不知道到底说了什么。

可惜人已经走了，她没好意思再找过去问。也想过给他发微信问一下，但又觉得有点儿唐突，毕竟陆让尘只说打个电话，也没说真要帮她。

她没那个立场要求他的，过去是，现在也一样。

挣扎许久，祝云雀最终还是没找陆让尘，只是忍不住点开他的朋友圈。还是原来的微信号，就连朋友圈封面都没换过。

唯一引起祝云雀注意的，是他头像下的那句简介——"The wind rises.（起风了。）"

看到这句话，祝云雀心口一窒。

她很清楚地记得，两人刚加上好友那会儿，陆让尘那头像底下，根本没有这句。

这晚，确定祝宇轩情况暂时没大碍后，邓佳丽才和叶添带着孩子回家。

祝云雀回到自己那儿，是后半夜了。

忙碌一天的疲惫感在洗澡后涌上来，都这个点儿了，邓佳丽也没饶了她，一个劲儿地让她想办法，给祝宇轩约到专家号。听那意思，她和祝平安手里也没存多少钱，估计手术费也还要她填补。

至于和对方家长的矛盾，邓佳丽知道祝云雀也没办法，只能说大不了就赔钱给对方。

祝云雀对这些事都挺麻木的，就只是看了一眼，便把手机丢到一边，蒙上被子睡觉。

等到第二天上午，好好的休息日，祝云雀又被邓佳丽的电话吵醒。

不过这次倒不是那些乱七八糟的烦心事，而是个好消息。

邓佳丽挺高兴地跟祝云雀说："和祝宇轩闹矛盾那小孩儿的家长，今早特意开车带着水果和礼物来看祝宇轩。我都没想到会是这样，还以为他家人又要找麻烦呢。

"倒不是他爸，是个挺年轻的司机，慰问了一下咱家孩子的状况。

"我当时都蒙了。你都不知道，出事当天他家人闹得可凶了，明明就是额头划伤了一小道口子，他家跟要了孩子的命一样。现在倒好，不止不找麻烦，还赔礼道歉。

"哦，他还说了，以后他家孩子不会再欺负轩轩了。"

说到这儿，邓佳丽如释重负，简直松了一口气。

祝云雀却微微怔住，她是真没想到，这事儿让陆让尘就这么给解决了。

挂断电话，祝云雀想过给陆让尘打个电话表示感谢，但左思右想，还是决定给他发消息。

或许是太久没和他这么私密又单独的说话。

祝云雀有些微妙地紧张。

斟酌半天，也只是问他一句：醒了吗？

没想到陆让尘回得很快：刚醒。

都快十一点了，这家伙才刚醒，所以自己当老板还真是有钱任性。

祝云雀不禁在心里吐槽，嘴角也不自知地弯着，正琢磨下句话要说什么，陆让尘就先开口了：今天放假，你在家？

祝云雀指尖顿了顿，打字：嗯，在家。

陆让尘：我也在家。

挺平常的一句话，可放到当下的场景，就隐生暧昧。

祝云雀抿唇，刻意停顿了几秒，才回复说：那你吃早饭了吗？

陆让尘那回复速度真挺快的：没有，家里没吃的了。

祝云雀突然有些无语，心说这么大一个人了，家里居然没东西吃。

也说不清当下是头脑一热，还是别的什么情绪在作祟，等她回过神的时候,话已经发出去了。

她说:我这儿有。

陆让尘依旧秒回:我想吃葱油面,你做的。

后面那三个字像勾人心神的咒语,让祝云雀的心率没法不攀升。

她明白,这些话意味着什么,可她就是克制不住。克制不住想见他,谢谢他,哪怕只是煮碗面。

于是就这么下了楼,祝云雀拎着装好的食材,来到陆让尘家门口。轻轻敲了不过两声,门就开了。

属于男人身上熟悉的气息涌出来,混着沐浴露的清爽气味,沉郁、迷人。

祝云雀抿着唇,目光从上至下地一扫,就看到眼前赤着上身,下半身只穿了一条宽松居家裤的陆让尘,宽肩窄腰,腹肌柔韧紧实。

祝云雀薄薄的脸皮瞬间就红了。

陆让尘却气定神闲地觑着她。

那神色似笑非笑,又透着顽劣痞意,他厚颜无耻地勾了下嘴角,说:"又不是没见过,有什么好害羞的。"

祝云雀不是扭捏的性格,也不愿意被陆让尘误解什么,就干脆绷着一张脸,擦过陆让尘进去了。

目光追着她进去,陆让尘眼底荡出散漫的笑意,关门进去。

这是祝云雀第一次来他的住处。两人房子格局不同,陆让尘的明显比她的要大很多。就连玄关处的空间也是。精心打造的家具,柜门一打开,里面放着整齐又干净的鞋。

祝云雀也是无意间瞥见,里面有几双女鞋和拖鞋。

那眼神还没来得及移开,就让陆让尘瞥到,他靠站在她身后,云淡风轻地解释:"林稚前阵子来过。"

没给祝云雀反应时间,他从柜子里拿出一双崭新的男士拖鞋放在她脚边。

那鞋明显比她的脚大很多,但祝云雀还是把穿着白袜的脚轻轻踩上去。

她脚还是跟从前一样,又窄又瘦,以至于和陆让尘的拖鞋对比起来,总有一种她被他包裹占据的错觉。

那种错觉是陆让尘压抑了很多年都没敢再去想的,如今就这么真切地在他眼前发生了。

陆让尘滚动喉结，收回目光，转身朝里走，说："我去换身衣服，你随便。"

丢下这句，人就进了衣帽间，偌大的空间留给祝云雀。

不过也没什么，她连他最私人的宿舍都去过，在这里也没什么好不自在的。

于是祝云雀去了厨房，她带了面条、小葱和鸡蛋。本以为陆让尘的冰箱会真的如他所说般什么都没有，结果她抬眼就看到中岛台上摆着一堆吃的东西。

一半是速食，一半是肉蛋菜。看起来都是买来没多久的，外面的包装都没拆，反观她带来的那几样，寒碜得不止一点半点。

陆让尘刚进厨房，就看到祝云雀对着那堆东西微微蹙眉。

祝云雀抬眸看到他，眼神挺无语的。

陆让尘倒是厚颜无耻，很是坦然，他耸肩说："谁知道她买的东西都放这儿了。"

就装吧你。

祝云雀低了低眸，这么久以来，还是第一次跟他说话带情绪，她说："那你其实可以让她给你做好再离开的。"

她说完就转身倒水开火煮面。

陆让尘看不到她这会儿脸上的表情，但能感觉到她应该是不大开心的，只是这份不开心，也说不清到底是为什么。

他几不可察地勾了下嘴角，试探道："林稚不住我这儿。"拿着瓶喝了一半的水，他靠在中岛台上，看着祝云雀给他做葱油面，说，"我也不喜欢吃她做的东西。"

话音落下，祝云雀眼底有什么情绪一闪而过，快到陆让尘捕捉不到。

等错过这个时机，祝云雀已经恢复了往日的常态。没多久，她就做好两份色香味俱全的葱油面，说："我是为了谢谢你。"

陆让尘哼笑："谢我什么？"

祝云雀抬眼看他："谢谢你昨晚帮我处理我弟弟的事。"

陆让尘心知肚明地"嗯"了声："就没别的了？"

祝云雀没吭声。

陆让尘深深地望她一眼，那眼神跟找她算账似的。他闷出一嗓子谑笑，把两碗葱油面端到客厅的餐桌上，撂下一句："你欠我的多着呢，谢得过来吗？"

祝云雀其实很多时候都很佩服自己假装若无其事的本事。即便听到陆让尘这么说，她也还是拉开椅子，在陆让尘对面坐下。

从前陆让尘最喜欢的就是她做的葱油面，没想到八年过去了，还是这样。

祝云雀看他拿起筷子毫不犹豫地尝了两口，忍不住问："还行吗？"

陆让尘点了下头："是从前的味道。"

那么多年，想过不止一次的味道，但他从没奢望过，八年后还能尝到。

祝云雀心安了些，轻声呢喃说："手生了。"

听到这话，陆让尘抬眸瞥她一眼，忽地笑了。

祝云雀不懂这笑是什么意思。

陆让尘好整以暇地睨她，说："怎么，没给别人做过？"

那话里试探意味十足，本没期望听到什么好听的答案，结果祝云雀挺痛快地说了句："没有。"她低眸挑了口面，面色淡然道，"别人也不知道我会做这个。"

这话说得陆让尘指尖一顿，挑起眉梢。

祝云雀迎上他的目光，没半点心虚的样子。

毕竟当初是陆让尘点名想吃这个，她才学的，又怎么会有别人知道。只是她老老实实地说，陆让尘未必真的会信。

似是从她眼中读出回答，陆让尘半眯起眸，闷笑了声，说："祝云雀，别给我来这套。"

有时候不得不承认，两人默契得好像彼此之间有套独特的密码。要是旁人，恐怕都不明白这两人在说什么，他俩却已经拉扯试探几个来回了，分不出谁更胜一筹。

祝云雀轻轻咽嗓，没反驳他的意思，低眸吃了口面。

陆让尘看了看她，也不拘小节地吃起来。吃完他也没动，就这么单手搭在桌面上，漫不经心地看着祝云雀。

不得不说，人漂亮，干什么都养眼，即便只是吃个面条。

就只是淡淡看着，陆让尘都忍不住想，这些年，会有多少男人围在她身边，又有多少男人体会过她的好。

那种嫉妒的感觉，像扎根在泥土里不见天日的根茎，随着和她重逢，枝丫破土疯长。

这么想着，陆让尘也就这么问了："祝云雀，你男朋友呢？"

祝云雀稍愣了下，才反应过来他话里的意思。

"我哪来的男朋友？"

陆让尘挑了下眉，说："就那个在澳大利亚的富二代，说话的时候舌头捋不直那个。"

话里话外敌意满满，刻薄得少见。

祝云雀忍了下还是没忍住："他叫谢函。"怕陆让尘又不爽，她补充道，"我跟他很早就没关系了。"

她说的关系，是指假装情侣的关系，她没法跟陆让尘说清楚，所以才这么讲。

陆让尘略挑眼梢，"哦"了声："那除了他呢，后面还有几个？"

那玩笑一般的意味，腔调却很欠，欠得祝云雀嘴角绷了绷。

意识到她可能要生气，陆让尘挑了下眼梢，刚要说自己在开玩笑，祝云雀却直接给了答案："没有，一个也没。"

祝云雀看着他的眼神，不含一丝杂质，也经得起推敲。

陆让尘却沉默，目光半瞬不移地睨着她。

四目交融间，陆让尘第一次如此清晰地感知到自己的心跳，而这种感觉，好像只有祝云雀才能赐予。

不知过了几秒，祝云雀睫毛轻颤，问："你呢？"

轻软的声线，就这么把陆让尘扯回神。他这人，自以为别的优点没有，但是挺坦然的。他毫不犹豫地说："和你一样。"

低沉又慵懒的嗓音，含着颗粒感般循循落下，坦荡又笃定。

空气随之静默，像是处在一个只属于他们的真空容器里。

祝云雀攥着筷子的手指无声收紧，有那么一瞬间，想问他，他说的和自己一样，是在自己之后只谈过一个对象，还是一个也没有。

可惜话还没来得及问出口，一通电话扰乱了他们之间的节奏。

是北城那边来的电话，对面的人问陆让尘什么时候出发去机场，老爷子已经等不及了，想让陆让尘早点儿去见他。

离得近，电话里说了什么祝云雀都听得清，心里那根弦也随着那句"老爷子"，不断紧绷。

她没再吭声，低头继续吃碗里的面。

她吃着，陆让尘就看着，对方说的那几句他根本没听进去，只是敷衍了几句，说马上就回去。

电话挂断，两人视线对上。

祝云雀问："你要回去了吗？"

陆让尘"嗯"一声。

"就现在？"

"是。"

祝云雀说："那我尽快收拾。"

说着便要起身收拾碗筷，陆让尘打断她："没事，放那儿也没关系。"

说话的时候，他已经攥住了她的手腕。还是那样细腻温软的触感，他在梦里肖想过无数次，握住了就不想松开。

感受着男人指腹的薄茧，祝云雀心跳加速，她没急着把手收回去，而是任凭陆让尘握着，直到他选择松开。

陆让尘眸光深沉，像是特意解释："爷爷生日，我回去待两天。这两天有什么事，你可以找我。"

又想到过去的什么，他定定地看着祝云雀，说："手机无论什么时候都会开机，这次你不用担心找不到我。"

突然涌上来的某种情绪，几乎要将祝云雀淹没，她错开陆让尘炙烫的视线，点点头，很轻地说了声"好"。

陆让尘在临走之前，先把祝云雀送回了家。

没多久，祝云雀就在落地窗前，看到陆让尘那辆车开离小区的车影。

耳尖还残存着刚刚发烫的余温，她抬手摸了摸，竟有种罕见的不真实感。

程家老爷子这次过的是八十岁大寿。老人家不想让人把生日筹备得太隆重，只是想尽可能多见见自己的子孙。

于是生日还没到，陆让尘就被家里的长辈提前叫了回去，一走就是好几天。

这几天里，祝云雀也没闲着。祝平安忙完回来，第一时间给祝宇轩约了手术。邓佳丽并不满意，无论如何都想约另一家医院爆满的专家号。

家里的老太太也是，一把年纪了瞎掺和，非怂恿祝平安去找祝云雀。

祝云雀还上着课呢，手机就亮个不停，好在她开着静音。

祝云雀其实知道祝平安找她要干什么，也想过再拒绝一次，可父亲终归是父亲，祝平安一直求她，用那种让人心酸的语气，逼得祝云雀狠不下心来。

祝平安说："雀雀，我知道你为难，老爸也为难，但你阿姨要死要活的，一定要给轩轩弄最好的号。你说她一直闹，家里也不安生，再说专家号也确实放心些，不然轩轩这辈子怎么办？

"轩轩那么喜欢你，你也不忍心看这孩子未来因为这个病受影响吧？

"谢函那孩子人很不错，我相信只要你开口，他一定会答应的。

"就当爸爸求你了，行吗？"

祝平安苦口婆心地求着，说了很久，直到上课铃响了。

下节课她不用上，但她还是借口把电话挂了。

回到办公室，她枯坐了一会儿。刚巧许琳达给她发来几个好玩的东西，祝云雀就顺势把这件事跟她说了。

没想到许琳达的第一反应是：你怎么不让陆让尘帮忙？以他的人脉给你弄个专家号不是很容易吗？

祝云雀：就算他有能力给我弄到，我也不好意思跟他开口。

许琳达就不服了：但你没开口，他不也给你处理了你弟弟学校的事？他走之前不也跟你说了，让你有事找他，这么明显的暗示你都不懂？

懂是懂的，但想不想做是另一回事，祝云雀没法跟许琳达说得那么透彻。

有些事情，外人永远无法感同身受，就像她跟陆让尘之间数不清的那些天差地别。她始终记得，当初程富森找自己谈话时，说过的一句话。

他说："你现在身上的东西，又有哪样不是真正踩着程、陆两家的利益得来的？"

那时的祝云雀，那样骄傲的祝云雀，被这话羞得面红耳赤，无地自容。

她想说，她考的大学就不算，可回头想，冯艳莱给她吃穿、供她上学的费用，不也是靠着陆鼎忠的帮扶赚来的？

也就是从那时开始，心中的某些裂痕就注定无法痊愈。

就像现在，哪怕许琳达那样劝她，祝云雀最终也还是没法生出找陆让尘帮忙的心思。

就像陆让尘说的，她欠他的已经够多了。她没那么不齿，当年那样伤害他，回头需要他了，又求着他。

许琳达知道她性子犟，后来也没劝了，只说帮她问问有没有人脉，但看那家医院的情况，估计难。

后来真正的转机，还是谢函主动打来的一个电话。

第二天下午，祝云雀刚上完当天最后一节课回到办公室，就被同事告知手机响了好半天。

祝云雀拿起来一看，发现打来电话的居然是好久没有联系的谢函，他还发了消息：阿姨那边有需要，怎么不早点联系我？

看到消息，祝云雀心口"咯噔"一下，怎么都没想到邓佳丽会这么坐不住。但事已至此，好像也只能这样。

祝云雀：她怎么联系到你的？

谢函：之前不是有带你们去我开的那家餐厅吃饭吗，她去餐厅找店长问的。

祝云雀一时间真不知道该不该生气。

谢函又说：你不用有心理负担，能帮上忙我也挺开心的。

祝云雀：你已经帮上了？

谢函：是。

祝云雀突然就无话可说了。

谢函：晚上见一面吧，我回南城了。

祝云雀心情复杂，理智上，她觉得不该见，可情面上，不见又说不过去。

人情债到底是要还的，于是最后，祝云雀还是同意了：真的很谢谢你，今晚我请你吃饭吧。

其实吃不吃饭的，根本不重要。祝云雀只是想表达一下感谢，同样，谢函也不差这一顿饭，他也只是想见见祝云雀。说是老朋友也好，心里还有好感也罢，总之这顿饭不可避免。

祝云雀也没什么好整理的，连妆也没化，下班前就订好餐厅。本来跟谢函说到餐厅门口见，但谢函那人讲风度惯了，直接开着他那辆拉风的跑车过来接她了，还引起不少人注意。祝云雀只能硬着头皮坐上去。

好在吃饭的地方距离学校不算太远，祝云雀特意选了一家比较贵的法餐，表达感谢。

谢函倒没推托，大大方方地点菜。

他了解祝云雀这人，很不愿欠人人情，不让她把人情还回来，她反倒不舒服。

就像在国外的时候，他假扮祝云雀的男友去见陆让尘，祝云雀非常感谢他，给他做了一个学期的早餐。可就算这样，谢函还是没追到祝云雀。

想起那时候，谢函又遗憾又惆怅，说："上学那会儿是真好，想做什么做什么，也没那么多烦恼。"

祝云雀切着牛排，闻言看他："怎么，你最近烦恼很多吗？还是和你女朋友分手了？"

后面这话一下就给谢函说笑了："我看起来像是会为情所困的人吗？"转念又皱皱眉说，"不过确实分手了。"

祝云雀诧异地看他："为什么？"

谢函叹了口气，说："我和她本来也没打算长期发展，年纪到了，家里开始催婚，给我定了个对象。"

祝云雀没想到谢函有天会面临联姻的事，她忍不住问："你同意了？"

谢函说："同意呗，那还能有什么办法，我又不是你那个前任陆让尘。"说完又忍不住逗祝云雀，"不同意也可以，你跟我处，我就不联姻了。"

这话说得跟玩笑似的，又蕴含着几分真心。

祝云雀微怔了瞬，突然就尴尬起来，只能拿起酒杯浅浅抿了口。

谢函耸耸肩，也只能自讨没趣地转移话题："对了，还没问你呢，你和那个陆让尘怎么样了，见到面了吗？"

不知道为什么，每次一听别人提到陆让尘，祝云雀就有些心不在焉，思绪总不由自主地飘到陆让尘那儿去。

她想他这会儿在做什么，生日过完了没。过完生日后，会不会也像谢函一样，"临危受命"，被安排和哪家的千金结婚。

不由自主地胡思乱想着，祝云雀心不在焉地回答："见到了。"

"复合了？"

"还没。"

"他不同意？"

祝云雀挺受不了他这么盘问自己的。

谢函被她这么一看也笑了:"是我蠢了,他怎么可能会不同意,你可是祝云雀啊。"

这话一下把祝云雀抬高得有些尴尬,她抿唇说:"别那么说,我没那么大本事。"

谢函摇头,不置可否地笑,后来这餐饭吃得也算愉快。

吃完饭后,谢函没急着送祝云雀回去,而是提出带她去个新开的酒吧喝酒。在留学一条街那边,一个半地下的小门脸,清吧,人多,热闹。

那么多年交情,祝云雀也不可能拒绝,于是两人就这么一拍即合地去了。

只是没想到,就是那么巧,谢函和祝云雀刚找到位置把车停好,另一边,陆让尘的车,就跟在后面徐徐开到巷口外。

陆让尘是当天回来的,跟着一起回来的还有林稚。

本来老爷子还想让他俩多留几天,但南城这边有陆让尘放心不下的事和人,再者林稚也心情不好,她家那边刚给她定了个新的联姻对象,她烦得要命,就跟陆让尘回来了。

回来后,自然就是找乐子。林稚叫上刚下班没多久的李铁和周槿两口子,四个人约着去小酒吧喝酒。

这地方林稚常来,过来的路上,她还说要趁着结婚前赶紧疯狂一回,给周槿都逗乐了。

林稚瞄了下开车的陆让尘,说:"我可不要像陆让尘一样,这辈子都被一个人束缚。"

之前给祝云雀打了个电话,她没接。陆让尘这会儿心情不大好,透过后视镜直接横了林稚一眼。

林稚翻了个白眼,当即揶揄起陆让尘来,说他跟祝云雀的八卦。

李铁不像周槿和林稚对祝云雀还稍微有那么点儿好感,他是真不喜欢祝云雀,觉得祝云雀绝情冷血。他听完直哼哼,拿话点陆让尘:"你就等着被她吃干抹净吧。"

陆让尘绷紧两腮,没搭腔。

周槿直接给了李铁一下,让他闭嘴。

李铁被周槿教育得刚老实,不想下一秒,就瞥到车窗外,一辆刚停下的跑车上下来两个人。

男的长得还不错，看着就是有钱人，至于女的——

李铁眨眨眼："不是，是我眼花了吗？前面那人怎么那么像祝云雀？"他说这话时，嗓门很大。

不止其他人听到，坐在他身边的陆让尘更是心头一凛，下意识地猛踩刹车。

轮胎摩擦地面发出一声刺耳的声音，下一瞬，他的黑色大车在距离那辆跑车不过五米的地方停下。

听到突然的声响，祝云雀福至心灵地扭头一瞥，然后就看到那辆黑色大车里，那道让她心神为之一颤的身影。

陆让尘五指紧握着方向盘，手背青筋凸显，凌厉的一张俊脸，面无表情地盯着她。

场面在这刻僵滞。

谢函纳闷地出声："怎么了？"

心跳在这瞬如同锤子狠狠锤击着胸口，祝云雀咽了咽嗓子，一时间就这么忘记回应。

也是这个时候，陆让尘下了车，跟着他一起下来的还有李铁、周槿、林稚。

三个人看到她，都是一脸惊讶。林稚最沉不住气，下意识说了句："你怎么在这儿？"

说完，她又看向谢函，眼神震惊。

她的话仿佛将死寂的气氛划出一道豁口，就是这瞬，陆让尘直接擦过林稚走上前。

祝云雀迎面看着他，动了动唇，想开口说话，不想陆让尘只是冷冷看她一眼，什么话都没说，就这么头也不回地转身进了酒吧。

那是第一次，祝云雀被陆让尘用那样的眼神看着，震慑心魄。

明明夏夜燥热，她的心却在一瞬间凉了半截。身后的谢函说了什么，她没听见。

指尖不由自主地攥紧，祝云雀咬住唇，鼻腔突然就酸了。

谢函见她不说话，又上来问："怎么回事，陆让尘怎么会在这儿？还有他看到你怎么那个表情，你俩到底怎么了？"

他不说还好，他一说，祝云雀将唇瓣咬得惨白。已经说不上是冲动，还是短暂地失去理智，祝云雀轻喘了口气，眼眶也跟着红了。

谢函见她不对劲，上来拉她，祝云雀却直接把他拂开。

谢函呆愣着喊她名字，祝云雀充耳不闻。压抑了八年的情感像洪水一样暴发，她直接进了酒吧。

夜场刚开，酒吧里很多人，到处都是浸泡过音乐声的嬉笑声，烟味和酒味混合在一起，形形色色的陌生面孔充斥在眼前。

她从没有哪一刻像现在这样，想要找到陆让尘，想见他，想和他说话。也从未这样恐惧过，怕失去他。

眼底起了水汽，她迷茫地站在原地，视线模糊不清，根本找不到他的身影。

身边有人注意到她，看她漂亮又无助，忍不住凑上来问："美女怎么了？要不要一起喝一杯？"

祝云雀还没来得及拒绝，那人伸过来的手就被空中的另一只手攥住，再狠狠扳开。

男人疼得嗷嗷叫，刚想骂脏话，结果抬头就对上陆让尘凌厉的眼神，听他从喉咙里狠狠磨出一个字："滚。"

祝云雀回神，抬眼就见陆让尘居高临下地站在自己身侧。

话还没来得及说出口，陆让尘就紧紧攥住她的手腕，直接把人拽了出去。

后来回想起来，祝云雀仍觉得这晚是她记忆里最刻骨铭心的一夜。陆让尘来势汹汹的气焰，燃烧得像火。

她听到身后人群的喧闹声，听到李铁喊陆让尘的声音，再然后，就是耳边的风声、陆让尘的脚步声。

巷口深处，夏夜里泛潮的墙面微微透着凉。

她单薄的后背撞在墙面上，短暂的痛感让祝云雀闷哼一声。下一秒，她就被陆让尘死死抵靠在墙面上，又被捏起下巴。

陆让尘一身凛冽酒意，压抑着满身的愤怒，笑得讽刺又凄怆："祝云雀，我就不该一次次地信你。"

那力道钳制得祝云雀发疼，她却没有任何抵抗，像个任人摆布的娃娃，任凭眼泪落到他手上。她说:"陆让尘,不是你想的那样,我跟他从来都没在一起过——"

陆让尘眼里极力隐忍的愤怒,在这瞬间恍惚闪烁。

只是还没等他真正反应过来那话里的意思,炙热的唇瓣就已经先一步不受控制地碾下来。

那一吻,汹涌得祝云雀喘不过气。

陆让尘死死扣着她,像是要把所有情绪都发泄出来,声音带着颤意,认栽般说:"你根本就不爱我。

"可你不爱我,又为什么来招惹我?"

在追上来之前,祝云雀其实想过很多。她想过陆让尘的那群朋友会怎样看待她,想过陆让尘会对她说很多很难听的话,甚至是推开她。但她想不到,陆让尘会带她走,吻她,又说她根本不爱他这样的话。

已经说不清那一刻什么情绪让她难过,她只觉五脏六腑都随之震颤,窒闷,酸涩。

她想推开陆让尘,把话说清楚,可陆让尘却以为她要走,要反抗,反而把她压得更紧。

祝云雀几乎是无力挣脱的,只能任由他扣着自己,再试图用这个吻,让他感受到自己的讨好与真心。

再后来,有车从两人身后经过,明晃晃的车灯刺眼。她还来不及反应,下一秒眼皮便覆上温热,是陆让尘修长的手遮住了她,也终于放缓吻她的力度。

他一下下地吻着她,祝云雀也乖顺地回应着。

直到确定她不会再跑掉,陆让尘才停下,重重喘着,额头和鼻尖相互抵着。

那是一种近乎贪恋的眼神。那贪恋不仅存在于陆让尘眼底,祝云雀也一样,她已经很久很久没有这么近距离看过他了。

他有那样好看又让人心动的一张脸。皮肤有种釉白的质感,睫毛浓且长,干净又俊俏。多一分太浓烈,少一分又太清冷,就这么浓淡适宜,刚刚好。

视线交融着,祝云雀终于鼓足勇气开口:"陆让尘,我跟他从来都没在一起过。

"过去没有,现在没有,未来也不会有。

"今天见面，是因为我欠了他很大的人情。"

她缓缓说着，每说一句，陆让尘望着她的眼神就更深一分。终于，他哑着嗓子开口："那过去呢，过去你们算什么？我又算什么？"长手轻轻捏起她的下巴，陆让尘冷声说，"你还敢说没要我？"

"过去是骗你的。"祝云雀声息破碎，目光却倔强地望着陆让尘，"不骗你能怎么办，我根本做不到。"

说着，那双眼睛又红了。眸子里像润了一层水，就这么看着他。

那一眼，激起他潜藏在内心多年的波涛。

陆让尘两腮紧绷，捏着她下巴的力道收紧，死死盯着她："做不到什么？"

这一句，是逼问，也是索求。哪怕心里已经明了，也要亲耳听她一句肯定的答复。只要她一句，他就相信。

终于，祝云雀眼神不躲也不闪地说："做不到不跟你走。"

话音落下，她的睫毛像蝴蝶的翅膀般轻颤。她就这么仰着头，望着陆让尘，忽然泪如雨下，像是到了临近崩溃的边缘："陆让尘，我不想再装下去了，我好累，真的，我好累……"她垂下眼，滚烫的眼泪顺着陆让尘的指缝簌簌往下落，"我什么都不想管了，我什么都不想要了。陆让尘，我就只想要你，行不行？"

另一边，因为接了一个工作上的电话，谢函晚了一步进去。可就这一会儿，他找不到祝云雀了。

他在卡座间来回穿梭几次，正准备给祝云雀打电话，身后忽然响起一道活泼的女声："喂，你是不是跟祝云雀一起来的那个？"

听到这话，谢函立马回头，然后就看到打扮得很精致的林稚。

说实话，林稚的漂亮挺明显的，是一眼就能让人记住的那种长相。不然谢函也不会马上认出她来。

他说："是，你知道祝云雀在哪儿吗？"

林稚抱着手臂端着肩膀，上下扫他一眼，没什么好气地道："你问我，我还想问你呢，是你带来的人把我弟拐跑了，我正想找你算账呢。"

这话可就说得谢函无语了。他苦笑了下说："这是什么道理啊，我又不是祝云雀的男朋友，管不着人家，我才是冤大头。"

一听他说不是祝云雀的男朋友,林稚来劲了。她挑眉说:"你俩真不是?"

谢函说:"这有什么好骗你的,不是就不是。"

林稚又问:"那为什么陆让尘看到你俩那么激动,我还从没看到他脸黑到那程度。"

谢函不能告诉她真相,他总不能说,当年就是他在陆让尘面前耀武扬威把陆让尘气走的吧,想想就只能敷衍道:"还能怎么,吃醋呗。"

谢函抬腕看了看表,想着不然自己回家喝两杯算了。

旁边的林稚默默打量他几眼,说:"你要没事儿就过去跟我们喝两杯呗,反正我们也要等陆让尘。"

谢函从来不是想不开的人,也觉得这个提议不错,于是真就点头同意跟她走了。

等陆让尘回来的时候,他订的卡座已经坐满了。四个座,其他三人的位置都没变,就他那儿,变成了谢函。

这三人中,只有李铁没当叛徒,看谢函的眼神横不对竖不对的,其他两个姑娘早就跟谢函玩起牌了。

特别是林稚,笑容那叫一个开朗明媚,根本就没察觉到陆让尘这会儿就在她身后站着。还是谢函给她递了个眼神,她才猛地往后一看,吓得差点儿把牌扔谢函脸上。

"你什么时候回来的?"

陆让尘没什么好气地看她一眼,目光又落到谢函身上,声音冷冰冰的:"刚才。"

谢函被看得浑身不自在,差点儿就起身给他让座儿,不想陆让尘突然来了句:"今晚消费记我账上就行,我先走了,有事。"

说话时,他从玻璃桌上拿起车钥匙和手机。

谢函目光随意一瞥,发现陆让尘的钥匙链上还拴着一个幼稚的黑色玩偶小熊,看那样子有些年头了。

李铁表情不悦道:"你干什么去?"他左右看了眼,"那谁呢?"

他说的是谁,大家心里都清楚。

看这架势,周槿说不上为什么,心都跟着凉了半截,以为这小子又被人伤了呢,不想陆让尘轻轻拧眉道:"你怎么什么都问。"

这语气，有懊恼是真的，但绝不伤心，也没伤筋动骨，反倒像心里压着什么好事，藏着掖着不想说破。

周槿心直口快，受不了他俩弯弯绕绕，满眼期待地问："你是不是跟祝云雀和好了？"

此话一出，林稚也跟着瞪大眼睛。

谢函倒是比他们几个淡定多了，就这么靠在椅子里，悠闲地拿起陆让尘买单的鸡尾酒，送到嘴边淡淡喝了口。

陆让尘谁也没看，专盯着他。

陆让尘没正面回答周槿的问题，而是跟谢函说："她让我跟你说一声，她不回来找你了。

"你要想留，我请客。但她欠你那人情，你别指望她还，我不让。

"回头有什么需要的，你找我就行。"

那话说得干净利落，强势中又带着轻狂痞气，说完陆让尘直接拿出一张俱乐部名片，丢他面前。

这话，这举动，直接给谢函弄笑了，倒不是觉得讽刺，而是觉得祝云雀的眼光挺毒的。

陆让尘这样的男人的确很有魅力。这种挫败和欣赏，他早年间就领略过了，所以这会儿平静地消化了，也算是广结善缘。

谢函痛快地点了下头："行，回头有事联系你。"说完就冲陆让尘笑。

奈何情敌见面分外眼红，陆让尘对谢函的敌意可不是一两句话就能消的，没有多看他一眼，就这么转身走了。

这些人里头，最能看明白的人就数周槿，她抿着嘴角乐着，喝了口酒。

林稚托着下巴，求知若渴地问："什么情况，我怎么有点蒙？"

周槿好笑地瞥她一眼，还没说话，就听李铁叹了口气，无语地开口："还能什么情况，'涛声依旧'了呗。"

这古早的词听得林稚一噎，上半身都坐直了，回头又看谢函。

谢函也笑着看她，像是读懂了她眼里的震惊，说："对，祝云雀就是这么牛。"

陆让尘从酒吧出来，看到祝云雀安安静静地坐在酒吧门口的长椅上，纤细的胳膊支着椅子的木质扶手，柔亮顺滑的长发垂在肩头。风吹过裙摆，她盯着自己脚上的平底鞋，一下一下踢着小石子。昏黄的路灯打在她身上，像给她勾勒了一层温柔的金边。

从陆让尘的角度看去，她那睫毛还是湿漉漉的。

就刚刚那会儿，陆让尘抱着她在矮墙那边，柔声哄着她，抱着她。可她还是那么难过，在他怀里哭了很久，哭得嗓子都哑了，眼睛也是肿的，像个受委屈的小朋友。

陆让尘嘴角几不可察地一勾，走上前，在她身边站定。

感受到陆让尘身上独特好闻的气息，祝云雀顿下来，抬起头，就看到陆让尘居高临下地看她，冲她伸出修长白皙的一只手。

他说："祝云雀，我们回家吧。"

车就停在巷子口，走几步就到。陆让尘把祝云雀的手牵得紧紧的。

她的手细长，柔软，微凉。从前陆让尘就爱捏她的手玩，只是两人分手后，他从没想过，未来还会有这样的一天。

祝云雀被他牵着上了车的副驾。

车内萦绕着淡淡的香气，是陆让尘身上的味道，深沉又清冷，充满安全感。而刚刚，祝云雀甚至以为自己可能再也不会闻到这种熟悉好闻的气味了。

那种患得患失的滋味，直到这会儿还清晰可辨，她没忍住，看了眼陆让尘。

陆让尘也没急着发动引擎，见她看自己，挑了下眉，故意笑她说："看我做什么？"

祝云雀那薄薄的眼皮还是红的，看着就可怜，更别提她说的那话："在看你是不是真的。"

陆让尘听闻似笑非笑地睨她，没搭腔，手却在她脸颊上稍稍用力地捏了下。他说："现在呢，是真的吗？"

那一下不疼，又很快松开，怕惹哭她。

可祝云雀还是那样，安安静静地看着他，眼睛澄澈得像一汪清水。

但他又清楚，她的底色其实不是这样的，她没那么乖，也不听话，她是最懂拿捏人心的妖精，她磨人得很。

陆让尘到底没忍住，浓长的睫毛垂下来，俯身亲过去。

祝云雀也微抬起下巴迎合，两人自然得如同热恋中的情侣。

很浅的一吻，双唇就这么蜻蜓点水地一碰，再视线交融着分开。

陆让尘又开口："刚哭了那么久，我哄也哄了，你这会儿就没什么想跟我说的？"

祝云雀看着他，想说有的，有很多，可一时间又不知道从哪儿说起，想想就只能随便抓起一个话题："我跟谢函，是今天才联系上的。"她眼神赤诚地望着陆让尘，没有半点敷衍，"是我后妈找的他，让他帮我弟。他帮了，又联系了我，我们一直是关系不错的朋友，所以一起出来吃饭。"

"他帮你弟什么了？"陆让尘挑了挑眉，好整以暇地觑她，眼神质问，"还有，有困难为什么不第一时间跟我说？"

就知道他会这么说，祝云雀浅抿起唇，声音很轻："你是我什么人？我有困难就跟你说？"

那语调带了几分微妙的置气，听得陆让尘闷出一嗓子笑。他眯起眼，说："祝云雀，少拿这种话当借口，你在我这儿什么分量，你自己不清楚吗？"

她在他那儿的分量……祝云雀心里的小鼓一捶，眼波微荡地看他，终于，她说："我怎么知道你把我当什么？"她稍稍偏开目光，垂下眼说，"是你说我自私，也不想回心转意。"

那天那话，烙在心里，无论过去多久，祝云雀也还是能想起，她没法忘记。

面对陆让尘，她远没有那么自信。也就是现在，她才鼓足勇气说出来。只是那秀气的眉眼很难藏住秋后算账的架势，偏又倔强着，不愿意与他对视。

陆让尘听着嗤笑一声，是真无奈了。他扯着嘴角说："我那天晚上说了那么多，你就专挑那一两句话断章取义是吧？"

他把祝云雀的脸扳过来，盯着她的眼睛，深眸黑漆漆的，颇为郑重道："祝云雀，能不能讲点良心，我要真是那意思，第二天还会来找你吗？"

确实不会，以他的脾气和秉性，但凡真下了决心，就是冷酷无情的，连多看你一眼都懒得，又怎么会打来电话。

这些祝云雀怎么会不知道，她只是忍不住，忍不住恃宠而骄，忍不住确定再确定。

于是她说："那你那天是什么意思，为什么亲完我又那样伤人？"

她表情正正经经的，活脱脱讨债的架势。

陆让尘瞧得一乐，"哦"了声，说："原来还为那天的事怄气呢。不过是我伤人吗?你想想,咱俩到底谁伤谁?"

话音一落,祝云雀突然无话可说。毕竟那些前尘旧缘,谁亏欠的谁,彼此心里都清楚明了。

陆让尘平静地笑了下,说:"行,我承认,我那天的话很伤人,包括在老柳那儿。但你有没有想过,我为什么会那样?一面伤着你,一面朝你靠近,又渴望你靠近。"

祝云雀心口郁积了各种情绪,杂糅在一起,一时间讲不清。

陆让尘也不再较劲,说:"其实我早该问你,你这次回来到底想要什么?"

他说这话时,语调平淡,就连看向祝云雀的目光都是冷静理智的。

陆让尘盯牢她的眼睛,问:"你到底是想要我,还是只想感受一下旧日温情?"

闻言,祝云雀鼻尖突然一酸。她下意识动唇,想解释些什么,可陆让尘却没给她机会说出口。

他兀自笑了下说:"我不需要你现在立马回答,我知道你没那么容易想好。"

祝云雀性子温暾,即便当下这个局面,两人看似重归于好,她也不一定会给出他想要的答案。所以,陆让尘只能选择认栽,主动亮出底牌。

她一勾手,他就按捺不住地回到她身边。不管曾经决心下得多足,装得多冷漠,背地里也还是会因为和她接了个吻而彻夜难眠。只要她有一点风吹草动,他就会跟着坐立难安。

更别说刚刚看着她从其他男人的车上下来,陆让尘真的觉得自己要疯了,不然他也不会被祝云雀茫然无措又失魂落魄的样子,蛊惑得上前。

陆让尘不想再这样下去,也不想要这样没意义的纠缠,于是说:"我不是想找你要什么态度,我今天只想让你听我说。"

他扭头,认认真真地看着她的眼睛。她眼睛像钻石一样亮,藏着年少时就最让他悸动的澄澈的光。

陆让尘看得喉结滚了下,不得不移开目光,看着车窗外灯红酒绿下的浓稠夜色。

他语调平实而真诚:"虽然我这个人,事业不算太成功,但这些年,也存了不少钱。这些钱不多,但够结婚、够买房,也够养孩子。这些钱不是靠家里人赚的，是靠我自己。

"我妈那边，上次没骗你，她确实有了新对象，过得也很幸福。她的病没再犯，身体甚至比当年要好。她其实一直想让我回北城和她一起住，但我始终坚持留在南城，未来也不会回去和她一起生活。

"所以她管不到我，谁也管不到我，我早就独立了。

"至于林稚和我爷爷那边，我不会迎合，不会订婚，也不会结婚。如果我能屈服，早就屈服了。

"我一直不知道你在犹豫什么、担心什么，可能是不够喜欢我，也可能是惧怕未来。我只能说，如果在一起，我就不会分手，也会给你很好的生活。我还是那句话，我对你，从来就没变过。"

说到这里，陆让尘喉咙哑了瞬，侧眸看向祝云雀。不想她眼眶早已氤氲起水汽，滚烫湿润的眼泪顺着眼角落下，砸在裙摆上，一滴又一滴。

那是两人当初分手时，叶添转述给她的话，祝云雀一直铭记在心里，也从没想过，未来陆让尘还会再说给她听。

祝云雀生平第一次，觉得自己如此卑劣。

她不知道，就在陆让尘看到她哭的瞬间，心口刹那就塌陷了。可他不能停，不能任由她再这样来回拉扯他的心。

陆让尘最终还是移开目光，像是用沉默来抵御这刻的心软。

祝云雀轻轻吸气，嗓音微哑，说："陆让尘，其实你遇到我挺倒霉的。"

陆让尘不禁笑了下，他眸色黯淡道："嗯，是挺倒霉的，但谁让我乐意呢。"

说话间，他再度看向祝云雀。像是终于做好准备，陆让尘眸光深邃而坚定，把托底的话说出来："祝云雀，我给你三天时间，我希望你彻底考虑清楚。还想和我在一起，就这辈子绑在一块，无论面对什么，咱俩都不分开，死了都要埋在一起。"

"要是没那勇气，"陆让尘眸光闪了下，轻嘲一笑道，"咱俩这辈子——"

后面的话还没说完，祝云雀就拽住他的衣摆。陆让尘喉头一滚，扭头看祝云雀。

祝云雀眸光轻颤，水汽朦胧，她嗓音潮湿发涩地开口："陆让尘，我们和好吧。"

第十九章·
不后悔

没人知道，祝云雀说的那句和好，陆让尘等了多久。或许是从和她重逢后开始就在等，又或许是从八年前，她说分手的时候，就已经在等。

陆让尘从没觉得时间那么漫长过。每一分每一秒，似乎都因她而漫长难熬。可这一瞬，他看到眼前的她，又忽然觉得，那些漫长的时间好像都是值得的。

他和她，真的还有"以后"。

陆让尘眸底有浓稠的情绪在涌，他嗓音低哑，说："你确定？想好了？"

不论是眼神，还是语气，都透着忐忑和期许。

祝云雀从没见他这样过，心中不由得动容。那种亏欠他太多太多的感觉，很轻易便溢满胸腔。

她轻抽了下鼻子，说："想好了，刚看到你的时候就想好了。"

就在那瞬间，那些处于临界点的情绪一股脑地发泄出来。她突然就不想再忍耐了，更不想再瞻前顾后，犹豫徘徊，只想和他痛痛快快在一起。至于以后的那些，她也不想去想，也不会再怕。

人的一生这么短，她就只想和他好好的。

心里这么想着，手上攥着他衣摆的力度就越发紧。陆让尘牵住她的手，五指塞进她的指缝里。

祝云雀抬眸看向陆让尘的瞬间，吻就再度落下来。

偏偏这时，放在中控台上的手机响了起来。

祝云雀推开陆让尘："电话，先接。"

可陆让尘这人，天生就一身反骨。

听她这么说，他反倒扣着她的后脑勺再度吻上来，过了会儿，才漫不经心地拿过中控台上的手机。

电话接通的瞬间，一道陌生的女声从电话那头传来，说是俱乐部那边有事需要陆让尘亲自回去一趟。

这会儿两人距离近，电话里说什么祝云雀都能听到。

她闻言看他一眼，发现他也正低眸瞧她。

他看到她唇上那点儿本就不多的唇膏几乎被他吃干净，也不管电话那头的女人说什么，抬手直接擦了下祝云雀嘴角的水渍，挑眉说："奶油味的唇膏吗？我很喜欢。"

祝云雀被他促狭的语调戏谑得面颊绯红。

下一秒电话那头的女声就安静下来，似乎是吓坏了，磕巴道："老大，你、你、你是在跟我说话吗？"

陆让尘无语了："谁跟你说话了？"他瞥了祝云雀一眼，"我说我女朋友。"

女朋友这词儿就像个惊天炸雷，一下就把对面的女人炸蒙了："啊！老大，你居然有女朋友了！真的假的啊？什么时候的事儿啊，是姜可嫒吗？"

姜可嫒这名字是真陌生，听得祝云雀眉心都跟着一跳，她下意识地瞥向陆让尘。

陆让尘却淡定自如，就好像预判了她的反应，眼皮一掀，他看向祝云雀。

祝云雀目不转睛地盯着他看，眼中带着探究和醋意。

陆让尘坏得要命，他闷出一嗓子笑，忽然觉得挺爽。

他斜睨着祝云雀，却故意不解释，对电话里的女人说："行了，别八卦了，你先缓和一下他们的情绪，我等会儿就回去处理。"

那女人说："等会儿是什么时候啊？那几个客户闹得可厉害了。"

陆让尘抬腕看了看表，说："先把我女朋友送回去。"

撂下这话，他就把电话干脆利落地挂了。

不得不说，祝云雀还是挺好哄的。陆让尘刚说完这句"女朋友"，她就抿了抿唇，稍稍别开视线。

可还是用后脑勺对着他，看起来打死都不会质问一句姜可媛是谁。

她的性格，陆让尘再清楚不过，反正她不问，他就不说。她不是会吊着他吗？现在他也会。

于是陆让尘只是朝她勾了勾手指。

余光瞥见，祝云雀忍不住回头看他，板着一张脸说："干什么？"

陆让尘扯着嘴角，说："都送女朋友回家了，不给点儿路费吗？"

祝云雀知道他要什么，偏不遂他的意，从包里拿出一个一块钱的硬币，放到他掌心上。

陆让尘愣了瞬，下一秒就被她气笑。祝云雀也忍不住勾了勾唇。

陆让尘故意开玩笑说："怎么，有男朋友就这么开心吗？"

如果是以前，祝云雀一定会白他一眼，再一路都不搭理他，甚至陆让尘已经做好了把她惹"生气"的准备。

却不想祝云雀闻言，就只是眼神不自在了一瞬。

陆让尘突然听到她老实巴交地说："嗯，是挺开心的。"

声音很淡，带了几分赧然，像少年时的她。

陆让尘嘴角浮起笑，顺势牵住她的手。祝云雀也没再端着，乖乖地张开五指，和他十指相扣。

陆让尘嗓音低沉又温柔，含着笑，说："嗯，我也特别开心。"

夏夜晚风徐徐，路上却有些堵车，临近九点，陆让尘才把祝云雀送回家。

俱乐部那边催得急，但他回去之前，还是特意给祝云雀检查了一下门窗。

等到分别的时候，祝云雀终于忍不住，抓住他的衣角，在门口问他："你就没有跟我解释一下的意思吗？"

陆让尘笑了："我解释什么？"

祝云雀无语两秒，确定他是故意的了。也不惯着他，她抿了抿唇，直接关门，面无表情地说了句再见，门也关得"啪"的一声。

陆让尘却像早有预料似的，插兜站在门口闷笑。他是一点也不惊讶她会这样。

只是他不知道，祝云雀其实一直注意着他的车影。

她的楼栋是能看到外面的，以前每天清早和晚上，她都会留意陆让尘的车。

　　只不过，那时候的她，每次等待的心情都很复杂。她逃避过、克制过，但最终都抵不过想他。

　　那时患得患失的感觉，祝云雀到这刻还记忆犹新，也不想再经历。

　　好在现在，她不必再偷偷摸摸，可以光明正大地看他。

　　祝云雀嘴角弯了弯，心情是这么多年来从未有过的轻松。

　　刚好陆让尘的车从小区行驶出去，直到那车影消失在视线范围内，祝云雀才依依不舍地收回目光，打算给许琳达发消息，告诉她自己跟陆让尘和好了。

　　不料陆让尘的消息倒是先冒了出来。

　　陆让尘：姜可媛是姜随的姐姐，追过我一段时间。

　　看到这条消息，祝云雀心口微突，手速比脑子要快，她直接就回了句：然后呢？

　　陆让尘：然后就是，我等到我前女友回心转意了。

　　陆让尘：现在我要回去给俱乐部的人发红包。

　　两条秒回的消息，像突然被塞到嘴里的两块糖。祝云雀被噎了下，跟着就心跳加快。她怔怔地望着手机屏幕，好几秒都不知道该回什么，甚至有那么一秒，觉得是幻觉。

　　只是不承想，陆让尘的电话突然打了过来。

　　祝云雀刚按下接听键，就听他语调中透着隐隐笑意："请问祝老师，明天有时间跟我约个会吗？"

　　"你俩和好了？这才多长时间啊，你俩就这么和好了？

　　"是他主动提的，还是你？到底怎么回事啊？我怎么感觉我才出去玩了几天回来就变天了呢！"

　　课间十分钟，许琳达在电话那头震惊个没完。

　　办公室外嘈杂一片，祝云雀闻言忍不住勾了下唇。

　　其实不怪许琳达震惊，祝云雀自己昨晚躺在床上也觉得不可思议，不可思议于她跟陆让尘就这么和好了。

　　像做梦一样，不仅仅是破镜重圆，还是一种更为悸动奇妙的感受。像

447

是重新体会到初恋的滋味,那种忐忑难安、又忽上忽下的心情,只有少女时代的她才经历过。就连当下忙完,祝云雀也会不自觉分神,去思索陆让尘这会儿正在做什么。

昨天俱乐部那边产生了点纠纷,陆让尘处理到很晚,之后又带几个队员出去吃饭,这些他都向祝云雀交代了。

吃完饭后,他又给她打电话,但祝云雀那会儿睡着了,没接到。她没接,他就没再打,不想吵醒她。

等到今天,祝云雀睡醒,又因为起床太晚没时间接陆让尘的电话,匆匆忙忙打车去了学校。

于是一上午,两人仅靠微信断断续续地联系着,聊天内容也稀松平常。

她知道他又出去谈合作了,他也知道她有课要上。双方都忙得没有太多分神的时间。到了中午,他嘱咐她要好好吃饭。

想到这些,祝云雀说:"其实也没有你想的那么夸张,我跟他和好才不到一天。"

那话隐约透着几分不确定似的,许琳达听着一乐,说:"怎么着,你还想反悔啊?"

"不是我反悔。"祝云雀语调平缓,"我不会反悔的,是他。"

许琳达意外:"不是,祝云雀,你怎么还没自信了?你是还没搞清楚状况还是怎么着?

"这么短时间你就能让那家伙回心转意,说明他压根儿就放不下你,离不开你,爱你爱得死去活来,你又有什么好怕他反悔的。"

或许是曾经失去过一次,再得到就会患得患失,又或许是曾经横跨在两人间的那些阻碍,并没有真正意义上清除解开,祝云雀总会有那么一丝没底气。

她没法准确地形容那种感觉,但也觉得许琳达说得有道理,也许陆让尘今天只是很忙,是她自己想太多。

抱着这样的想法,祝云雀轻松几分,又跟许琳达多说了会儿。直到许琳达弄清楚两人和好的经过,两人才挂断电话。

许琳达要忙着剪辑视频,跟祝云雀说不了太多,但还是给她发了微信。

许琳达:放心吧亲爱的,听你那描述,我打赌陆让尘这家伙心里早期待跟你和好了。今天可能是忙,没顾得上你,要不就是他故意在吊你胃口。

祝云雀不理解：他为什么要吊我胃口？

许琳达回给她一个笑脸：你没吊他胃口吗？

祝云雀心虚了一刹那。

许琳达又说：你想想你俩之前，你那磨人劲儿，又想靠近又远离的。也就是陆让尘吧，换我都恨死你了，这辈子都不跟你好了。

祝云雀不禁笑了笑，倒也明白了她的意思，难得服软道：行，我知道了，是我错了。

许琳达发了一个白眼的表情包：你跟我说有啥意义，你去跟你家陆让尘说呀。

撂下这话，她就真去忙了。祝云雀却还沉浸在她刚刚说的那番话里，视线就这么直勾勾地落在她和陆让尘的聊天界面上，怎么都不愿移开目光。

她咬了咬唇，破天荒地主动给陆让尘发了两条消息。

祝云雀：你在干吗？

祝云雀：陆让尘，我想你了。

陆让尘一整天都在处理俱乐部合约的事。队里有几个队员，条件还不错，被其他俱乐部和机构看上，要解约走人。还有个条件不好的，家里不同意练了，说赚不到什么钱。

这事其实俱乐部的经理人就能解决，可俱乐部是陆让尘一手成立的，那些队员也是他一点点挖掘来的，陆让尘没道理装不知道，就回去处理了。

他这人，办事从不拖泥带水，也不愿意干强迫别人的事，做专业俱乐部的人那么多，他不可能拴着谁不让走。

在他这儿，走就走了，他不留恋，也不挡人家的路。只是对那个条件不好的队员，陆让尘还是忍不住多说几句。

他说的时候，一屋子的男孩就在那儿听着，要走的那孩子哭得一把鼻涕一把泪。

"要走也可以，咱今天就把合同解了。你走你的阳关道，俱乐部还是原来的俱乐部，没有任何影响。

"但你想过没，你今天走了，往后这辈子，你就再没勇气朝这儿踏一步了。

"我也没什么好劝你的，你的情况我没经历过，我这庙也没多大，不可能给所有人遮风避雨。我只是想说，人生很长，总要有自己真正热爱、真正想做的事。"

"趁年轻，多闯闯，总没错。"

"当然，我这人也没那么虚伪，"陆让尘正儿八经道，"我之前跟财务那边沟通过了，从这个月开始，所有人的基本工资都上调一千，剩下的绩效和奖金，也都上调百分之十。"

"条件撂这儿了，"陆让尘环顾四周，"要走要留，自己决定。"

力道万钧的话落下，办公室内一片寂静。所有人均是一愣，包括在旁边打水边听闲话的邓哲。

邓哲瞪着眼睛，还没反应过来怎么回事呢，那些混账小子就忽然兴奋地叫起来，一个个说老大万岁，傻里傻气得不行。

那个要走的孩子也愣住了，他泪眼蒙眬地看着陆让尘，错愕又茫然。

陆让尘也看着他，扯了下嘴角。

最后决定走的就只有队里成绩最好的那个，天高任鸟飞，陆让尘从不耽误任何人。至于成绩不好那孩子，最终还是留了下来，想再试试。

一伙人又热热闹闹地下楼找教练训练去了。

办公室里留下邓哲和陆让尘，邓哲好奇："陆让尘，你怎么回事啊？去年不是刚上调过工资吗？你再这么上调，那群混账小子混吃等死也不怕饿着了。"

他说这话是真替陆让尘担心。

可陆让尘呢，心情看起来好得不止一点半点。他靠坐在椅子里，挑眉看邓哲说："怎么，嫉妒？不然你也进来干点什么，我给你发工资？"

邓哲那人心高气傲的，听到这话直接气笑了。

陆让尘淡扯着嘴角，终于有时间看一眼手机。

平时找他的人很多，手机界面的消息从来都是堆成一堆的。这会儿祝云雀的消息就夹在里面，本来他摸手机是想给她发消息，问问她忙完了没。

毕竟两人昨晚约好今天约会，他等她下了班去学校接她，他觉得她起码要等时间差不多才会找自己，就没急。所以，看到她发来的两条微信，他还挺意外的。

看到那条"想你"，陆让尘眼底透着几分不可思议，跟着嘴角就泛起

明晃晃的笑。

他真没想到，祝云雀会这么主动。

他那神色荡漾得有点明显，邓哲看到后都愣住了，几秒后才反应过来这家伙应该是收到祝云雀的消息了。

所以这就是他坠入爱河的傻样儿？这反差也太酸人了吧。

邓哲无语道："陆让尘，你能不能有点出息，发个微信就给你乐成这样。"

陆让尘觑他，脾气好得过分："你要羡慕就直说。我可以晚上组个局，让我女朋友把许琳达叫过来一起吃个饭。"

听到这话，邓哲就头疼。他一方面是被陆让尘那句"女朋友"酸得直倒牙，另一方面是被"许琳达"这名字吓的，忙说："可别，饶了我吧。"

陆让尘说："邓哲，你这人还挺绝情的。"

"绝情什么啊，"邓哲都无奈了，"你以为我是讨厌她吗？我讨厌她干什么啊，是她讨厌我才对，而且我现在这样，我——"

说到这儿，邓哲叹了口气，然后苦笑着说："人家现在过挺好的，是富二代，又是网红，我是一个开超市的，没必要出现在她面前给她添堵，再自讨没趣吧。"

这话说得心酸又无奈。

陆让尘神色微滞，转眼就听邓哲揶揄他说："而且你以为谁都跟你一样，是个大情种啊。人家过得好着呢，怎么可能还想起我。"

陆让尘挑挑眉："行，那我就不为你操心了。"

说着，他瞧了眼手机。

祝云雀那两句话还安安静静地躺在屏幕里，像触手可及的珍宝。

陆让尘无声勾了下唇，低眸给祝云雀回了几条语音消息。

——这么多消息里，他就只记得给她回，回完，还将她的消息置顶。

距离她下班还有四十多分钟，陆让尘抄起车钥匙起身，跟邓哲打了个招呼离开了。

这个时间，祝云雀刚上完这天的最后一节课回到办公室。

刚进门，就听张乐瑶跟另外一个年轻女老师在聊天。

那女老师是教高一的，办公室本来在楼下，但因为跟张乐瑶关系好，就经常过来。

祝云雀对她并不眼熟,也没什么招呼可打,直接回了自己座位。

可能是她走路声音太小了,也可能是两人聊到兴头上了,反正这两人根本没注意到她回来了。

张乐瑶丧气地说:"那天我们集体去了,他根本就不在,我连他人都看不到。"

女老师意外:"那你给他打电话了吗,没问他为什么不来?"

"打了啊,"张乐瑶没好气儿地说,"我当时就打了,问他怎么不在。结果你猜他说什么,他说:'你是谁?'"

女老师没想到是这个回答,直接愣住,跟着便"扑哧"一笑,笑得肩膀都颤起来。

张乐瑶被她笑得面子有些挂不住,不太高兴地问了句"有那么好笑吗"。

听出张乐瑶不开心,女老师立马收敛住,跟张乐瑶道歉。

张乐瑶白她一眼,说:"不过也没所谓了,反正他现在也不是单身。"她正要接着往下说,就看到安静地坐在座位上批改卷子的祝云雀。

没想到祝云雀这会儿居然在,张乐瑶一噎,也不知道自己刚刚丢人的事被听去几分。但转念一想,丢人的又不止她一个,祝云雀还是陆让尘前任呢,要难受大家就一起难受。

于是她一鼓作气,扬声说:"哎,祝老师,你也在啊,刚刚我说的你听见了吗?"

祝云雀笔尖微顿了下,终于抬起头。她眼神挺淡的,问:"怎么了?"

见她好像什么都不知道,张乐瑶心情一下多云转晴了,她八卦地起身凑到祝云雀的办公桌前,兴趣盎然道:"你听说你前男友最近那事了吗?"

她的用词太直白,那个跟过来的女老师都跟着尴尬地抖了抖嘴角。

女老师正想要暗示一下张乐瑶,却不想祝云雀平静得很,问:"什么事?"

张乐瑶眨着眼说:"就他有对象了那事啊,你没听说吗?"说着故意"啊"了声,"也是,你俩最近可能都没联系吧。"

到这会儿,祝云雀就已经没兴致和她再聊下去了。垂了垂眼,她目光重新落在卷面上。

这反应让张乐瑶更来劲了。

她觉得祝云雀肯定在失落，就更想往下说："哎，其实我也没想到他能这么早谈上，早知道这样，我之前就不跟你说那些话了，搞得咱俩都生分——"

祝云雀抬眸问道："谁跟你说他谈了的？"

张乐瑶眼神定了定："他在电话里亲口说的啊，就那天我们去俱乐部玩，我等了好久他都没到，我就给他打电话。"她漏掉陆让尘问她"你是谁"的那句，撇撇嘴说，"我问他什么时候回俱乐部啊，我都要走了。结果他说，哦，没空，要送女朋友回家。"

听到这句，祝云雀眼里的情绪突然有了起伏。因为她很清楚地记得，那天两人还没有和好的迹象……所以是那个时候，陆让尘就已经准备和好了吗？

心里泛起微妙的涟漪，祝云雀抿了下唇。刚巧手机就在这时响了两声，是陆让尘发来的微信语音。

张乐瑶却全然不知，还装模作样地安慰她说："反正你也别想了，他这人，这样的条件，身边肯定是不缺女人的，说不定还是那种花花公子呢。像咱们这种根正苗红的老师，人家说不定还觉得无趣，到时候就算追上了又能怎样，他还不是会三心二意？"

后面安慰的话还没说完，这边祝云雀已经点开陆让尘的语音，直接打断张乐瑶接下来的表演。

"祝云雀，我发现你这人撒起娇来是真会。

"想我？想我什么了？"

他的语调暧昧，听得祝云雀嘴角不自然地抿了下，当即掐断语音。可为时已晚，她们已经听见了。

张乐瑶震惊得差点把舌头吞进肚子里，反应两秒，她用震惊的眼神看着祝云雀，双颊火烧火燎的："陆、陆让尘？你和陆让尘复合了？"

此话一出，办公室的空气尴尬得要命。

偏偏当事人淡定得一如往常，祝云雀没什么好再隐瞒的，点了下头。

她又忽然想起什么，固执地接上张乐瑶刚刚的话题，直视对方的眼睛，带了几分傲娇，说："陆让尘不是花花公子，他只喜欢我一个。"

那天下午，祝云雀用那轻飘飘的几句话，把张乐瑶气得直到下班都黑着个脸，但她不在乎。

祝云雀这边放学铃声刚打响没多久，陆让尘的消息就发了过来：我在你学校门口。

正是放学时间，校门外人流熙攘，却并不影响陆让尘和他那辆车的拉风程度。

祝云雀一眼就看到沐浴在金色余晖下、慵懒靠在车旁的陆让尘，他眉宇间不再有刚重逢时的那抹冷淡疏离，反倒多了几分平和温润。

而这样的他，是来接自己的，想到这儿，祝云雀下意识地加快脚步，没几步就穿过人群来到陆让尘跟前。

陆让尘直接把祝云雀揽到怀里。

感受着男人温热宽厚的掌心，和他身上的乌木沉香，那种暌违八年的感觉，令祝云雀一时心率都不稳。

这里人来人往的，影响不好，祝云雀捏了下陆让尘，小声让他放开。

陆让尘哼笑了声，拉开副驾驶的车门，示意祝云雀上去。

这时邓娇看见了他的车，小跑过来，还没开口，就听他说："不是来接你的，你自己回去吧。"

邓娇看了看副驾驶上坐着的祝老师，又看了看陆让尘，机灵地道："不打扰你们啦！"说完一溜烟跑远了。

祝云雀扭头看向刚上车的陆让尘，忍不住说："你平时就这么惯着她的？连个顺风车也不给她搭？"

陆让尘以为自己听错了，眉心微蹙："你说什么？"

祝云雀说："你不是说你惯着她吗，我怎么看不出来？"

"我什么时候说过我惯着她了。"陆让尘笑说，"是你记错了，还是我说错了？"

说话间，他贴心地给她系上安全带。

她却移开视线说："是你说的啊……'还是真觉得我能惯你一辈子？'"

复述完这句话，祝云雀眼神都变得不自在。

陆让尘眉梢一挑，眼神玩味地扳过她的下巴，轻笑道："祝老师，我发现你这记忆力是真好，那么久之前的话你都能记得。"

祝云雀心跳都快了，却还是忍不住直直地看他，问出心中埋藏已久的疑惑："所以那句话，到底是说给谁听的？"

"你觉得呢？"

祝云雀还没来得及反应，唇上就落下一个蜻蜓点水般的吻。

她下意识地闭眼，再掀起眼帘时，陆让尘已经退开，眸光深挚地睨着她："当然是说给某个没良心的听的。"

即便心中已经知道是这个答案。

可在听到他亲口说的时候，心里还是忍不住荡起涟漪。

祝云雀轻咬了下唇，眼神有点儿呆地"哦"了声，好像只有这样，才足以掩饰住她此刻的悸动与开心。

陆让尘低眸看着她，笑说："然后呢，不发表一下感想吗？"

"……感想就是，"祝云雀抬头看他，分外乖巧地说，"你以后，不许惯着别人。"

她就是这么霸道，这么不讲理，这么爱吃醋，可陆让尘就吃她这套。

他嘴角扯起弧度，轻点了下头，说："行，不过作为交换，你是不是也要答应我点儿什么？"

祝云雀看他："你要我答应你什么？"

陆让尘上下扫了她一眼，故意吊她胃口："还没想好，等想好了再跟你说。"

眼看时间差不多了，陆让尘也没再磨蹭，开车上了主路，带她前往吃饭的地方。

两人去了南城最火的一家烧肉店。这个时间，这家店几乎是爆满的。

好在陆让尘提前订了位，座位的视角也好，也因此，祝云雀一眼就看到了进门的林稚。

她今天穿着比较随意，看起来好像没怎么化妆。

陆让尘正低头看菜单，祝云雀不确定，轻轻碰了一下陆让尘的手说："你看那人，是不是林稚？"

陆让尘反握住祝云雀手的瞬间，顺势瞥了过去。

他刚看过去，那边谢函就跟在林稚身后迈进了店门，两人看起来还挺配的。

也就是这会儿，林稚跟谢函终于注意到座位里的这两个人。

林稚看见陆让尘半眯着眼朝她瞥过来的探究视线，当即用包挡住自己的脸,转身就要溜出去。

结果谢函非常不解"风情"地拽过她的胳膊,说:"陆让尘和祝云雀在那儿,过去啊?"

这话刚说完,那边的陆让尘就起身了,插着兜站定,目光打趣地落在林稚身上:"你跑什么?"

林稚耳朵登时一烧,撂下包,心虚地看向陆让尘:"你怎么在这儿?"

陆让尘:"问这句话的应该是我吧。"说话间,他煞有介事地瞥了眼谢函,"你们俩,怎么回事?"

林稚一时语塞。

谢函顿了顿,想说些什么,可林稚突然就不乐意了,直接挡在谢函前面说:"能怎么回事,一起吃个饭而已。"

这两人的事还要从昨晚在酒吧一起喝酒说起。

那会儿陆让尘跟祝云雀走了,林稚难免有点惆怅,想着陆让尘得偿所愿了,她未来还要和陌生男人联姻,心里就郁闷。

刚巧她身边有个看着也挺失落的谢函。

两人一不小心喝多了,再醒来就是在同一张床上。

酒店那边的包房还没退,林稚饿得不行,直接带谢函出来吃饭,结果没想到,居然碰到了陆让尘。

这会儿陆让尘和谢函去前台点酒了。

林稚看向祝云雀,问:"你这次都想好了呗?"

祝云雀眉心微微一跳,说:"比如?"

林稚托着脸,歪头看她:"比如这次打算跟他谈多久,是不是又打算谈够了再把他给踹了啊。"

祝云雀心里明了林稚这么问的目的,不过是再为陆让尘要一份答案、一份笃定,确保他不会再被伤害。

迟来的内疚陡然而生,祝云雀也没什么好抗拒的,大大方方地看着林稚说:"这次和好,就没打算再分开。"

"就算我干妈不同意?"

"嗯,就算她不同意。"

"那要是陆让尘不要你了呢?"

这个问题问得突如其来,祝云雀着实被问蒙了瞬,几乎是下意识地回答说:"他有这想法?"

四目相对着看了几秒,林稚到底没绷住,"扑哧"一声笑开了,说:"祝云雀,我发现你这人还真挺呆的。好不容易和好的,他不要谁也不能不要你啊!"

悬着的心随着她这话归了位。祝云雀突然就觉得自己好蠢,双颊微微烫起来。

不过她这反应,林稚倒是很满意:"不过看你这样子,还蛮靠谱的,我也算放心了。"她摊了摊手,样子还挺无奈的,"你得理解我,谁让你们上次分手把他伤得那么深。"

之前她的态度没有刺痛祝云雀,这句倒是让她心口揪了下。祝云雀抿了下唇,说:"我知道,不怪你,是我对不起他。"她看向林稚,眸光平静而笃定地说,"你放心,不管未来再遇到什么,我都不会再辜负他的。"

明明是工作日,可餐厅的客人却多得不像话。

精酿酒区的酒还是自选的。满满的一柜子,琳琅满目,人群都朝那边聚集,以至于陆让尘和谢函到那边的时候,根本没法往前挤。

两人也不是着急的性子,就这么倚在吧台边聊了起来。

当年谢函看着是真喜欢祝云雀,陆让尘不理解两人当初到底是什么关系,也不理解现在谢函跟林稚是怎么一回事。

谢函这会儿也挺平和地笑:"你倒是不用担心,我跟林稚心里都明白。"

陆让尘倒不那么担心林稚,只是轻描淡写地应了声,转而问:"那祝云雀呢?"

这名字,不只是烙在他心上的白月光,也是别人心上的一道旧伤。

谢函怔了下,看着陆让尘笑,说:"你看我配吗?"

没想到他会这么说自己,陆让尘长眸半眯,饶有兴味地觑他一眼,说:"我发现你这人挺有自知之明的。"

谢函朝就餐区坐在一起聊天的两个女人看了一眼,说:"我马上就要跟别人联姻了,虽然我也不知道是哪个倒霉姑娘。"

陆让尘挺看不上这种人,更别说他和祝云雀从前关系不清不楚。他不爽地哼笑,说:"听你这意思,你还不死心是吗?"

谢函听出他话里的占有欲，摇头失笑："兄弟，你是真把我看扁了，我这人虽渣，但不至于渣到去抢别人的人。"

"更何况，"他长舒一口气，"云雀从来也没看上过我啊，我有什么好放不下的。"

即便祝云雀亲口跟陆让尘说过，谢函和她没在一起过，可那一瞬间如释重负的感觉，也没有这刻谢函亲口跟他承认来得痛快。

蹙了蹙眉，陆让尘兀地自嘲一笑。也不知道是在笑自己如此没"安全感"，还是笑自己当初轻而易举就被这两人骗到。

谢函也挺理解他的，想着他们都和好了，他就再顺水推舟做个好人吧，于是又开口道："其实我跟云雀呢，在国外一直是挺好的朋友，因为老家都是南城的，来往得要比别人密一些。她和她妈妈刚到澳大利亚那阵子，她妈妈身体不大好，她没办法，只能出去打工赚医药费。我那时候挺爱玩的，也挺懒，知道她这情况后，就让她到我那儿给我做钟点工了。"

"……钟点工？"陆让尘心里"咯噔"一下，浓眉不悦地拧起，"你没开玩笑？"

谢函耸肩："这有什么好开玩笑的，拜托，国外这样很正常，况且我给她的时薪很高，远比她在外面打工洗盘子赚得要多好吗？"

是正常没错，可陆让尘就是接受不了。他接受不了他捧在心尖上怕融化的姑娘，到了国外，要去做给人清洁卫生的钟点工，也受不了她低声下气，只是为了给妈妈赚医药费。

当下这刻的情绪汹涌得要把陆让尘淹没。

喉头滚了下，他抬起头，眸光深邃地望向前方和林稚说笑得开心的祝云雀。

她还是陆让尘记忆最深处的那朵白山茶，看起来没经受过一点风吹雨打。

陆让尘两腮紧绷，看向谢函，说："然后呢？"

谢函笑得没心没肺，说："我本来觉得她好看，想追她，也看不下去她给我打扫卫生，我就直接跟她告白了。

"我跟她说，你跟我谈恋爱，我把你妈的医药费都给付了。

"结果，她第二天就把工作辞了。

"真是倔啊，一点犹豫都没有。"

陆让尘几乎都能想到她那时倔强的眼神，心口忽然就窒闷得不像话。

沉默了两秒，他嗓音低哑地问："那后来呢？"

"后来我就回学校堵她了，"谢函这辈子没这么费劲地追过谁，他说，"我就给她道歉呗，说是真的喜欢她，想追她，没有那种轻浮的意思。可谁能想到呢，她直接给我来一句：'我心里有人了。'"

说到这里，谢函谈不上无奈还是羡慕更多地看着陆让尘。他扯着嘴角苦笑，说："兄弟，你信吗，那时候，我就见过你照片了。

"就在她钱夹里，一张你在学校公告栏的照片。她就那么存着，像宝贝似的。

"她说的时候，眼眶都是红的，说这就是她心里的人，谁也比不上。还说就算我怎么豁出去追她都没用。"

说到这里，谢函眼神黯淡地笑了下，说："因为她这辈子都不可能再喜欢别人了。"

"我跟你说，陆让尘这人其实脾气坏得很，也特没耐心。

"小的时候就难管，给我干妈气得呀，都拿他没办法。

"长大了倒是好多了，但脾气依旧臭，又臭又硬的。

"不过话说回来，就他这条件，脾气臭点也应该啊。本来就是万里挑一的，还不许人有点儿毛病啦，再说，你看他那长相，一看就知道以后生的孩子肯定漂亮。"

祝云雀本来小口吃着冰激凌，结果被林稚这句话说得一下就呛住了，猛咳几声。

林稚赶忙抽了几张纸巾给她。

刚巧陆让尘和谢函回来落了座。

淡淡的乌木沉香在身侧笼罩下来，祝云雀还没来得及扭头，就感受到一只宽厚温暖的手，落在她脊背上，帮她顺气。

这时服务生开始上菜，一盘又一盘的菜肴，摆得人眼花缭乱。

谢函老远就听到林稚跟祝云雀说了什么，笑着挤对她："你刚刚又在那儿乱说什么了，看把人家逗的。"

林稚知道谢函曾经对祝云雀有意思，这会儿说不上什么滋味，她浅浅翻了个白眼说："少献殷勤了，也不看看人家现在是谁的女朋友。"

459

这话让陆让尘颇为受用,他闻言眸色玩味地看了祝云雀一眼,吊儿郎当地道:"那确实,是得有点分寸了。"

祝云雀觉得陆让尘этот一刻的神色跟之前不一样了,就好像原本肆意桀骜的脾性被驯服,温情又沉溺。

后来饭局结束,和林稚他们俩分开后,祝云雀忍不住问他:"谢函是不是跟你说了什么?"

陆让尘一手牵着她的手,另一只手拎着她的包,步子慢悠悠地带她在商场逛。

他看了她一眼,说:"林稚不是也跟你说了?"

"她要我好好对你负责。"

陆让尘闻言挑眉:"是吗,她有这么好心?"

"……她有,"祝云雀腔调很乖,语气正经,"我也跟她保证了的。"

这下陆让尘是真听乐了,说:"那你怎么保证的?"

祝云雀轻抿了下唇,眼神温软无害:"我说……不管未来再遇到什么,我都不会再辜负你。"

说完这句,她有些许不自然,期许地看向陆让尘。

她好像从没这么直白地对一个人表达过心意,这是第一次,也是对她最爱的人。陆让尘又怎么会感觉不到她的真心。

于是他停下脚步,也低眸看她,清湛的眸底映着商场里明亮的光线,灼人不自知。

就这么四目相对几秒,祝云雀捏了下他的手,问:"怎么了,怎么不说话?"

陆让尘直勾勾地看着她,扯唇痞笑说:"就是突然想亲你了。"

这么说着,他也就这么做了。趁着祝云雀还没反应过来,他扣住她的后脑勺,在她唇上温热地落下一个吻。

祝云雀红了耳根,整个人像被蛊住,也忘了问陆让尘谢函跟他说了什么。只知道自己被他牵着手,去了一楼的奢侈品专柜。

陆让尘给她买了六个包,大小款式各不相同,几乎能搭配她柜子里所有的衣服,当然,价格也很夸张。

都说祝云雀犟,可真比起来,祝云雀觉得陆让尘才是当真难搞的那个。无论她怎么说不要,这人都无动于衷,只让柜姐打包。

两人较着劲似的，给柜姐都弄笑了，柜姐说："真没见过你这样的姑娘，别人巴不得男朋友给买包，你还拒绝。"

祝云雀这才觉得自己再推拒下去好像太过矫情，更何况，这还是陆让尘的一片心意。

可心疼还是心疼的，对现在的陆让尘来说，确实是一笔不小的支出。

等陆让尘刷完卡，两人从店里出去，她才终于有机会说："你以后不要再给我买这么贵重的东西了。"

陆让尘瞥她一眼乐道："不就是六个包，被你说得好像从我身上割了六斤肉似的。"

祝云雀噎了噎，说："我不是那个意思，我只是——"

"只是心疼我，给你花这么多钱。"陆让尘挑唇看她，"你怎么刚谈恋爱，就想着给我省钱？"

祝云雀心尖一颤，突然就不知道该说什么。从小到大她得到的爱都不多，是当年的陆让尘，让她第一次体会到被人偏爱的滋味。

可她呢，她又给了陆让尘什么？她什么都没给过。陆让尘却从头到尾对她都这样甘之如饴。

轻轻吸了口气，祝云雀觉得自己何德何能，她说："陆让尘，你这样对我，让我觉得我该下十八层——"

后面那句话没说出来，就被陆让尘蹙着眉一下捏起下巴尖。

他这人谈不上迷信，但一语成谶他还是知道的。他凝视着祝云雀，语气难得严肃，说："祝云雀，有些话不能瞎说，知道吗？

"万一你把自己说出事儿了，留我一个怎么办？你想过吗？"

祝云雀一呆，倒是从没这样想过。

陆让尘被她的模样逗笑，扣着她的后脑勺，没忍住在她眼皮上浅吻了一下。

回去的路上，祝平安给祝云雀发来消息，汇报祝宇轩的近况。他发的都是语音，祝云雀也没什么好瞒着陆让尘的，所以直接扬声器播放，陆让尘也听到了。

说到最后，祝平安还跟祝云雀说，让她好好谢谢谢函。

祝云雀听到这话，清冷的脸皱了皱。

陆让尘觑她一眼，本想揶揄什么，结果看到她这表情，闷出一嗓子笑，说："怎么我还没不满意，你倒苦大仇深了。"

祝云雀说："就是突然挺烦的。"

陆让尘眉梢微挑："烦你爸？"

祝云雀虽然觉得说出来可能不大好，但还是承认了："嗯，很早就烦他了。"

还是第一次，陆让尘听到这姑娘直白地说出心里的负面想法。即便是当初两人最亲密那会儿，她心里的那块，也像独立的一部分，不容任何人窥探，可现在，却毫无保留地对他说出来。

陆让尘嘴角一勾，挺耐心的语气说："烦他什么？"

车内冷气很足，四处都是他身上的味道，让祝云雀觉得安心，也从没有过那么强烈的倾诉欲。她想跟陆让尘说好多，说她有多想摆脱祝平安和邓佳丽的"绑架"。她也不是什么完美无瑕的白月光，她只是很普通、很普通的一个人。

可话到嘴边，又生生咽了回去。她不敢，不敢让陆让尘看到那样不堪的自己。于是最终，她就只是摇摇头，说没事。

她不说，陆让尘也没勉强，攥着她的手紧了紧，忽然想到什么，轻轻一扯唇："那他让你带谢函去家里吃饭，还带吗？"

祝云雀闻言默默无语，眸里终于有了别样的情绪，她哭笑不得地看陆让尘说："是你疯了，还是我疯了？"

陆让尘就算被呛了，也还是勾着嘴角，饶有兴致地"哦"了声："反正你心里有数就行。"

因为这话，当晚祝云雀破天荒地没回复祝平安，不想被任何人打扰，直接给手机设置成静音。

陆让尘也心有灵犀似的，给手机开了免打扰。

两人住的地方就隔了一个楼层，陆让尘先跟着她去了十七楼，把她送到家门口。

家门口还是上次见的那样，放着三层的矮鞋架，上面的男士拖鞋依旧是崭新的。

陆让尘低眸瞥了眼，说："以后可以换一双。"

"你又不是不能穿。"祝云雀顺势瞧着，轻声道，"本来也是按照你的尺码买的……"

她没再好意思看陆让尘，低头去解密码锁，好像这样就可以掩藏那一点慌张的心虚。

可陆让尘又不傻，当然知道她什么意思，就是没想到这姑娘心里的小九九还挺多。

陆让尘扯了扯嘴角，忽然就想起个事儿。

于是门锁关上，祝云雀刚打开玄关处的灯，就感受到一股强势的力道把她按在门板上。

光线昏黄，靡靡不清。有什么压制已久的情绪，在两人瞬间流转。

陆让尘压着她，呼吸很近，声音很沉："所以'chen 先生'也是我，是吗？"

心思彻底被拆穿，祝云雀耳根烫得仿佛烧着，赛雪般的肌肤也泛着浅浅的绯色。

可她偏要看着陆让尘，不躲不闪，澄澈的眼眸似水波在荡，颤声开口："陆让尘，这些年，你想过我吗？"

在陆让尘眼里，根本无须问的问题，却是祝云雀这么多年心底无法填上的一个洞。

每个因他彻夜难眠的夜里，她都在想，陆让尘会不会想她，哪怕是一点也好。而那时的她，也从未奢望过未来有天她会亲口问出这句话。更想不到，几乎是话音落下的瞬间，陆让尘就扼着她的下巴，发狠地吻下来。

"祝云雀，你有良心吗？嗯？咱俩这八年到底谁想谁？"

那吻凶得犹如疾风骤雨，祝云雀就快呼吸不过来，却不愿松手。好像一松开，陆让尘就会回到她梦中，再也见不到。

眼角濡湿，祝云雀低低念着陆让尘的名字，浅吟低唱像化开的春水。

陆让尘同样缠吻着她，好像这一刻，世界就只容纳了他们俩。她也永远有那样的魔力，让他迷恋再沉沦。

只是还想再求证什么，他扳过她的下巴，让她那双春意涌动的眼，看着他，只看着他。

"所以为什么？可以求他，就不求我是吧？"

即便知道她跟谢函是在欺骗他，可心里的不甘还是在交颈难挨的时候悉数爆发。

"就这么喜欢逞强是吧？当初过得那么苦，都不跟我和好是吧？"

祝云雀咬紧牙关，话从她唇里一字字吐出："陆让尘，我不想毁了你，也不想毁掉你的人生。"

说着，泪忽如雨下。

酸涩，委屈，无奈，难过，伤怀。所有的情绪，所有的想念，像洪水一般搅在一起，还有陆让尘抵死相融的爱意。

陆让尘吻着她的眼泪，嗓音滚过热沙般哽咽："可你有没有想过，雀雀，你离开才是毁掉我的人生……"

· 第二十章

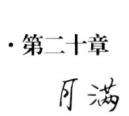

月满

陆让尘这一觉睡得时间尤为长，长到他醒来的那会儿，祝云雀已经回学校了。

不大的家安静得过分，屋子里散发着和她身上一样的淡淡馨香，让人上瘾。

餐桌上留了一张便条和一份热过的早餐。

便条上写了娟秀的一行字：我去上班了，你吃饭。

陆让尘心情不错地扯了扯嘴角，把客厅收拾得规规整整后才去洗的澡，出来后又不紧不慢地把早餐吃了。

说实话，祝云雀做得不大好吃，面包片煎得很硬，鸡蛋也很散，牛奶更是普通的袋装。

可奇怪的是，陆让尘就这么津津有味地吃完了，明明他这些年都没吃早餐的习惯。

其间他还接了个电话，俱乐部打来的。队里要去国外打网球联赛，他也要跟着去，傍晚就启程。

他腔调挺懒的，跟电话那头的经理人说："非要我去吗？不去不行？"

那头听到都无语了："老大，你忘了吗，辉煌俱乐部的教练还想在国外跟你见一面呢。你不是想高薪把那位老教练挖过来吗？"

陆让尘搔了下鼻尖，想起来确实有这么回事。

经理人大概是想到了什么，八卦兮兮道："怎么，舍不得老板娘啊？"

老板娘这称呼取悦到陆让尘，他哼笑了声，说："你倒是挺明白。"

这么快两人就要异地，异地的时间还不短，陆让尘想想就觉得烦躁。

经理人知道他在想什么，赶忙拍他马屁说："那还不简单，你让老板娘跟你一起出国不就得了，正好当旅游了。"

陆让尘却笑："人家当老师的，没有那么多自由时间。"

"……好吧。"经理人也没辙了，只问他到底去不去。

陆让尘想了想，还是决定去。毕竟国外那位教练他很想挖过来，而且现在和祝云雀复合了，也要做更长远的考虑。将来结婚生子，他也得提早准备奶粉钱。

电话挂断前，陆让尘让经理人给他订了机票。随后他就给祝云雀报备行程。

只是不巧，他打电话的时候，祝云雀正在上课，手机亮起来的瞬间，她毫不犹豫地把电话掐断了。

陆让尘看着被挂断的界面，气得嗤笑一声。

祝云雀午休回到办公室那会儿，大家已经准备出去吃饭了。对面坐着的那位和她关系不错的物理老师提了嘴："祝云雀，你的外卖我给你放桌上了啊，好几样呢。"

祝云雀低头一瞥，发现果然是。她稍稍一愣，说："谁给我点的啊？"

物理老师摇头："不知道啊，就是他们去取快递的时候帮你一起拿回来的。"

见她这么说，祝云雀也没再多问，只低眸拆开。

是她爱吃的肥牛双拼饭、甜点和水果切。

这会儿手机又响了，不用想就知道是谁。

二人软语聊了几句，忽然听陆让尘说："忘了跟你说了，下午我就走了，要出国一趟，带那几个孩子打比赛。"

他语气挺平常的，像出门吃个饭那么简单。

祝云雀怔了怔，心情突然就隐隐低落起来。

陆让尘像是早就预判到她会怎么想，嗓音柔下来："大概就十来天，不算长。"

祝云雀抿了抿唇，"嗯"了一声。

又听到他问："那你这阵子能多找我吗？"

祝云雀轻噎了下，没想到陆让尘会对她说出这样的话。她有些失神，忍不住想，陆让尘在她这儿，到底有多没安全感？

可还没想出答案，陆让尘就把她叫回了神："这都值得你犹豫吗，祝云雀？"

祝云雀马上说："我当然会多找你。"顿了顿，她又说，"毕竟我现在是你女朋友。"

陆让尘似乎挺满意地笑了下，气息蛊惑地说："不是女朋友，是未来老婆。"

祝云雀心跳突然又快了。

她也不知道今天是第几次了，又和当年与他初恋时的感觉不同。

那时的她，忐忑，不确定，面对未来迷茫而不自信。可现在，两人都长成了还算不错的大人，可以为彼此的未来负责，以至于那句"未来老婆"，祝云雀真就当真了。

大抵恋爱就会让人变得不一样。

接下来的几天，祝云雀心情都好得过分，连脸上的表情也多了，整个人身上散发的气场也不再是麻木的，眼里也有了灵气。

老柳闻到微妙的气息，问起两人的事，还说之前陆让尘找自己要过祝云雀的号码呢。

都是熟人，祝云雀也就没藏着掖着，坦诚两人已经和好了。

听到这话，老柳高兴坏了，像自家女儿找到对象似的，一个劲儿恭喜她，还问两个人什么时候能办婚礼。

祝云雀是真被催得哭笑不得，只能跟她说，两人和好才没多久，没想那么长远。

但话说回来，如果陆让尘真的提出要和她进行下一步，祝云雀觉得自己也不会拒绝的。毕竟当初决心从北城回来，就是她发疯的一时脑热。而事实证明，她的选择没错。

这阵子的陆让尘几乎忙得连轴转。国外联赛很重要，他带过去的选手实力都很不错，谁都较着劲似的想拿到奖金，陆让尘自然没少跟着操劳。

当然跟那位外国老教练也见了一面，两人聊得挺开心，老教练也有意向，比赛完了就签约。

白天就这么忙忙碌碌的。等到了晚上,他才真正有时间找祝云雀,只是两人还存在时差。

好在不需要再过多久,他就要回国了。

只是回国的日子并不确定,他就没提前告诉祝云雀,想着突然回来也算给她一个惊喜。

然而不巧,那天刚好是周末,祝云雀醒来就接到祝平安的电话,说祝宇轩做完手术了,手术很成功,想让祝云雀过去看看。

说实话,自从邓佳丽擅自找谢函帮忙后,祝云雀就不想再联系他们了。偏偏祝平安还不知好歹地给她打电话让她请谢函来家里吃饭。

跟陆让尘复合让她更快下定决心,祝云雀不想再这样僵持下去。于是那天中午,她利落地收拾好东西出门,还去提款机取了十万块现金出来。

那十万块钱,几乎是她最后能拿出来的存款了,可她就是毫不犹豫地把钱拿到祝平安和邓佳丽面前。

那会儿祝宇轩已经睡着了。怕打扰到别人,祝云雀就把两人叫到消防通道。

邓佳丽在看到祝云雀把那一大沓钱递给她的时候,简直惊呆了。祝平安也愣住,说:"雀雀,你这是要干什么?"

祝云雀还是那副清清冷冷的模样,好像把什么都看得很淡,就这么垂了垂眼说:"我知道你们给轩轩做手术花了不少钱,这钱你们就留着吧。"

邓佳丽像是被感动到,眼泪都快出来了:"雀雀,你说你这孩子,怎么就这么懂事——"

后面的话还没说完,祝平安插话了。虽然他没什么钱,但对奢侈品还是懂的。

他看到祝云雀身上背着某个牌子的经典包,忍不住问道:"雀雀,你最近是赚钱了?还是跟谢函在一起了?"

其实他说这话是有点儿担心的,可能是生父的直觉,他总觉得祝云雀要跟他说些什么。

祝云雀平静地抬眼,开口的第一句就是:"我跟陆让尘复合了。"

听到这个名字,祝平安和邓佳丽同时愣住,又不可思议地面面相觑。

邓佳丽突然开口,脸变得很快,话说得也直:"雀雀,你疯了吗?你知不知道你爸保住现在的饭碗有多不容易,你怎么还和他搞到一块儿啊?"

要是再惹到程家人，你爸的铁饭碗没了，以后轩轩怎么办，我们靠什么养他？你来养吗？"

义正词严的口吻，完全没有刚刚的温和感动。

她翻脸不认人，祝云雀也没再给她留面子的必要，几乎是接着邓佳丽的话开的口："难道这些年轩轩不是我养的吗？"

这话呛得邓佳丽一下噎住。

祝云雀没给两人反驳的机会，也没顾着这两人表情有多难看，冷声说："每年固定给你们寄五万，过年还会给一万的红包，不算平时给你们买东西的钱，一共四年，二十四万。你问问南城别的家长，这二十四万，够不够养大一个孩子？就算不够，这也是我省吃俭用攒下来能给的最多的积蓄。"

"现在加上这十万，一共三十四万，这些钱，"祝云雀看向祝平安，眼底没有任何感情，"就算是抵这些年你花在我身上的钱，也绰绰有余了吧。"

似乎才意识到问题的严重性，祝平安眼神颤了下，说："雀雀，你误会了，爸爸没有找你要钱的意思。是轩轩说想见你，我也挺关心你的，就想着——"

"你既然这么关心我，为什么问都不问我，就纵容她去求谢函。"祝云雀打断他，皮笑肉不笑地扯了下嘴角说，"求他就算了，为什么还要撮合我跟他？你明知道我不想欠他的，你明知道我心里有谁。"

祝平安张了张嘴，想说什么。邓佳丽也急眼了，说："雀雀，你怎么能这么说话呢？先不说钱的问题，就这么多年，我和你爸对你的关爱少了吗？还有叶添，他把你当亲姐姐，当年才那么护着你妈，还为她打架进了派出所，这些你都忘了吗？还有你爸，之前不也是因为你才被上头打压着想辞退吗？现在呢，这些破事都过去了，你回头甩甩手觉得自己委屈。可你就算委屈也赖不到我们啊，你得去问你妈，当初为什么能做出那么丢人的事，丢人到你跟程家都结仇报复到我们身上！"

话音落下，原以为会让祝云雀狠狠羞愧。

哪知祝平安情绪失控地怒吼："你给我闭嘴！让你说话了吗！"

这一嗓子，走廊的空气都跟着震颤，有人好奇地朝消防通道看。

邓佳丽不可置信地望着祝平安，又不敢吭声。

祝云雀也没想到祝平安会吼邓佳丽，她双拳还没反应过来地攥紧着，眸底情绪也无声暗涌。

就是这个时候，身后响起一道低沉又透着凛意的男声："什么时候的事？"

三人同时怔住，祝云雀回过头，看到不知何时来到医院的陆让尘此刻就站在自己面前。

还是那样英俊的外表，却有着难以遮掩的倦意和风尘仆仆。

她还没来得及反应，下一秒陆让尘就上前拽过她的手腕，把她拉到身后，自己挡在她和邓佳丽之间。

祝云雀心口冷不防一突，下意识想拉陆让尘离开。

陆让尘执拗着没动，就这么死死攥着祝云雀的手腕。他先是看了邓佳丽一眼，而后才情绪不明地看向祝平安。

沉默了两秒，他薄唇轻启，眸底压着薄薄戾意，一字一句地说："程家，到底什么时候报复的你们？"

陆让尘是当天下午回南城的。刚下飞机那会儿，他收到祝云雀的"报备"短信，说自己下午要去趟医院看祝宇轩。

陆让尘看到短信禁不住笑，心想这姑娘还挺信守承诺的。从前她根本就不知道随时告诉他自己在哪儿，哪次都是陆让尘给她打电话、发消息，她才会说。

反正回来也是为了见她，陆让尘就干脆来医院找她，结果来得早不如来得巧。陆让尘刚从护士站来到病房门口，就听到不远处的消防通道传来一阵喧闹声。

女人语气不满，万般委屈地控诉着，声音清晰可闻，被指责的对象却是祝云雀。

祝云雀也没想到陆让尘会突然出现，更想不到邓佳丽的那些话，会让陆让尘听见。

他这人压迫感太强，话音刚落，场面就僵滞起来。

比起祝云雀和邓佳丽，祝平安更意外，他还是第一次见到陆让尘本人，很年轻的长相，气质却沉稳。

他一时无地自容，还没来得及开口，邓佳丽就带着哭腔指责说："你们程家做了什么坏事，你不清楚吗？过来问我们是装哪门子的清白？"

陆让尘下颌绷紧，没说话。

祝云雀捏紧他的手，她声音透着隐约的颤意，说："陆让尘，有什么话我们出去说。"

陆让尘冷冽的眸光垂落到她脸上，执拗又倔强。

邓佳丽也不知道哪儿来的勇气，也不呛祝云雀了，反倒替她说话："出去说什么啊，就当面说！就应该让他知道啊，让他知道他那爷爷当年有多仗势欺人！

"当初就是那老头子故意把那点破事放到网上让所有人来骂的，要不是这样，我家叶添能因打架进派出所吗？！

"还有雀雀出国，不也是被他逼的吗？把人逼走也就算了，回头还要拿孩子他爸的工作要挟！你们有钱人就可以这么无法无天是吗？"

邓佳丽语速很快，祝平安根本插不上话。

还是祝云雀提高音量打断她，喊了句："别说了！"

从不发火的人发起火来更压人一头，邓佳丽被她骤然一呵斥，心尖都颤了下。

再看陆让尘，脸色已然沉寂得不像话。他把祝云雀的手攥得很紧，像是有什么东西压在心口忽然崩塌，他盯着祝云雀说："她说的是真的吗？"

就是那个刹那，积压多年的情绪被碾碎湮灭，祝云雀眼眸忽然就氤氲起潮气。那潮气里夹杂着酸涩、爱意，还有比爱意还要跟浓稠深挚的东西，是陆让尘从前不敢奢望，更参透不了的。

陆让尘眸里情绪暗涌，还未开口，祝云雀就开腔了，音色像淋过雨般潮湿，说："是真的又怎样？"牵着陆让尘的掌心渗着薄汗，她睫毛轻颤着说，"早就已经过去了。"

陆让尘喉头一哽，像卡了根鱼刺。

的确，早就过去了。可那是对她而言，在他这儿，陆让尘从来就没觉得过去过。

祝云雀转头看邓佳丽，说："所以你现在满意了？"

邓佳丽深深一噎，语气凄酸："我怎么了啊我，我这不替你说话——"

"我不需要你替我说话。"祝云雀面无表情地看着她，眼神冷得没有一丝温度，"我只希望你放过我。"

这话像耳光狠狠打了夫妻俩一巴掌。

二人愣住的间隙,祝云雀又看向祝平安:"过去因为我妈做的错事,连累你们的债,我到今天已经还完了。我不再欠你们什么了,也不会再为程家的行为负责。"说到这里,祝云雀轻吸一口气,"我决定和陆让尘在一起,不是一时冲动,而是一辈子的决定。我和他不会再分开了。"

她声音轻而淡,落下的力道却堪比雷霆万钧,砸得陆让尘心头狠狠震颤。

那双漆黑深邃的眸子再度望向她时,祝云雀眼眶和鼻尖都红了。她笑着说:"背负了这么多年的道德绑架,我真的累了。"

那些关于冯艳莱的,关于叶添的,以及关于祝平安的,她都受够了。

祝云雀眼神空洞得像一汪死水,她说:"从今以后,你们就当我不存在。"

那天祝云雀离开得利落果决,只留下一箱牛奶和一袋水果。

祝平安在她走后,一直给她打电话。祝云雀一个都没接,干脆开了免打扰。

陆让尘那边也忙,经理人给他打电话,让他回去处理俱乐部的事,说新选来的几个条件不错的运动员,让他见见。

陆让尘却根本没心思去,牵着祝云雀的手上车,拧眉对着电话那边说了句"没时间"。

好在这会儿祝云雀情绪平复了,她好心地插了句:"你去吧,我没关系的。"

陆让尘闻言觑她一眼,像压着什么火发不出来似的,又有几分隐忍的无可奈何。

祝云雀不说话了,她又怎么猜不出他在气什么,思忖后就只能说:"不然,我陪你一起回去?"

说话间,两人十指相扣的手紧了紧,是祝云雀在给他足够明显的信号。

两人十几天没见了,好不容易见到,谁都不舍得分开。

陆让尘瞥了眼,再抬眸时,眼里终于荡起疏淡零星的笑意,他哼笑了一声,说:"这还差不多。"

总归是哄好了一点。

祝云雀后来一路都老实巴交的。她其实明白陆让尘生气的点,也开始琢磨等会儿要怎么跟他解释。只是还没琢磨出个所以然来，俱乐部就到了。

那边催得急，陆让尘就叫了个人带祝云雀去他办公室，走之前还捏了下她的脸，还算温柔有耐心，说："你乖点，老实等我回去。"

处理完俱乐部的事，陆让尘不顾别人的打趣，径直回了办公室。

祝云雀抬眸就看到他那张好看的脸。

在她的注视下，陆让尘把门直接关上，又反锁，再把外套丢在沙发上。

陆让尘居高临下地睨着她，扯了下嘴角，跟着就一伸手，把她揽到怀里紧紧箍着："我说这位老板娘，现在是不是该跟我坦诚点？"

祝云雀揽着他的肩膀，目不转睛地望着他，说："你都想知道什么？"

"想知道很多。"陆让尘嗓音低哑道，"想知道当年我不在的时候，你到底经历了什么，想知道是不是我爷爷逼你出的国，还有你阿姨说的那些。"

其实这些话，早该在路上说。

但陆让尘没准备好，他不知道该怎么面对，也从没想过当年祝云雀的离开会另有隐情，甚至有了一丝无所适从的愤怒。

愤怒于祝云雀背着他经历那么多，却没跟他透露过一点，甚至如果没有今天的刚巧碰到，祝云雀可能一辈子都不会告诉他。

他也从来没有那么泄劲过，好像这么多年对她的执着和爱恨，就只是一场幼稚又可笑的顾影自怜。

祝云雀从不欠他什么，反倒是她保护了年少时肆意轻狂的自己。

到了这会儿，祝云雀也没再瞒下去的必要，她敛着声说："当年你爷爷确实找过我，就在我妈的视频闹上热搜那天。

"我妈被网友骂得很惨，一些人来线下堵她。

"叶添为了保护她，和一个男的打起来了。

"而我，"祝云雀停顿两秒，像是说出这辈子最难以启齿的事，缓缓说，"全校人都在看我的热闹。"

她是真的慌了，也怕了。怕更多人漫骂她，也怕陆让尘把她抛下。所以分手时，她才会说，她不想做被抛下的那个。

如今听她说完这些，陆让尘神色彻底凝滞，形容不清的涩意和内疚在他心口处化开，窒闷，郁结。

祝云雀不会知道，陆让尘曾因她的那些话和背叛，差点儿就恨了她一辈子。

可现在,他只觉当年的自己幼稚得可怜。

陆让尘眸光暗下来,声音发涩:"对不起雀雀,我什么都不知道,那些天我被家里关了起来。"

这些话,也根植在陆让尘心里好多年,始终没有合适的时机和祝云雀说开。

他说:"家里的长辈把我关在集团里的一家度假酒店,没有手机,没有电脑,联系不上任何人,还有专门的人看着我。"

那时陆让尘只当家里不让他和祝云雀再接触,没想到那只是程家老爷子只手遮天的其中一步。等他自由的时候,冯艳莱这边的情况也已经消失得无声无息。

然而这些,祝云雀早就清楚,她说:"我很早就猜到了。"她抬起湿漉的眼眸看他,"我从来都没有怪过你。"

那个雪天,她一个人去打吊针联系不上陆让尘。那时的她并不完全是委屈,是难过,而是她知道,两个人已经没法再走下去了。

即便再苟延残喘,他们也不可能有未来,那是年少的他们无法跨越过去的鸿沟,她除了放手,没有别的路可走。

果然没多久,祝云雀就和陆让尘的爷爷见了一面,没什么威逼利诱,只是简单地撤掉热搜,就已经逼得祝云雀走投无路,服从认栽。

她和陆让尘根本就不是一个世界的人。这个认知停留在祝云雀心里,直到好多年过去,她从一个绝望无助的小女孩,长成可以独立照顾好自己的大人,她才拥有再贪恋一眼他的勇气。

祝云雀眸光轻闪,轻抽了下鼻子,说:"陆让尘,我没想过你还愿意看我。"

陆让尘也没想过她会说这么卑微的话,他眼眸微润,笑了:"我也没想过你还能回头。到现在还像做梦一样,"陆让尘抵着她的额头,眼神是失而复得的珍惜,"昨晚还梦到你又走了。"

祝云雀心脏狠狠一抽,她忙说:"我不会再走。"

陆让尘笑:"我知道,我都听见了。"

他这一笑,祝云雀忽生感慨,她说:"有人跟你说过没,你长得很像你爷爷。"

她用手指了指他眉眼那块："这里特别像，只是你跟他气质不一样，他看着不怒自威，笑着也让人害怕……但你不一样，你对我来说，不笑的时候也是温柔的。"

明明是很朴实的话，里头蕴藏的情绪，却堪比情话。

陆让尘听着，喉头微滚，不由得把她抱得更紧些。

下一秒，他温热的唇瓣落下来，在她唇上浅尝辄止地亲。他嗓音发涩："让你受了很多委屈，是我不好。

"我跟你保证，以后有我在，你不用再为任何事担惊受怕。

"你不用担心我爷爷，也不用担心我妈。"

这两个称呼，像停在心头的积雨云，多年不散。祝云雀闻言眼眶一热，鼻腔突然就酸了，她说："我知道，你在我身边我什么都不用怕。"

不用怕他妈妈怎么反对，也不用担心他爷爷再出手拆散他们。

"然后呢？"陆让尘又问，"然后发生了什么，他逼你出国后为什么又会牵扯到你父亲？"

"……因为他知道你来找我了。"祝云雀垂眼说，"他知道你来澳大利亚找我复合了。"

祝云雀永远记得那天她打完工回到家，被邻居告知有人在楼下等她，而在知道了等她的那个人正是陆让尘时，那刻悲喜交加的情绪，汹涌得让她喘不过气。

祝云雀从没哭成那样过。她把自己关在厕所，抱膝坐在门口的地上，眼泪决堤一样从指缝流出来，却不敢哭出声。因为冯艳莱在卧室。

两个人挤在廉租房里，每日为生活和学业奔波，所有的勇气都已经消磨殆尽。

她不敢想象，如果陆让尘也陪她一起过这样的日子，她会有多内疚与痛苦，更别说在那天回家之前，程富森的助理已经给她打过电话，说他父亲已经被企业辞退了。

祝平安年纪本就大了，不再适合做列车长，企业也是外包的，并不是无法撼动的铁饭碗。

本来他想找人调去别的岗位等退休，结果不承想，程家老爷子的一句话，那企业就把祝平安扫地出门了。

全家上下都靠着祝平安一个人吃饭，邓佳丽当时急得一直给她发消息：雀雀，你怎么能这样啊，你们之间的事为什么要牵扯到你爸爸。现在你爸爸工作没了，我们一家四口怎么活啊！

女人的指责到现在还历历在目。

就是那个瞬间，祝云雀觉得自己身上压了一座山，重得她快承受不住。

甚至有那么一秒，她想冲下楼，什么都不管地跑到陆让尘怀里，跟他说"带我走吧，我们私奔吧，我什么都不要管了"。

可是不能，她不能。

她擦干脸上的泪水，透过卫生间的老旧窗户，痴痴地望着楼下等她的陆让尘。

少年穿着黑色的羽绒服，还是那样颀长高大的身姿，却稍显落魄。他瘦了，也高了，神态却变得颓然，不再意气风发。就连身上衣服的材质，也不再是从前的昂贵质感，而是最普通的款式。可他看她的眼神却没变，仰头朝她的方向望时，还是那样深挚滚烫，甘之如饴。

偏偏深浓的夜色隔绝了两人的视线，卫生间光线昏黄，到最后，陆让尘也没看清她的脸。

那是第一次，祝云雀觉得自己毁了陆让尘和他本在罗马的人生。

然而她又哪里想到，在未来两人说起这段往事时，陆让尘回应她的，却是哂然一笑。

他像是拿她没办法，又气不打一处来："祝云雀，你是自虐狂吗？什么叫你毁了我？我好好一个人是你能轻易毁掉的？还有什么本来在罗马的人生。"他不屑地呵笑，"你怎么就知道罗马是我想待的地方？我就不能朝你狂奔吗？"

"狂奔"两个字像砸在心上的一记重锤，祝云雀瞬间就怔住了。她眸光颤动，不能自已地呢喃出他的名字："陆让尘……"

陆让尘挑起眉，眉宇间倨傲又轻狂："还是说，你没自信觉得你比罗马更好？"

祝云雀突然就被他堵得哑口无言，好像刹那间便被什么汹涌的情绪淹没。

陆让尘想告诉她的却不止这些，他甚至觉得好笑："你说我那会儿颓，那是因为我来找你之前刚训练完，奖金到手就迫不及待地过来了。

"我身上穿的也是队里发的羽绒服，五百块一件的，没觉得哪里简陋。

"那会儿刚下飞机,人没怎么收拾就直接去找你了,看起来确实挺疲倦。

"我没那么娇生惯养,祝云雀,我也从来不是你眼中那种生下来就吃喝玩乐负责享福的富二代。

"就算没有你,我长大了也要自己赚钱,男人到了年纪顶天立地不是应该?更何况还要来异国他乡追老婆,你觉得我会伸手朝家里要钱?"

几句话下来,祝云雀彻底被他说服。

从前有人说陆让尘口才好,想拉他去辩论社,祝云雀是不信的,可这会儿,她是真信了。

陆让尘这人,品性好到身上都仿佛散发着光。而这一点,更是她当初喜欢上他的理由。

在大部分男生都不懂得尊重女性的年纪,只有他懂。她会为他心动,从不只是因为他是天之骄子,更因为他是一个很好很好的少年,一个很好很好的人。

祝云雀从没有一刻这样动容过,说话的声音都在颤:"陆让尘……我何德何能呢……"

陆让尘极淡地笑了下:"因为你是祝云雀,全天下独一无二的祝云雀。"

泪意涌上眼眶,祝云雀忍着氤氲,破涕轻笑:"怎么办,我觉得我越来越亏欠你,越来越爱……"

陆让尘心口仿佛鼓噪着炙热的风,喉结滚了又滚。他直勾勾地看着她,眸里星火燎原:"既然爱我,就跟我领证。"他鼓足勇气,眼神坚定地重复,"雀雀,我们领证吧。"

或许人活一辈子,总要有个足够冲动的时刻,才算不枉此生。

总之,那天祝云雀瞬间就被陆让尘说得脑子一蒙,手足无措有,惊喜错愕有,心驰神往更有。

好像根本没有任何理由拒绝他,更没有什么能够阻止两人走到这一步……他们也该走到这一步了。

他们毕竟不小了,也等了彼此八年……人的一生又能有几个风华正茂的八年?

祝云雀在那瞬脑子几乎不会运转,像是被陆让尘那一刻的语气和眼神所蛊惑,就这么鬼使神差、头脑发热地答应了。

和她的悸动相比，陆让尘心中压着的那股劲儿显然更盛。

也没管屋外有没有人要找他，更不管茶几上频繁亮起的手机，陆让尘在看到她点头后，直接把她扣在沙发扶手处贪吻。

后来还是外面的人实在找不到陆让尘，又着急，来楼上"咚咚"敲门，才把那绵长的一吻打断。

再后来，祝云雀就趁着陆让尘又出去忙的时候，打车晕晕乎乎地回了家。

她回家冲了个凉，等稍微冷静下来时，陆让尘已经交代好俱乐部那边未来十天的事了。他发消息找祝云雀，话很直白，像是生怕她反悔似的说：我这边请好了假，你那边打算什么时候请？

祝云雀倒了杯冰水，"咕咚"一口喝掉一大半，凉爽到心扉。

她像是下定决心般，纤白的指尖在屏幕上跳跃，说：明天上班请吧。

陆让尘：行。

陆让尘：我先去忙，今晚有个局，估计很晚才回家。你别担心我，自己早点睡。

祝云雀微微烫红脸。

明明两人重逢还不到一个月，可就这么和好了，不止和好，还要领证结婚。

一想到这个事实，祝云雀就躁动难安。那种感觉，像儿时每次期待冯艳莱从外地回来带她去游乐园玩；也像每次考试后，在课堂上等待老师念成绩；更像她的少女时期，永远渴望在去做课间操的路上，能在人群中瞥见一眼陆让尘。

那时的她，从不敢想，未来陆让尘会是她的。

心口被悸动感充盈着，"怦怦"跳动，祝云雀轻轻捏了下自己的耳垂。

嗯，不是做梦，一切都是真的。

想到这儿，她嘴角终于浅浅地弯了起来。

周一的英语课永远是最多的，也是等下午第二节课上完，祝云雀才跟教导主任请假，说要去北城两天。

教导主任听说祝云雀最近谈恋爱了，笑起来，说："怎么，这是有好事？"

祝云雀往常脸皮没那么薄的，但涉及陆让尘，她神色间总会不经意地流露出过去那个少女祝云雀身上才会有的青涩感。

她抿唇，说没有。在事情没办成之前，她不想透露什么，于是说："他要回去取点儿东西，我陪他过去。"

教导主任相当好奇，推了推眼镜说："我听说他是你某个学生的哥哥？开超市的？"

祝云雀有几分无奈，说："不是。"

"那是谁啊，干吗的？"

祝云雀不想纠缠，就说："学生哥哥的朋友，以前的校友。"

教导主任那性子，没个三五句话是真请不下来假，还是祝云雀要调课的情况，最终好说歹说，她总算是给了假期。

只不过假期不长，也就两天。

陆让尘这人雷厉风行，祝云雀说等到周末他都不同意。于是航班就这么订在第二天早上，当晚祝云雀就拉着许琳达去商场买东西。

这次陆让尘不只是回去取个户口本那么简单，可能还会带她见一见他那边的朋友。

祝云雀其实不担心这些。她只是想着，趁着这次，去见一见程丽茹。

许琳达听到后都吓坏了："你要见他妈啊？天哪，你疯了吗？他妈当初把你们娘俩报复得那么惨，你怎么还敢啊？"

确实是不敢的，但她也不能躲一辈子。

祝云雀不是那种不利落的人，她轻吸一口气说："不管怎样，都要见一次的。"

那句抱歉，冯艳莱说不出来，那就由她讲出来。

只是这个想法，她还没告诉陆让尘，不知道怎么跟他说，也怕他不同意。

第二天清早，陆让尘带她去机场，看到她带过来的几样礼盒，还挺意外。他挑挑眉说："不过是见几个朋友，吃顿饭，没必要弄得这么隆重，还送礼，多麻烦。"

祝云雀想说不是给他们的，但想想又把话收了回去。

在飞机上总共就两个小时。

起得太早，飞机起飞没多久，祝云雀就靠在陆让尘的肩膀上睡了过去。

陆让尘怕她睡得不舒服，把她搂得更紧些。

旁边刚好坐了个阿姨,阿姨笑说小伙子你对你女朋友真贴心啊。

　　陆让尘并不是爱搭讪的性格,听到这话却还是笑着回应,说不只是女朋友,还是未来老婆。他低头看了眼祝云雀的睡颜,勾了下嘴角:"这次就是回去拿户口本的。"

　　那语气是从未有过的坚定,没有任何人和任何事可以撼动。

　　祝云雀隐约听见,在浅眠中渐渐苏醒,再一抬眸,就对上陆让尘坚定而温柔的眼神。

　　他看着她雾蒙蒙的眼睛,扯唇笑了下,说:"这就睡醒了?"

　　祝云雀头靠着他的肩膀,眼神专注地看着他说:"刚刚做梦了。"

　　"梦到什么了?"

　　"……梦到咱俩去民政局了,摄影师把我拍得好难看。"

　　话音刚落,陆让尘就低笑出声,他勾了勾她的下巴说:"祝云雀,你能不能有点儿自信?"

　　祝云雀嘴角轻轻一弯:"第一次啊,又没经验。"

　　他用下巴蹭了蹭祝云雀温热的发顶,说:"我也挺紧张的。"

　　对任何事,陆让尘都可以游刃有余。唯独对祝云雀,他总会有种无法掌控的焦灼、无奈。

　　要不是他的独立户口本一直落在北城,他真恨不得当天就带着她去领证。好像只要领了证,盖了戳,两人之间就会系上永远分割不开的纽带,他再也不用担心祝云雀会拍拍屁股把他扔下消失不见。

　　不知不觉间,祝云雀又困了,在陆让尘怀里肆无忌惮地蹭了蹭。他身上的味道像是最好的安神剂,她很快就又睡了过去。

　　没多久,飞机落地,来接陆让尘的是彭远。

　　祝云雀以前只在陆让尘口中听说过他,见面还是头一次。

　　可彭远呢,早在之前就听陆让尘说了两人的事,就连她的照片,他早年也没少在陆让尘的手机里看见,所以对祝云雀一直有种熟悉感。

　　"他当年手机屏保都是你,我那会儿跟他住一块儿,有时候一帮他拿手机就能看到你的照片。"

　　中午吃饭的地方是彭远安排的,三人刚坐下,他就跟祝云雀聊了起来。

　　祝云雀这会儿睡够了,看看彭远时瞳孔都是微微放大的,她说:"什么时候的事?"

彭远刚要开口，陆让尘就嗤笑一声打断他："你怎么跟邓哲似的，什么事都往外说。"

他咧嘴一笑，说："这怎么了，又不是多丢人的事。这让弟妹听到，还不得爱你爱得死去活来？"

陆让尘没好气地看他一眼，刚要说话，手机就响了。

不用想就知道是工作上的事，这阵子祝云雀都已经习惯了。

陆让尘低眸皱了皱眉，应该是不能不接的电话，于是他起身，冲彭远一抬下巴："你先陪她。"说完他又抬手轻捏了下祝云雀的下巴尖，语气沉柔，"你好好吃饭，我打完这个电话就回来。"

祝云雀抿抿唇，软声说了句"好"。等陆让尘走了，她才又问彭远，问他什么时候在陆让尘的手机屏幕上看到自己照片的。

"就你出国后啊，他那会儿刚当运动员没多久，周末跟我住一块。"彭远知道她想听，说得也耐心，"我那时候还不知道你俩分手了呢，还笑过他。结果给他笑黑脸了，后来我就知道你抛下他去国外了。"

祝云雀心尖轻轻一颤，没想到那个时候陆让尘还会留着她的照片。她到底忍不住，问出她一直想问的："可我怎么听说，他那段时间，身边一直有别的女生……"

其实这些话，她很早就想问陆让尘。

她觉得他这些年应该没有过别的女人，但还是在意，在意当初两人分手时的那些传言。

那些人说，陆让尘那段时间玩得很开，身边好多女生。说不吃醋是不可能的，即便那么多年过去，祝云雀也还是酸得要命。

彭远听到后，"啊"了声："你说那些传闻啊，都是他故意弄的。"

祝云雀微微一哽："为什么？"

彭远笑："还能为什么啊，当然是为了刺激你啊。

"那阵子他只在学校搭理那些女生，为什么就在学校搭理啊？因为你会回来办手续啊。

"什么鬼混的谣言也是故意放出去的，就想着让你生气，让你在意。

"结果呢，你是真没反应，更别说你俩在学校根本没什么机会碰上。

"他眼看刺激不到你，你还是出国了，一生气把那些女的联系方式全删了。"

彭远的话,像砸在心上重重的石头,直到吃完饭,还在祝云雀耳边回荡。

她没想过真相会是这样,更没想过陆让尘那样清高的一个人,会为她费尽心思,伏低做小。

说出来可能显得没良心,但当初祝云雀真的以为陆让尘很快就有了别人。即便后来他又来澳大利亚找自己,祝云雀也还是没法认为,她是被陆让尘坚定选择的唯一。

可事到如今,祝云雀只觉得自己根本不了解陆让尘。

他不是那种人,他给她的爱也完全纯粹。反倒是她,从头到尾都不够坚定。

或许是内疚的情绪作祟,饭后回住处的一路上,祝云雀牵他的手握得格外紧。

陆让尘也忍了好长时间,公寓的门一打开,他就把她拽进去,把她压在门板上索吻。

"彭远又跟你泄密了,是不是?"

祝云雀抿唇,看他的眼神里有丝丝不满:"谁让你不告诉我的。"

陆让尘轻勾起嘴角,过去他那些挺蠢的举动,在祝云雀这儿也不是完全不奏效。最起码,她真的在意过。

陆让尘捏着她的下巴往上抬了抬,强迫她和自己对视:"我现在是看明白了,你不止没自信,对我也没信心。"

被他拆穿,祝云雀耳郭浮热。她摇头想说没,陆让尘低头在她唇上亲了亲:"怎么,我就这么不值得你相信?"

如果是以前,祝云雀可能就点头了。但现在,她信。

祝云雀稍稍垂眸,说:"不是不相信你……是不相信人性。"

难得有这么一个机会让两人深入交流,她眸光轻动着说:"陆让尘,我跟你不一样,我不是在爱里长大的人,凡事我都惯性朝最坏的地方想,只有这样我才能预知风险,不用担心承受不了最坏的结果。

"当初阿姨一定是恨死我了的,甚至现在也是……所以即便我扛住你爷爷的恐吓,我也还是没信心,和你撑多久。

"你那么好、那么优秀,喜欢你的人那么多。"祝云雀扯唇失笑,"万一你哪天真的腻了,我要承担的痛苦,会远超那一刻。"

说到这儿，祝云雀睫毛轻颤着看他："但我知道，我很自私——"

"你不自私，是我当年太幼稚。"指腹轻轻摩挲着祝云雀的脸，他的喉结缓缓滑动，说，"谢谢你雀雀，谢谢你保护了当年的自己，也谢谢你回来，再给我们一次机会。"

如果不是祝云雀肯回来，再看他一眼，陆让尘恐怕这辈子都不会再有勇气去争取她一次。

他从未觉得自己如此幸运过，哪怕两人之间隔了那么难熬的八年。

所以——

"现在能多给我一些信心吗？"陆让尘说这话时，眼睛里全是祝云雀的影子，"从现在开始，让我向你证明，我远比你想象中还要可靠。"

祝云雀眼眸微润，弯起嘴角，点头轻轻说了句"好"。

两人最终决定下午就去领证。

说实话，挺匆忙的。他们回家那会儿就已经下午一点了，祝云雀还要稍微打扮一下自己。

毕竟人生大事，她不想那么含糊。

好在领证的地点，就在距离住处最近的一处民政局，不是周末，也不是什么热门的日子，民政局的人并不多。

这突然的一下子，搞得彭远也挺尴尬的，说："我还给你俩约了跟拍摄影师和化妆师呢，这哪还来得及啊！"

打电话的时候，陆让尘已经带着祝云雀打车走了。

两人穿的都是白色衬衫，是祝云雀来之前，特意在商场买的打折款。可即使这样，陆让尘穿着也难掩贵气。

听见彭远急得跟什么似的，陆让尘"啧"了声，说："不用那么麻烦。"他瞥了眼祝云雀，"我老婆好看，随便拍拍都好看，你人来了就行。"

被他叫老婆还是头一次，祝云雀被他搂着的肩膀都僵了瞬，脸也微微烫起来。但想想，再过一会儿，这个称呼就名正言顺了，她早晚都要适应，只是多少有些紧张。

等到了民政局，祝云雀才发现，自己的户口本居然忘在行李箱中忘记拿来。

陆让尘是真被她气笑了，说："祝云雀，你故意的吧，故意逃婚？"

祝云雀眼皮子一跳，说："我没有。"她难得没脾气，跟陆让尘说，

"你等着我打车回去取。"

说完转身就要走,哪知陆让尘一下便把她捞回来,说:"我给彭远打个电话,让他给带过来。"

话撂下,陆让尘半眯起眼:"你现在就给我好好待着。"

他意味深长地看了眼祝云雀,颇为警告地哼笑了声:"谁知道你是真回去取,还是打个飞的回老家去?"

所以他们俩之间到底是谁没自信?

拗不过他,最终陆让尘还是把取户口本的事交给彭远。

彭远也挺靠谱的。陆让尘给他打完电话没多久,他就带着自己的微单,还有祝云雀的户口本呼哧带喘地过来了。

这会儿陆让尘和祝云雀也已经取好号,坐在等待区等着叫号。

彭远直接把户口本递给陆让尘。

陆让尘接过来,下意识掀开第一页,然后就发现户主居然是祝云雀,不是祝平安也不是冯艳莱。

他扭头看一眼祝云雀。

祝云雀揣着明白装糊涂地问:"怎么?"

陆让尘闷出一嗓子笑,把户口本交到她手上:"没想到还是个户主。"

祝云雀接过来,抿了下嘴角,见怪不怪地道:"你不也是?"把户口早早独立出来。

陆让尘指的却不是这个,他挑挑眉,说:"什么时候独立的?"

祝云雀眉宇间神色一滞,脸颊蕴起浅粉色,还是说了实话:"从北城回去后就独立了。"

说完也没看陆让尘,仿佛再让他看上一眼,她的小心思就再也包藏不住了。

陆让尘勾着嘴角,没拆穿,只是牵了牵她的手,却不知这一幕已被旁边的彭远记录下来。

后来拍顺手了,彭远又指挥两人换两个动作多拍几张。不想不过十来分钟的时间,两人的号就到了。

两人来得匆忙,没有提前拍照,就让彭远临时拍了张。

祝云雀和陆让尘颜值都很高,根本不用修什么。

要说唯一的缺憾,就是祝云雀有点紧张,和陆让尘合照的时候,神色不大自然。倒是陆让尘，无论何时都是那副淡定模样，嘴角斜斜一勾，就能惹得人心跳加速。

照片提交好后，就到了正式签字环节。

陆让尘签字跟签合同一样，利落洒脱，落笔笃定而有力。祝云雀要比他慢些，一笔一画都隽秀好看。

祝云雀写完后，掌心都沁着薄汗，还是陆让尘牵起她的手，轻轻揉捏了两下，才恢复常态。

最后的流程是宣誓。虽然还是生涩，但祝云雀已经没了之前那种紧绷感。也或许是因为，两人的关系已经一锤定音，再没什么能撼动他们。

那种后脚跟落地的踏实感，对祝云雀来说新鲜又难忘。

从民政局出来后，心情也轻松许多。

总之，那种感觉和以前完全不一样，就好像陆让尘揽着她肩膀的手臂，都更笃定了。

就连彭远都改了称呼，说："我手头还有点儿事啊，就不打扰你们两口子二人世界了。你们该吃吃该喝喝，有需要再叫我就行。"

两口子叫得祝云雀双颊一热，陆让尘倒是淡定笑了下，说："行，有机会再叫你一起吃饭。"

于是和彭远挥别。彭远还挺够意思，把车留了下来给陆让尘用。

陆让尘不紧不慢地牵着祝云雀上了车。

私密的空间里，只剩他们俩，这会儿倒是有时间把结婚证好好端详一番。

只是翻来覆去看的不是祝云雀，是陆让尘。

男人淡勾着嘴角，一只手牵着她，另一只手正正反反地看了几次，又顺手拍了张照片。

等再一抬头，刚好看到祝云雀用手机对着他，"咔嚓"一声拍了张照片。

陆让尘敛眸眯眼，笑说："拍什么呢？"

祝云雀藏着小心思的嘴角扯着一点弧度，说："没拍什么，你想多了。"

说完也不理他，低眸点开修图软件忙自己的，也不知道要忙什么。

她不理，陆让尘就凑过去瞧她。

清新的栀子花香荡进鼻腔，他低眸就看到祝云雀刚刚不止偷拍了他一次，偏偏每个角度还都挺好看。

陆让尘欠扁的劲儿又上来，故意捏了下她的脸，懒懒道："原来偷拍老公呢。"

祝云雀心口无端一跳，扭头和陆让尘对视。

视线交融着，甜蜜的情绪在两人间无声荡漾。

那会儿已经下午三点。

北城阳光正好，天也罕见的蓝，云洁白得不像话。

这样好的天气，闷在家里未免太可惜，于是当天陆让尘就干脆带祝云雀去逛街，买衣服。

或许是关系变了，祝云雀没再扭捏，陆让尘给她买什么，她都收下。

最主要的是，陆让尘这人衣品好，所以陆让尘给她挑选的衣服，她都从善如流地试了，也要了。

售货员一个劲儿地夸陆让尘是个好男朋友。

陆让尘插兜倚在试衣间门口，朝穿着新衣服的祝云雀笑而不语地递了个眼神，没想到她还真就心有灵犀地轻声说："……我们已经结婚了。"

售货员"啊"了声，不可置信看看陆让尘。

陆让尘呢，还是那副游戏人间的状态，他挑着眉，一张绝妙的俊脸上就差写着"怎么，不像吗"。

售货员当即夸赞起来："我说呢，怎么看起来感情这么好，这么配。"

陆让尘这人对生人是不常笑的，听见这话，才倏地一扬眼梢，眼底绽开融化冰雪般的笑痕。

祝云雀心头一热，忽然就觉得很幸福。

这种幸福，是谁都不能给予她的，就只有陆让尘能。

眼底浮出清甜笑意，她对着镜子转了个身，跟陆让尘说："这个好看。"

陆让尘目光敛住温柔，转头对售货员抬抬下巴说："那这个也算上。"

"好嘞！"

之后两人在楼上吃了个饭。

也就是这会儿，祝云雀才发现，陆让尘原来早就发了朋友圈。

她试衣服的那段时间，反正没事干，陆让尘靠坐在沙发里，随手就把照片发了出去。

没文案，也没露脸的照片，就只有两张交叠放在一起的结婚证，文案是一个心形图案，却瞬间引爆朋友圈。

可能是觉得太玄幻了，那些人不止点赞，还评论，说什么的都有，见陆让尘不回，还直接发微信找他。

手机放在桌上"嗡嗡"响个不停，陆让尘懒得理，跟侍应生点餐，祝云雀却表情茫然地盯着桌上他的手机看。

等了两秒，手机还没消停的架势。祝云雀问他："你是有急事要忙吗？要不要处理一下，好多人找你？"

陆让尘似笑非笑地瞥她："那你帮我看看？"

祝云雀："……那是你手机。"

陆让尘挑唇："我的不就是你的？"

好像还挺有道理。

祝云雀又不傻，当然知道陆让尘的意思。无非就是用行动告诉她，他是她的绝对领域，她在他这里，可以得到无限的安全感。

祝云雀默默摆正自己的身份，索性真就伸出白皙的手，堂而皇之地把陆让尘的手机拿过来。

可就算大学两人在一起那会儿，她都没怎么碰过陆让尘的手机。

倒不是陆让尘不给碰，而是她觉得两人还没到那种她可以完全管着他、掌控他的亲密程度。

但现在不同了，她是他的妻子，他人生中除了父母最亲密也最重要的人。这个既定事实只要一想起来，她就不禁心跳加快，有种不真实的感觉。

而陆让尘呢，看似在和侍应生交流，实则余光一直在关注着她。在她准备解锁的时候，他倏地开腔："141006。"

指尖顿了下，祝云雀反应过来什么，抬眸看他。

陆让尘笑："不会打字？"

祝云雀没理他，收回目光，在屏幕上把密码输进去，然后她就看到这家伙的手机屏幕上堆满了微信消息。

那些人清一色地问陆让尘什么情况，是不是真的结婚了。

祝云雀心口"咯噔"一下，点进他朋友圈就看到陆让尘之前发的那条，情绪忽然就涌了上来。

她抬眸看他,说:"你就这么公开了?"

这会儿点完餐,陆让尘不紧不慢地喝着柠檬水,云淡风轻地瞥了一眼她说:"不然呢,你难道想憋死我吗?"

听到他这么说,祝云雀是开心的,可还是隐约担心着。

陆让尘当然知道她在担心什么,他早就想好了。接过她递过来的手机,陆让尘满不在乎地丢到桌上,第一件事就是在桌上握住她的手,捏了两下。

他耐心颇足地道:"祝云雀,别那么畏首畏尾行吗?"

祝云雀垂着眼,轻抿了下唇。

陆让尘又说:"放心,我明早就回去见他,会跟他说明白的。"

他说的人,就是程家老爷子。

那条朋友圈他谁都没屏蔽,程家人自然也能看到。

祝云雀也看到陆让尘的某个阿姨发来的消息,很震惊地问他怎么回事,是不是在故意气老爷子。

至于陆让尘怎么回的,她不知道。

她只知道自己一整晚都心不在焉,即便两人还去看了她想看的电影。

陆让尘眼见哄了她好半天都没成效,就干脆在看完电影后把人领回家。一路上也还是牵着她的手,那股腻乎劲儿根本没有因为领了证,有了安全感而减少,反而比从前更浓更甚。

北城夏夜不似南城那般闷热泛潮。

两人就这么躺在一个被窝里,祝云雀枕着陆让尘的胳膊,躺在他的臂弯,被他搂得很紧。

这还是八年以来,她第一次感觉这么踏实。

只是这男人的心跳声始终在她耳边响着,强而有力。过了好久,她睡意还是没来,索性在黑漆漆的夜色里,就着一点清冷月光,专注地盯着他看。

盯着盯着,陆让尘也不困了:"这么有精神,还没折腾够是吧?"

祝云雀纤瘦的指尖在他高耸的鼻尖上顺着线条滑下,说:"我在想明天。"

陆让尘"嗯"了声,声音温柔:"明天怎么?"

祝云雀顿了下,实话实说:"怕你明天回不来,再被人关起来。"

陆让尘"啧"了声:"瞎说什么呢?"

思来想去,她说:"陆让尘,你明天带我一起去吧。"

陆让尘眉梢轻拧,低眸看她:"你确定?"

"……确定。"祝云雀像是酝酿了好一阵,半仰着脸,鼓起勇气看他说,"电话里不也说了,阿姨最近在照顾老人家,我跟你去了,还能见到她。"

她说的那通电话,就是吃饭那会儿陆让尘接的那个。

很多时候陆让尘都佩服她的听力,明明对面的说话声没多大,她却还是能听见。

陆让尘笑了下:"弄了半天你在琢磨这个呢。"他挑挑眉,"敢情那些礼物,都是给她买的?"

什么丝巾、中式糕点、燕窝,一看就是上了年纪的女人喜欢的。

祝云雀睫毛垂了垂,过了好几秒才说:"可我总要见她一面的,不是吗?"

"嗯,是该见的。"陆让尘说,"但我没想到你会这么主动,还这么快。"说着,他捏了捏她的脸,"但你想好了,她可能不原谅你,也不会同意我们的事,即使这样也没关系?"

祝云雀很坦然地摇头:"我知道,没关系。"她抬眸看陆让尘,"我只是想替我母亲,跟她说一声对不起。"

静默须臾,陆让尘轻点着头,又抬手摸了摸她软嫩的脸颊,说:"但我希望你明白,不管是过去还是现在,你从来都没有做错过什么。"

眸底氤氲起潮气,祝云雀稍稍偏头,半张脸嵌在他掌心里,嗓音轻哑地说:"嗯,都听你的。"

两人相拥而眠,第二天不到九点就都醒了。两人没耽搁太久,就收拾好去了三环外的程家老宅。

祝云雀穿的是陆让尘昨天给她选的那套衣服,缎白色的吊带裙,配着米色的针织外搭,清冷温柔。

陆让尘不知道,为了让自己看起来更讨人喜欢些,祝云雀连妆容都比往常精致了三分。可即便如此,也掩盖不了心中积攒已久的忐忑和紧绷。

陆让尘察觉到她的微妙情绪,趁着红绿灯的时候,紧紧攥住她的手,宽慰她说:"怕什么,大不了和他们不来往就是。"

489

他说这话时，眼神煞有介事的，还真不像在开玩笑："到时候逢年过节，我回去和他们碰一面，你带着孩子在附近酒店将就两天，然后我们就回家去。"

祝云雀好笑地说："谁要给你生孩子了？"

陆让尘挑眉："你说呢？"

祝云雀扭头望向车窗外，没一会儿还把耳机戴上了，好像嫌他烦，故意不和他说话似的。

其实呢，祝云雀心里明白，她紧张，需要一点音乐来转移注意力。

好在没多久，程家老宅就到了。祝云雀已经做好被程家人扫地出门的准备。

但程家怎么说在北城都是有头有脸的富室大家，根本不屑做那么损人脸面的事，一早知道陆让尘会带着祝云雀过来，连出来迎接的阿姨都是笑脸相迎的，还接过两人手中的礼物，带两人进门。

换鞋的时候，祝云雀看了陆让尘一眼。陆让尘递给她一个明显安心的眼神，捏了捏她的手。

偌大的三层别墅，即便再奢华，也透着空旷而冷清的气氛。

她的视线在周遭逡巡还不到一圈，楼上就传来脚步声。祝云雀下意识地抬头望去，然后，就看到阔别八年多的程丽茹。还是那样优雅贵气与年轻，不同的是，她再看祝云雀时的眼神，不再是当年的温柔和善。

祝云雀心口微微发酸，一腔压抑许久的紧促从心底往外涌。

只是她还没来得及开口，陆让尘就开腔了："爷爷呢？"

"三楼休息呢。"程丽茹没什么表情地下楼，语气听不出咸淡，"这会儿还没睡。"

"行。"陆让尘也是同样的语气，平淡自然。他扭头看祝云雀，落落大方地道，"你想不想跟我上去？"

祝云雀思绪断了一秒，又接上，抬眸看他说："我可以吗？"

"不可以。"还没等陆让尘开口，程丽茹就打断她。

程丽茹正眼看祝云雀，威慑又排斥，说："你爷爷最近身体不好，你们两个偷偷领证已经够让人生气了，还是别上去给他添堵的好。"

言辞犀利，是祝云雀从未听过的语气。有那么一瞬间，她甚至都恍惚，恍惚于，她曾经认识的程丽茹，到底是怎样的。

这样的想法还没持续几秒,就被陆让尘打断,他完全不吃这套,语意带笑:"怎么就是偷偷,怎么就添堵了?您当初跟商叔领证不也没跟我说,我拦着了吗?"

程丽茹脸色登时一变,像是懊恼,又好似端着的情绪被拆穿。总之,她没什么好气,厉色道:"你到底上不上去,不上去就给我走。"

陆让尘可太了解她了,就这语气,多半是没什么大事儿,顶多怄几天气就好了。

陆让尘闷出一嗓子笑,吊儿郎当地道:"上去也行,你别欺负我媳妇。"

"媳妇"俩字,一下便把程丽茹的心火点着。她脸色僵着,刚要动怒,就见祝云雀捏了下陆让尘的手,给他使了个眼神。

就陆让尘那桀骜不驯的脾气,搁谁眼前都是难解的题。唯独在祝云雀这儿,都不用说一句话,陆让尘就能听她的。

程丽茹脸色似乎更难看了几分。

可饶是如此,祝云雀也没有任何退缩的意味,像是慢慢镇定下来,她轻声对陆让尘说:"你上去,我没关系的。"

既然她都这么说了,陆让尘也没拦在中间。

他也想好了,左右三楼这么近,楼下要是真吵起来,他也没什么好说的,直接下楼带祝云雀走就是。

不过应该是多虑的。程丽茹那人,虽然有时候脾气大,但涵养始终是有的,就算再怎样,也不至于搞得太难看。

心里也算把各种后果都想了,陆让尘稍稍释然,轻点了下头,说:"行,那你们慢慢聊。"

他说完又抬头,看向程丽茹。母子两人神色各异地对视一秒,陆让尘转身上了楼。

他一走,楼下客厅的气氛似乎更微妙了。

祝云雀唇瓣轻动,想说什么,哪知程丽茹先开口了,她淡瞥祝云雀一眼:"有什么话坐下说吧,免得陆让尘觉得我在欺负你。"

祝云雀在她面前从善如流地坐下。

两人中间隔着茶几,距离不远不近,倒也舒服。

程丽茹盘问她:"你们俩什么时候领的证?"

祝云雀抬眸迎上她的目光,说:"就昨天。"

程丽茹气笑:"臭小子,行动倒是够快,还会先斩后奏。"她又看祝云雀,说不清是什么语气,"你家里同意吗?"

这个家里,不仅指祝平安那边,还指冯艳莱。只是那个名字,似乎是一道禁忌,她不肯说出来。

祝云雀没拐弯抹角,她看着程丽茹,语气平静:"我爸那边管不了我,至于我妈。"她停顿了下,"她在澳大利亚,找了个新家,过得勉勉强强,也没那个心思为我操心。"

不止不会为她操心,两人连联系都不太多了。

也就是前几年的事,冯艳莱给老外生了个儿子,似乎是有了新的人生目标,也决心和国内的一切割裂。她跟祝云雀说过——我对你应尽的义务都尽到了,以后妈妈也不想再操那么多心,你这么大了,能照顾好自己。

复述这些话时,祝云雀嘴角扯着极淡的笑意,她不知道自己怎么能笑得出来。

程丽茹也不知道,她只错愕了瞬,觉得祝云雀那一瞬间的笑很讽刺,也很悲凉。

既然话题已经到这儿了,祝云雀也没必要再弯弯绕绕地寒暄。她看着程丽茹,语气尽可能诚恳真挚,眸光轻闪着说:"但就算她现在和我没什么关系,我也要替她,和我自己,跟您说一声抱歉,真的抱歉,程阿姨,当初是我们的出现,毁了您的家庭和婚姻。"

没想到祝云雀开口表达的,不是希望她能同意自己和陆让尘的事,而是道歉。程丽茹心口都突了一瞬。她喉咙哽了又哽,鼻腔也倏地涌上一股酸呛之感。像是堆积在角落里,多年的恨意与痛苦,被人一铲子挖出来,晒到天光之下。

程丽茹一时无话可说了。

祝云雀也没指望她能说什么,兀自往下说:"其实她这些年很不好过,她知道自己对不起您,只是她没有那个勇气。

"既然她没有,那这些话就由我来说。

"程阿姨,您是我见过的最好最好的长辈,如果当初没有您的帮扶,我和我妈不可能过上那样的生活。无论如何她都千不该,万不该,做出那样恶劣的事。

"我不是为了挽回什么,我只是希望您未来的人生,都能平安顺遂快乐。"

话到这里，程丽茹打断她："你希望我平安顺遂快乐，那你为什么还要和阿让在一起？"

祝云雀说："那是两码事。"

程丽茹冷笑一声，像是根本不相信鳄鱼的眼泪："你别指望说几句好话，我就能同意你们的事——"

"我没指望您同意。"祝云雀也冷静下来，说完那些压在心头的话，她甚至是从容不迫的，"阿姨，我们已经领证了，是正儿八经的夫妻。除非我们自愿离婚，否则谁都拿我们没办法。"

"你是在对我耀武扬威吗？"

"没。"祝云雀肩膀绷直，不知道哪里来的底气，口吻尤为坚定，"是陆让尘的选择。"

如果不是陆让尘选择她，她不会坐在程丽茹面前，就像陆让尘说的，她从头到尾，都没做错过任何事。

那些扛在身上的枷锁，她不想再背负了。

"好，好好，"程丽茹再次被气笑，"我以前怎么没发觉你这么牙尖嘴利。"

稍微顺了口气，程丽茹又说："你现在把我惹毛了，就不怕我逼着你们两个分开？当初老爷子就没给你家好果子吃，你现在就不怕吗？"

怎么可能不怕呢？不然前些天，她也不会翻来覆去地犹豫徘徊、畏首畏尾。

可现在，她不怕了，再也不怕了。

轻轻吸了口气，祝云雀直直地看着她，说："我和家里已经说明白了，我不会再为他们承担什么，他们也会当我不存在，所以就算是您和程家，再拿我父亲和后妈的事拿捏我，我也只会无动于衷。"

程丽茹被她的话噎住。

祝云雀说："那您还有别的手段吗？"

一句话像是捅到命门，程丽茹先是气血上涌，可转念又不知道该说什么。

还能说什么呢，从她听说陆让尘领证这件事开始，她就心如死灰了。

自己养大的儿子，她心里比谁都清楚，他就是个情种，就是犟，就算看到再多再好的女人，心里也只有祝云雀一个。

似乎也是真灰心了，程丽茹神色终于缓和下来，肩膀也微微塌陷，就这么沉默着。不知过了多久，她语气颓然，却仍旧倔强地说："可就算拆不开你们，我也不会接受你的。"

程丽茹眸光闪烁着，看向祝云雀，说："就凭你的母亲是冯艳莱，我这辈子就不可能接受你。

"你也别想着，踏进程家大门，享受程家的任何好处。"

绕来绕去，最终的底牌也不过是这个。

祝云雀像是赌赢了般，忽而浅笑一声，说："您放心，我不会觊觎您和程家的任何。"

程丽茹眼神再度诧异。

可祝云雀就是那么清白，那么值得推敲，眼中也没有任何欲望和杂念。

她说："阿姨，我只要陆让尘。只要他一个。"

程富森今年八十岁了，身体本就每况愈下，偏偏还因为脑溢血，半边瘫痪。

好在意识还是清醒的，这也是为什么，程丽茹会告诫陆让尘，别过去气他。

陆让尘也没想过要气程富森，他很尊敬老爷子，即便知道当年程富森用那样不堪的手段把祝云雀赶走，心里也没什么不满和恨意。

所以他上楼，一方面是为祝云雀和程丽茹留下单独谈话的空间，另一方面，也是和老爷子坦白，现在祝云雀已经是程家的孙媳妇了，希望老爷子不要再对她的家人做什么不光彩的行为，他真的很爱她。

可虽是这么想，当真正等人上去了，又是另外一回事。

人老了，真的是一瞬间的事。

明明陆让尘前几年还觉得程富森老当益壮，可到了当下，忽然就觉得老爷子风烛残年。

老爷子意识还算清醒，但话说不大明白。

陆让尘只能听他含糊地念着自己的名字："让尘，让尘。"

陆让尘喉咙涩得厉害，第一时间伸出手，握住老人家的手。程富森就这么看着他，嘴角咧着，艰难地笑了笑。

就这样握着手,陪着老人家,陆让尘最后都没说什么,直到老爷子沉沉睡过去。

陆让尘跟住家阿姨交流了两句,确定老爷子身体状况还不错后,才下了楼。

阿姨是个挺热心肠的人,自打程老太太去世后,都是她在照顾程老爷子的起居,就数她和程老爷子最亲近。

虽然她不知道程老爷子现在如果知道陆让尘和祝云雀领证了会是什么反应,但她知道,最起码之前的一个月,程富森是没太大情绪的。

那会儿老爷子还没有突发脑溢血,他知道祝云雀从北城回去了,也知道陆让尘和她见面了,他什么都知道。

陆让尘脚步微顿:"他既然知道,为什么还……"

阿姨叹气说:"当然是这些年,他看你真的犟到底了。"

不管用什么条件诱惑陆让尘,哪怕是程家的位置都给他,陆让尘也无动于衷,不相亲,不找对象,不结婚。

用程富森那时的话来说——"他再这么熬下去,恐怕我死了,都抱不到重孙子。"

其实对程富森来说,重孙子什么的,根本不重要。家族子孙众多,就算陆让尘不生,也有别的孩子会生。

可这些孩子里,他唯独偏爱陆让尘,也正是这个原因,他才那么接受不了祝云雀。

可现在呢?

心里蹦出这个疑问,陆让尘有几分茫然。

阿姨跟他说:"你别怪我私自揣测老爷子的心意,反正我是觉得,如果这会儿老爷子是健康的,还真不一定跟你发火。都这么多年了,你再犟能犟到哪儿去,谁家长辈不希望孩子是快乐的?"

随着阿姨的话,陆让尘缓缓下了台阶,然后就看到,此刻坐在一楼沙发上,独自怔然的程丽茹。

这个时候,祝云雀早就不知道哪里去了。

陆让尘眉头一蹙,加快脚步下楼,他扬声问:"祝云雀呢?"

程丽茹这才缓缓回神,脸上的不自然神色瞬间收敛,她拧了下眉说:"有了媳妇就忘了娘,可真有你的。"

陆让尘扯了下嘴角:"差不多得了啊,你那时候我也憋着火没跟你发。"

他说的那时候,不只是程丽茹私自跟商叔叔结婚领证,还有八年前,她骗了他,把他禁锢在身边。

那股气,让陆让尘跟她冷战好久,这些年才缓和。

程丽茹又怎么不知道,他们这几个中年人之间的事,跟祝云雀毫无关系,是她心里过不去那个坎儿而已。

程丽茹闭上嘴,朝外面抬抬下巴说:"她去外面等你了,她说待在我面前,怕我不舒服,说完就出去了。"

陆让尘脚步下意识抬起,刚要走,又停下来,扭头看她说:"你们俩说了什么?"

程丽茹没什么好气地白他一眼说:"说了什么,你们夫妻俩自己研究。"

陆让尘是真气笑了。都说人年纪越大越像小孩,他现在觉得是真的了。也懒得跟程丽茹掰扯下去,陆让尘闪身就要走,是程丽茹"哎"了声,又叫住他。

陆让尘有些不耐烦,无奈地一勾嘴角,说:"又怎么了?"

程丽茹还是那副执拗样儿,说:"不管怎么样,我不会承认她是我儿媳妇的,你也不用再把她领过来,我不接纳。"

说完,她端起双手,偏过头,连眼神也不愿意给陆让尘了。

结果呢,陆让尘嗤笑一声,根本不在意的样子,说:"那正好,我也省得担心什么婆媳矛盾。"

程丽茹被呛得脸色一红:"臭小子!没良心的玩意儿!"

"没良心"三个字陆让尘从小到大听得耳朵都长茧子了。他不在意地哼笑,装模作样地挠了挠耳朵,说:"今天就这样,先撤了。"

陆让尘从老宅出来的时候,阳光也灿烂明媚,他一抬眼,就看到坐在不远处的长椅上,低头回消息的祝云雀。

盯了她两秒,陆让尘扯唇轻笑,闲庭信步地来到她面前。

祝云雀正在回学校那边的消息。她抬头看到他,还愣了下,说:"你怎么这么快就出来了?"

陆让尘挑眉说:"快吗?"

不知道为什么,祝云雀觉得他这会儿心情很好。

她会心一笑,伸手被陆让尘牵着站了起来。

陆让尘揽过她的腰,低眸看着她,眼神里尽是宠溺和关切,说:"刚哭了没?"

祝云雀就知道他会这么问,她抿唇笑了笑,摇头,说:"但我感觉我再说下去,阿姨要哭了。"

陆让尘轻扬眉梢,对她刮目相看:"瞧把你得意的。"

祝云雀抿唇:"还行吧。"

像是最重要的事都解决完,两人心情都很轻松地朝前走着。彭远的车就停在前方。

陆让尘问她:"所以你到底跟我说了什么?"

"没说什么,就是道了个歉,说,我跟你已经结婚了,她怎么阻拦都没用。"

陆让尘哼笑:"我不信,肯定还有。"

"……没了。"

"真没了?"

"……真没了啊。"

说完这话,陆让尘停下脚步。祝云雀面色不大自然地看陆让尘,说:"怎么?"

陆让尘就这么居高临下地觑着她,蓦地一挑眉,说:"就是忽然觉得,我老婆是真厉害,连我妈这样难缠的角色,都能应对得了。"

祝云雀气笑:"我怎么觉得你这不是好话。"顿了顿,她又问,"你爷爷呢,他什么态度?"

"他啊,"陆让尘煞有介事地把她又搂紧几分,臭不要脸地说,"我妈说了,让我有什么话和你晚上研究。"

祝云雀脸颊也不知道是被太阳晒的,还是被他招惹的,泛起不自然的潮红。

她用胳膊肘怼了他一下,说:"陆让尘,正经点。"

陆让尘笑得肩膀直抖,懒声道:"怎么不正经了?我要真不正经,你早就抱着孩子来看我妈了。"

祝云雀无语地横他一眼,转身上车的瞬间,又禁不住背着他勾了勾嘴角。

学校和俱乐部那边都催得急，于是在当天办完所有事后，陆让尘和祝云雀直接回了南城。

两人结婚这事，在陆让尘的圈子里传得很快。

祝云雀这边也是在发了官宣的朋友圈后，在学校里传开。

最惊讶的就数张乐瑶和肖倾宇。

肖倾宇有多失落就不必说了，张乐瑶简直三观崩坏，甚至直接找祝云雀，说："你们俩才复合多久啊，就结婚了？他给你买钻戒了吗？他跟你求婚了吗？祝老师你可别太好骗了啊。"

这话外人听着怎么想，祝云雀不清楚，她只知道自己根本懒得搭理。

后来应该是也觉得没趣了，张乐瑶撇撇嘴就没再问。

祝云雀耳根清净下来，但是被她说得，这几天只要一闲着，就去附近的商场看戒指。

看戒指这事，她没告诉陆让尘。陆让尘这段时间挺忙的，两人招待朋友的派对也延迟到了月中。

许琳达为了这聚会，还提前烫头发、文眉。

祝云雀却守着自己为数不多的存款，盘算要买哪对戒指。

不是陆让尘不买，而是她根本就没跟陆让尘提这事儿。

她总能想起，曾经陆让尘送过她的戒指，上面刻了英文字母的，不止戒指，还有项链、玉佛，到后面的名牌包、大牌的衣服。每样拎起来都能顶个婚戒，陆让尘又怎么可能舍不得。

她只是想，单纯送一样东西给他，用自己赚的钱送给他，就像奉上自己所有的真心一样。

最终祝云雀咬牙买下一对戒指，简单大方的款式。

许琳达还说她可真是为陆让尘下血本了。她的存款也就那么多了，这么一来，算是把自己掏空了。

唯一庆幸的是，她很快就要发工资，同时陆让尘的另一套住房也已经收拾出来，是在南城三环外别墅区的小洋楼。

当年陆让尘拿到第一桶金的时候，作为投资买的，现在用来当婚房很合适。

开派对那晚的白天，陆让尘过来帮祝云雀搬家。

本来她交的房租是一年的，但都是同事，肖倾宇就没那么较真，说剩下的都退给她。

为此祝云雀还有些过意不去，两人站在门口多说了几句。

见两人聊得久了，陆让尘颀长的身姿就这么往门口一站，慵慵懒懒的样子，说出的话却透着威慑力："不用那么麻烦，大不了这房子就空着，我又不是供不起。"

被他一打岔，肖倾宇愣住。这还是他第一次亲眼看到陆让尘，祝云雀传说中的男朋友，哦不，老公。

之前听人说祝云雀找的对象就只是个开超市的，他还为祝云雀不值。结果呢，见到真人，他才发现……这男人长得是真出类拔萃啊。

他不可思议地问祝云雀："这是你对象？"

祝云雀看了眼陆让尘，又看向肖倾宇，大方介绍道："嗯，他是陆让尘，点尘俱乐部的创始人。"

肖倾宇又蒙了下："点尘俱乐部？就张乐瑶之前嚷嚷着总想去的那个？"他不可思议地看着陆让尘说，"可你不是开超市的吗？"

这离谱的话说得陆让尘眉梢一挑，他哼笑着说："你看我像？"

肖倾宇臊红着一张脸，最后的希望都被掐灭了。那可是点尘俱乐部，动不动上同城头条的俱乐部，他一个普普通通的老师，根本比不了啊。

不想回到屋里，陆让尘醋意大发。祝云雀在那边收拾着杂物，他就堵在她门口，语调悠悠地问："刚刚那老师，跟你一个办公室？"

祝云雀把杂物放到整理箱里，说："是啊。"

陆让尘哼哼两声，说："那你俩见面的时间比我多啊。"

祝云雀蛮无语的，不理他。

陆让尘却直接将她搂进怀里，质问说："这两天我不在，你忙什么去了？嗯？"

祝云雀轻声说："你放我起来，我就告诉你。"

陆让尘挑挑眉，哼笑一声。祝云雀凑到他脸边亲了下。

陆让尘喉结一滚，目光直勾勾地锁着她，"啧"了声："没事儿别乱撩啊，等会儿搬家公司就来了。"

祝云雀白他一眼，当着他的面，从包里掏出一个小盒子，重新坐到他身边。

陆让尘眯了眯眼,说:"祝云雀,你没事儿吧?"他从她手中接过盒子,打开,看着里面的两枚戒指说,"我是穷疯了?要你来买婚戒?"

"……不是。"祝云雀眨着黑漆漆的眼睛,眼神躲了下,说,"我就是无意间看上,想买给你。"

陆让尘怎么不知道她在撒谎呢。他捏过她的下巴,觑着她轻笑,说:"这么爱我啊?兜里都没剩下多少钱了,省吃俭用还要给我买婚戒?"

祝云雀被他说得脸颊一烫,说:"谁跟你说的?"

陆让尘扯唇:"这还用别人跟我说吗?"他抬抬下巴,"你最近都开始挤地铁坐公交了。"

这阵子忙,陆让尘没法接祝云雀,有时候祝云雀就会主动去找陆让尘。

从前她都是打车的,可这几天,她都开始挤地铁了。

后来他随口问了句许琳达,许琳达就说,祝云雀没钱了。

陆让尘怎么可能不心疼,心疼又无奈,正好两人谈到这儿,他好笑地叹了口气,干脆拿起手机,给祝云雀转了笔钱过去。

手机"叮咚"一响,祝云雀看了眼,整整五万。

祝云雀耳根一热:"你干什么,我——"

"祝云雀,"陆让尘突然一本正经地叫她的名字,"别好面子行吗?你忘了,你现在是我妻子,我给我妻子钱花,不是天经地义?"

祝云雀一时语塞,心跳加速,人也恍然了。

是的,没错。她是他的妻子,唯一的、正式的,合法的妻子。

这个事实,只要一想到,就会心生雀跃,她看向陆让尘,抿了抿唇说:"那你收下我的戒指。"

本以为陆让尘会从善如流,不想他耸肩:"不巧,我也准备了。"

祝云雀脑子都短路了。她没想到,陆让尘居然来真的,还真就当着他的面,从外套里取出一个小小的黑袋子,那种异常简陋的,看起来,还没来得及加任何装饰的。

祝云雀心跳漏掉两拍。等陆让尘打开袋子,她果然看到两枚戒指,只见那戒指,有几分眼熟,却又不完全眼熟。

不过几秒,祝云雀就认出来了,是当初陆让尘送她的对戒。

只不过,其中一枚刻着 wind 的戒指,已经被改成另一番模样,上面托着不小的流光溢彩的钻石,样式是女士婚戒,光是看着就很华贵。

祝云雀彻底被震住，心神都颤了颤。她并非震撼于这戒指被改后的昂贵模样，而是这对戒指，陆让尘从一开始就没丢。

那年他们谈分手，在那家无人光顾的浪漫咖啡馆，她摘掉那枚戒指，对陆让尘宣告结束，说我们就到这里吧。

那时，心如死灰的瞬间，祝云雀到现在都还记得。甚至后来，就连那对戒指去了哪里，她都知道。

在她和陆让尘彻底断联的第二年，她机缘巧合下，去了一次失恋博物馆。就在那里，她看到了和陆让尘的那对戒指。

站在展柜前，她突然潸然泪下，吓坏了工作人员。再后来，她就跟这家店的老板请求，请求买下这对戒指。

奈何这戒指价值太高，老板没有处理权限，只能联系当事人，也就是那一次，祝云雀时隔两年，听到了陆让尘的声音。

嗓音低低的、疏冷陌生的，说了声"喂"。

仅仅是一个音节，祝云雀就溃不成军，她撂下那通电话，再也没勇气打过去。等她有机会再回南城时，那家失恋博物馆也倒闭了。

她没想过这对戒指，竟然被陆让尘要了回去，还被他改了样子。

陆让尘也没想过，曾经那通电话对面的人，居然是祝云雀。他笑得惆怅感慨，说："祝云雀，你到底还有多少事瞒着我？"

祝云雀眼神倔强又温柔地看着他，说："还有好多。"

陆让尘眼神深挚地锁着她，扣住她的后脑勺，在她唇上贪吻："然后呢，还有什么？"

祝云雀被他吻得目眩神迷，情不自禁地说："还有，那天其实我跟你妈妈说了很多，我说，我什么都不要，我只要陆让尘。"

"还有呢？"

"……还有，你只要我。只有我，能让你幸福。"

话到这里，陆让尘心脏猛烈地颤动着。那一吻停下，他眸光深挚地看着祝云雀，说："还记得吗，八年前，我跟你说的？"

祝云雀眼眸湿润，摇摇头，又忽然想到什么，点头，再点头。

她没想过，这么多年过去，陆让尘对她还是那样矢志不渝，甘之如饴。

他轻轻扬唇，像兑现承诺那般，说："所以，从今以后，我的雀雀，又可以继续做风了，我做你的风筝。"

祝云雀破涕为笑。

她笑，陆让尘就笑，笑意温柔而缱绻。

忽然，放在一边的手机响了。

陆让尘把祝云雀搂在怀里，电话开了外放，是俱乐部的人，问陆让尘收拾好了没，他们要过来帮忙搬家。

喧喧闹闹的少年人，益然鲜活。

祝云雀抬起湿润的眼眸看着陆让尘，陆让尘也低眸看着她，和他们说收拾得差不多了。

领头的姜随热热闹闹地说了句好，他们几个马上过来，就挂断电话。

空气瞬间安静下来。

陆让尘俯首在祝云雀的额头上亲了亲，唇角深深一弯，说："雀雀，我们该回家了。"

不想祝云雀摇头，目光笔直莹润地看着他，说："我早就回家了。

"陆让尘。

"你就是我的家。

"我唯一的家。"

· 番外一

领证之后

八月，南城盛夏，高温不断。

这是祝云雀来到育华中学后，迎来的第一个暑假。

期末考试成绩公布那天，陆让尘带领姜随他们几个从国外比赛回来，为了庆祝他们取得好成绩，大家决定晚上好好聚一聚。

陆让尘惦记着祝云雀，出了机场就开车回家。

就是那栋市区三环外的三层小洋楼，规规矩矩的小型别墅，整个小区都长一个样，到了夏季，绿柳成荫，风景怡人。

这地在南城不算寸土寸金的价格，但也不便宜。住在这儿的人，大多是中产以上。

祝云雀也是搬过来后，才知道陆让尘有些房贷，贷款不多，他买到手就以租抵贷。

也是在祝云雀回来后，他才决定把房子收回来，开始整理房子，都是一些软装，所以弄得很快。

只是再快，祝云雀也没想到陆让尘能提前到这个程度。明明那会儿两人还没和好，甚至还在老柳那儿吵了一架，他话说得很绝，说结束了就是结束了。

可这话一说完，他就喝了一夜的酒，还头脑一热，给那租客打了个电话。

这事儿还是邓哲在他们搬家的那次聚会上跟祝云雀说的。

他说那天晚上陆让尘给租客打电话的时候，他就在旁边，那租客气得呀，把陆让尘一顿骂。

可陆让尘那会儿只是突然来了句："那我赔偿你，行不行？"

租客听后先是愣了下，跟着都气笑了，说："哥们儿，你这是要着急娶媳妇啊？"

陆让尘没承认，也没否认，又把这话重复了一遍。

也就是那会儿，邓哲明白了。明白陆让尘也就这样了，他这辈子都要被祝云雀吃死了。

偏偏邓哲那性子，又是藏不住话的。在陆让尘和祝云雀刚搬去新家的那晚，他就把这事儿告诉了祝云雀。

等邓哲他们一走，祝云雀就跟陆让尘问起这件事。

他还是吊儿郎当的态度："我想着，住这里的话，未来女主人能舒服点。"他轻舒了口气，浓眸低低垂下来，温柔而专心地看着她，"想你应该有间独立的书房，这样你就可以不被打扰，一个人在书房里看书、备课、改作业。

"你的梳妆台和我一起挤到卧室太将就，想或许应该给你留出一个衣帽间吧。这样以后给你买衣服、鞋子、包，都可以放得下。

"以后我们总要有孩子的吧，孩子的卧室、书房。

"如果再请保姆的话，还要留出一间客房。"

他越说，祝云雀嘴角弧度越深，到后来干脆忍不住笑了。

见她笑得开心，陆让尘也噙起嘴角，无奈似的："祝云雀，你再笑我一个试试。"

祝云雀佯装正经地清嗓子，说："好，我不笑。"

陆让尘闷笑一声，又忍不住低头，惩罚似的轻咬一下她的嘴唇。

祝云雀目不转睛地看着他，心中悸动荡开，说："你知道吗，陆让尘，我小时候最渴望的就是有一间独立的书房，或者一间大一点、舒服点的卧室，可以不被任何人打扰的那种。"

平时的她，清冷的、疏离的，像是即便很努力也很难窥探到她的内心。

可当下说出这些话的这刻，陆让尘明显觉得她不一样了。

陆让尘喉结微滚，低哑着嗓音："原来我的雀雀小时候受过这么多苦吗？"

大抵人就是这样一种生物，淋雨时可以坚强，可以不哭，可只要雨一停,被爱的人问一问,就会心房失守,脆弱难挨。

祝云雀眼眸氤氲起浅浅雾气,她摇头,说:"但是现在不苦了。现在我有你了陆让尘。

"有你,我的未来就只会是甜的。"

不记得是曾经的哪个朋友说的,祝云雀这姑娘,漂亮是漂亮,但绝非良配。别的姑娘都是嘴硬心软、嘴软心软,可她不,她嘴硬心也硬。

可直到这一刻,陆让尘才觉得,他们所有人都不了解祝云雀。

她是这世上,最爱逞强的贝壳类生物。外表看起来坚不可摧,可打开了,你就会知道,她有着这世上最柔软最温热的心。

因为她的那些话,陆让尘又给家里添置了几样环保型家具,就为了给书房和衣帽间布置得再好,再舒服些。

只是等彻底弄好,祝云雀可以用了,育华中学的暑假也到了。

祝云雀的新电脑和新桌子还没用几天,就被邓哲送过来写作业的邓娇给霸占了。

邓哲原话是这么说的,这小丫头成绩差得不行了,就当是沾兄弟和老同学的光,让祝云雀好好管教一下。

正好那段时间,邓哲也要重新改造一下超市,没时间管邓娇。

一问才知道,他最近攒了点钱,想把门脸扩大一点,多赚一些是一些。

祝云雀对看管邓娇倒是没什么意见。她只是在想,邓哲和许琳达在那天聚会见面后到底是什么情况,两人有没有联系。

反正据那天的情况来看,两人看着挺大方的,该说笑说笑,该娱乐娱乐,像没事儿人一样。

许琳达也没有当年那样较真了,她可以轻松面对邓哲,转头就答应了一个富二代的追求。

祝云雀虽然与祝平安和邓佳丽闹掰了,但祝宇轩毕竟是她的亲弟弟,她还是舍不得不理的,于是叫上叶添,带着祝宇轩去游乐园玩。

祝云雀和叶添聊到陆让尘时,祝宇轩也听到了,于是吵着要见见他这位新姐夫。

祝云雀只好给陆让尘打电话。

陆让尘开着车过来接祝云雀他们三个，又带他们出去吃自助餐。

他们吃了两个小时，小屁孩祝宇轩撑得都说不出话，回去的路上一上车就睡着了。

陆让尘想着反正也是送，就直接把导航定位到烟柳巷那儿。

路途挺远，他跟叶添断断续续地聊着天，祝云雀因而听到了祝平安和邓佳丽的近况。

说起来，祝云雀上次和他们俩见面，还是在医院，明明才过了一个多月，可遥远得像上辈子的事。

陆让尘没想到祝云雀能这么言出必行。当时冷着脸让祝平安和邓佳丽当她不存在，后面她就说一不二地不跟他们联系，这么长时间也真的一个祝平安的电话都不接。

聊到这儿，叶添想了想说："你别怪我多嘴，叔叔其实还是挺惦记你的，只是他不懂表达罢了。

"上次在医院，他和我妈吵得很凶，我妈被他骂哭了。我不是为我妈说话，我知道，她那人讨人嫌的时候是真讨人嫌，说话也不过脑子，你别把她的话放心上，你没对不起谁。"

"至于那几万块钱，叔叔没花，他一直给你留着的，想着你结婚了，再添个几万块钱给你当嫁妆。"说到这里，叶添神色有几分过意不去，叹了口气，"说白了，还是我没能耐，不然他们也不会求到你身上。"

其实这些话，叶添很早就想跟祝云雀说的，但一直没有合适的时机。

陆让尘闻言看了眼祝云雀，发现她神色依旧那么淡然，望着车窗外飞驰而过的街景不吭声，不知道在想什么。

过了下一个红绿灯，她才说："你那个餐吧最近生意如何？"

"还凑合吧。"叶添干巴巴地扯了下嘴角，"没怎么赚，但也没赔。"

祝云雀稍怔了下，没想到会这样，毕竟之前去的时候，她感觉人流量还挺多的。

"能不多吗？"叶添说，"之前刚开业做活动，什么东西都便宜，去的人当然多了，现在活动没了，人流量自然就降下来了。"

祝云雀默了默，想说些什么，但又不知从何安慰。

倒是陆让尘声音淡淡地道："有名片吗，回头给我弄点儿，我帮你发出去宣传宣传。"

祝云雀闻言看向他，眼神诧异。

余光注意到她的视线，陆让尘撇过头，似笑非笑地回看她一眼。

叶添张嘴，不知所措道："真的？"

"这有什么假的，不就是帮你发发名片。"陆让尘不甚在意地从后视镜里瞧了叶添一眼说，"我身边爱玩的人多，帮你宣传宣传或许能有点效果。"顿了下，他又说，"以后有机会的话，我尽量带人过去。"

陆让尘既然能说出来，就绝不会食言。

祝云雀缓慢地眨了下眼，忍不住又偏头看他。结果这男人视线好像就没怎么从她身上离开过似的，只要她一看他，他就能发现。

陆让尘冲她一挑唇："怎么？"

祝云雀撇了下嘴，说："没什么，挺好的。"

反正不能当面夸他，不然他肯定要翘尾巴，再不然就跟她讨点儿什么。

不知不觉将车开进烟柳巷。

硕大的车型和不算宽阔的巷子对比鲜明，怕堵着路，祝云雀和陆让尘就没下车，把人送到小区门口就走了。

周围的店面开着，来来往往的人都对这辆不便宜的车多看两眼。

这么多年过去，南城大都变了模样，唯独烟柳巷这地方和从前比半分未变。

祝云雀望着一路上的店面，心中慨然。

望着她不知所想的侧脸，陆让尘淡淡说："上次过来那会儿是冬天，大晚上都看不清路面，没想到白天这巷子看着还挺有风味。"

祝云雀回过神说："你什么时候来过？"

陆让尘轻笑了声，目视前方故意卖关子："祝云雀，你是真渣啊。合着我大雪天来找你复合，你那时候根本就没在意过我。"

祝云雀这才意识到他说的是八年前。

八年前她跟陆让尘提分手，陆让尘大过年的来烟柳巷找她，这事儿还是叶添跟她说的。

叶添当时挺看不下去的，劝她："陆让尘看起来特颓废，你们俩有什么事就不能好好说吗？他那样我都快看不下去了。"

祝云雀不记得自己那会儿说了什么，只记得自己眼泪像断了线的珠子，控制不住地往下掉。

没人知道，那时她有多舍不得陆让尘。

叶添转达的那句话，她根本就没敢听，怕一听，就溃不成军，抛下一切不计后果地跟陆让尘走。

后来很多年过去，祝云雀有了从北城回到南城生活的想法，叶添才把当年的那句话真正转达给她。

——"我对她从来都没变过。"

就是那句话，让祝云雀最终下定决心辞掉北城高薪的工作，毅然决然回到南城，回到他身边。

可这些千回百转的心思，她不说，陆让尘又怎么会知道，他大概只觉得她冷情得要命。

她又想到吃饭时，自己故意气他的那句话，祝云雀忽然生出一点难得的内疚。

她忍不住想，她到底表现得有多不积极，才总让陆让尘觉得她爱得不够多？

路上，两人又不知不觉聊到祝平安的事。

祝云雀难得敞开心扉说："我没打算一辈子不和他联系，他毕竟是我爸，以后他老了，我还是要给他养老送终的，那是儿女应尽的本分。"顿了顿，她说，"我只是现在不想理他。"

陆让尘："不想理暂时就不理，这段时间如果有什么事需要你处理，我替你过去就行。"

祝云雀认真地看着他说："可我不想让你蹚浑水。"

陆让尘乐道："怎么就蹚浑水了，咱俩不是都结婚了？"

"可你不知道——"祝云雀稍稍斟酌着，换了个说法，"我不想他们吸你的血。"

陆让尘知道她介意的是这点，勾了勾唇说："放心，我有分寸，你不想让我办的事，我不会给他们办。"说话间，他冲她眨了下眼，"家里你最大，什么我都听你的。"

窝心的话不是没听过，可哪句都没像这样，给祝云雀前所未有的踏实感。

是的，她有家了，和陆让尘共同的家。

这个事实，让祝云雀心口泛起充盈的甜，嘴角也不经意弯了几分。

只是随着这个话题，她又想到别的一些事。

就比如，陆让尘的父亲。其实祝云雀早就想问了，但好几次都不知道怎么开口，也是趁着这个时机，她才一鼓作气地说了出来。

没想到，陆让尘的态度远比她想象中轻松，他说："我爸现在挺好的，在老家那边的寺庙做义工，负责讲解引领，偶尔回来一趟。"

当年他跟冯艳莱的事闹得满城风雨，因为闹上了热搜，上面不得不重视，就把他停职了。

一朝名誉被损，多年积累的一切都付之一炬，陆鼎忠肯定是受不了的。

他为此抑郁成疾，生了场重病。还是后来程丽茹和陆让尘回去看了他一趟，他才渐渐解开心结。

再后来，为了寻求清静，他就干脆去庙里做义工了。

前些年的时候，陆让尘每隔一段时间就会去见他一面，但是待的时间不长。每一次，陆鼎忠都会给程丽茹带些小礼物回去。

祝云雀听闻沉默下来，忽然想到自己远在国外的母亲。这么多年了，他们三个之间的往事，也算是终于画上句号了吧。

转眼育华中学开学了。

祝云雀带的几个班级升入高三，晚自习也开始了。

陆让尘不怎么忙，所以即便祝云雀很忙，两人日子也过得如胶似漆，从未有过争吵。

这可把周槿羡慕坏了。同样是小夫妻过日子，她跟李铁可没那么太平。

虽然李铁很爱她，但架不住两人性子都火暴，有时候说着说着，两人就拌起嘴来。最严重的一次，两人还冷战了三天。

那三天，周槿把李铁赶了出去。

李铁只能来陆让尘这儿混了三天日子，当然最后他还是服软了。

不过再恩爱的夫妻，老这么折腾也受不了，于是周槿就过来找祝云雀讨要两人和平相处的心经。

可祝云雀又哪里有什么心经呢，她和陆让尘这性子，就是硬吵都吵不起来。即便有摩擦，也很快就能化解，反正不是陆让尘服软，就是她算了。

祝云雀想了想只能跟周槿坦白，说没什么心经，可能是因为两人相处时间还不够长吧。

周槿认真琢磨了下，觉得也是："毕竟你俩中间空缺那么多年呢，陆让尘现在正是新鲜的时候，就是想跟你吵也舍不得啊。"

祝云雀觉得有道理，便笑着说："那等我有天跟他真吵架了，再跟你讲讲。"

有些话说着就是玩笑的，可不承想祝云雀一语成谶，就在一周后的某天，还真跟陆让尘闹了矛盾。

倒不是因为生活中的琐事，而是因为一通电话。

那天陆让尘白天一直在俱乐部那边忙，等到晚上八九点才回家。那会儿祝云雀在浴室洗澡，手机落在了外面。

陆让尘刚在沙发上坐下，就看到祝云雀的手机在闪。

一般她的手机陆让尘不会擅自碰的，但问题就在于那天来电话的人，是个旧相识。

不是别人，正是好多年都没想起来的一个人——赵奇嘉。

那三个字，明晃晃地挂在手机屏幕上，闪得陆让尘眉心不爽地一蹩，脸色也越发难看。

他抬手挂掉，赵奇嘉还是不眠不休地打。

他挂一次，赵奇嘉就打一次，给陆让尘都气笑了。

到后来，他就干脆把祝云雀的手机关机。

等祝云雀洗完澡出来找手机时，陆让尘正面色不怎么愉悦地看着电视，也不知道在想什么。

祝云雀还挺纳闷儿他居然回来了，就扬声问了他一句。

可陆让尘跟没听到似的，就这么慵慵懒懒地靠坐在那儿，好几秒后才偏头淡淡瞥她一眼。

这还是第一次见陆让尘用这种态度对自己，祝云雀都有些迷茫了。要是往常，陆让尘一定是先冲她笑笑，再起身迎上来抱抱她的。

所以当下是怎么了，他生气了？

祝云雀心生纳闷地走过去，却无论如何都想不出自己哪里招惹他了。

气氛就这么微妙地凝滞着，祝云雀疑惑地站在他身前，重复问："你什么时候回来的？"

说话间，祝云雀轻轻扯了扯陆让尘的衣袖，见他终于肯看自己，眨眨眼说:"怎么了啊?"

她语气软软的,完全就是在撒娇,陆让尘突然就无可奈何了。

可就算这样,也难以平息心中刚刚燃起的火苗。他面无表情地撇开目光,淡声道:"刚回来没多久。"

祝云雀突然无话可说了,又觉得挺莫名其妙的。

偏偏之前邓娇说要问她几道英语题,祝云雀实在找不到手机才问他:"你看到我手机了吗?"

陆让尘对上她的视线,有那么一秒,下颌线都绷紧了。

所以他生气,她就一点儿看不出来是吧。看不出来就算了,还这么若无其事地找手机,着急跟赵奇嘉说话。

陆让尘皮笑肉不笑地一扯嘴角。

他这么一笑,祝云雀更无语了,甚至有那么点烦。

她蹙着秀气的眉,语气不大好地道:"你到底怎么了?"

"没怎么。"陆让尘哼笑一声,倏地站起身。

从口袋里把那部套着浅色手机壳的手机掏出来,扔到茶几上,他阴阳怪气地道:"上楼了,免得打扰你跟老同学叙旧。"

话音一落,他还真利落地转身走了。

祝云雀望着火气滔天的颀长背影,太阳穴一跳。

那应该是两人婚后第一次闹矛盾。

即便以前谈恋爱的时候,也有过摩擦,但没有一次像这样,陆让尘这么明显地生气。最主要的是,祝云雀完全不知道为了什么。

也正因为莫名其妙,又是两人婚后的第一次,祝云雀才会对那晚的印象格外深。

她这人,平时看着软糯没脾气,可实际上呢,有个性得很。

总之,那晚祝云雀还真就憋了一口气,没理陆让尘。

眼见陆让尘上楼回卧室,她就将手机开机,去书房找邓娇。

小姑娘这会儿正被新学的语法难住,祝云雀就干脆和她开了视频,耐心地给她再讲一遍。

卧室和书房离得近,门又没关严。

祝云雀温柔又清晰的讲课声,陆让尘几乎听了全程。

不止他听得清楚，电话对面的李铁也听清楚了。

听完还笑骂他，说陆让尘，你让哥说你点儿什么好呢？你连问都不问就跟人家生气，还怪人家不找你，你这不没事找事儿吗？

李铁又说："不过刚才那电话是谁打给她的啊，你反应怎么这么大？"

陆让尘忽然就觉得那个赵奇嘉，挺牛的。

从高中开始，这家伙就围绕在祝云雀身边，后来又追到大学，在自己盯上祝云雀的时候，他又徘徊在她身边。

好不容易把他甩开了，没想到现在两人还有联系。

这人怎么这么阴魂不散的？

陆让尘想到这儿，简直把自己气笑。不过话说回来，他再阴魂不散又怎样，祝云雀还不是和自己在一起了，现在两人都结了婚，就是累死他也撼动不了什么。

如此一想……陆让尘摸摸鼻子，还真觉得李铁骂得对。他刚刚可不就是小题大做吗？

只是他消气容易，祝云雀消气可是难于登天。

即便陆让尘挂断电话后，主动下楼给她切好水果敲门送进书房，祝云雀仍旧是一个眼神都没给他。

陆让尘终于意识到问题的严重性。他甚至站在那儿无助地停了几秒，说："我刚切的。"他把水果盘往里面推了推，"有你爱吃的火龙果。"

说完，他目不转睛地看着祝云雀，眼神直戳戳的。可祝云雀狠起来就是特别不一样，她就跟没听到一样，继续给视频对面的邓娇讲语法。

陆让尘在旁边默然无声地罚站几秒，摸了摸脖子，很没辙地转身走了。

等了没一会儿，楼下又传来脚步声，陆让尘又推门进来了。

这会儿不是水果，而是他刚给祝云雀倒的牛奶。

或许是觉得刚刚挺没面子的，这会儿他也没正眼瞧祝云雀，只是把牛奶朝她桌上一搁，揣兜说："等会儿别忘了喝。"

说完也没停顿，门一拉转身又走了。

到这会儿，祝云雀的讲解声是真停了。看着桌上的水果和牛奶，她不禁抖了抖嘴角，正想咕哝一句"有病"。

谁知下一秒，她就看到压在牛奶杯下面的一张小字条。

心口倏地一突，祝云雀下意识地便抽出那张奶黄色的小字条。

512

果然如她所料，陆让尘在上面写了潇洒有力又好看的三行字——

我错了，
和我生气可以，但别隔夜，行不行？
求你。

盯着那三行字，祝云雀终于没绷住，"扑哧"一下笑出声。

邓娇那边学得正来劲呢，听到祝云雀这么一笑，抬头问："怎么了？"

祝云雀回过神，敛起嘴边笑痕，摇头说："没什么。"

她拿出手机，给那张字条拍了张照片，又对邓娇说："今天就到这里吧，我现在有事要忙了。"

挂断视频，她端起果盘和牛奶就回了卧室。

这会儿陆让尘刚换好居家服，半躺在卧室的沙发里看书。

那居家服是祝云雀前几天给他挑的，陆让尘嫌颜色太淡了，一直不乐意穿，结果今晚倒是乖乖穿上了。

祝云雀的眼光向来不错。陆让尘穿上这身居家服，顶好看的。

当然祝云雀也就是想想，她可不是那么容易服软的人，即便是进了卧室，也还是没什么表情的样子。

反观陆让尘，眼神直勾勾的，从她一进门开始，目光就没从她身上离开过。

他就这么盯着她，又和她在镜子里对视。

祝云雀眼神傲娇地看了他两眼，又若无其事地偏开目光，故意赌气似的。

陆让尘盯了两秒，一下就乐了，肩膀也轻颤。

他干脆把书撂下，彻底没耐心地走到梳妆台前，也不管祝云雀乐不乐意，直接就把人打横抱起来。

祝云雀被他吓得低呼一声，下意识便搂住他。

结果不承想，天旋地转的一秒过后，她直接被陆让尘反手压制在柔软的被单上。

心口怦然跃动得厉害，祝云雀又气又笑地捶打了下他的肩膀，骂他："你又发什么疯？"

陆让尘也不管她愿不愿意，单手便把她两只手腕钳制起来，举到头顶，对准她的唇瓣直接吻下去。

陆让尘难得烫红着耳朵，把她的手捂在心口，气息旖旎地说："现在还生我气吗？"

祝云雀眼睛一眨不眨地看着他，心跳快得厉害，她咬了下唇说："现在知道后悔了？"

陆让尘笑着点头说："后悔啊，刚气完你就后悔了，这回答行不行？"

祝云雀没忍住直笑，笑得眉眼也弯了起来，含着情似的。

只是没几秒，理智又占领高地，她不满地揪住陆让尘的领子，眼神逼问说："那你刚刚到底抽什么风？"

"哦。"陆让尘鼻音懒懒地应了声，坐起身的瞬间，修长的手臂直接把祝云雀拦腰抱了起来，放在腿上。

陆让尘耐心十足地帮她顺着头发，好一会儿才直视她的眼睛，煞有介事地道："还不是因为你的一个电话。"

祝云雀有点儿蒙："谁啊，什么电话？"

她还不清楚这事。

陆让尘悬着的心稍稍往下放了两寸，扬了扬眉，他故作审视道："就你那最忠实的追求者，我冤家——赵奇嘉，你不知道？"

……这都什么跟什么？

赵奇嘉什么时候给她打电话了？而且他又什么时候成了陆让尘的冤家了？

祝云雀不明所以地看着陆让尘说："你在说什么乱七八糟的，你跟他很熟吗，还是你们有过过节？"

"不熟啊。"陆让尘语调平静地道，"过节也不算吧。"

祝云雀哽住，还想往下问，哪知陆让尘抬抬下巴，示意她化妆桌上的手机，说："你没看通话记录吗？"

祝云雀迷茫地摇头。

她伸手把桌上的手机拿过来，这才发现首页的通话记录里，有好几个未接来电，都是赵奇嘉。

她微微一怔，然后恍然，稍显错愕地看向陆让尘。

陆让尘挑唇哼笑："他可打了不止一遍。"

祝云雀这才明白这家伙为什么刚刚那么火大，但转念一想，这跟她有什么关系。于是祝云雀抿唇蹙眉道："我又不知道他突然找我。"转念又问，"而且你刚刚怎么不跟我说？"

"那会儿就顾着生气了，"陆让尘轻哂，"哪儿还记得跟你掰扯。"

祝云雀无语到白他一眼。

不想下一秒，他捏起她的下巴尖，质问道："正好现在气消了，可以好好跟我说说你俩到底怎么回事了吧。"

祝云雀都快被他气笑了，她毫不留情地拍开他的手说："你有病吧，我跟他能有什么事，顶多就是普通同学，你又不是不知道。"

陆让尘轻哼一声，不信似的："普通同学，这么些年还联系呢。"

"普通同学怎么就不能联系了？"祝云雀反驳他，"之前我刚回南城的时候，大家还一起参加过同学聚会呢。"

倒是没想到还有这么一茬，陆让尘眉梢一挑，脸色都不怎么好看了。

祝云雀怕他真生气，于是搂着他的脖颈，凑过去说："我们好多人聚会的，十几个人，不止我跟他。"

陆让尘斜眼睨她，闷出一嗓子笑："所以呢，这就能确定他对你没心思了？"他眯了眯眼，眼神危险，"你是不是真当我忘了你俩那会儿走得有多近。"

他眼神分明是威胁的，可祝云雀眼底却藏不住笑意，故意气他说："那你倒是说说，我跟他走得有多近？"

他语调随意："当初你俩当同桌，他还坐我原来的位置上，怎么，找替身呢？"

祝云雀忽然就双颊蕴热，抬手便去捂他的嘴巴。

陆让尘扯着嘴角，腔调带笑地看着她，像在看什么珍爱的宝贝，他说："那你说实话，这些年他还追过你吗？"

"没有。"祝云雀没什么好隐瞒的。

陆让尘将信将疑地轻挑眼梢："就算知道我跟你分开了也无动于衷？"

这话问到点子上，祝云雀眼神微妙地不自在一瞬。

陆让尘看她那表情就知道自己猜对了，一下就乐了。

祝云雀马上解释说："他就问过我一次，还是我在北城的时候，我说得也很明白。"

她那表情，就跟个犯错误的小学生似的。

陆让尘觉得有意思，他好整以暇地看着她问："怎么个明白法？说你不喜欢他？"

"一方面吧。"祝云雀老实道，"主要是，我跟他说得很明白，我说，我是为了你，才决定回南城的。"

说这话时，她眼神澄澈纯真，没有一点撒谎讨巧的意味。

倒是陆让尘，迎着她的目光，占有欲逐渐铺满整个眼底，喉结滚了滚，蓦地一笑："那赵奇嘉呢，他什么反应？"

祝云雀笑："他现在好歹是个企业高管，就算有反应，也不会在我面前表现出来吧。"

这说法倒也合情合理，陆让尘很像那么回事地点了下头："那你们现在还联系？"

"没联系。"祝云雀说，"就那次聚会见了一面，彼此留了联系方式，后来都没联系过。"说完她蹙了蹙眉，"怎么感觉你跟审犯人一样？"

祝云雀不爽地推开陆让尘，想从他腿上下去。

陆让尘又把人兜坐在怀里，哄着她似的说："就逗你两句，还真生气了？"

"你那是两句吗？"祝云雀剜他一眼，"你都问我多少句了？"

"这是在意你。"陆让尘找理由，"你就不能让我多放心放心？"

"我还不让你放心吗？"祝云雀没什么好气地道，"我就差天天围着你转了。"

陆让尘难得眉开眼笑，却仍不忘得寸进尺地要求她："反正你给我离赵奇嘉远点。"

祝云雀："……你怎么就这么看不上他？"

她还想说一句，其实赵奇嘉这人挺不错，当初两人没重逢那会儿，他还帮我要到陆让尘俱乐部的地址。

只是这些话还没来得及说出口，陆让尘就呵笑："别人老惦记我的话，你不生气？"

祝云雀忍不住拆他台说："可是人家现在已经有对象了，好像都要结婚了。"

话到这里，空气诡异地安静下来。

祝云雀忍俊不禁地看着陆让尘。

"行啊，祝云雀。"陆让尘语调危险地轻笑一声，"现在都会捉弄人了是吧？"

说着，他就又凑上来，凑到祝云雀脖颈那儿亲。祝云雀浑身都泛痒，无可奈何得要命。

闹了一会儿，手机又响了。她低眸一看，居然还是赵奇嘉。

祝云雀一身热意地把陆让尘推开，拿着手机，好笑地说："你看，人家找我是真的有事，不然也不会打来这么多次。"

陆让尘不置可否地扯着嘴角，倒也没什么特别的反应。

反倒是祝云雀觑了他两眼，到底在他面前接通电话，还开了免提。

电话接通的瞬间，赵奇嘉无奈又着急的声音就荡在了卧室的空气中："老同学，你到底在忙什么啊，怎么打了这么多次你才接？"

如果说之前陆让尘还怀疑这小子藏了什么私心，可这会儿，他听赵奇嘉称呼祝云雀为"老同学"，心就瞬间落了地，连眉宇间的神色都松弛起来。

祝云雀嗔他一眼，那眼神就好像在说——"现在信了吧。"之后才跟赵奇嘉说："不好意思啊，我刚刚给学生上辅导课去了，一直没怎么看手机。"

"哦哦，这样啊，"赵奇嘉语气客气，"那现在不忙了吧？"

"不忙了。"祝云雀说，"有什么事，你说吧。"

"哎，其实……其实也没什么重要的事，"赵奇嘉不太好意思地笑笑，"就是有个小忙，想找你帮一下。不过也要看你愿不愿意，你要不愿意，帮我再介绍个人也行。"

"到底什么事？"

赵奇嘉直接说："就我结婚那事儿，我下周办婚礼，不知道你注意到没有，我在朋友圈发了电子请帖。"

这还真触及祝云雀的"消息盲区"了，毕竟她这人，平时忙得很少发朋友圈，更不怎么看。

和陆让尘对视一眼，她抱歉地说："对不起啊，我没注意到，不知道你这么快要结婚了。"

大概是平时很少联系的缘故，赵奇嘉语气难掩生分，说："没关系，反正我也会通知你的。不过我这次找你，其实是想问问你，下周日有没有时间，是这样的，我对象她和之前约的一个伴娘闹了矛盾，现在就两个伴娘了，她觉得有点儿少，就让我帮忙找几个老同学。"

"你也知道，我不认识几个女生，想来想去，就只能来问你了。"

他话音落下，气氛再一次寂然。

祝云雀微微张嘴，迷茫地看向陆让尘，一时间竟不知该不该答应。

陆让尘和赵奇嘉并不算正式认识，他才没那么多弯弯绕绕。

这会儿见自个儿老婆骑虎难下地不吭声，他冲她抬抬眼梢，颇有点看热闹不嫌事大的架势，直接开了腔："不行，她已经结婚了。"

突如其来的一道冷淡男声，听着就不好惹，直接把赵奇嘉未说出口的话硬生生堵了回去。

他诧异道："谁在说话？"

祝云雀唇瓣翕动着正要说话，哪知陆让尘搂着她，直接把话茬抢过去，懒懒散散地道："还能有谁，当然是祝云雀的老公。"

赵奇嘉可算是领略了什么叫作尴尬。他真的千想万想，都没想到祝云雀居然结婚了，对方还是陆让尘。

赵奇嘉是真吓到了，他哽了好几秒才说："祝云雀，你也太行了。你上次见我的时候，还不知道他的联系方式呢，结果我这次找你，你俩都结婚了，我这还赶在你之后了。"

祝云雀笑说："你也不算慢啊，上次聚会见你的时候，你还说刚谈上对象呢。"

一说这个，赵奇嘉就有点儿尴尬，说："都是意外，甭提了。"

祝云雀挣开陆让尘的怀抱，去书房继续打电话了。

祝云雀说："老同学，咱们都这么熟了，就别说这种话了，有什么需要你直说就行，我能帮的一定帮。"

说来说去，赵奇嘉等的就是这痛快话，所以他就问祝云雀身边有没有合适的未婚女同学，能过来当个伴娘，撑撑场面。

祝云雀想想说："倒是有一个，就是不知道她乐不乐意。"

赵奇嘉说："谁啊？"

祝云雀说："许琳达，还记得吗？咱们高中毕业那会儿还一起去旅行过。"

一说许琳达，赵奇嘉恍然大悟道："她啊，想起来了。"说完又笑，

"我记得她出国了,我没她联系方式,这么些年也没怎么联系过,我就记得她人挺热心的,也很活泼。"

祝云雀说:"怎么说她和你也认识,大家都是校友,她有时间的话,肯定会帮忙的。"

也算是有了着落,赵奇嘉终于舒了口气,笑说:"行,那你就帮我联系一下她,问问她愿不愿意。放心,不用她出份子钱的。"

祝云雀:"好。"她又总觉得两人间谈话落了点什么,于是想想又问,"不过你老婆,会介意伴娘是不认识的人吗?"

到现在,祝云雀都不知道赵奇嘉的老婆是谁,长什么样子,还想着要不要点进他朋友圈看看那张电子请帖,不料赵奇嘉理所当然地道:"啊?她们俩认识吧,不是高二的时候还是同班同学?"

这回换祝云雀怔住了,如果许琳达和他老婆高二是同班同学,那她岂不是也认识?

祝云雀恍了一秒神,正想问他老婆到底是谁,结果赵奇嘉就主动说了:"我对象就是高歌啊,高二时坐你前面的高歌。"

话音落下的瞬间,周遭的空气都尴尬到沉默了。

想到那张傲娇又目中无人的脸,祝云雀轻吸了口气,冷不防一笑,说:"高歌?你们俩怎么……"

赵奇嘉:"家里介绍的,那阵子催婚催得急,我们俩见了几面,觉得还算来电,就先谈着,结果她怀孕了。"顿了顿,他又说,"其实我一开始也犹豫的,毕竟她那性格,咱全班同学清楚,又自我又跋扈,这些年也没怎么变,不然也不至于问了一圈,都没人愿意给她当伴娘。但不管怎么说,她对我一颗心确实是真的,而且她对我妈也很好。"

聊到这里,赵奇嘉的声音都不自觉沉稳起来,又问祝云雀:"你呢,你跟陆让尘是什么情况?怎么这么突然?"

祝云雀实话实说:"就是当时头脑一热,就决定领证了。不过还没决定办婚礼。"

赵奇嘉说:"结婚是他提的吗?"

祝云雀点头说是。

赵奇嘉见怪不怪地笑:"嗯,我一猜就是这样。你俩和好了,他肯定迫不及待想把你拴在身边。"

听到这话,祝云雀心窝泛起暖意,轻轻翘了翘嘴角,她说:"也不只是他吧。"

她心说,她也想和他早早结婚,早早定下来,再不分开。

只是后面的话还没说出口,书房的门就被推开。祝云雀抬头就看到抱着双臂懒洋洋地倚靠在门口的陆让尘。

大约是她和赵奇嘉这通电话打得时间太久,他不满意,就索性直接过来盯着她,不仅直勾勾地盯着,还朝她做了个抬腕看表的动作。

祝云雀没忍住抖了下嘴角,只能对赵奇嘉说:"那就这样吧,回头我跟许琳达说完联系你。"

赵奇嘉逗她:"这么着急干什么,不再聊一会儿啊,我还挺好奇你怎么把他给哄回来的。"

他声音不小,陆让尘肯定听了个清楚明白。

祝云雀哪敢惹陆让尘,说:"不行,不能再聊了,再聊他要生气了。"

她语速快,赵奇嘉没怎么听清。他正想说什么,哪知陆让尘突然拧眉走过来,耐心全无地拿走祝云雀的手机,打开免提便对赵奇嘉不客气地"啧"了声:"赵奇嘉,你是没老婆吗?"他"哧"了声,"还是你老婆是哑巴,不会跟你聊天?"

话音落下,那头诡异地安静两秒,紧跟着就是一声冰冷的"嘟嘟"声。

祝云雀服了。

第二天,祝云雀给许琳达打电话说赵奇嘉找她帮忙这事,许琳达还笑陆让尘。

"真是笑死人了,都结婚了还这么在意赵奇嘉,怎么着,这家伙还真成他心结了啊?

"不过赵奇嘉那人也是,这种事求谁不好,居然能求到你头上,他就不怕高歌尴尬?"

提到高歌,祝云雀也挺无奈的:"赵奇嘉的意思是,她没什么朋友愿意过来帮忙,就只能让他找。但你知道,赵奇嘉也没几个关系好的女同学,除了咱俩,南城也没其他人了。"

"别人我不管啊,你还是别当伴娘了。"许琳达叮嘱她,"你已经结婚了是一方面,另一方面,高歌那小心眼,回头说不定还埋怨你过去抢她风头呢。"

"我有什么好抢她风头的?"祝云雀整理着要发下去的试卷,淡声说,"我只不过是个普普通通的人民教师。"

许琳达毫不客气地说:"你信不信,要是让她知道你跟陆让尘已经结婚了,她能酸到睡不着觉。"

祝云雀实在不懂许琳达的脑回路,也不信这么多年过去,有了赵奇嘉的高歌还会再对陆让尘有什么想法。

然而事实证明,许琳达还是更了解高歌的心思。

在知道赵奇嘉为了伴娘的事找祝云雀帮忙时,高歌都气炸了,和赵奇嘉大吵了一架。

赵奇嘉哪里知道这个"过节"会被高歌牢记这么多年,还直说要不是她没什么朋友,他也不至于求祝云雀,再说要给她当伴娘的人也不是祝云雀,而是许琳达。

一听许琳达的名字,高歌才偃旗息鼓。毕竟比起祝云雀,许琳达已经算是不错的选择了。

她妈妈和许琳达的妈妈也认识,之前她妈妈就说,不然让许琳达过来帮忙,当时高歌挺不情愿的。倒不是看不上许琳达,而是两人从小不对付到大的,她拉不下那个脸。

可高歌兜兜转转都没找到合适的人,于是婚礼的前天晚上,到底还是让许琳达去了高歌约的那家化妆工作室去试妆。

高歌以为祝云雀会来,还特意把自己打扮得相当精致漂亮,结果拳头砸在棉花上,那天晚上祝云雀压根就没过去。

高歌为此惊讶一番,甚至还有几分失望。许琳达在试妆的时候故意气她道:"怎么,没让她看到你现在过得多好,不爽了?"

高歌被她怼得跟噎了个鸡蛋似的,好半天才咽下那口气,又羞又臊地说:"许琳达,你别胡说八道行吗?"

许琳达冲她直吐舌头,顽劣的样子跟以前一样,让人毫无办法。

高歌又气又想笑的,还忍不住好奇。想想还就真问了句,祝云雀为什么不过来,她以为这两人这么好,祝云雀肯定会陪着来的。

结果许琳达却说:"人家过来干什么,人家又不是没事做,干吗要浪费时间在你身上?"

高歌是真无语了："你好歹看在我是个孕妇的面子上少噎我两句行吗？"

许琳达呵呵两声："你让我少噎你几句，你少噎我啦？还有你当初，明里暗里少欺负我们雀雀了？"

说到这个，高歌忽然道："因为我嫉妒。"

许琳达没想到高歌这么高傲又自我的人，有天能对她敞开心扉，亲口承认从前嫉妒祝云雀。

高歌倒是挺淡定的："怎么了，你就没嫉妒过别人吗？"

"打住啊，说你们俩的事，提我干什么！"许琳达脸热了几分，翻了个不好惹的白眼。

也算是打个平手，高歌满意地"咯咯"笑起来，说："看你这样子，还没忘了邓哲呢。"

"胡说八道。"许琳达痛痛快快地说，"姐对象都谈过多少轮了，他在那儿还'玛卡巴卡'呢。"

高歌惊奇地"噢"了声："我听说前几年他家里破产了，他穷得要一个人还债了，是真的吗？还有他现在在跟陆让尘一起开俱乐部，陆让尘管着他？"

"没有，就是超市。"许琳达说到这里，突然有点儿烦，"提他干什么，是你结婚，又不是他。"

"提他怎么了，聊天嘛。"也算是抓到许琳达的软肋，高歌幸灾乐祸地翘着嘴角，"看来你现在还挺在意他啊，不过你现在条件这么好，再追一追他，他肯定会答应的。"

许琳达忍不住瞪她一眼："孕妇，别逼我气你啊。"

高歌冲她"喊"了声，说："你气啊，我倒要看看你能说出什么花来。"

从高歌的角度，许琳达确实没什么能气到自己的，她现在的人生还挺顺风顺水的。在一家体面的国企上班，找的对象也是体面的，就连公公婆婆也都是人群中的佼佼者。

她还真就不信，许琳达有什么能刺激到她。

可不承想，高歌失算了。许琳达能刺激到她的事，可不止一件。首先就是祝云雀结婚了，结婚对象高歌还认识。

"不，应该说，整个南城三中的人都认识。"

许琳达换上伴娘服，拉开帘子，走到镜子前，云淡风轻地瞥了高歌一眼："哦，对了，你当年还给他送过礼物呢。"

话音落下，只见高歌那刚上完全妆的脸登时难看几分。她不可思议地看向许琳达："你说的，不会是陆让尘吧……不是，他们俩不是大学那会儿就分了吗？"

当年陆让尘和祝云雀在一起后，轰动了整个老同学圈子。当初有多少人佩服祝云雀，说她有手段，就有多少人不看好他们，说他们俩没几个月就会分。

后来两人还真就分了手，私下里那群人幸灾乐祸得可欢。那会儿高歌还跟人打赌呢，说肯定是陆让尘腻了，两个家庭还发生那种丑事，他肯定嫌弃得不行，一脚把祝云雀踹了。

可实际上，根本不是她想的那样。

许琳达当即冷笑出声："什么一脚踹开祝云雀啊，明明是雀雀甩的陆让尘。陆让尘当时都跑到澳大利亚去求复合了，就那样雀雀也没同意。"

高歌被光速打脸，一脸不可置信，原本和祝云雀暗自较劲的满满优越感，瞬间消失。她说："祝云雀甩陆让尘？为什么啊？她疯了吗？"

"雀雀理智呗。"当年许琳达也不懂，可多年后，许琳达长成通透的大人，她才明白，祝云雀当时的这个决定有多正确。

"那时候陆让尘家里给的压力太大，她根本承受不了。就算她跟陆让尘苟延残喘，陆让尘为了她放弃好生活，两人日后还是会有矛盾。人性是很难揣测的，谁知道陆让尘后面会不会真的腻了。到时候，分开了，就是真真正正分开了。

"反过来看，他们当时分了手，才有一线生机。

"什么叫白月光啊，就是求不得，忘不了，魂牵梦绕一辈子。陆让尘能忘了她才怪呢。"

好一番精辟准确的分析，把高歌都说愣了。

许琳达又轻描淡写地说道："不过有一点他们猜对了，复合确实是雀雀主动的。但她走了没几步陆让尘就服软了，谁让他这么多年都没死心呢，那架势，复合没多久就拉着她去扯证了，把身边的朋友都惊呆了。后来陆让尘还把两本结婚证都寄走了，寄到哪里就只有他自己知道。"

"唉，情种就算了，长得还那么帅。"许琳达羡慕得直耸肩，回头又冲高歌皮笑肉不笑地扯扯嘴角说,"怎么样,这事儿够不够刺激?"

高歌抽了下嘴角说:"这有什么刺激的,这是他们俩的事,又与我无关。"

"也对。"许琳达拖着裙子重新在化妆镜前坐下,捋了捋头发说,"那你也别说我了。"

好事将近,高歌也不想再惹事,于是"休战"了。

赵奇嘉和高歌婚礼那天,祝云雀本来想看看曾经的那些老同学,再看一看别人的婚礼是怎么举办的。

然而来到酒店门口,祝云雀又改主意了。她把提前准备好的红包,交给许琳达:"麻烦帮我转交给赵奇嘉吧,我就不亲自给他了。"

许琳达"哎"了声,只能说:"好吧。"

不承想她还没进去,赵奇嘉那边就看到了陆让尘和祝云雀,急急忙忙地迎过来。

陆让尘看到赵奇嘉的一瞬间,眉头都不经意地蹙起,搂着祝云雀的手臂也收紧了些。

倒是祝云雀,讶然地看着穿着正装的赵奇嘉说:"你怎么出来了?"

赵奇嘉笑说:"正好出来买东西,看到你们,就过来了。"说话间,他看了陆让尘一眼,又很快看向祝云雀说,"你们这是要走吗?"

祝云雀张了张嘴,还没开口,陆让尘就截断话头,似笑非笑地道:"怎么,你希望我们参加?"

虽然那天晚上,有陆让尘两句怼人的话在前,但赵奇嘉还是笑笑说:"当然希望了,大家都是同学,而且云雀还帮了我的忙。还有几个当年的老师也来了,云雀,你不进去见见吗?"

不得不说,赵奇嘉这语气还蛮真诚的。听着就知道他早就放下了,也清清白白的,不然也不会打电话找祝云雀求助。

而且这个时间,差不多也该吃饭了。

陆让尘又不是什么小肚鸡肠,揪着过去那点儿事不放的性子,闻言眉梢浅扬,瞥了眼祝云雀说:"你觉得呢?"

祝云雀眼神坚定地看他一眼,又看了看赵奇嘉说:"抱歉啊,我今晚有事,实在是分不开身。"

赵奇嘉想起之前高歌冲自己发火那事,说:"介意高歌是吧,没关系的,我把人都哄好了,她也都想开了,你不用管她,真的,多来个人她也开心的。"

话都劝到这地步,似乎真没什么好拒绝的。就连陆让尘也捏捏她的手,嗓音温柔道:"反正今晚没事,不然就进去看看?就当为以后——"为以后我们的婚礼做个参考。

然而后面这句还没说出来,祝云雀便有几分不满地看他一眼说:"谁说今晚没事的?今天你生日,忘了?"

陆让尘还真给忘了个干净。

陆让尘的生日,九月二十三日,刚好就是赵奇嘉和高歌办婚礼的这天。

祝云雀比较在意,不管是过去还是现在,她都没有机会陪陆让尘真正过一次生日。所以这一次,祝云雀无论如何都要达成心愿。为了给陆让尘惊喜,就连餐厅都是她自己选的。可哪承想,这家伙自己都不当回事,看样子似乎还给忘了。

察觉到她投来默然无语的目光,陆让尘轻敛眉梢,装模作样地挑了下眉,笑:"也是,过生日比较重要。"

还是赵奇嘉恍然大悟道:"原来今天是你生日啊,那真是不巧了,我还真不能打扰你们。"

祝云雀说没事,又稍稍寒暄了两句,她才和陆让尘重新回到车上。

这会儿车内仅剩下他们俩,自然是要好好"算账"。

即便陆让尘讨巧似的主动牵起祝云雀的手和她十指相扣,祝云雀也还是没什么好气地看着他说:"这么大个人了,连自己生日都不记得是吧。"

陆让尘浅浅勾嘴角,云淡风轻道:"没,就是一时间没想起来。"

祝云雀听到这语气就禁不住郁结,她说:"所以不是不记得,是不想和我过。"

大约是真不开心了,祝云雀丢下这话就错开视线不再看他,没什么好脸色地看向车窗外热热闹闹的繁华街景。

陆让尘还是第一次见她这样,又倔又冷的,看着就难哄,也不怪邓娇说祝云雀在学校的时候很严肃。

嘴角无意识勾着,他凑过去,扳正她的下巴,目光直戳戳地看她,语调温柔:"咱能讲点理不,谁告诉你我不想跟你过生日的?"

祝云雀睫毛轻颤着看着陆让尘，发觉两人距离近到好像他稍一凑过来就能亲到她。

事实证明，陆让尘确实不会放过这么好的机会。在她还没反应过来的瞬间，就歪头痞笑着在她唇上吻了下。

祝云雀想往外推他，奈何陆让尘直接抓住她的手捂在心口，挑眉觑她："好歹我今天是寿星，给寿星点面子不行？"

祝云雀神色总算缓和下来，但也不怎么高兴就是了，她说："我早上给你煮的面和鸡蛋，你吃了吗？"

陆让尘笑着说："吃了啊，还挺好吃的。"

祝云雀说："那你没看到餐桌上的便条吗？"

"什么便条？"陆让尘蹙了蹙眉，"还真没注意到。"

祝云雀神色又气恼又无语："可我明明放在杯子旁边的。"

到这会儿，陆让尘可算明白她这一天有多窝火了，人家早上就开始琢磨给他庆生，可到了晚上，他还什么都不知道，只想着参加别人的婚礼。

是真怕她生气，陆让尘眉梢轻抬着舒了口气，愧疚道："那我现在开车回去找？"

可祝云雀又怎么会真为了那张便条让他再开车回去一趟，于是话音刚落，她就面无表情地给了陆让尘一记冷漠的眼刀。

陆让尘认栽般懒懒地勾着唇角，难得老实地说："行，不找了，咱过生日去。"

说着，另一只手就拿出手机，开始搜索餐厅。

祝云雀看了他几秒，到底忍无可忍说了个餐厅的名字。

那餐厅是南城这边首屈一指的西餐厅，价钱不便宜，吃饭还要预约，之前陆让尘想带祝云雀去，好几次都没约上。

陆让尘动作一顿，意外地抬眸看她："这么贴心啊，还知道给我约餐厅？"

祝云雀抖了抖嘴角，把手从他掌心里抽出来，尽量心平气和地目视前方咕哝道："要去就快点，废什么话。"

陆让尘眸光深邃地睑着她，嘴角忽然荡起徐徐的笑，像是吃到好吃的蜜糖。

本着寿星最大的原则，祝云雀没和他一般见识，与他和好如初了。

等抵达餐厅时，时间已经不早。亏得祝云雀早就选好了菜式，两人落座没多久就可以享用。

那些菜都是陆让尘比较爱吃的。祝云雀还陪他喝了些红酒。

其间，祝云雀还给陆让尘点了首钢琴曲，是个很美丽的外国小姐姐弹奏的。

一曲结束后，侍应生拿着生日蛋糕过来了。很简约的款式，不大，两个人吃刚刚好，也是祝云雀很早就预定好，存放在餐厅的。

其实认真讲，她没觉得自己给陆让尘准备的生日晚餐多惊喜、多特别，可又确确实实触动了陆让尘的心。

陆让尘目光深邃地看着面前插着蜡烛的蛋糕，有好几秒，眼睛都泛着淡淡的水光。

他眼睛本就生得漂亮，在缱绻温柔的光线下，更显得深邃与多情。

也分不清到底谁溺在谁的眼波里。陆让尘失神地看了会儿蛋糕，又抬眸习惯性地看着眼前的祝云雀，就在视线对上的瞬间，他忽然笑了。

祝云雀也弯起嘴角，说："笑什么呢？"

陆让尘嘴角弧度更深了些，专注地看着她说："笑我怎么能娶到这么好的老婆。"

甜言蜜语从来不少听，可只要是他说的，祝云雀还是很爱听。

嘴角不自觉地抿起甜笑，她拿起旁边的打火机，点燃蛋糕上那唯一的蜡烛。

"咔嗒"一声过后，她看向陆让尘，用很轻的气音道："许个愿吧。"

"好。"陆让尘没有双手合十，只是敛容安静地坐在那儿，闭上眼睛。

他的睫毛还是那样长，阴影扫下来，让他俊朗的五官有种冷月清霜的质感。

在那一瞬，祝云雀甚至在想，要是以后他们的孩子，长得像他，会是一件多么值得高兴的事。

两人吃过饭后，祝云雀本想叫个代驾司机送两人回去，结果陆让尘直接在这家餐厅楼上的酒店办了张金卡，就这么牵她大摇大摆地上楼了。

祝云雀不知道那金卡具体多少钱，但肯定不便宜。她想说他怎么又铺张浪费，可话还没说出口，陆让尘就在电梯间，压着她迫不及待地吻下来。

陆让尘揽住她的细腰，指尖玩着她的头发，嗓音低磁道："雀雀，今晚我特别开心，因为你。"

祝云雀抬起眼看他，那双清亮的眼睛像是早就把他看破一般，说："所以，你以前过生日，都没有这么开心，是吗？"

喉结滚了滚，他把她搂进怀里，缓缓说："我从十三岁开始就不过生日了，这还是这么多年来第一次。"

睫毛不可思议地轻颤了下，她问："为什么？是他们不给你过吗？"

陆让尘轻笑着摇了摇头说："是也不是。开始是他们不太想给我过，后来就是我自己不想过了。"

再后来，长大了，他就习惯不过生日，也从不想着这事。

祝云雀轻轻抿唇，忽然就明白了为什么他会忘记自己生日这么重要的日子，也很心疼，心疼过去的陆让尘。

她说："是因为你姐姐吗？"

"嗯，她是在我生日的前一天走的。"

十三岁以前，陆让尘过生日的排场可以用豪华来形容。可自从陆芝桃去世后，他再没过过生日。这一天，全家人都沉浸在悲伤里、痛苦里，他的生日变得不值一提。

即便程丽茹还是给他买了他爱吃的蛋糕和玩具，他也无动于衷。

十三岁的小陆让尘会想，凭什么呢，凭什么姐姐这么痛苦地离开，他却还能在这儿享受着安逸的生日。他甚至还想，如果他能再给姐姐多一点关爱就好了，哪怕再多一点。可是，没机会了。

或许是内疚的情绪一直作祟，接下来的几年，陆让尘都很敷衍地对待自己的生日。再后来，他就真的不再过生日了。

而这一次，是他十三岁后第一次，这么认真、这么畅快淋漓地过生日。他什么都不用想，只要享受当下，享受和祝云雀在一起的时光就好。

"现在不一样了，有你在，我喜欢过生日。"

越是听他说，她喉咙越是紧涩，她抱住陆让尘："那明年也可以给你过吗？"

"为什么不可以？"陆让尘笑，"乐意至极。"

可祝云雀还是直戳戳地看他："我的意思是，你真的放下了吗？"

她声音很轻，却直达陆让尘心里最柔软的那块地方。她说："陆让尘，我希望你能放下,你也应该放下。这么多年过去了,她的离开不是你的错。"

陆芝桃的离开,从来都不是陆让尘的错。

这么多年来,没有一个人,跟他说过这样的话,宁愿他暗自背着镣铐。从来没有人这样心疼过他,只有祝云雀。陆让尘又怎么可能无动于衷。

静默的一分一秒里,祝云雀始终明确地看着他的眼睛,目光清澈到不含一丝杂质。她没有在安慰他,而是认真笃定地讲出这个既定事实——

他不必扛着内疚活下去,那不是属于他的枷锁。

就这么无声对视了不知多久,起伏的心绪终于平稳下来,陆让尘才轻轻弯下嘴角:"知道了,老婆大人。"

说着,他俯首过来,在她唇上浅浅一啄。不掺杂任何欲念,就只是给她最温柔缱绻的回应,回应她的担心和关切,回应她最好的爱。

陆让尘鼻尖蹭了蹭她的,许诺般说:"以后都不会再让你担心了。"

番外二·

喜事连连

陆让尘的这个生日过得相当不错，第二天他还收到祝云雀给他挑选的一双新鞋，是他常穿的牌子的限量款。

辗转来到十月，又一年国庆来临。陆让尘打算带祝云雀出去旅行，奈何祝云雀带的班是高三，假期很少，根本走不了，陆让尘就只能陪着她，哪儿也没去。

可能是那段时间确实是适合结婚的好日子,不仅祝云雀认识的人结婚,就连周槿和李铁也在十一期间办了婚礼。

李铁也算苦尽甘来，尽可能选了家好的酒店，就为给周槿一个隆重的婚礼。

这么多年朋友，陆让尘又怎么可能亏待他们俩，不仅给两人包了个大红包，还给两人送了一套贵重的家居用品。

除了他和祝云雀，林稚也去了，还有谢函也在。

林稚跟周槿关系不错，来了很正常。

让祝云雀没想到的是谢函。多日没见，这男人还是那副衣冠楚楚贵公子的样子，只是神色比平时多了几分疲惫，也不知道为什么。

林稚就更是了，虽然打扮得还是和从前一样精致端庄，但看起来明显是不开心的。周围也没什么认识的人，根本说不上话。

偏偏这会儿，祝云雀要留下来给周槿帮忙。想着林稚一个人孤零零在外头坐着，很孤单，祝云雀就让陆让尘过去关心关心她。

陆让尘被她推着，都笑了，说："祝云雀，你这是得到手了就不珍惜，都敢把你老公往外推了？"

祝云雀没好气地一笑，说："你们都认识那么多年了，我有什么好担心的。"

陆让尘挑眉觑她，故意拿乔道："那当初是谁一个劲儿问我，未来会不会娶她？"

祝云雀被他揶揄得面颊一热。

眼看她就要来脾气了，陆让尘反倒笑起来，也不顾周遭人来人往的，他抬手捏了捏她的脸蛋，嬉笑道："行了，不逗你，我知道你最爱我。"

祝云雀只能装作嫌弃地往外推他说："你快出去吧，我要帮周槿换衣服了。"

"行。"陆让尘痛快地应声，到底笑着去找林稚了。

祝云雀也留在了包房里，帮周槿收拾。

周槿压低声音跟她说："之前林稚不是总说，家里给她安排了个不知道是谁的相亲对象吗，就前几天，她终于知道是谁了。"

祝云雀呼吸稍稍一滞，脑中蹦出个夸张的想法说："……不会是谢函吧？"

周槿激动地说："是谢函还好了呢！是他哥！林稚要当他嫂子了！"

祝云雀瞬间哽住，都不知道该说什么。她没想到那两人会发展得这么狗血，简直要哭笑不得了。

周槿当即一股脑儿地把两人的经过都说了出来。

林稚和谢函有了真感情，林稚想跟谢函好好发展，谢函始终犹豫没勇气，两人本想闹掰，然后就知道了林稚未来要当谢函的嫂子。

如果林稚要联姻的人，是别人还好，两人大不了这辈子不见面了。可偏偏这人是谢函他大哥，以后两人要成了抬头不见低头见的一家人，这搁谁能受得了啊。

周槿摇头又叹气的："我都心疼林稚了，难得看她那么喜欢一个男人。

"这谢函也真是的，一点儿魄力都没，自己的女人都快成人家老婆了啊！"

祝云雀在这方面是真没什么经验，想想也只能问："那现在算是什么情况，我看谢函今天来了。"

"是啊,我也没想到谢函居然能来。"周槿意外地眨着眼,"你说他跟林稚关系亲密,但他跟我和李铁,都没什么交集的。如今他俩关系那么僵,他还来,你说他是不是故意想跟林稚说点儿什么。"

祝云雀耸肩说:"不是很清楚。"

周槿的好奇心显然不止于此,她追问:"那你对谢函的了解呢?"

祝云雀哭笑不得:"我不大了解他啊。"

再后来,婚礼就开始了。眼见没自己什么事,祝云雀就回到台下去找陆让尘了。

这会儿陆让尘已经和林稚谈了好长一会儿的心了。这么个大好日子,他非但没让人心情变好,反倒把林稚谈哭了。

祝云雀过来的时候,微微有些尴尬。

"有什么好尴尬的。"陆让尘轻笑着,牵住她的手,把她拉过来坐在自己的右侧,"都是自己人。"

他虽这么说着,可林稚却不这么认为,她是真觉得自己为情所困的样子很丢脸,更怕自己当众哭花妆,被谢函看到,就赶忙拿着包去了洗手间。

她这一走,坐在另一桌的谢函也情不自禁地朝她看去。那副犹豫不决、又有三分真心的样子,倒是祝云雀第一次见。

祝云雀默默注视了两眼,听到耳边陆让尘玩味又轻飘地道:"要赌一下试试吗?"

祝云雀微微愣神,回过头来看他说:"赌什么?"

陆让尘冲她挑眉:"赌这两人能不能成。"

"你觉得这两人能成?"

"能啊,怎么不能?"陆让尘似笑非笑又意味深长地道,"男人的占有欲你又不是没领教过。"

当初陆让尘开始察觉到对祝云雀的喜欢,就是因为赵奇嘉和她走得太近。

不管怎样,祝云雀还是很希望林稚能得偿所愿的,不然这两人未免也太难受。

但再怎样,这也是别人的事,陆让尘和她犯不着操心。

婚礼结束后,周槿和李铁开始催促陆让尘,问他和祝云雀什么时候办婚礼。

或许是最近太忙，实在是忙得有点分不开身，祝云雀一直都没太考虑这件事，她想着反正两人都领证了，婚礼这事不急。

可她不急，不代表身边人不急。

有天晚上陆让尘在书房陪她"加班"时，他忽然说程家那边的几个长辈都在问两人什么时候能办婚礼。

祝云雀本在批改试卷，听到这话笔尖都滞住了。

暖黄色的灯光下，她不可思议地看向陆让尘，那张往日里神色淡然的脸，竟真的凝滞了下，不可思议地道："程家？"

陆让尘躺在书房的榻榻米上，枕着一只手笑："怎么，很奇怪吗？"

何止是奇怪，她简直是不敢相信。祝云雀到现在都还记得当初程富森大张旗鼓地带着助理和保镖过来找她的情形。

她蹙了蹙眉说："你指的是你爷爷吗？"

陆让尘云淡风轻地说："他老人家身子骨不好，管不了什么，是我那几个阿姨和舅舅。"

虽然是阿姨和舅舅，但也能代表整个程家了。毕竟现在两个老人，一个已经去世，一个卧床不起。

他们一开始确实是不满意陆让尘和祝云雀在一块儿的，但已经过了这么多年，两人都领了证，他们就是想插手都不行。反正都这样了，大家也不想让陆让尘不开心。

特别是每次家庭聚会，陆让尘总是心不在焉的，惦记着早点儿回去。

程丽茹当然是不高兴的，但不高兴又能说什么，他都是有媳妇的人了。其他人呢，也都没少劝，说总这样下去也不是办法，总不能儿子娶了媳妇，她不认。

陆让尘其实知道他们私底下在给程丽茹做思想工作，他想得倒是挺开的，话也直说："你们别逼着我妈认了，当年那些事，她就是记一辈子也是应该的，我理解她。至于雀雀，"陆让尘挺淡然地笑说，"她不在意，我跟她都巴不得安安静静地过日子。"

一番话说得众人面面相觑，倒显得程丽茹拿架子自作多情了。那么端庄优雅的一个妇人，气得当下胃口都没了，撂下筷子扭头就上了楼。

回头还是程沁芳过来批评陆让尘，说你个臭小子，说话还真不给你妈留面子。

陆让尘都无奈了,语气委屈地笑说:"她不想接受人家,我不让她接受,这不正好。"

"正好什么呀正好。"程沁芳气得都快要打他了,"你就不能让你媳妇过来说说软话,让你妈妈舒心,到时候快快乐乐成为一家人,多给她生几个孙子,不就万事大吉了。"

这话放任何人耳边,都是挺合情理的好话,奈何陆让尘这人离经叛道惯了,又极其护犊子。

他听到后的第一反应就是哼笑反问:"我媳妇又没做错什么,凭什么要她过来低声下气的?"

这话噎得程沁芳一愣,她干巴巴地张了张嘴,蒙了。

"还生孙子。"陆让尘又呵笑,"都什么年代了,还重男轻女。您也算个高级知识分子,不嫌寒碜吗?"

轻飘飘的两句话,说得桌上气氛瞬间肉眼可见地尴尬起来。

几个长辈面色各有各的精彩,蹙眉的蹙眉,无奈的无奈,有的已经压着火气了。

可陆让尘这人,他们总是拿他没办法的。

他从小到大,就像苍穹碧空下自由翱翔的雄鹰,就算是程家这样的富室大家,也无法真正禁锢住他。

他什么都不要,他想要的,靠自己就能得到。所以在程家,没人能真正压他一头,他谁的话也不会听。

最后还是陆让尘表哥的程唐赶忙打岔笑说:"哎,别争了别争了,程家孙子我来生,我能生!"

有了他的掺和,气氛总算缓和下来。可即便如此,陆让尘也没多待,一顿饭吃完就走了。

还是另一个舅舅在门口叫住他,跟他多说两句。

那位舅舅是那几个长辈中与他关系最亲近的,他的中心思想也只是让陆让尘别把他们的话放心上,大家都是好意,说不管怎样,未来总归是一家人。

当然他也提了婚礼的事,不过是从祝云雀的角度。他的意思是,既然娶了人家,就要给人家该有的尊重,总不能一直不办婚礼吧。

而正因为他的话,陆让尘回来后才想着跟祝云雀好好商量一下婚礼的事。

结果如他所料，祝云雀除了惊讶，还担心程丽茹。

对此陆让尘倒是一如既往的想得开，他说："咱们办咱们的，她愿意来就来，不愿意来就不来，彼此不强求。"说话间，他撂下书，来到祝云雀身后，弯下身子轻轻搂住她，低头在她额头上一吻，说，"最重要的是你怎么想。你看到周槿穿婚纱的样子，"陆让尘嘴角浅淡地勾了勾，"就不想要？"

这话可谓是正中靶心，但凡爱美的姑娘，看到婚纱都会心旌摇曳，更何况是已经和陆让尘成了眷属的祝云雀。

只不过，比起看到自己穿上婚纱的样子，祝云雀好像更想看陆让尘西装笔挺当新郎的模样。她实在很难想象，平时那样慵懒桀骜的男人，穿上那身衣服会怎样。

祝云雀不由自主地看向陆让尘说："那你呢，你怎么想？"

"我啊。"陆让尘拖腔拿调的，"我说我早就想办婚礼，你信吗？虽然领证了，但跟真正办婚礼感觉还是不一样，不是吗？"说话间，他薄唇一勾，那笑如春风，"雀雀，我想看你为我穿婚纱的模样。"

打动一个人，很多时候就只需要一句话。

那天晚上，听到陆让尘那句想看她穿婚纱，祝云雀就真的动摇了。

几乎是很仓促地，两人决定办婚礼。

当然婚礼这种事，并非随随便便就能完成的，这需要很多步骤。

就比如，敲定日子，找婚庆公司，婚礼设计。

其次是选婚纱，选首饰，做请帖，准备伴手礼。

这些乱七八糟的事对祝云雀来说，可谓是一大难题。

陆让尘也同样，所以他毫不犹豫就请教了结完婚的周槿。

偏巧周槿有朋友就是做婚礼策划的，于是她叫上祝云雀和陆让尘与她的朋友一起吃了顿饭。

最终祝云雀和陆让尘同时选择草坪婚礼。

祝云雀的想法是，她身边没有那么多朋友，如果选酒店的话，她怕会尴尬。

而相比之下，陆让尘的理由倒是比较现实，给周槿的理由也是简单直白的："草坪婚礼的综合费用最贵。"说着，陆让尘扭头看向祝云雀，嘴角一勾，"我的老婆，当然值得最好的。"

祝云雀在知道那家婚庆工作室的草坪婚礼报价时，是真肉疼了一下。奈何陆让尘这人说一不二，又态度坚决。

不管那人报价有多乱七八糟花里胡哨，他根本就没细听，直接就把事情敲定。

他那人拧惯了，祝云雀知道自己拗不过他，就只是坦白说，自己身边除了那些同事，根本没几个朋友，家里亲戚就更少。

祝平安那边半生不熟的亲戚，她一个都不想邀请。

倒是祝萍和老太太，知道她和陆让尘领证后，好奇得不行，没事儿就跟祝平安打听状况，比如陆让尘是干什么的，家里什么条件，有多少钱。

大概是上次在医院吵架的事，让祝平安彻底反思了。这回祝平安完全站在祝云雀的立场上维护她，不管谁问什么，一律表示不清楚。就算要办婚礼，他也要遵循祝云雀的意愿，看看是否要通知别人。

至于冯艳莱，就更没什么好说的。不止两人联系很少，冯艳莱那边也几乎没什么亲戚。

所以总结起来，祝云雀的中心思想就是，其实婚礼规模可以不用那么大的，再说婚礼只是他们俩的事，没必要搞得那么铺张。

陆让尘态度并不强势，只是在回去的路上，简单跟她分析一下要请哪些人，祝云雀就不知不觉头疼起来。

陆让尘握着方向盘，云淡风轻地道："虽然我妈很可能不会来，但家里那些长辈是都会来的，他们甚至已经在探讨给我们送什么样的新婚礼物了。

"不止程家，还有陆家，"他冲祝云雀挑挑眉，"我爸不好从外地回来参加婚礼，但家里的老一辈可都盼着呢。"

祝云雀蒙了两秒，说："所以你父亲那边，有多少亲戚？"

陆让尘故作认真地想了下："在南城本地的，大概就十几人。不过老家那边，应该还有些亲戚想过来，加起来，二三十个？"

祝云雀彻底沉默下来。

可陆让尘还没算完："除去这些亲戚，还有我的一些同学朋友。"他煞有介事地看了眼祝云雀，"小学，初中，高中，大学，一起练过网球的兄弟，他们知道我结婚了还都挺高兴的，都说想亲眼见见你。

"这么算下来，少说也有五六十人吧。这还没算现在俱乐部的那些。

"还有一些平时的合作方，有头有脸的富商。"

越说数目越多，祝云雀眉梢都蹙起来。

到了这刻她才意识到，这婚礼可不仅仅是为她一个人筹办的，她可以不要排场，并不代表陆让尘不需要。

这男人虽脱离了程家不算什么富三代，但在他那圈子里，少说也是个有头有脸的人物，多少合作方想结交的对象。

祝云雀之前没想到这一层面，这会儿突然就后知后觉有些尴尬，她说："行吧，都听你的。"

陆让尘闻言嘴角勾了勾："没关系，我不会让他们围着你让你敬酒的。"他冲她眨了下眼，"你那天只要做我的公主就行。"

虽然知道这男人很可能又在施展甜言蜜语，但祝云雀心情还是熨帖的，甚至已经开始期盼一个月后的婚礼。

只是期盼归期盼，烦闷也是真的烦闷。

婚礼这种事可大可小，往小了办简单，往大了办则复杂得要命。就挑选礼服和婚纱，就费了不少工夫。

本来陆让尘忙，祝云雀和许琳达、周槿一起看了好多，但陆让尘不同意，非要抽出时间和她再选一次。

周槿听说后，没少挤对陆让尘。说他当初帮李铁陪自己选婚纱的时候，简直不耐烦得要命，她根本不敢想象这男人专心陪祝云雀选婚纱的样。

好巧不巧的，那会儿陆让尘就在祝云雀旁边看手机，祝云雀一点开语音他就能听见。

听到周槿的吐槽后，他闷出一嗓子吊儿郎当的笑，说："又不是我新娘，我上什么心？"

祝云雀没绷住笑，轻轻推了陆让尘一把。

陆让尘垂眸睨她一眼，勾着嘴角不客气地把她搂到怀中抱着，一起看她手机里之前试穿婚纱的照片。

等到周末，他还真陪祝云雀又去选了一趟。

基本上南城最高端的婚纱店都逛遍了，就连祝云雀自己都觉得累，陆让尘看起来却仍然富有耐心。她每试穿一套出来，他就给她认真拍照，再认真端详，提供参考意见。

这举动惹得婚纱店的员工满眼欣羡地笑，帮祝云雀换衣服的时候，还说头一次看到这么帅气又耐心的新郎呢。

那会儿陆让尘正在外头接工作电话，他眉宇间的神色稍有几分祝云雀不常见的凌厉和压迫感，说起话来也是雷厉风行的。

能看得出来，他这天很忙。

女员工帮她换上一套婚纱，问她："你俩谈多久了呀，感情这么好。"

祝云雀说："没谈多久。"她认真思索了一番，发现就算是过去加上现在，两人谈恋爱的时间也没超过一年。可明明真正在一起的时间这么短，她却觉得两人已经爱了好多年。

女员工也是没想到："不到一年就决定结婚了？"

祝云雀像是被问住，忽然不知该怎么回答。偏偏她垂在身后的发丝卷进婚纱的拉链中。

就是这会儿，试衣间门口传来男人似笑非笑的声音："再不结婚，怕是要看不牢她。"

女员工听了一笑。祝云雀闻言当即扭头，结果被发丝扯得一疼。

正蹙着眉呢，试衣间的帘子就被掀开，陆让尘第一时间把祝云雀身后的拉链往后拽了拽，再把她的发丝轻轻拽出来。

气场明明透着几分上位者的威压，可面对她的时候，却是耐心又温柔的。

女员工见状善解人意道："那你们忙，我先出去。"说完她就走了，只把这一隅私密的空间留给这对即将"新婚"的小夫妻。

陆让尘给她顺了顺头发，又看向镜子里明眸善睐的祝云雀，从背后抱住她，扯扯嘴角说："刚刚聊什么呢，这么开心，嘴角都翘起来了。"

祝云雀还是第一次看到穿着婚纱的自己和陆让尘站在一起的样子。这会儿的视觉冲击，让她有种极为奇妙的心动。

陆让尘也从她眼中读懂这份情愫，浅勾着唇，俯首在她脸颊上亲了亲，说："梦了这么多年的场景，现在总算变成真的了。"

这还是祝云雀头一次听他这么说，她扭头诧异地看他："你什么时候梦过？"

"就刚分手那会儿，总梦到。"

祝云雀眨着清霜似的眼，不敢相信一样："可你那时候不该恨我吗？"

陆让尘无奈地哼笑："是恨啊，可谁又能控制得了潜意识？"

潜意识就是想她，想要她，想和她在一起，永永远远在一起。

幸运的是，他等到了，兑现值是一辈子。

经过长达两天的选婚纱、礼服阶段，最终陆让尘陪祝云雀订了六套婚纱，可谓是各个环节要穿的，都有。

再然后，就到了为婚礼其他流程准备的阶段。

因为是草坪婚礼，十一月份的南城又明显大幅度降温，以至于其中有两套礼服，都是重新定制的长袖款。

等祝云雀终于忙完学校那边的考试，去验收"成果"时，周槿已经把她婚礼各项流程都准备完毕。

于是在十一月七日那天，两人婚礼如期举行。

事实证明，陆让尘说得果然没错。他那边就只是亲戚，就来了好几十人，更别说那些朋友、同学、队友。

祝云雀这边，也不算少。除了祝平安一家人，祝萍他们也来了。或许是思维转变了，祝云雀没表达什么，毕竟整场婚礼都是兵荒马乱的，很多人她甚至没见到面。

当然，她亲自邀请的朋友还是见到了，就比如大学舍友梁甜。

虽然她们只有半年的缘分，但是这些年也没断了联系。知道祝云雀和陆让尘修成正果，邀请她当伴娘，梁甜说什么也要从北城赶回来。

至于其他伴娘，一个是许琳达，另一个是林稚，还有一个是陆让尘的表妹。

四个姑娘热热闹闹的，简直把祝云雀完全当公主护着，不管是哪个阶段，许琳达都冲在前面。

不过好笑的是，邓哲是伴郎，他们俩无论跟谁碰面都是能聊的那个，可唯独他们俩站在一块儿，都各自尴尬到不行。

就这么喧喧闹闹的，终于到了婚礼仪式。

祝平安打扮得相当考究，牵着祝云雀进了场，眼睛不知不觉就红了。其实祝云雀挺不喜欢这种煽情桥段的。

本来司仪想要让祝平安说些什么，可是祝云雀不喜欢那些虚伪的，就干脆去掉了这个环节。

于是接下来,就变成陆让尘掀开她的白色头纱,亲手为她戴上婚戒。

后来回想起来,祝云雀总觉得那段经历还挺特别的。

她以为自己会感动得一塌糊涂,但当下那会儿,她却只觉得好冷。冷到陆让尘都感知到,干脆当着众人的面,把西装脱下来披在她身上,二话不说地精简了流程,在扔掉鲜花炸开彩带后,直接把祝云雀打横抱起来进了酒店。

宾客们被这举动惹得哄笑起来,都说陆让尘这也太疼媳妇了。

好在这并没有影响派对的进行,大家在户外吃着蛋糕、烧烤,听着现场乐队演奏的音乐,气氛相当开心融洽。

不怎么开心的就只有祝云雀,她被他抱进去时都无奈了,使劲儿捶了下他的肩膀说:"好好的流程,都被你毁了。"

陆让尘却不管不顾地笑:"不过是个宣誓,那么俗套,你想听我天天念给你听?"

祝云雀没绷住笑。陆让尘也勾起唇角,说:"刚刚你都冷成那样了,我还管个屁的婚礼流程,把你冻坏了,我不心疼?"

"早知道不选草坪婚礼了。"祝云雀微微叹气道,"应该等到明年春天的。"

说话间,两人已经回到了酒店套房为下个环节换礼服。

祝云雀脱掉高跟鞋,对着镜子刚把头纱摘掉,陆让尘就在背后帮她拉开婚纱的拉链说:"明年春天可不行。"陆让尘看她一眼,眸色深深,"我会等不及的。"

第二年的春天,万物复苏,南城的花缓缓绽放,就是这样一个美好的时节,祝云雀怀孕了。

不知道怎么走漏的消息,很多人开始往他们家送东西。

快递里最特别的一份,还是越洋过来的,一大箱子孕妇吃的营养品、保养品,以及婴儿日用品。

看到是从澳大利亚寄过来的,祝云雀瞬间就明白了什么。

她给冯艳莱打了个电话。冯艳莱也没遮掩,承认是她买的,说是从祝平安那边听说她怀孕的消息。

她本以为冯艳莱会不高兴，毕竟当初婚礼她就没请冯艳莱回去。但其实冯艳莱远比她想象中想得开，当初婚礼她不过去，是真不想给任何人添堵，更不想给自己添堵，知道祝云雀结了婚，婚礼办得挺成功就行了。

可怀孕这事不同，这对女人来说才是真正的大事。

到底是自己生下来的骨肉，又怎么会不心疼，冯艳莱没绕弯子，问她最近身体怎么样、心情好不好之类的。

大概是孕期激素不大稳定，祝云雀被她这么一问，眼眶突然就酸了。缓了几秒，她才笑着说："挺好的，都挺好，陆让尘特别让着我，什么都给我最好的。"

这话不是骗人，陆让尘确实对她无微不至。

冯艳莱听后也算放心了，说等孩子出生了，她找个时间回来看看。

冯艳莱又忍不住问祝云雀程丽茹怎么样，知道她怀孕后，有没有来看过她，或者针对她。

祝云雀知道冯艳莱并不在意程丽茹是否关心自己，她只是怕程丽茹不给自己好果子吃，更怕婚后，陆让尘站在自己母亲那一边，给她气受。

之前婚礼，程丽茹没来，自从上次从程家离开，两人一次都没见过。

陆让尘跟祝云雀两人住在自己的房子里，过得逍遥自在。只是在有需要的时候，陆让尘才会回去看程丽茹。而从婚后到现在，程丽茹对自己到底是什么态度和看法，祝云雀是一点儿都不清楚。

陆让尘把她保护得太好了。

不过她也不在意，这世界上需要在意的事情太多了，她又怎么能顾得过来。

听她这么一说，冯艳莱总归放了心："井水不犯河水是最好的，这样大家都太平。"说着，她叹了口气，"不过我对不起她是真，这些年我每年都匿名给她寄礼物，估计她收到也扔了。"

程丽茹虽然温柔端庄，但在某些事情上却始终认死理。不然也不会结婚这么久，真不认这个儿媳。

但不管怎样，她人终究不坏，不然祝云雀也不会这么安生，所以就算不用冯艳莱说，祝云雀也知道，未来是一定把程丽茹当亲生母亲孝敬的。

又聊了一会儿，在挂电话之前，冯艳莱才想起问她，给孩子取好名字了没。

祝云雀："名字没想好呢，想着还有几个月，来得及。"

"来得及也要早点取，不然生完了报名字多仓促。"

过来人的建议总是值得采纳的。于是当晚，和陆让尘吃完晚饭，在湖边散步遛弯的时候，祝云雀还真正儿八经地问陆让尘，两人的孩子叫什么名字。

陆让尘牵着她的手，像模像样地想了下说："可以叫得简单点儿，这样好养活。"

祝云雀嘴角一抖，斜眼看他："比如？"

陆让尘轻笑着说："比如叫早早，男女都能用。"

祝云雀觉得荒唐，问他："这有什么寓意吗？"

"当然有了。"陆让尘停下脚步，搂着她俯身在她唇上亲了亲，欠扁地笑，"早点儿从我老婆肚子里头出来，别耽误我们过二人世界。"

"早早"这名的确是陆让尘随口起的，他是真没想好孩子叫什么。

总是想着，这是他和祝云雀的第一个孩子，可能也是唯一一个，所以关于孩子的一切都要慎重再慎重。

程家那边几个舅舅阿姨也都很关心母子俩，起名这事督促得紧，甚至还让陆让尘去找个会看八字的大师给孩子取名。

陆让尘每次都被说得一脸无可奈何，那天祝云雀一问，他就相当随意地想到这俩字儿。

简简单单，朗朗上口，还好记。

本来觉得祝云雀也就当个乐子听，哪承想她居然真觉得好听。

陆让尘被她给逗笑，说："你确定？"

"这有什么不确定的，"祝云雀说，"当个小名而已。"

陆让尘挑眉："那大名呢？"

"大名……不急吧。"祝云雀稍斟酌一下说，"我们再酝酿酝酿。"

家里各种事，祝云雀说什么便是什么，陆让尘也没反驳，当下便挑着嘴角应了。

从那以后，只要晚上躺在床上还有时间和小家伙说说话，陆让尘就会温柔地叫上一声"陆早早"。

他喊"陆早早"时，总会有种不一样的温柔，那是和从前不一样的气质。特别是在暖黄色的落地灯光线下，祝云雀会眼含爱意地看他好久，陆让尘也会耐心地嘱咐陆早早要乖,不要让妈妈太难受。

随着月份越来越大,怀孕的负担变得越来越重,冬天的时候,祝云雀连出行都不方便了。

好在陆早早一直很乖,没有把祝云雀折腾得太过分。但陆让尘还是担心祝云雀身体会扛不住,她身子骨好像天生就比别人弱。

陆让尘那阵子总担心她负担不了那么大的肚子,更怕她像在北城得急性心肌炎时那样讲着讲着课晕倒。

后来干脆擅自给她请了很长一段时间的假。

不知不觉一年又要结束,元旦前一天,陆让尘陪祝云雀过完了二十九岁生日。

去年生日,还是他在外面办的聚会,朋友都过来一起庆祝了。

但今年明显不行,许琳达和林稚没在南城。

许琳达前阵子心情不大好,去国外陪父母了。林稚为了躲避家里的联姻,直接跑新加坡去了。当然,跟她一起的,还有那位差点儿成她小叔子的谢函。

祝云雀对这些豪门恩怨知之甚少,只是听周槿说林稚和谢函两人正式在一起了,正在努力和家里抗争。

林稚这么多年过的都是衣来伸手饭来张口的养尊处优的生活,现在她银行卡被冻结,真不知道能坚持多久。

好笑的是,她还大大咧咧地跟周槿说,实在没钱就回去,有钱了接着私奔。

周槿无语,又想笑又骂她不着调。

当然这都是开玩笑,谢函不算个草包,他私下里有自己的生意。

说完这些,周槿还不忘跟祝云雀"告一状",说临走前陆让尘还给林稚包了个几十万的红包,作为她逃婚的启动资金。

周槿这人是一碗水端平的,她虽然向着林稚,但也觉得陆让尘不该这么大手大脚,都是有孩子的人了。

可祝云雀听到后压根就没当回事,还笑着说,他爱给就给呗,那是他赚的钱。

而且林稚在两人结婚时,还送了祝云雀一个名牌包,那包就十几万,他们俩又是从小一起长大的好朋友,祝云雀根本就不会介意这种事。

最主要的是,陆让尘在她怀孕后,为了给孩子赚奶粉钱,事业心格外重。

跨年一过,新的一年就这么来临。

祝云雀的预产期也快到了,月子中心也订好了。

可陆让尘又哪里想得到,就在跨年后没几天,祝云雀出门遇到了一场小车祸,受到惊吓后早产了。

这事惊动了不少人,祝平安都急忙赶去医院,更别说叶添、许琳达他们。

好在祝云雀出事的时候,陆让尘就在旁边,两人就近找了家妇产科医院,人直接就被推了进去。

程丽茹听说后也直接来医院了。

祝云雀生的时候,她就在外面焦急地等着。等孩子出来后,她第一时间去看孩子,又跟着去保温箱那边。陆让尘则一眼都没看,直接进去找祝云雀了。

虽然是早产,但很顺利,祝云雀没想象中那么痛苦,感觉稀里糊涂就把孩子生出来了。

只是她身子偏弱,生完后迷迷糊糊的,被陆让尘攥着手,问他是男孩还是女孩。

看她没事,陆让尘神经总算没再那么紧绷,他笑了笑,说是女孩。

陆让尘帮她顺了顺额头上湿了的碎发,听她说:"我喜欢女孩。"

陆让尘亲亲她的手背说:"嗯,我也喜欢。"

不管是男是女,只要是她生的,他都喜欢。

陆早早小朋友的大名是由奶奶程丽茹亲自取的,是个诗情画意的名字,叫陆霁娆。

陆早早小朋友天资过人,从小就继承她爹的体育天赋,不仅小小年纪学会了游泳,五岁的时候,还在跆拳道单人比赛时把同龄小男孩踹哭。

偏偏嘴巴还一等一的厉害,见小男孩不服,哭着要告状,她就叉着腰,凶他说:"你再哭,再哭我还打你!"

祝云雀去接她下课的时候,还被老师揪着说了好半天。

老师也挺犯难,说这孩子太霸道了。

祝云雀点头尬笑着说:"是是是,回头我一定好好教育。"

结果换下道服的陆早早却不同意,那张七分像陆让尘、三分像祝云雀的漂亮脸蛋,再加上一头乌黑靓丽的妹妹头,任谁都忍不住多看两眼,再惊呼一句好可爱。也正因为这点,每次在她犯错后,祝云雀都在要凶她和舍不得凶她的边缘犹豫徘徊。

大抵是从小得到的母爱不多,祝云雀总是舍不得训斥陆早早。于是忍了半天,祝云雀也只是板着一张秀雅的脸说:"大人说话,小孩子不可以插嘴。"

陆早早习惯性地噘起嘴,躲到祝云雀身后,搂住她的腰。

最终这场对话,由祝云雀全程挨训结束。

等陆让尘过来接她们俩的时候,陆早早还不服呢,上了车,帽子一丢就跟陆让尘奶里奶气地说:"还不是因为那个男生太可恶了,经常在道馆里揪别的女生的辫子。"

陆让尘禁不住一乐,回头看祝云雀:"这是老师又训你了?"

祝云雀叹了口气,眼神相当无奈地看着陆让尘:"所以你回头还是好好管管你闺女。"

陆让尘:"这还不是怪你?谁让你总舍不得揍她。"

之前陆早早太皮,陆让尘就总想教育她,可每次都被祝云雀拦着。后来一问,祝云雀才说实话,她眼神嗔怪地看着他说:"谁让陆早早长得这么像你。"

陆让尘听了心里暖和得要命,陆早早的教育方针,早被他丢到脑后去。

但这样总不是办法,这孩子太皮,长大就更难管教,于是陆让尘在陆早早六岁大的时候,想了个法子,那就是将陆早早送她奶奶那儿去。

一开始陆早早肯定是不乐意的。只是霸王当久了,也该管教,即便这孩子被送走的时候,哭得一把鼻涕一把泪的,陆让尘也还是毅然决然地将她送到了程丽茹那儿。

结果证明,这孩子从小便是个演员,她就是装的。到了程丽茹那边,见到奶奶,立马就眉开眼笑。

程丽茹也是惯孩子的,见到她跟见宝贝疙瘩似的,当天下午就带她去迪士尼了。

正好赶上暑假,她一整个假期都可以待在程丽茹那儿。

不止程丽茹，还有几个亲戚家的小男孩，都很喜欢漂亮可爱的陆早早，简直围着她转。

甚至陆让尘和祝云雀出别墅之前，程丽茹还嘱咐："你们过你们的二人世界吧，没什么紧要的事，别过来把我的早早带走。"

陆让尘当即笑了："妈，我求之不得。"

这么一来，两人总算喘了口气。出来后都没着急开车走，就这么停在程丽茹的别墅外，彼此对视一眼，然后便笑了起来。

对视几秒，陆让尘凑过去，在她唇上亲了亲，随之又说："好不容易得来的空，老婆大人，约会吗？"

祝云雀到底还是忍住笑意说："你忘了吗，明天是邓哲和许琳达的婚礼，今晚我要去许琳达那儿帮忙。"

像是真就忘了还有这事，陆让尘"啧"了声："这两人还真是会坏好事。"

祝云雀笑着推了陆让尘一下说："人家努力这么多年好不容易当上新郎官，你理解理解。"

陆让尘懒懒地轻笑了声，又不甘心地看向她，讨价还价道："那也来得及，等会儿先回家，让我亲会儿。"

祝云雀耳根子热了热，咕哝了句"没正经"。

陆让尘牵住她的手，嘴角一弯。

祝云雀嘴角抿起甜笑，目视前方。

眼前林荫绿柳，天湛云舒。

那是两人怎么都走不腻的，一起回家的路。

· 番外三

许琳达与邓哲

都说没缘分的人，即便在一个城市也不会遇见。

许琳达却觉得这话完全是狗屁。

要真这样的话，她又怎么会和邓哲重逢，还是那种拒绝不了的场合——就在祝云雀和陆让尘领证后的家宴上。

两人都知道对方在，所以一开始许琳达就有准备。甚至那天她还在去之前，特意做了新发型、美甲，以及光子嫩肤，整个人光鲜亮丽得就跟女明星一样。反观邓哲打扮得却很随意，一身简单的工装衬衫、牛仔裤就去了。

虽没怎么打扮，但整体看起来很清爽干净。

其实当初许琳达对他心动的原因之一，就是他身上那种少见的阳光清冽的少年气，像夏日早上炽烈的阳光和偶尔刮过清爽的风。

后来，她跟邓哲告白了。

但邓哲知道她喜欢自己后，神色从茫然到无措，根本不用说什么，许琳达就有了答案。

既然爱意得不到回应，也看不到希望，她便毅然决然地收回喜欢，去了英国。

在英国的第一年，许琳达心里还惦念着邓哲。两人社交圈子高度重合，无论是通过哪个平台的社交账号，她都能不经意间看到邓哲的身影。

偏偏那会儿邓哲存在感还挺强，整天不是跟这个唱歌，就是跟那个一起出去约饭，要不然就是一伙人玩密室逃脱。

反正他从来不是孤单的，身边男男女女一大堆，动辄就聚会，日子逍遥得很。

许琳达看久了也闷得慌，后来就干脆不看了，还头脑一热谈起了恋爱。

初恋是和她同年级的一个日本留学生，两人都喜欢看动漫，一来二去就谈上了，只是没谈多久，感情就淡了。

之后那几年，许琳达也没闲着，谈了好几个金发碧眼的帅哥，还有一个华裔小鲜肉。

她身材好，会拍照，那些年朋友圈是真没少晒。

即便回国后，身边人总拿这事儿调侃她，她也从没当一回事。

直到邓哲亲口问她。

就是那天聚会，一屋子人热热闹闹的，许琳达根本不认识谁，祝云雀又忙得没空招呼她，她就只好孤零零地坐在沙发处，开了罐果酒喝，看着那硕大的电视里播放的无聊综艺。

等喝到第二杯的时候，身边忽然坐下一个人。

许琳达身上穿的是一件露肩的连衣裙，感受到身旁来的似乎是个男人，她一下就绷直后脖颈，调整坐姿角度生怕走光。

可哪承想，身边的人忽然轻声一笑，就连开口的语调也不似往常那般随意闲散，而是有几分温柔调笑。

邓哲说："这么多年没见，你现在都喜欢烫大波浪了。"

许琳达端着高脚杯的手当即一抖，看他的眼神都变得慌乱起来。

她怎么也没想到，过来的人是邓哲……不是，她刚刚进门的时候，邓哲不都没注意到她吗？

脑中思绪乱七八糟地纷飞起来，许琳达姿态也没了，登时红着脸慌乱无措地磕巴了句："什么大波浪啊，你土不土，这叫法式风情卷好吗？"

邓哲意味深长地看她一眼，眸底荡着一点零星笑意说："行，是我土。"

许琳达一哽。

谁也没再开口，保持了好长一段时间的沉默。

邓哲坐在那儿喝了杯酒，又吃了块糕点。许琳达则什么都不吃了，正常地低头回着商务消息，装作自己好像很忙。

等回完消息，一抬头，发现电视上不知何时开始播放新出的《鬼灭之刃》动漫。

那是许琳达目前最喜欢的动漫，之前她还专门打飞的去日本看剧场版，晒过票根。

当下也不知道他是故意的，还是无意的，许琳达微微愣住，扭头看邓哲。

结果发现邓哲早就在看她。

许琳达讷讷出声说："你怎么知道——"

后头的话还没说完，邓哲那张眉清目秀没有任何浊气的脸，冲她平常一笑，他说："看你朋友圈晒过呗。"

话音落下，许琳达彻底沉默了。

邓哲却跟个没事儿人似的，给电视稍微调大点声，又顺手夹起一块黑森林切块蛋糕给许琳达递过去，他平静地出声道："你跟你那日籍男朋友还没分？"

在听到这句话的瞬间，她第一反应就是，整个世界疯了。

第二反应——老娘是单身！

那天聚会持续很长时间。

而那么长的时间里，许琳达几乎一抬眼就能看到邓哲。

有时候他在跟人聊天，有时候是带着人在别墅里帮忙，明明干的都是不重要的活，在俱乐部也没什么身份地位，更没打扮，可他在人群中就是分外抓人眼球。

许琳达在来之前还开玩笑说，让祝云雀给她介绍几个身体强壮的运动员小鲜肉。

可事实上，小鲜肉不用介绍就过来找她，她却只盯着邓哲看。

她没再像以前那样小气，而是体体面面地跟邓哲说话。到最后，两人甚至还交换了电话号码。

最好笑的是，邓哲的妹妹邓娇似乎很喜欢她，张口闭口喊她美女姐姐，那嘴巴甜的，许琳达直接送她一份小礼物。

等聚会结束回到家后，她和祝云雀打了通视频电话，说了当晚发生的一切。

许琳达相当不解，说都什么年头了，她怎么可能还跟那个日籍男朋友在一起，也不知道邓哲怎么问的。

祝云雀却轻笑说:"也许他是在套你话啊。"

虽然不让自己多想,但许琳达当晚还是失眠了,她搞不懂邓哲到底在想什么。

自从那次之后,两人也并没什么真正的联系。反倒是邓娇和她加上微信,有事没事地找她聊天。

碍于她是邓哲的妹妹,许琳达对她不错,没少送她礼物。

于是这么一来二去一个多月,邓娇那儿都存了一大堆东西了,许琳达这边却还没意识到不对劲。

还是某天她接到祝云雀的电话,说让她来学校一趟,她才知道发生了什么事。

邓娇把她给的东西卖给同学了,可那同学回头就说是假货,非让邓娇还钱。

邓娇那姑娘是个真莽的,之前在酒吧就敢对大汉动手,潜意识里又有祝云雀"撑腰",怎么可能服软。

于是俩姑娘谁都不服谁,直接闹起来,等许琳达到的时候,两人已经被叫到办公室训话了。

那会儿不止许琳达在,邓哲也在。

邓哲看到许琳达来了,没怎么意外,但也没说话。

见他不说话,许琳达也没吭声,直接走到祝云雀身边,跟班主任和对方家长对质去了。

许琳达当时都想好了,不管这孩子干了什么,她都要护着,谁让那些东西是她给的。而且她的东西都是品牌方寄过来的,怎么可能是假货。

事实证明,邓娇果然是被诬赖的。

那小姑娘以为邓娇吹牛,结果真看到许琳达这个网红博主来了,一下就腿软了,当时就道了歉,说自己就是觉得买贵了,后悔了。

邓娇气得直哭。

这一吵吵嚷嚷,登时把一直沉默的邓哲惹火了。

话音刚落,邓哲就一巴掌甩邓娇脸上,那利落的一耳光,登时震慑得整间办公室都安静下来。

邓娇捂着火辣辣的脸,蒙到话都说不出来,跟着眼泪就噼里啪啦地往下掉。

小姑娘委屈巴巴的，唇瓣都在抖，说："我没错，你凭什么打我！"

祝云雀见状的第一反应就是过去把邓娇拉到身后，看看她被抽的脸。

许琳达反应两秒后，冲邓哲大喊一声，瞪着两只漂亮的大眼睛说："邓哲，你疯了吧，她又没做错什么，你打她干什么？"

那气势如虹的几秒，空气简直死寂一般。

许琳达好久都没这么气过，胸脯起伏得厉害。

按照邓哲以前的性格，邓娇觉得邓哲多少会和她吵上一架。

可结果呢，这男人二话没说，皱眉丢了句"我出去待会儿"便走了，留下一屋子人面面相觑。

看着邓哲颓然的身影，许琳达在那一刻，心口突然狠狠抽了下。

当天那事虽然很鸡飞狗跳，但也算圆满解决。

对方家长给邓哲道了歉，邓娇和那姑娘两人也要写检讨。至于卖的东西，邓娇也给人退了，并保证以后不在学校搞这种乱七八糟的事。

事情就这么到此为止，可许琳达心情的确不怎么好。

邓娇当天被邓哲带走了。邓哲大概是在气头上，一句话都没跟许琳达说。

那感觉弄得好像她是个恶人。

许琳达心里委屈，只能趁着周末叫祝云雀吃下午茶的光景吐槽说："我不过是喜欢邓娇，想着她喜欢就多给她一些，都是不怎么值钱的玩意，你说他至于吗？

"再说就算是小姑娘拿去卖又怎么样，多赚点钱补贴家用不是很好吗？难道非要打肿脸充胖子？"

"你这么想是没错，"祝云雀帮她抽丝剥茧，"可你也要考虑一下邓哲的感受。"

许琳达翻白眼："还他的感受，上次主动要我号码，我给了之后连个电话都没给我打过，他考虑过我的感受了吗？"

"两码事。"祝云雀说，"不过你还真惦记着他？"

一句话问到命门，许琳达一哽，气得就差直接去前台结账走人了。

祝云雀笑着把话拉回，又轻轻叹气说："你多少理解一下他啊，毕竟他以前也是个大少爷来着。"顿了顿，她又说，"如果邓哲的感受跟你有关,你还觉得委屈吗?"

许琳达捏着蛋糕勺的手一顿,眨眼问她什么意思。

祝云雀淡觑她一眼,说:"男人都是好面子的,更何况还涉你。"

许琳达总觉得她好像话里有话,脸色登时就不自在起来,仔细想想,又觉得这道理挺浅显易懂的。

是邓哲平时伪装得太好,许琳达都快忘了,曾经他也是个衣食无忧只知道混日子的大少爷,看起来虽不着调,但骨子里是有傲气的。

如今风水轮流转,他混到这步田地,还是在她面前。

自己的妹妹为了给他分担债务,还去卖掉她给的礼物,于情于理都是很丢人的一件事,他心里怎么可能好受。

只是许琳达还是不懂,自己对于邓哲来说,到底算什么。如果他真的从没喜欢过自己,只把自己当妹妹、当朋友,又为什么这么在意这些。

当然她不敢问,不敢问祝云雀,更不敢问邓哲。她只能像个尿包一样,把这些心事埋藏,继续当什么都没发生过。

可没想到,就在两天后,邓哲居然主动找上门来。

日夜颠倒的许琳达那会儿刚起床没多久,连妆也没化就打算去楼下的小吃一条街觅食,结果一开门,就看到在门口似乎正纠结什么的邓哲。

他冲她笑笑说:"一起出去吃饭吗?"

许琳达家里的地址是祝云雀给邓哲的。

早在两天前,邓哲就打算见许琳达一面,为了之前邓娇的事。

那天他确实在气头上,打邓娇不对,回头不跟许琳达说话无视她更不对。

两人当年是很好的朋友,再者许琳达的确是对邓娇好,他没理由那样慢待人家。

所以思来想去,邓哲还是来找她了。

刚巧楼下有小吃一条街,于是那天晚上,两人就这么凑到一起吃了个晚饭。

跟以前一样,许琳达爱吃什么,邓哲就给她排队买。买完了两人找个街边小摊,点上两瓶啤酒,各种小吃全部摆桌面上,一口气吃个过瘾。

许琳达别的优点没有,好哄却是真的。

根本不用邓哲多说什么，只要他一出现在自己面前，她忽然就什么都不气了。

这次两人交流远比之前在祝云雀家里那次要自然，不刻意端着，也不用保持距离，想到什么就说什么。

邓哲知道她现在粉丝已经涨到十三万，赞叹说："那你未来可不用愁了，以后肯定会更红的。"

许琳达满不在乎地耸肩："红不红的不在乎，我就是想自己能独立，省得我爸妈老催婚。"

邓哲嚼了几口串儿，说："你爸妈催婚了？"

许琳达说："是啊，你爸妈不催吗？"

话说完，邓哲还没反应呢，她自己一下就呛住，马上说："抱歉抱歉，我忘了，我忘了！"

果汁洒到她身上。

邓哲笑了下，说："没事，我知道你神经大条。"说完就抽出纸巾递给她让她擦。

不知道为什么，许琳达觉得那一刻的邓哲好温柔、好温柔。

这种温柔是她年少时从来没有领略过的，就在这刻，她心脏强有力地颤动跳跃着。

那顿饭是邓哲结的账。

回去的路上，许琳达给他买了杯奶茶。邓哲不爱喝奶茶，她就说留着给邓娇喝吧。邓哲一听这才从善如流地接过，回头又不忘跟她说，邓娇特别喜欢她，每天一有空就去看她账号。

许琳达听了特别受用，正想说不然哪天你把她送我这儿放松两天，前方就忽然停下一辆高档轿车。

好巧不巧的，就是最近在追许琳达的那个男人。

那人今年三十三岁，家里有钱，手头也有生意，就是长相不是许琳达喜欢的类型，用她的话说，就是有点油腻。

可那男人很喜欢许琳达，双方家长也都希望两人相处，他最近便铆足了劲地追。

这会儿碰到，这男人很高兴，当即下车走上前来跟许琳达打招呼，打完招呼还煞有介事地看了眼邓哲说："这是你朋友？"

气氛有一刹那很微妙。

许琳达下意识地看了邓哲一眼，邓哲却直戳戳地看着那男人，眼神僵持两秒，才客套一笑说："嗯，老同学。"

"老同学"这词儿就将两人距离拉开。

许琳达心情仿佛坐了过山车，忽然就恍惚了一瞬。她甚至分不清，从小吃街出来的时候，两人无意间擦碰到的手，还有过马路时邓哲攥住她手腕的一秒，到底是不是真的。

因为那个男人的出现，邓哲很快就离开了。他说超市那边交给邓娇不放心，俱乐部那边找他也有事。

许琳达没资格阻拦他，只能看着他打车回去。

邓哲一走，男人连忙把许琳达拽上车，送她回家。许琳达那会儿脑子不太拎得清，就这么稀里糊涂地上车走了。

路上男人还特意打听了一下邓哲的事。

许琳达心情不是很好，只搪塞了两句，便回了家。

或许是有了危机意识，那男人在接下来的一段时间，都对许琳达额外殷勤，动不动就给她送鲜花、蛋糕，就连合作也帮她新谈了两个。

身边的朋友知道后，都劝许琳达早点"束手就擒"，可许琳达却始终犹豫徘徊着。

就只有祝云雀看出她在等什么，可即便如此，她也没有劝许琳达什么。

年少不懂事时，可以为爱一次次飞蛾扑火，但现在，大家都长大了，肩膀上扛的东西太多太多，成年人是没有资格拥有那样幼稚的一腔孤勇的。

祝云雀也不希望许琳达再次伤心。好朋友就是这样，她会永远站在更高的角度，希望你好，希望你幸福。

可能就是因为祝云雀的态度，许琳达在和邓哲将近半个月都没有联系后，终于心灰意冷，答应了那个男人的追求。

那天晚上，她特意发了朋友圈，晒了两人手牵在一起的合照。

没过多久，邓哲就给她点了个赞。

许琳达盯着那个赞看了好久，眼泪掉下来的瞬间，忽然就笑了。

笑自己傻，笑自己长大了，还妄想踏入同一条河流。

似乎是因为祝云雀和陆让尘终成眷属，以及她谈了场恋爱，以至于那个夏天在许琳达记忆中分外热闹。

暑假来临的时候，祝云雀和陆让尘两口子又弄了一次家庭聚会。

几乎所有人都去了，唯独缺了许琳达。倒不是她故意要避开谁，而是那会儿正处于热恋期，她忙着跟对象四处旅行。

她早就从邓哲带给她的伤春悲秋中缓过神，快快乐乐地享受假期，也只是在闲暇的时候，才听祝云雀提一提邓哲。

是陆让尘跟她说的，俱乐部最近老有人给邓哲介绍对象，可邓哲每次都拒绝，半开玩笑似的说，自己条件太一般了，不想拖累人家姑娘。

据说那姑娘真看上邓哲了，还特意上门单独找他，说自己不在乎那些物质条件，只要两人好好在一起就行。

可就这样，邓哲也还是拒绝。

许琳达听完后，沉默了好一阵，之后才云淡风轻地道："嗯，他这样还算个好男人。"

祝云雀本想再说些什么，可看许琳达这态度，心里的火苗也算凉了半截。

陆让尘就在旁边摸摸她的后脑勺，来了句："随他俩自己折腾。"

他一直都信奉那句话：是你的，逃不掉；不是你的，再折腾也无用。

不过话虽这么说，陆让尘那阵子却一直注意着邓哲的状态。

说实话，邓哲状态并不好。自打他家里出事后，他就不再像以前那样无忧无虑了，而在和许琳达重逢，且知道她谈了个有钱的对象后，邓哲那阵子明显消沉许多，就连邓娇也不敢惹他了。

后来他不知道怎么想的，有天忽然决定找个公司上班去。他念的虽不是什么好大学，但专业还好，是计算机方面的，他写代码做软件很厉害，这些年一直在接外包私活。

明明他可以一边看超市，一边接私活的，可就这么在朋友的介绍下，去了南城一家公司上班了。

那公司给的工资并不算太高，但晋升空间大。

也是看中这点，邓哲才过去的。

至于那超市，他只能再雇一个人，白天替他看着，晚上再回去自己忙活。

旁人不明白他为什么折腾，还说邓哲就会给自己找苦吃，邓哲却每次都无所谓地笑笑，每天除了工作上班，话很少。

这样的状态，持续了好长一段时间。邓娇都怕他哪天累晕过去。

却不想，邓哲不仅没累晕过去，还在听说某个消息后，状态回升了。

就在祝云雀和陆让尘婚礼前的一周，邓哲听说许琳达和那男人分手了。

那会儿他和陆让尘在俱乐部的食堂吃午饭，陆让尘挺随意地提了句，直接把邓哲说愣住。

陆让尘挑眉轻笑着揶揄他，说："至于吗，人家分个手就给你惊讶成这样，回头她结婚你是不是还要出去买醉啊。"

邓哲沉默好半天才气笑说："你现在是抱得美人归了，有工夫挤对我了是吧，也不知道是谁当初拉着我深夜买醉控诉祝云雀的渣女行为。"

"差不多得了。"陆让尘轻哼道，"说你的事，少往我身上靠。"跟着煞有介事地点他，"她这刚分手没多久，又遇上烦心事，你要是真有心，就别在这儿闷着，过去安慰安慰。"

一听到许琳达遇上烦心事，邓哲下意识地便紧张起来，他眉心微蹙说："什么事？"

陆让尘说："好像是商业纠纷吧，之前她那对象给她介绍了几个合作，现在分手了，合作也闹得不大开心，听说她赔了不少钱。"

邓哲难得神色不怎么好看，他眉眼阴沉道："从第一眼看到那男人，我就知道不是好人。"

陆让尘撩起眼皮，漫不经心地睨他说："知道他不是好人，你当初还不拦着。"

邓哲无语地看他一眼："你还能不能让我好好吃个饭。"

说笑归说笑，接下来的几天，邓哲确实在犹豫要不要主动联系许琳达。

奈何他那几天公司忙、超市忙，还有陆让尘的婚礼更要让他帮忙，邓哲都快脚不沾地了，根本没时间去找许琳达。

庆幸的是婚礼当天两人会见面，他是陆让尘的伴郎，许琳达是伴娘。

只是许琳达在看到他后，并没有之前那样友好，而是直接把他当空气，不知道的还以为两人是陌生人。

邓哲好几次想开口跟她搭话，但都因为别的事情岔过去。就好像许琳达故意躲着他，不想搭理他。

邓哲也是第一次这么清晰地感受到什么叫心里泛酸，但他能怪谁呢，是他活该，不知道珍惜。

总体来说，在婚礼上，他和许琳达并没有像他想象中那样真正说上话。

而许琳达在婚礼结束后就直接打车回了家。她身体不舒服，再加上心情不是很好，回家后倒头就睡了。

第二天醒来，才看到祝云雀给她发的消息。

祝云雀说，昨晚邓哲找不到她，情绪明显挺低落的，还说昨天邓哲一直在默默关注她。

如果是以前的许琳达，看到这两条消息，一定会激动得直接从床上坐起来，可在经历了那么多次若即若离后，她就只是平静地翻了个身，回了句：哦。

倒不是真不在乎邓哲这个人，而是她累了，也不想再被他牵引。

许琳达甚至觉得，这样老死不相往来也挺好的，起码她不会再失望。

可有时候，命运就是爱开玩笑。就在她觉得自己已经彻底放弃这个人时，邓哲再度蛮横地闯入她的生活中。

就在五月，她那花心前男友想挽回她不成，便在网络上抹黑她，说她以前是靠大佬包养才起来的，还买水军抹黑她、造谣她。

那阵子许琳达为了处理这些破烂事闹得焦头烂额，又不愿跟家里求助，就这么一个人硬生生熬着。

这么一熬，就生了病。偏偏那前男友还穷追不舍的，看她动真格，又报警又打官司，就过来找她说软话，说其实自己只是不想和她分开。

许琳达气得直接把这人电话拉黑了。结果第二天，那人就喝得烂醉如泥地去她家门口堵她。

偏偏她的房子是平层，一梯一户。

许琳达被他突然出现吓得不轻，正想报警，手机却被那男人拽过去摔在地上。

就是这个时候，身后突然出现一道身影，那人揪着男人的衣领，一拳便把他打翻在地。

许琳达腿软地靠站在墙边，一眼就跟面色紧绷、胸膛起伏的邓哲对上视线。

那一秒，她心跳奇快，说不上委屈还是后怕，"哇"的一声就哭了出来。

那天晚上，邓哲替她报了警，把那男人送到了警局后，又陪她回了家。

许琳达难得一副梨花带雨的模样，回家后的第一件事就是洗澡。

本以为邓哲早就走了,结果她出来后,这男人还在,且还在给她煮东西吃。

许琳达看到后,明显愣住,邓哲却笑笑说:"擅自动你家东西,你不介意吧?"

看着锅里那香喷喷的面条和刚做好的炸鸡块,许琳达无助地咽了咽口水。她又乖又呆地摇头说:"不、不介意。"

也是在开吃后,许琳达才弄明白,为什么邓哲会出现在这儿。

邓哲说:"很早就想来找你了,一直没勇气,刚好今天路过你家这边,就想着过来看看你。"

许琳达眼眶有些湿润,她低头吃着面条,轻声说:"看我干什么,我又没什么好看的——"

话被她咕哝得含混不清,可邓哲却努力分辨出她说的每个字。

听她这么说,他忙接话道:"你有。"

许琳达抬头呆呆愣愣地看他,"啊"了声:"我有什么?"

这下换邓哲哽住,酝酿两秒,他说:"你有……有很多理由值得我过来看。"

两人视线直白地对上,像交缠在一起的两条纽带,谁也不愿撇开。

那种心跳奇快的感觉就这么涌了上来。许琳达甚至怀疑自己是不是在做梦,是邓哲身上好闻的皂角气息告诉她,不是。

邓哲就这么直戳戳地看着她说:"我听祝云雀说你最近很不好,很担心你。"

许琳达吸吸鼻子,"哦"了声:"然后呢?"

"然后就是,"邓哲咽了咽喉,像是很紧张,说,"现在更担心你了。"

这种无措又心疼的眼神,是许琳达从未在他身上看到过的。

从前的邓哲,没心没肺,只把她当朋友和妹妹,可现在,不一样,完全不一样。

许琳达快被那眼神灼得无法呼吸了。

稍稍别开视线,她抹了下眼角,潜意识像是想赌一把般,轻而委屈地开口:"……还不都是因为你。"

这句话从前她经常对邓哲说,邓哲每次都眼神无辜地说:"跟我有什么关系,我又没惹你。"

有那么一刹那，许琳达仍怕他会这么说。

然而，没有。她只听到邓哲声音低哑又歉疚地说："嗯，都怪我，是我不好，是我没看牢你。"

以为自己听错了，许琳达眸色讶然地看他。

也就是这个时候，邓哲莞尔，轻轻握住她的手。

他的手很修长，也很凉，覆在她手上，却灼得她心口发烫。

许琳达仿佛失语一般，眼泪突然就掉下来。

没人知道这对她来说意味着什么，因为这是她一整个青春的念想与奢望。

酸涩又委屈的感觉涌上鼻腔，许琳达置气般甩开邓哲的手，结果邓哲像是认准了似的，就这么又握住。

许琳达破涕而笑，骂他："你是不是贱得慌！"

似乎就等她骂自己一句，邓哲一下就乐了，厚脸皮的功力也突显出来，他喉结一滚，说："是啊，就是贱得慌，不然也不会早些年不知道珍惜，却在错过她以后懊悔难受。"

话说到这个地步，已经没什么可遮掩的。许琳达又甜蜜又难过，眼泪掉得更凶了，她含混地指责他，说讨厌他，讨厌他若即若离，讨厌他和自己搞暧昧，讨厌他在聚会上总看着自己，让自己芳心大乱，更讨厌他随随便便就在她生活中消失。

那么多的埋怨，像小孩子一般发泄着。

发泄到邓哲内心慌乱不堪，到最后，只能扯过她的手，把她搂进怀中，再扣着她的后脑勺低头一吻。

不知不觉，两人已经在沙发上难舍难分，还是一通电话将两人拉回神。

是祝云雀打过来的，她想问问邓哲过去没。

不想电话接通后，对面正是邓哲的声音。

他把许琳达搂得很紧，说："已经在这儿了。"

似乎从他的语气听出端倪，祝云雀停顿一秒，说了句"那你们聊"，便识相地挂断电话。

转眼空气再度安静下来，许琳达恢复冷静后，一边面色燥热得扭头不看他，一边还整理自己的肩带。

邓哲看看她，笑着揉了揉她的后脑勺说："害羞什么，你以前不是总想让我亲你吗？"

一句话惹得许琳达暴跳如雷，她转身推了邓哲一把，气吼吼道："谁想让你亲我了，臭不要脸。"

话音刚落，邓哲就真臭不要脸地把她强行搂在怀里抱住。

许琳达傲娇地扭动两下没挣脱开。

邓哲认认真真地迎着她恼怒的目光，说："现在亲也亲了，我们是不是该确认一下。"

许琳达眼神闪烁着，说："确认什么？"

邓哲知道她在别扭，于是笑笑说："当然是确认要不要做我女朋友。"

这瞬间，许琳达胸腔里还是宛如炸开烟花。

她咬着唇看向邓哲说："……所以你确定，喜欢我？"

邓哲点头："确定。"像是惋惜，他叹笑着说，"很早就确定了，可那时候你已经不理我了。"

许琳达惊得直直跪坐起来。

邓哲怕她摔倒，干脆扶住她的腰："怎么，你不信？"

"你让我怎么信？"许琳达横眉怒目的，"你当初拒绝我的嘴脸你忘了？"

邓哲是真冤枉："我当初拒绝你什么了？"

许琳达义愤填膺："你当初说你不想谈恋爱，还说你一直把我当最好的朋友和妹妹看！这不是拒绝是什么！"

邓哲都头疼了，说："我是说了这几句话没错，但最后一句你是不是忘了？"

许琳达说："最后一句是什么？"

邓哲无奈又正经地看她说："我是不是说你给我时间冷静冷静？"

是有这句话没错，但当初许琳达已经觉得自己被拒绝了，又怎么可能真的信这句话。

她使劲儿捏了邓哲一下："难不成你以为这句话就能让我觉得咱俩有戏吗？"

邓哲跟从前一样，被她搓扁揉圆都不挣脱，只忍着说："那难道不是有戏吗？我冷静完了觉得咱俩可以在一起就跟你说了啊，结果你倒好，直接把我拉黑，还去了英国。你去了英国我怎么办啊，还有你到那边没多久就谈恋爱了,你有心吗?"

许琳达当即收手,给他揉了揉胳膊说:"你、你的意思是,你那时候想跟我在一起?"

"不然呢?"邓哲朝天翻了个白眼,"我虽然说得不大清楚,但好歹也是第一次想正经考虑谈恋爱的事,还是最好的女生朋友,你多少给我点消化时间吧。难道我就不怕谈崩了失去好朋友吗?"

话到这里,许琳达已经震惊得无话可说了,想想就只能拧巴着一张脸说:"我不信,我不信你喜欢——"

后面的字眼还没说出来,邓哲就又吻了上来。许琳达推开他,邓哲重重喘息着,抵着她的额头笑,说:"许琳达,你这吻技挺好啊。"

那语气简直酸气冲天,可许琳达还是故意气他说:"谁让你当初不跟我谈恋爱的。"

她越这么说,邓哲越是闷闷地笑,说:"还好当初没跟你谈,不然你当初肯定要嫌弃我甩了我的。"

那些年他家里遭逢变故,如果他们早就谈了,许琳达家里一定会不同意的。

许琳达也明白他为什么说这番话,甚至明白为什么前段时间,邓哲对自己若即若离。面对现在的她,他太自卑,也怕给不了她幸福,委屈她。

像是鼓足勇气,邓哲说:"但现在不一样了,我现在的境况在一点点变好,家里的债务,再过几年也就还清了。到时候邓娇上了大学,工作后可以自己赚钱,我就可以养你了。"

从前那会儿,邓哲有钱,所以许琳达总开玩笑让他养自己,邓哲每次都说:"我现在没在养吗?"许琳达就哈哈大笑。

那时候的玩笑话犹在耳边,更显得当下他那句"养你"尤为贵重。

许琳达突然就感动得要命,她轻轻摸了下眼角,说:"都怪你,我新做的睫毛都要哭掉了。"

邓哲眼神宠溺地看着她说:"掉了咱再接,我新换的工作涨了工资,不差这点钱。"

许琳达惊讶得睁大眼:"你工作了?你不是看着超市吗?"

"也不能一辈子看着超市,多没前途,"邓哲笑,"就收收拾拾去大公司给人写代码了。"说到这儿,他难得骄傲地挑挑眉说,"你男朋友我能力还行,最近刚升了组长。"

听他自称男朋友,许琳达特别特别幸福,特别特别开心,比每一次恋爱都要开心。

于是她直接捧着邓哲的脸,凑过去使劲亲了亲。

邓哲难得心花怒放,看着她的眼眸都撩人心怀。

他不是随便许诺的人,这刻却正儿八经地对许琳达说:"所以,咱俩就说好了,对象好好处,奔着结婚那么谈。"

许琳达被他的话逗得"扑哧"一笑,说:"你这人目的还挺明确。"她转了转眼睛,"谈恋爱可以,但结婚我可得好好考虑。"

"行,"邓哲敞亮地笑,"那就好好谈,你多考验考验。"

许琳达闻言一抿唇,羞涩又傲娇地道:"看你表现吧。"

独家番外

和每个孕期妈妈一样,祝云雀在刚怀陆早早的那段时间,日子过得很是艰辛,不止身体和心理吃不消,工作上也有点扛不住。

大概是孕激素和工作压力的双重影响,那段时间祝云雀天天做梦,有天晚上,还梦到两人曾经分手的那段时光。

祝云雀就这么大半夜把自己哭醒了。

也许是夫妻连心,陆让尘那阵睡眠也不好。自打她怀孕,他就经常怕自己一翻身压到她,挤到她,所以听到抽泣声,也醒了。

明明有起床气的一个人,却情绪稳定地打开床边的灯,睡眼惺忪地搂住她,亲亲她,柔声哄着:"怎么还把自己给哭醒了,嗯?"

听到他的声音,祝云雀这才渐渐清醒过来,一颗心落了地。她把头埋在他的颈窝间,好笑地吸了吸鼻子说:"我梦到咱俩又分手了。"

陆让尘先是沉默了一瞬,紧跟着一乐:"看来这事对你打击挺大啊。"

"你以前觉得不大吗?"

"不大。"陆让尘煞有介事地扯唇,看她的眼神颇有几分讨账的架势,"当初又不是我提的分手。"

祝云雀满脸写着"又来",但转念又好奇陆让尘在和她分手后的那段时间,到底是怎么度过的。

前阵子两人又和彭远见了一面,祝云雀总想知道更多关于陆让尘过去的事儿。

这会儿她肚子已经不小了,她吃力地把陆让尘抱紧些,认真地问了他这个问题。

涉及男人的面子,陆让尘从来没跟她说起过这些。

本来这次他也不想提的,可谁让他眼前这小哭包太招人怜爱,于是他叹了口气说:"也没怎么度过,无非是找朋友喝酒通宵。"

这么笼统的说法,又怎么能搪塞得了祝云雀。

祝云雀眼神不依不饶地看着他:"这个说法不行,太敷衍。"

眼见她颇有种誓不罢休的架势,陆让尘只能搂着她,认命似的摇头,把那段时光当睡前故事讲给她听。

其实也没什么特别的。

无非是那个冬天,漫长又煎熬,算是他人生中最消沉,也绝望的一段时光。

当时两人分手后,身边所有人都在背地里谈论他们俩,包括他父亲降职,他父母离婚。

陆让尘在北城朋友不算多,学校没开学,他没地方可去,就只能和彭远一起过年。

两个小伙子,过得敷衍,只能四处点外卖。

喝到后半夜,彭远才知道陆让尘心情这么不好,是因为他被甩了。

彭远惊讶,说:"祝云雀什么眼神啊,连你都舍得甩。"

陆让尘哼笑一声没搭话,仰头又喝了口冰啤酒。

他这人,性子闷得很,除了情绪挂在脸上,什么都不往外说。

彭远是真不知道怎么开解他了,只能拉陆让尘出去玩。

陆让尘那段时间确实总去酒吧,也就只有酒精能麻痹得了他。

彭远当时想给陆让尘介绍对象,也攒了几个局。

可不管面对什么样的姑娘,陆让尘永远是一张冷脸,谁也不搭理,一个人坐在那边看手机。看着看着,就会点进祝云雀的朋友圈。

刚分手没多久,她朋友圈里还有着他存在的痕迹,陆让尘不知道她是故意,还是根本就没在意。

陆让尘只是单纯地、偏执地,一晚上点进去好多次,不停地看手机。有时候一个推送消息,都会让他心下一"咯噔",结果满怀希冀地一看,根本不是祝云雀。

等他累了，就把手机扔到一边，继续喝闷酒。

年轻气盛就爱较劲。那时候他总觉得两人没完，觉得等祝云雀平静下来，自然会服软来找他，他俩没那么容易散。

可事实是，没有，他等到了开学，祝云雀也没有回头。她甚至都没怎么出现在学校。

陆让尘不知道祝云雀曾经暗恋他的心情是怎样的，他只知道，在机场等待一艘船的滋味，苦涩到极致。

甚至有几个宿醉的夜里，他差点忍不住给祝云雀打电话，是彭远硬生生拦住他。

再后来，春暖花开。因为训练和上课，陆让尘的生活看似变得井然有序。可实际上，他心里都空掉了一整块。

学校里，男女生的宿舍楼一南一北。训练场和教学楼也根本不在一片区域，可即便如此，陆让尘也会每天去文学院那边，走一走，吃个饭，或者买东西、打篮球。

有时候他会碰到祝云雀曾经的舍友，然而那姑娘早已有了新的伙伴。

梁甜见到陆让尘，表情都不自然了，但也还是笑着和他打了声招呼。

陆让尘点头应着，整个人都是疏冷淡漠的。

彭远是唯一看穿陆让尘的人。他觉得陆让尘再这么颓废下去就完了，于是给他支了个招，让他反向刺激祝云雀。

有句话叫病急乱投医，陆让尘一开始冷笑一声置之不理，直到他亲眼看到，祝云雀的朋友圈把曾经两人的痕迹都隐藏了，再后来，他发现祝云雀把他删了。

那一瞬的闷窒感，让陆让尘又失眠了一整夜。

等第二天，他便无差别地通过加他微信的女生好友。

那些女生都是学校里比较出名的美女，有几个还是文学院的。

其实那会儿但凡熟悉他一点的人，都能看穿他的心思，就只有祝云雀，什么都不知道，也看不出来。

陆让尘永远记得，在他玩得野的消息放出去没多久后，他终于在文学院那边的超市，碰见了一次祝云雀。

她穿着一件淡色连衣裙，没过多打扮，看起来还是那样纤瘦单薄。

陆让尘在看到她的一瞬间，心脏猛烈地收缩了一下。他不知道自己盯着那道在货架前穿梭的身影多久。

缠着他一起来超市的另一个女生叫了他,他才回神。

那女生朝祝云雀挑挑眉,眼神又酸又八卦:"你前女友哎。"

陆让尘被那三个字生生刺痛了一瞬。

女生跟在他后头:"你要过去和她说话吗?"

陆让尘沉默着没理她,因为这个时候,祝云雀已经从冰柜里拿了瓶水,去收银台结账。

他的注意力根本没法儿从她身上移开,他几乎不受控制地走到祝云雀身后。

在她结账的时候,陆让尘就这么垂着眸,看着祝云雀乌黑柔亮的发顶。她还是和从前一样,就连洗发水的味道都没换。

祝云雀不知道他在看着她,她好像什么都不知道。

甚至那一刻,陆让尘在想,她还记得自己吗?

陆让尘忽然觉得很讽刺,可他还是想跟她说话,只是到最后,年少时的自尊拦住了他,他就只是把东西扔在收银台上,再冷漠地说一声"结账"。

这一嗓子,终于引起了祝云雀的注意。

祝云雀看向他的时候,他其实什么都知道,他承认他在那一刹那有报复般的满足感。可那刻,或许是怕失望,抑或是别的什么情绪,他还是隐忍着,一眼没朝她望。

于是在祝云雀的视角里,他和那个女生说话的一幕,便深深印在了她脑海中。

等陆让尘说完后,祝云雀告诉他:"我刚刚梦见的,就是这一幕。"她抖了下唇角,"我还梦见你和那个女生牵手了。"

陆让尘被她委屈的眼神酸得一笑:"牵手?你可真敢梦,我都没吃你跟谢函的醋呢,你倒先胡思乱想。再说我又不是没去澳大利亚找你,是你一再给我打击。"

祝云雀抿抿唇,赶忙转移话题说:"那后来呢?"

在他被彻底拒绝后,他回国又是怎么过的?

陆让尘指腹摩挲着她手臂处软嫩的皮肤,漫不经心道:"训练呗,发了疯地拼命训练,然后打比赛。"顿了顿,他睨她,"再抽空想你。"

这话促狭又旖旎,祝云雀心跳一快,不可置信地看他:"你在哄我吗?"

陆让尘挑眉:"你觉得呢?"

如果他不想她,他们八年后就不会在一起。

陆让尘可算找到机会,笑着质问她:"那你呢,当年和我分手后,难过了多久?"说话间,他捏了捏她的脸。

祝云雀眼神诚恳地望着他,说:"好久。好久都忘不掉你,一直在想你。"

明明已经亲密成枕边人,有了爱情的结晶,可这一刻她,说起情话,还是会让陆让尘心旌摇曳。

他总是不能抗拒她真心实意的告白,眉眼含情地望着她,俯首在她唇上亲了亲:"我也是,一直在想你,永远都想你。"

两人还聊了很多,从祝云雀毕业后回国,到北城当老师的坎坷经历,再到陆让尘开俱乐部创业的心路历程。

只是陆让尘始终没有告诉祝云雀一件事,那就是,从澳大利亚回去后的跨年夜,他和几个同样单身的兄弟,一起去上海外滩跨年。

就是那个夜晚,陆让尘又想起了祝云雀。他想到谢函那张让他刺痛又嫉妒的脸。想到这辈子可能再也不会见到祝云雀,嘴角不禁浮起一丝苍凉的笑。

旁边的哥们儿就在这时问他:"陆让尘,我们都许完愿了,你的新年愿呢?许了吗?"

陆让尘回过神,淡扯着嘴角,说:"我不信这个。"

"不信也许一个嘛,又不花钱,"兄弟撞他一下,"马上要十二点了,快,随便来一个。"

大约是见他那段日子落魄消沉,几个男孩儿都很照顾他的情绪。

陆让尘本想付之一笑,可转念一想,许一个也行,反正也不灵。

于是钟声响起时,他在心里默念——

那就祝福远在澳大利亚的祝云雀,学业顺利,生活顺遂,一切平安。

顺便希望那个谢函,对她好一点,千万不要弄哭她。如果有一天,他腻了,烦了,对她不好……那就请老天,一定记得,把她还回来。

哪怕山高水远,他陆让尘,也愿意,回头朝她看。

—全文完—

致云雀

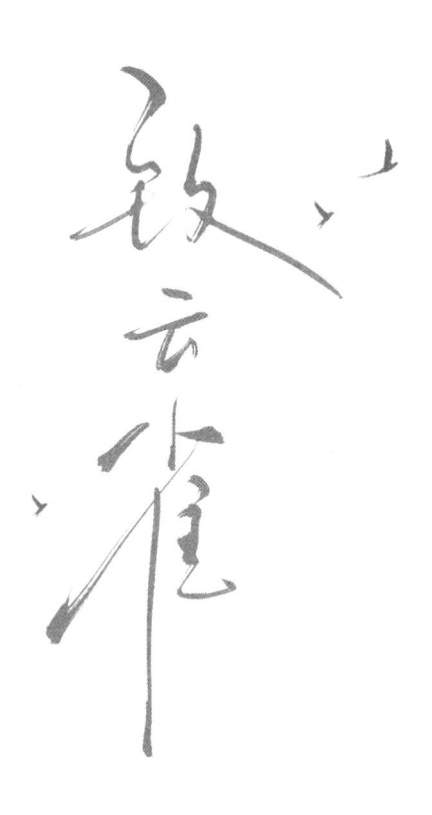